Helmut Qualtinger · Werkausgabe

Helmut Qualtinger
Werkausgabe

Herausgegeben von
Traugott Krischke

Band 3

Carl Merz
und
Helmut Qualtinger

»Travniceks gesammelte Werke«
und andere Texte für die Bühne

Deuticke

KURIER
Mit freundlicher
Unterstützung von
Austria Tabak und
Kurier
AUSTRIA TABAK

Wir fördern die Kunst.

Deuticke
A-1010 Wien, Hegelgasse 21

Erste Auflage 1996

Umschlaggestaltung: Robert Hollinger
Umschlagfotos: Vera Borek, MFG-Film, ORF, Christian Bissuti,
Franz Hubmann, Barbara Pflaum, Erich Reismann,
Roman Zach-Kiesling
Druck: Wiener Verlag, Himberg bei Wien
ISBN 3-216-30165-6

Inhalt

Das letzte Lokal

Die rot-weiß-rote Rasse

Carl Merz und Helmut Qualtinger

Travniceks gesammelte Werke

Travnicek im Urlaub

Das Deck eines Mittelmeerschiffes. Zwei Deckstühle. Darauf zwei Österreicher. Es ist Vollmond, im Hintergrund Gitarrengeklimper.

TRAVNICEK *mißmutig:* Des is' a Land! Schau'n S' da abi ...

FREUND Ja – und?

TRAVNICEK Nix wia a Salzwasser ... und die Gitarren! Net zum Anhören ... Wann s' wenigstens Schrammeln hätten ... Und der Mond scheint an ins G'sicht ... es ist net zum Aushalten ...

FREUND Südliche Nächte, Travnicek!

TRAVNICEK Her'n S' ma auf mit dem Süden. In der Bahn is's ja noch 'gangen. Da hab' ich kalte Schnitzeln mitg'habt von z' Haus. Und an Erdäpfelsalat im Glasl. Aber da herunt' ... Diese Ćevapčići wollen s', daß i essen soll.

FREUND Was?

TRAVNICEK Na, dö Hundstrümmerl – mit Zwiefel – und ka Schnitzel weit und breit. Ka Erdäpfelsalat ... Für des Geld, was ich da ausgib, halten s' mi am Wörther See für an Ausländer ... und an guten Wein gibt's net. Nur so an Sauerampfer und an Slibowitz, an scharfen ... und mit niemand kann man sich unterhalten ... nur mit Ihnen. Ka Ansprach' ...

FREUND Jetzt steigt die Küste aus dem Wasser, Travnicek ...

TRAVNICEK Na, was brauch' i des? Gibt's da a Strandcafé? Na! Und was für Leut'? Tschuschen. Wann mi des Reisebüro net vermittelt hätt' ...

FREUND Wären S' nach Italien g'fahren ...

TRAVNICEK Des kenn' i ... Die Paradeiser und der Kaas staubt mir scho' aus die Ohren aussi ...

FREUND Na, und die Sehenswürdigkeiten? Die Kultur, Travnicek!

TRAVNICEK Lassen S' mi in Ruh ... Zeigen S' mir a Ringstraße in Italien!

FREUND Na, und die Ruinen?

TRAVNICEK Was wollen S' denn? De san do hinig ... alles baufällig ... wann mi des Reisebüro net vermittelt hätt' ...

FREUND Hätten Sie sich halt nach dem Norden vermitteln lassen. Ins Land der Mitternachtssonne, Travnicek!

TRAVNICEK Wollen S' mi pflanzen? Was brauch' i um Mitternacht a Sunn ...?

FREUND Na, und die Fjorde?

TRAVNICEK *verächtlich:* Fjorde? Nirgends kann ma baden ... So was wie das Gänsehäufel haben die dort net ... Und die Lappen? Gscherte im Pelz ...! Wann mi des Reisebüro net vermittelt hätt' ...

FREUND Wie wär's mit Frankreich gewesen? Die Côte d'Azur, Travnicek!

TRAVNICEK Krumpendorf – aber haaßer.

FREUND Das Casino ...

TRAVNICEK Heeren S', Stoß spielen kann i in jedem Kaffeehaus. Brauch' i net an' Bakkarat-Tisch gehen ... Und die Grace Kelly kann i im Rabenhof-Kino sehg'n ... Und was s' mir da zum Essen geben hab'n? Die Bouillon- -baisse – a stinketes Gschlader ...! Nicht zu vergleichen mit aner Gulaschsuppen ... Wann mi des Reisebüro net vermittelt hätt' ...

FREUND Und was sagt Ihnen Spanien?

TRAVNICEK Offen gestanden – nichts. Die Stierkämpf' – a matte Sache ... Simmering – Kapfenberg, das nenn' i Brutalität ... Der Malaga is' ka Heuriger ... und die Regierung? A Diktatur! Aber nix gegen 'n Hitler! Wann mi des Reisebüro net vermittelt hätt' ...

FREUND Waren Sie in Griechenland?

TRAVNICEK Natürlich. Des Scheenste, was s' dort haben, is' die Akropolis. Die schaut aus wie 's Parlament. Da kann i mit'n J-Wagen hinfahren und hab' no' die Pallas Athene davur. Wann mi des Reisebüro ...

FREUND Was lassen Sie sich denn dann immer vom Reisebüro vermitteln?

TRAVNICEK Was soll i denn machen? I bin der Chef!

Travnicek studiert ein Plakat

Travnicek und sein Freund unter einem Plakat mit der Aufschrift: »Denkt österreichisch beim Einkauf«.

FREUND Was, Travnicek, denken Sie, wann Sie das Plakat seh'n?
TRAVNICEK Ich denke österreichisch.
FREUND Denken Sie an Sachen, die Sie kaufen werden?
TRAVNICEK Nein, ich denke an Sachen, die ich schon gekauft hab'.
FREUND Ja, aber w a s denken S' Ihna do?
TRAVNICEK Das sag' i lieber nicht.
FREUND Sie sind kein Patriot, Travnicek!
TRAVNICEK Was wollen Sie eigentlich? Soll ich vielleicht, wann i beim Greißler bin, die Bundeshymne singen?
FREUND Nein, aber Sie sollen österreichisch handeln!
TRAVNICEK Mit'm Greißler?
FREUND Nicht nur, sondern überhaupt. Im österreichischen Sinne handeln.
TRAVNICEK Das tu'r i eh. Bei jedem Viertel sag' i: Es lebe der Außenminister.
FREUND Darauf kommt es nicht an. An die österreichische Wirtschaft müssen Sie denken.
TRAVNICEK I denk' mir eh immer: Des is a Wirtschaft.
FREUND Nein, nicht so – die Wirtschaft muß auf zwei Füßen steh'n, Travnicek!
TRAVNICEK Ja, aber net auf meinen.
FREUND Na, wieso?
TRAVNICEK Na schau'n Sie: Ich kauf' mir neulich a Tischlampen österreichischen Ursprungs. Ich schalt s' ein. Sie brennt nicht. Ich schraub' die Birn' aussi, fallt die Fassung heraus. Gut. I nimm a andere Fassung, schraub s' ein, bricht der Schirm ab. Wie i die Lampen wieder beisammen g'habt hab' und ansteck', haben wir im ganzen Bezirk a Stund' lang kein' Strom g'habt.

FREUND Na, was haben S' im Finstern gemacht?

TRAVNICEK Österreichisch gedacht.

FREUND Sie wollen mich nicht versteh'n. So eine Lampe ist doch nur ein Ausnahmefall. Die Wirtschaft greift ineinander wie ein Zahn in den anderen.

TRAVNICEK Also gut, Zahn. I iß da neulich ein' Westfäler Schinken. Der Schinken ist gut. Ich beiß' hinein, bricht mir ein Zahn ab.

FREUND Der Westfäler Schinken ist doch kein österreichisches Erzeugnis gewesen!

TRAVNICEK Naa – aber der Zahn.

FREUND Sie müssen das Ganze seh'n. Den Weltmarkt, Travnicek!

TRAVNICEK Mir genügt der Naschmarkt.

FREUND Also schön – meinetwegen der Naschmarkt. Auch dort ist es wesentlich, daß Sie ein heimisches Produkt erstehen. Sie essen doch sicher gern Obst, Travnicek. Was essen Sie da am liebsten?

TRAVNICEK Datteln.

FREUND Na, und sonst?

TRAVNICEK Bananen.

FREUND Travnicek, jetzt sagen Sie mir etwas, was auf österreichischem Boden wächst und Ihnen schmeckt.

TRAVNICEK Topfenstrudel.

FREUND Außer so – und was halten Sie von unserem Käse?

TRAVNICEK Vergleichen S' die Löcher von an Schweizer Emmentaler mit den österreichischen Löchern. Diese Löcher sprechen Bände! Ich kauf' mir noch zehn Deka Gorgonzola.

FREUND Sie fallen der österreichischen Wirtschaft in den Rükken, Travnicek.

TRAVNICEK Mit zehn Deka Gorgonzola?

FREUND Sie haben einen zu engen Horizont, Travnicek.

TRAVNICEK Da irren S' Ihnen. Mei Wohnung hat ka Vis-à-vis.

FREUND Scherz beiseite, Travnicek, fahren Sie wenigstens österreichisches Benzin?

TRAVNICEK Ja, wenn i auf mein' Wagen bös' bin.

FREUND Und mit welcher Fluggesellschaft fliegen Sie?

TRAVNICEK Da bin ich besonders patriotisch. Wann i abstürz', nur mit der AUA.

FREUND Ich blicke in einen Abgrund, Travnicek. Lassen Sie sich unser Thema einmal vom ökonomischen Standpunkt erklären: Stellen Sie sich vor, es kommt ein Vertreter und will Ihnen eine Waschmaschine verkaufen.

TRAVNICEK Wann der mich siecht, geht er sofort wieder.

FREUND Warum?

TRAVNICEK Weil er siecht, daß i keine alleinstehende Endvierzigerin bin. Denkt St.-Pöltnerisch beim Einkauf.

FREUND Sie müssen einmal auch an unsere Kultur denken. Unsere Wiener Staatsoper zum Beispiel.

TRAVNICEK Glauben S', der Staatsoperndirektor denkt österreichisch beim Einkauf? Ka Spur! Was siech i durt? Italienische Sänger, dirigiert von an armenischen Salzburger, der a afrikanische Staatsbürgerschaft hat und mit einer Französin verheiratet ist.

FREUND Aber die Literatur! Was lesen Sie, Travnicek?

TRAVNICEK *nach längerem Nachdenken:* Nix.

FREUND Was noch?

TRAVNICEK Zeitung.

FREUND Sehen Sie, Travnicek, das ist typisch. Wenn alle Leute so denken würden wie Sie, hätten wir keine Konjunktur, sondern eine Wirtschaftskrise. Wissen Sie, was das heißt?

TRAVNICEK Ja, daß ich mir statt an Gorgonzola an Liptauer kaufen muß.

FREUND Ja! Aber nicht nur das, Travnicek. Alles bricht zusammen. Stell'n S' sich vor: keine österreichischen Kracherln mehr! Kein österreichischer Kaugummi. Kein österreichischer Whisky! Keine österreichischen Illustrierten! Keine österreichischen Filme! Kein österreichischer Rundfunk!

TRAVNICEK Hören S' auf! Des halt i net aus! Se haben recht: Ich fiel unserer Wirtschaft in den Rücken! Von jetzt an geh' i zu kan Ländermatch mehr.

FREUND Warum?

TRAVNICEK Da spielen ja Ausländer. Überhaupt – von jetzt an wird bei mir alles umgestellt. Zum Glück hab' ich da einen Freund, einen Österreicher, bei dem kauf' ich von jetzt an alles: Anzüge, Seife, Zahnbürsteln, Schuhe, Hemden, Hüte – meinen ganzen Bedarf.

FREUND Bravo, Travnicek! Was ist der Mann?

TRAVNICEK Importeur.

Travniceks Weihnachtseinkäufe

Vor einem Weihnachtsbaum sitzen Travnicek und sein Freund mit vielen Paketen und ruhen sich aus.

FREUND Was, Travnicek, denken Sie, wenn Sie Weihnachtseinkäufe machen?

TRAVNICEK Ich denk', was das kostet. Wann i die Sachen im Frühjahrsverkauf besorgt hätt', wär's dasselbe g'wesen, aber um die Hälfte billiger.

FREUND Im Frühjahr können Sie doch nicht wissen, was Ihre Leute sich zu Weihnachten wünschen.

TRAVNICEK Das waaß i jetzt auch net.

FREUND Für wen haben Sie denn eingekauft, Travnicek?

TRAVNICEK Was is' des für a Frag'? I geh' in ein G'schäft eini, schnapp', was i kriegen kann, und schau', daß i mit'n Wagen weiterkumm', bevor s' mi aufschreiben.

FREUND Na und?

TRAVNICEK Zu Haus pack i's aus und denk' nach, wem i's anhängen kann.

FREUND Man schenkt doch, um den Leuten eine Freude zu machen. Macht es Ihnen keine Freude, wenn Sie was geschenkt kriegen?

TRAVNICEK Schau'n S': Voriges Jahr zu Weihnachten schenk' i mein' Onkel a Krawatten, die mir g'fallt. Er schenkt mir a Krawatten, die ihm g'fallt. – Also, was soll i mit der Krawatten? Wann i Glück hab', kann i mi dran aufhängen.

FREUND Sie haben keine Poesie, Travnicek. Denken Sie an Ihre Kindheit. Was pflegten Sie da zu Weihnachten zu kriegen?

TRAVNICEK Watschen.

FREUND Warum?

TRAVNICEK Ich pflegte den Baum anzuzünden.

FREUND Absichtlich?

TRAVNICEK Naa. Es hat sich so ergeben.

FREUND Glücklicherweise gibt es noch Leut', die sich ihr kindliches Gemüt bewahrt haben und ans Christkindl glauben.

TRAVNICEK Ja, die Geschäftsleut'.

FREUND Nicht nur die. Ich, zum Beispiel, zieh' mir zu Weihnachten einen Pelz und einen Bart an ...

TRAVNICEK Da werden S' guat ausschauen.

FREUND ... und bring' den Kindern Geschenke. Gehen Sie auch als Weihnachtsmann, Travnicek?

TRAVNICEK Ja. Zu meiner Schwester.

FREUND Haben Sie da auch einen Bart und einen Pelz?

TRAVNICEK Naa.

FREUND Warum nicht?

TRAVNICEK Wann i 'kommen bin, haben die Kinder immer g'sagt: Der Onkel Travnicek. Hab' i mir denkt: Gehst amal in Zivil, ohne Bart.

FREUND Das ist doch keine Überraschung!

TRAVNICEK Wieso? Die Kinder waren sehr überrascht ... Sie haben nicht mehr gesagt: Der Onkel Travnicek kommt als Weihnachtsmann. Sie haben gesagt: Der Weihnachtsmann kommt als Onkel Travnicek.

FREUND Kinder haben eben Phantasie. Ich les' auch noch Märchen. Haben Sie jemals Märchen gelesen, Travnicek?

TRAVNICEK Natürlich. Natürlich. Der Ratenschwindler von Hameln, Die Prinzessin auf der Erbsensuppe und Schneewittchen und die fünf Zwerge.

FREUND Wieso fünf? Es sein doch sieben.

TRAVNICEK Ah ja – zwei hab' i vergessen.

FREUND Na, und Aschenbrödel ...

TRAVNICEK Lass'n S' mi aus mit der Dienstbotenfrage.

FREUND Dornröschen ...

TRAVNICEK Dornröschen? Mich hat neulich einer aufg'weckt.

FREUND Mit an Kuß?

TRAVNICEK Nein, mit an Moped. Was glauben S', was i dem erzählt hab' ...

FREUND ... Hänsel und Gretel ...

TRAVNICEK Das mit dem Lebkuchenhaus is' ganz unpädagogisch. Die Kinder verderben sich den Magen, kriegen a Gastritis, wer'n bösartig ... nachher schmeißen s' die Alte ins Feuer ... Halbstarkenproblem.

FREUND Streiten wir nicht, Travnicek! Für mich ist zu Weihnachten die ganze Stadt ein Märchen. Überall auf den Geschäftsstraßen blitzt es und flimmert es. Kranzerln, Girlanderln, Sternderln. Wann S' das so funkeln und leuchten sehen, was wünschen Sie sich, Travnicek?

TRAVNICEK An Kurzschluß.

FREUND Mich freut's ... und die Tannen ... das frische Grün aus den verschneiten Wälern ... wann S' die so am Markt stehen sehen, an was denken S' da?

TRAVNICEK An ein Märchen.

FREUND Na, sehen S', Travnicek! An welches Märchen?

TRAVNICEK Vom Bäumchen, das andere Blätter hat gewollt.

FREUND Der schönste Brauch ist für mich aber eine Spezialität, die nur Österreich hat.

TRAVNICEK Was hat nur Österreich?

FREUND Die Stempel.

TRAVNICEK Was für Stempel?

FREUND Na, die Poststempel auf den Briefen: Christkindl. Das ist für mich der sinnigste Brauch in der Weihnachtszeit.

TRAVNICEK Des ist ka sinniger Brauch. Des ist a Zufall.

FREUND Was ist ein Zufall?

TRAVNICEK Daß der Ort so haaßt. Wann i Christkindl heißen möcht', könnt' ich auch zu Weihnachten Briefe abstempeln.

FREUND Sie können auf jeden Fall zu Weihnachten Briefe abstempeln.

TRAVNICEK Was hab' i davon, wenn i zu Weihnachten Briefe abstempel, nachher steht Travnicek drauf? Glauben S', da kommt jemand in Weihnachtsstimmung? *Zählt seine Pakete ab und grübelt.*

FREUND Was grübeln Sie, Travnicek?

TRAVNICEK I denk' nach, ob i mehr Pakete oder mehr Verwandte hab'. *Nach kurzem Murmeln:* Der Tant' schenk' i nix.

FREUND Warum nicht, Travnicek?

TRAVNICEK Die braucht nix. Sie hat neulich Zeitung gelesen und hat gesagt, ihr schönstes Weihnachtsgeschenk is', wenn der Otto von Habsburg nach Österreich zurückkommt. Den leg' ich ihr unter'n Christbaum.

FREUND Den Otto?

TRAVNICEK A Bild von ihm. Unter Glas.

FREUND Woher haben Sie ein Bild von ihm?

TRAVNICEK Aus der Zeitung.

FREUND Als Kaiser?

TRAVNICEK Nein, als Doktor.

FREUND Da wird Ihre Tant' eine Freud' haben ...!

TRAVNICEK Des glaub' i. Die siecht eh nix mehr.

FREUND Mich freut's auch. Einen Österreicher, der wieder zurückfindet in seine Heimat. Dies Bild ist eine Herzensgabe ...

TRAVNICEK Wieso?

FREUND Sie schenken es doch von ganzem Herzen. Oder haben S' was gegen 'n Otto?

TRAVNICEK Warum? Wann i wem a Freud' machen kann, schenk' i ihn gern her.

Travnicek in der Apotheke

FREUND Was, Travnicek, denken S' sich eigentlich in so einer Apotheke?

TRAVNICEK I denk', i hätt' Apotheker wer'n sollen.

FREUND Um den Mitmenschen zu helfen?

TRAVNICEK Naa. Damit i a G'schäft mach'.

FREUND Sie sehen die Dinge einseitig, Travnicek. Von früh bis abends steht der Apotheker im Einsatz gegen Krankheit und Schmerz ...

TRAVNICEK Nur zu Mittag zwischen zwölf und zwa derf an nix weh tun.

FREUND Wieso? Sogar in der Nacht steht er unermüdlich hinter seinem kleinen Gitterfensterchen und betreut die Bedürftigen mit lindernden Medikamenten.

TRAVNICEK Wann i so a Verdienstspanne hab', steh i aa in der Früh um zwa auf. *Betrachtet ein Rezept.* Cholesterolpyridinphenophtaleincystinol.

FREUND Was lesen S' da?

TRAVNICEK Mei Rezept. Aber i kann's net lesen.

FREUND Na und der Apotheker?

TRAVNICEK Kann's aa net lesen. Aber der weiß, was's is'. Unser Familienpräparat. Des nehmen meine ganzen Verwandten.

FREUND Und dann sein s' g'sund?

TRAVNICEK Naa, dann legen s' sich ins Bett.

FREUND Und was machen s' dort?

TRAVNICEK 's Testament.

FREUND Und des wollen Sie nehmen?

TRAVNICEK Naa – i bring's mein' Onkel.

FREUND Wegen der Gastritis?

TRAVNICEK Natürlich.

FREUND Was machen S' da?

TRAVNICEK I bin g'sund.

FREUND Mit der Gastritis?

TRAVNICEK Ohne möcht' i gut ausschauen ...

FREUND Sie verwirren mich, Travnicek. Die moderne Medizin kennt für jedes Leiden eine Behandlung. Wie schaut s' denn aus, Ihre Gastritis?

TRAVNICEK Ich hab' s' no' net g'seh'n.

FREUND Aber der Arzt ...

TRAVNICEK Der hat s' aa no' net g'seh'n.

FREUND Aber die moderne Wissenschaft kennt doch die Röntgenologie! Hat man Sie noch nicht durchleuchtet, Travnicek?

TRAVNICEK Des geht bei mir net. I bin a medizinisches Phänomen.

FREUND Wieso?

TRAVNICEK Schau'n S': Da ist a Wand – gut. Da is' der Schirm – gut.

FREUND Na und?

TRAVNICEK Dazwischen is' ka Platz für mi.

FREUND Aber wir stehen doch an der Schwelle einer neuen Zeit, Travnicek! Heute werden doch sogar schon Pferde röntgenisiert.

TRAVNICEK Glauben S', i geh' zu an Tierarzt?

FREUND Die Medizin kennt keinen Unterschied, Travnicek! ...

TRAVNICEK Eben!

FREUND Sie hilft jedem, denn sie hat gerade in unserer Zeit ungeahnte Entdeckungen gemacht. Schau'n Sie, die neuen Mittel, Penicillin, Streptomycin, Terramycin, Aureomycin ...

TRAVNICEK E 605.

FREUND Also gut – es gibt auch Schattenseiten. Aber bedenken Sie, Travnicek, welche Entwicklung hat die ärztliche Kunst durchlaufen! Schauen Sie einen Neandertaler an, und schauen Sie sich an. Was ist der Unterschied?

TRAVNICEK Ja, ja. Was is' eigentlich der Unterschied?

FREUND Na, können Sie sich einen Neandertaler bei der Krankenkasse vorstellen?

TRAVNICEK Ja, als Beamten.

FREUND Sie wollen mich nicht verstehen, Travnicek. Sie beschäftigen sich zuwenig mit Ihrem Körper. Der Körper ist ein Haushalt. Und die Krankenkasse ...

TRAVNICEK ... steckt 's Haushaltsgeld ein.

FREUND Ja – aber in der Not wird auch wirklich etwas geleistet.

TRAVNICEK Ja – Beiträge.

FREUND Das ist eben die soziale Errungenschaft. Schauen Sie! Es gibt zweierlei Blutkörperchen. Die roten ernähren Ihren Organismus ...

TRAVNICEK Da schau' i gut aus, wenn i auf die Roten warten muß.

FREUND Es gibt auch andere. Das ist wie im Proporz.

TRAVNICEK Es gibt auch schwarze Blutkörperchen?

FREUND Nein – die schwarzen sind die weißen, Travnicek.

TRAVNICEK I hab' glei g'wußt, des is' a dunkle Angelegenheit.

FREUND Aber keine Rede, Travnicek. Das Blut erhält den Körper gesund und sauber. Wenn irgendwo was nicht stimmt, strömen die roten und die weißen Teilchen zusammen und bringen die Geschichte wieder in Ordnung.

TRAVNICEK Und wann's net geht?

FREUND Dann verändert sich das Blutbild.

TRAVNICEK I waaß. Dann verdrucken sich die roten und lassen die weißen allein die G'schicht ausbaden.

FREUND Sie sind medizinisch halbgebildet, Travnicek. Drum haben S' auch eine Gastritis. Weil Sie sich in Ihrem Körper nicht auskennen.

TRAVNICEK I kenn' mi aus. Aber die Ärzte ... i hab's ja versucht. I hab' mir denkt, gehst zu ein' berühmten Arzt. Wer ist ein berühmter Arzt? Ein Chirurg. I komm' eine – gut. Er schaut mi an – gut. Auf amal sagt er »ujegerl« und will mi schneiden.

FREUND Na, was haben S' g'macht?

TRAVNICEK Bin i zu ein' Internisten 'gangen.

FREUND Was hat der g'sagt?

TRAVNICEK Er hat g'sagt, i soll zu ein' Chirurgen geh'n. Die san alle im Bandel. Sogar die Zahnärzte.

FREUND Wieso, Travnicek?

TRAVNICEK I kumm' zum Zahnarzt, mach' den Mund auf, er schaut eine und sagt: »Sie trauen Ihnen was!«

FREUND Was haben S' g'macht?

TRAVNICEK I hab 'n wieder zugemacht und bin weggegangen. I bin froh, daß i mei Gastritis hab'.

FREUND Ihr Rezept dauert aber lang. Wie geht's Ihren Drüsen?

TRAVNICEK Vorbildlich. Natürlich, der Mensch hat Drüsen. Wenn man ihn aufregt, g'spürt er s'. Neulich hab' i ein' g'haut. Wer war schuld? Die Drüsen. Menschen wie ich sind sensibel. Aber die Polizei versteht das net. Wen haben s' bestraft? Die Drüsen? Nein, mich!

FREUND Andere Menschen haben auch Drüsen, Travnicek.

TRAVNICEK Ich hab' einen Funktionär gekannt, der hat eine Überfunktion gehabt. Haben s' ihn zum Direktor gemacht.

FREUND Na, hat die Firma dann wenigstens funktioniert?

TRAVNICEK Des is' schwer zu sagen. Es war die Krankenkasse.

FREUND Was ist mit dem Rezept? Wann S' sich schon nicht behandeln lassen wollen, sollten Sie es wenigstens mit einer Diät versuchen, Travnicek! Mit Reformkost! Gayelord Hauser! Das erhält jung. Denken S' an Marlene Dietrich.

TRAVNICEK Hören S', die Marlene Dietrich war scho' jung, da hat der Gayelord Hauser noch net amal gewußt, was a Vitamin is'.

FREUND Das ist egal. Möchten Sie sich nicht wie ein Jüngling fühlen, frisch und munter sein?

TRAVNICEK Schau'n S': Wann i a Gastritis hab', kost' mi des im Monat fuffzig Schilling. Aber wann i frisch und munter bin – was glaub'n S', was mi des kost'?

FREUND Aber Heilgymnastik ist erschwinglich, Travnicek. Sie lernen tief atmen.

TRAVNICEK Da hust' i lieber z' Haus. Des is' billiger.

FREUND Mit Ihnen kann man nicht reden. Schau'n S', daß S' endlich Ihr Rezept kriegen und geh' mer.

TRAVNICEK Des Rezept hab' i.

FREUND Na und das Medikament?

TRAVNICEK Hab' i aa.

FREUND Also, auf was warten wir dann?

TRAVNICEK Auf Ihner Rezept –

FREUND Für was, Travnicek?

TRAVNICEK Für Ihner Gastritis ...

FREUND I hab' ja gar ka Gastritis ...

TRAVNICEK Was? Sie haben ka Gastritis? ... Was red' i dann mit Ihnen, Sie Nebochant!

Travnicek und die Ballsaison

In einer Kostümleihanstalt.

FREUND Was, Travnicek, halten Sie von der Ballsaison?

TRAVNICEK Dafür bin i net zuständig.

FREUND Na, was machen Sie denn hier in der Kostümleihanstalt?

TRAVNICEK I bring' an Frack zurück.

FREUND Sie waren am Opernball!

TRAVNICEK Da geh' i net hin.

FREUND Warum? Auf das schönste Fest der vornehmen Wiener Gesellschaft?

TRAVNICEK I war eing'laden.

FREUND Und da gehen Sie nicht hin?

TRAVNICEK Naa – wo i eing'laden bin, ist ka vornehme Gesellschaft.

FREUND Das muß man doch g'sehen haben! Die glanzvolle Eröffnung ...

TRAVNICEK Was siech i da? Die Bundesregierung, wie s' der Mautner Markhof bei der Hand führt ...

FREUND Sie sehen alles politisch, Travnicek. Aber das ist nicht der Sinn des Festes.

TRAVNICEK Des hat an Sinn, des Fest?

FREUND Des glaub' ich! Die Damen in den herrlichen Toiletten, der glitzernde Schmuck, die leuchtenden Luster, die lieblichen Weisen, die Herrn im Frack ... das ist Fasching!

TRAVNICEK Na und?

FREUND ... und die glänzenden Orden ...

TRAVNICEK Des is jo aa Fasching.

FREUND Dort treffen Sie die ganze High-Society.

TRAVNICEK High-Society? So haaßen jetzt die vereinigten Autohändler?

FREUND Und die vielen Politiker im Festgewand?

TRAVNICEK Glauben S', da schau'n s' besser aus?

FREUND Und die Köpfe aus Wissenschaft und Kunst?

TRAVNICEK I hab' nur den Kopf vom Willy Birgel g'seh'n.

FREUND Naja – wann S' nur den Willy Birgel im Kopf haben ...

TRAVNICEK I hab' ihn ja nur g'seh'n ... auf an Bild ... mit an Grafen ...

FREUND Apropos Graf ... Haben Sie gesehen, wie unser Verteidigungsminister das Tanzbein schwingt ...

TRAVNICEK Wann i mi des trau', kann i aa auf ein' Ball gehen.

FREUND Sie verstehen das nicht. Wenn unsere Aristokratie elegant, elastisch und beschwingt über das spiegelnde Parkett gleitet, was ist dann Ihre größte Freude?

TRAVNICEK Daß i net durt bin.

FREUND Na, und die feinen Profile der alten Burgschauspieler in den Logen ...

TRAVNICEK Was machen die dort?

FREUND Da war doch ein Bild in der Zeitung, net? Die alten Burgschauspieler blicken leuchtenden Auges hinab auf das festliche Treiben. Weit hängen sie über die Logenbrüstung.

TRAVNICEK Wann i an alten Burgschauspieler hängen sehen will, geh' i ins Burgtheater.

FREUND Und das Offizierskorps des Bundesheeres! Ein stolzer Anblick! Mit welchem Einsatz sich die Herren am Tanz beteiligten!

TRAVNICEK Des war der Katastropheneinsatz.

FREUND Na, und erst die Parade des Jungdamen- und Jungherrenkomitees. Erinnert Sie das nicht an Ihre Jugend? War'n Sie nicht am Kaiserball?

TRAVNICEK Ich war in Kaiserebersdorf am Ball.

FREUND Also wenn Sie schon der Ball nicht interessiert ... die Auffahrt allein ist schon ein festliches Ereignis.

TRAVNICEK Ja – für die Türlschnapper. Aber net für mi.

FREUND Also gut – es gibt noch andere Nobelbälle. Zum Beispiel der Ball der Filmwirtschaft –

TRAVNICEK Was ist da nobel? A Freund von mir, der was mit

dem Film überhaupt nix zu tun hat, hat dort sofort einen Auftrag bekommen.

FREUND Wie das, Travnicek?

TRAVNICEK Er hat auf die Umgebung so seriös gewirkt.

FREUND Sie ziehen alles ins Lächerliche. Das ist billig, Travnicek. Man muß die Dinge bejahen. Denken Sie an den Blütenreigen der jungen Mädchen mit den erwartungsvollen Augen.

TRAVNICEK Was glauben S', auf was die warten?

FREUND Auf ihren ersten Film natürlich. Und mitten drin der Toni Sailer!

TRAVNICEK Ist der als Amateur dort?

FREUND Das ist noch nicht heraus. Was sehen Sie eigentlich am liebsten im Kino?

TRAVNICEK Die Modenschau.

FREUND Warum das, Travnicek?

TRAVNICEK Da is's hell. Da kann i Zeitung lesen.

FREUND Aber wenn's finster wird?

TRAVNICEK Die Wochenschau.

FREUND In der Wochenschau sehen Sie auch den Filmball, Travnicek?

TRAVNICEK Den siech i aber net gern. Die Stars san jedes Jahr dieselben, nur die Starlets wechseln.

FREUND Sie scheinen mir sehr informiert zu sein, Travnicek. Was ist denn der Unterschied zwischen Stars und Starlets?

TRAVNICEK Schauen Sie: Die Stars kriegen ihr Geld von der Produktion und die Starlets von den Produzenten.

FREUND Sie scherzen, Travnicek. Wann Ihnen so scherzhaft zumute ist, dann geh'n S' doch gleich auf ein Gschnasfest. Die Ausgelassenheit, die echte Stimmung! Alles elektrisch. Alles originell. Als was würden Sie gehen, Travnicek, um besonders originell zu sein?

TRAVNICEK Als Chineser.

FREUND Das gibt's doch nicht.

TRAVNICEK Drum geh' i aa net hin.

FREUND Das ist doch kein Grund.

TRAVNICEK I hab's ja zuerst versucht. Sehr originell.

FREUND Als was wollten S' denn gehen?

TRAVNICEK Als Fliege. Nicht lachen. I hab' da an Film g'seh'n, da verwandelt sich ein Wissenschaftler in eine halberte Fliegen.

FREUND Na und?

TRAVNICEK I bin zum Kostümverleiher gegangen. Hat er g'sagt: Für a halberte Fliegen bin i zu blaad.

FREUND Das Kostüm ist schließlich nicht alles. Was stört Sie denn sonst noch auf einem Ball?

TRAVNICEK Das Tanzen.

FREUND Wieso das, Travnicek?

TRAVNICEK Schauen Sie – ich fordere eine Dame auf. Gut. Sie sagt: Was tanzen S' denn? I sag': An Tango. Gut. Drauf sagt sie: Sie tanzen aber keinen Tango, mein Herr. I sag': I kann ja aa net tanzen.

FREUND Sie müssen ja nicht tanzen. Es genügt ja, wenn Sie sich unterhalten. Sprudelnde Heiterkeit, Vergnügen, Frohsinn! Gehen Sie nicht zum Narrenabend des Männergesang-Vereins?

TRAVNICEK Wann i mi auf ein' Narrenabend unterhalten will, geh' i glei in die Klinik Hoff.

FREUND Ja, aber da treffen Sie keine führenden Persönlichkeiten des öffentlichen Lebens!

TRAVNICEK Aber ja. Haben Sie eine Ahnung, wer dort alles hinkommt!

FREUND Was reden Sie da, Travnicek! Sie tun, wie wenn Sie nie auf'm Ball gewesen wären, und da sitzen Sie mit an Frack in der Kostümleihanstalt.

TRAVNICEK I war zu einer Gesellschaft eingeladen.

FREUND Aha! Sie haben doch Anschluß an die feine Gesellschaft gesucht?

TRAVNICEK Was i Ihnen schon amal g'sagt hab'. Wo i eing'laden bin, is' ka feine G'sellschaft.

FREUND Ja, wo war'n S' denn?

TRAVNICEK Auf an Familienfest.

Travnicek und die Wiener Messe

Plakate der Wiener Messe. Travnicek und Freund sitzen davor.

FREUND Was, Travnicek, halten Sie von der Messe?

TRAVNICEK Schau'n Sie, über religiöse Dinge möcht' ich mit Ihnen nicht diskutieren ...

FREUND Aber, aber, ich meine ja die Wiener Messe.

TRAVNICEK Das ist was anderes.

FREUND Die ist Ihnen ein Begriff?

TRAVNICEK Ja. Ein langjähriger. Leider.

FREUND Warum leider?

TRAVNICEK Na, was siech i durt?

FREUND Die festlich geschmückten Pavillons ...

TRAVNICEK Die san immer dieselben ...

FREUND Und die netten Mädchen, die dort servieren und sich um die Kunden kümmern ...

TRAVNICEK Die san immer dieselben ... nur älter wer'n s' ...

FREUND Aber, die überwältigende Zahl der technischen Neuheiten, Travnicek ...

TRAVNICEK Ich waaß net, i hab' einen Traktor g'seh'n, den kenn' i, wie er noch in der Rotunden g'standen is' ...

FREUND Vielleicht war es ein historisches Stück.

TRAVNICEK Vielleicht. Aber draufg'standen is': Neuestes Modell.

FREUND Was verstehen Sie von der Landwirtschaft, Travnicek?

TRAVNICEK Sehr viel. I weiß, was der Bauernbund ist.

FREUND Das hat doch mit der Landwirtschaft nix zu tun.

TRAVNICEK Eben.

FREUND Und dann die festliche Stimmung. Das fröhliche Leben und Treiben ...

TRAVNICEK Wann i an Wirbel haben will, geh' i in Wurstelprater, drängen kann i mi in der Straßenbahn, und Besoffene siech i in jedem Beisel.

FREUND Ja, aber da sehen Sie keinen Mannesmann-Turm.

TRAVNICEK Was fang' i mit ein' Turm an, wo net amal a Kaffeehaus drin is?

FREUND Allein der Anblick, Travnicek, lohnt.

TRAVNICEK Anblick? Er schaut aus wie der Sender Bisamberg, nur kann er net senden.

FREUND Halten Sie das für einen Nachteil, Travnicek?

TRAVNICEK Das wieder nicht.

FREUND Schau'n Sie, Sie müssen international denken, Travnicek. Hier geben sich siebenundfünfzig Länder Rendezvous.

TRAVNICEK In der Weinkost?

FREUND Da treffen sich nur die Bundesländer. Diese Weinkost ist übrigens ein Ausdruck barocker Sinnenlust und österreichischer Lebensfreude.

TRAVNICEK Worüber freuen sich die Leut'?

FREUND Na eben, daß sie Österreicher sind!

TRAVNICEK Wann i b'soffen bin, freu' i mi aa, daß i a Österreicher bin. Aber wann i mir ein Paar Würstel kauf' und zwei Viertel Wein trinken will, brauch' i doch kane zehn Schilling Eintritt zu zahlen.

FREUND Naja, aber die lockere, gelöste Stimmung, Travnicek!

TRAVNICEK Das einzige Gelöste, was i g'seh'n hab', waren die Eintrittskarten.

FREUND Pflegen Sie etwas zu kaufen, Travnicek?

TRAVNICEK Naa.

FREUND Was pflegen Sie denn zu tun?

TRAVNICEK Frieren.

FREUND Warum denn?

TRAVNICEK Bei der Messe regnet's immer.

FREUND Aber wenn es regnet, drängen sich doch allerorten die Kaufleute aus ganz Österreich von einem Gebäude in das andere.

TRAVNICEK Damit i ein paar nasse Greißler siech, fahr' i net in Prater.

FREUND Aber wenn Sie schon im Prater sein, Travnicek, waren Sie da nicht das neue aufgestockte Stadion anschau'n?

TRAVNICEK Was brauch' i des?

FREUND Aber Travnicek! Die Stätte der klassischen Fußballsiege unseres Wunderteams. Jetzt endlich haben wir den Rahmen, den wir für unsere Fußballer brauchen.

TRAVNICEK Jetzt haben wir den Rahmen und ka Wunderteam. Ein österreichisches Schicksal.

FREUND Haben Sie die Internationale Zweiradausstellung gesehen?

TRAVNICEK Ich schätze das Zweirad nicht.

FREUND Warum das, Travnicek?

TRAVNICEK I fahr' gern in Gesellschaft.

FREUND Na, Sie können doch hinten jemanden draufsetzen.

TRAVNICEK Schwerlich. Den Sitz brauch' i selber ...

FREUND Sind Sie überhaupt schon auf einem Moped gesessen, Travnicek?

TRAVNICEK Gesessen schon. Aber es is' net gefahren.

FREUND Warum das, Travnicek?

TRAVNICEK Es is' net 'gangen.

FREUND Was haben Sie da gemacht?

TRAVNICEK I bin 'gangen.

FREUND Na, und die Erfindermesse?

TRAVNICEK Hören S' mir auf damit.

FREUND Warum denn?

TRAVNICEK Ich hab' was erfunden. Aber sie haben's net g'nummen ...

FREUND Was haben Sie erfunden, Travnicek?

TRAVNICEK Die Schiffsschraube ...

FREUND Die i s t doch schon erfunden.

TRAVNICEK Und des hab' i net g'wußt ... Ein österreichisches Schicksal.

FREUND Und darüber ärgern Sie sich?

TRAVNICEK Darüber ärger' i mi net, daß i's net g'wußt hab'. I ärger' mi darüber, daß de anderen es g'wußt haben.

FREUND Und welche Erfindung hat Ihnen den größten Eindruck gemacht?

TRAVNICEK Die blaue Zone.

FREUND Die war doch nicht auf der Messe.

TRAVNICEK Aber ein' Eindruck hat sie mir gemacht ...

FREUND Wieso, Travnicek?

TRAVNICEK Schauen Sie ... i park' vor einer öffentlichen Uhr. Gut. Ich stelle meine Parkscheibe nach ihr. Auf zwölf Uhr – gut. Ich geh' ins Café, i iß was. Lies a Zeitung. Kumm aussi. Steht die Uhr noch immer auf zwölf.

FREUND Die Parkuhr?

TRAVNICEK Nein, die öffentliche. In Wirklichkeit war's drei Uhr.

FREUND Woher wissen Sie das?

TRAVNICEK Der Wachmann hat's g'wußt, der mi aufg'schrieben hat. Jetzt arbeit' i an ein' Patent.

FREUND Was ist das, Travnicek?

TRAVNICEK Eine Parkscheibe mit Uhrwerk. Die geht immer mit.

FREUND Sieh da, Travnicek! Sie sind ein Erfinder.

TRAVNICEK Natürlich. Natürlich. Ich hab' noch andere Sachen erfunden in meinen Mußestunden.

FREUND Was denn?

TRAVNICEK Würschtln, die nicht platzen können.

FREUND Aus was sind die?

TRAVNICEK Aus Gummi.

FREUND Die kann man doch nicht essen.

TRAVNICEK Das nicht, aber sie tun auch nicht platzen.

FREUND Das ist doch keine zweckmäßige Erfindung ...

TRAVNICEK Zweckmäßige Erfindungen hab' i auch g'macht ...

FREUND Was denn?

TRAVNICEK Eine Koje. Eine durchsichtige Messekoje.

FREUND Haben Sie sie ausgestellt?

TRAVNICEK Eben nicht.

FREUND Ja, warum denn nicht?

TRAVNICEK Finden S' mir a Messekoje, wo S' a Messekoje ausstellen können! – Das einzig Erfreuliche an der ganzen Messe sind die neuchen Zigaretten von der Tabakregie.

FREUND Welche?

TRAVNICEK Die Messememphis.

FREUND Aber die sind doch schon vor sechs Monaten herausgekommen.

TRAVNICEK Seither war i aa net durt ...

Travnicek im Schuhgeschäft

FREUND Höchste Zeit, Travnicek, daß Sie Ihna ein neuches Paar Schuh' kaufen, Ihre san ja schon ganz verhatscht. Was für ein Modell suchen Sie Ihna jetzt aus?

TRAVNICEK Schau'n S', das ist eine schwerwiegende Entscheidung. Immerhin zwei Jahr' halten meine ja.

FREUND Sehen S', i hab' da noch ein Modell aus dem 52er Jahr, ledergepolstert mit Gummieinlage. Da spürt man das Geh'n überhaupt nicht. Net amal beim höchsten Tempo.

TRAVNICEK Hör'n S' mir auf mit den übertragenen Modellen. Nix wie Scherereien. Außerdem kennt man sein' Vorgänger nicht. Da war mein letzter Schuh was anderes. Deutsche Ausführung. I sag' Ihna, das Anzugsmoment mit Schuhlöffel, a Wucht.

FREUND Na, und die Bremswirkung, Travnicek?

TRAVNICEK Unerhört. Der bleibt Ihnen bei Gelblicht am Zebrastreifen wie nichts stehen.

FREUND Zuviel Geschwindigkeit hat er, Travnicek?

TRAVNICEK Diverse. Im ersten Gang druckt er a bißl, aber im Rückwärtsgang: wie ein Panzer, sag' i Ihnen.

FREUND Ich bin im Prinzip mehr für hochtourige Bergschuh'.

TRAVNICEK Da hätten S' meinen am Konstantinhügel seh'n soll'n. Keiner is' mir vorkommen.

FREUND Ja, aber denken Sie an die Bundesstraße.

TRAVNICEK Eine Straßenlage hat meiner, wie a Allwegbahn. Einmal hat's mir zwar in der Kurven die Fersen hinausgetragen, aber da hab' ich ihn überbeansprucht.

FREUND Wie das, Travnicek?

TRAVNICEK Beim Rennen, Wertungsgang über die Berggasse und zurück.

FREUND Aber vergessen Sie nicht unsere heimische Produktion, Travnicek! Langsam, aber lebensfähig.

TRAVNICEK Was soll i Ihna sagen. I hab' da als Ersatz einen Kleinschuh. Hat in der Stadt natürlich Vorteile, man kann ihn überall hinstellen. Auf der anderen Seiten, er hat hinten im Absatz ein Geräusch, i hab' ihn schon fünfmal zum Schuster geben. Er kann net finden, was es ist.

FREUND Aber wieso bedrückt Ihnen das, Travnicek?

TRAVNICEK Na hör'n S', wann mir da was passiert, kann i mir mitten auf der Straßen ein' neuchen Absatz montieren.

FREUND Seh'n S', darum bin i mehr für die Amerikaner. Das sind richtige Überschuh', Travnicek. Schau'n S' sich doch mal meine verchromten Ösen an.

TRAVNICEK Na, und was machen S', wenn S' keine Ersatzteile kriegen?

FREUND Dafür hat er Weißwandkreppsohlen mit Gleitschutz!

TRAVNICEK Na, und was haben S' scho', wann alles andere unsolid ist? Schuhbandelwechsel im Großstadtverkehr. Glatter Selbstmord.

FREUND Was haben S' denn, Travnicek?

TRAVNICEK Mei Kardangelenk. I muß mir mein' Schuh wieder abschmieren lassen.

FREUND Also, als Fachmann zu Fachmann, Travnicek. Sind Sie mehr für offene oder geschlossene Schuh'?

TRAVNICEK Das ist die Frage, was i von an Schuh verlange. Beförderungsmittel oder Luxusgegenstand. Aah! Mein Kardangelenk. Das ist immer dasselbe bei mir. Vor a paar Tagen hab' i a komisches Gefühl. I schau' nach, was glauben S', was i hab'?

FREUND Na?

TRAVNICEK An Patschen!

FREUND Filz oder Leder?

TRAVNICEK Das is' eh Wurscht, stell'n Sie sich vor, vor dem Hotel Sacher an Patschen. In an Ministerium müßt man sein.

FREUND Wieso?

TRAVNICEK Denen spielt das alles keine Rolle. Die haben Dienstschuh'.

FREUND Sagen Sie mal, apropos Ministerium: Wie, Travnicek, kommen Sie mit den Behörden aus?

TRAVNICEK Die reine Willkür. Was soll i Ihna sagen, i komm' vor kurzem vor die Tür außa, liegt auf mein' Schuh a Zettel von der Polizei. I geh' aufs Revier, fragt der mi: »Ist das Ihr Schuh?« I sag' ja. Hätt' i Straf' zahlen müssen.

FREUND Warum denn?

TRAVNICEK Weil i die Schuhbandeln offengelassen hab'. Gott sei Dank hat er meine Schuhnummer geseh'n.

FREUND Na, was haben S' denn für a Nummer?

TRAVNICEK 44, da hat er mir das Strafmandat erlassen.

FREUND Das versteh' i net.

TRAVNICEK Mit der niedern Nummer hat er geglaubt, i bin a Regierungsmitglied.

FREUND Eine letzte Frage, Travnicek, wie zeigen Sie an, wann Sie bei starkem Verkehr einbiegen wollen?

TRAVNICEK I komm' an die Kreuzung, ja?

FREUND Ja.

TRAVNICEK Und dann mit der kleinen Zehe links, kleinen Zehe rechts. Mein rechter Blinker funktioniert momentan nicht.

FREUND Wieso?

TRAVNICEK I hab' a Hühnerauge von einer Karambolage. Beiderseitiges Verschulden. Die Versicherung will nix zahl'n.

FREUND Na, und was haben S' da gemacht?

TRAVNICEK I bin ihm gleich noch einmal auf den Fuß gestiegen, i bin ja haftpflichtversichert.

Travnicek und die Wahl

Travnicek und sein Freund vor einer Wand mit Wahlplakaten.

FREUND Was, Travnicek, machen Sie nächsten Sonntag?

TRAVNICEK Das hängt vom Wetter ab. Wann's schön is', fahr' i weg, wann's regnet, geh' i ins Kino ...

FREUND Aber Travnicek! Nächsten Sonntag – schauen Sie sich um! Was sehen Sie da?

TRAVNICEK Plakate – die schau' i schon seit vier Wochen nimmer an.

FREUND Das eben, Travnicek, ist der Fehler! Nächsten Sonntag ist der Tag, wo Sie zur Urne schreiten sollen ...

TRAVNICEK Was ist da? A Begräbnis?

FREUND Aber! Wo Sie sich entscheiden sollen ...

TRAVNICEK ... ob i wegfahr' oder ins Kino geh' ...

FREUND Nein! Nächsten Sonntag schreitet der pflichtbewußte Staatsbürger zur Wahl.

TRAVNICEK Na ja – wann's regnet und er keine Kinokarten kriegt, kann er ja zur Wahl gehen.

FREUND Was, Travnicek, glauben Sie, weswegen Sie zur Wahl gehen?

TRAVNICEK Weil i an Zettel krieg'.

FREUND Nein! Der Politiker braucht den Kontakt mit dem Volke. Durch diesen Zettel erfährt er, was Sie als Wähler von ihm halten.

TRAVNICEK Des kann i ihm auf'n Zettel aufschreiben?

FREUND Nein, dann ist er ungültig!

TRAVNICEK Also, was is' des für a Kontakt?

FREUND Die abgegebenen Stimmen sagen den Politikern, was das Volk von ihnen hält.

TRAVNICEK Und das stört sie nicht?

FREUND Travnicek, stellen Sie sich vor, Sie sind Politiker und bekommen fünfhunderttausend Stimmen. Was würden Sie sich denken?

TRAVNICEK Ich würde mir denken, jetzt kann ich mir endlich eine Luxuslimousine kaufen.

FREUND Aber Travnicek, Sie haben diesen Leuten doch etwas versprochen. Und das müssen Sie jetzt halten.

TRAVNICEK Warum?

FREUND No, wenn Sie es nicht halten, wird man Sie nie wieder wählen.

TRAVNICEK Das macht ja nichts. Ich brauch' ja nur eine Limousine.

FREUND Aber die Hunderttausende, die Ihnen ihr Vertrauen geschenkt haben!

TRAVNICEK Gehen Sie, die wählen doch nicht zum ersten Mal.

FREUND Travnicek, Sie denken engstirnig! Stellen Sie sich vor, Sie gründen die Travnicek-Partei. Sie führen einen Wahlkampf! So wie die andern Parteien. Sie stecken Millionen in die Propaganda, so wie die anderen!

TRAVNICEK Wann i des Geld hab', was sie für Propaganda ausgeben, pack' i mei Partei z'samm' und fahr' an die Riviera.

FREUND Warum grad' an die Riviera?

TRAVNICEK Na, nach Tibet werd' i net fahren.

FREUND Sie sind kein Demokrat, Travnicek.

TRAVNICEK Des hat mir noch niemand gesagt ... net amal unterm Hitler.

FREUND Damals war es auch keine Ehre.

TRAVNICEK Und jetzt ist es eine Ehre?

FREUND Natürlich – die höchste Ehre! Sie genießen das freie aktive und passive Wahlrecht.

TRAVNICEK Das passive is' mer lieber.

FREUND Also meinetwegen. Sie wollen sich wählen lassen. Welche Voraussetzungen bringen Sie für den Politiker mit?

TRAVNICEK Also schauen Sie – schauen Sie: Es gibt Leute, die sagen, ich schau' dem Kanzler ähnlich. Andere sagen, ich schau' dem Vizekanzler ähnlich – also, ich schau' aus wie die Koalition.

FREUND Travnicek, Sie stellen sich das zu einfach vor. Wer soll Sie wählen?

TRAVNICEK Das ist natürlich eine Sache des Vertrauens.

FREUND Auf was herauf sollen die Leute Ihnen vertrauen?

TRAVNICEK Auf was herauf vertrauen s' den anderen?

FREUND Na, die haben doch durch jahrelanges Regieren bewiesen, was sie können.

TRAVNICEK Na eben.

FREUND Und Sie kennt man ja nicht!

TRAVNICEK Laß i halt Fotos von mir machen.

FREUND Na ja. Das kostet aber sehr viel Geld. Was machen Sie, wenn Sie dann die Wahl verlieren?

TRAVNICEK Bleib i die Fotos schuldig.

FREUND Fotos sind das wenigste ... Sie brauchen Ideen! Schauen Sie sich diese Plakate an! Da haben sich die besten Köpfe der Nation nächtelang damit geplagt!

TRAVNICEK *zeigt auf die Plakate:* Und das is' dabei herausgekommen?

FREUND Sie müssen die Propaganda nach ihrer Durchschlagskraft beurteilen! Sie brauchen Wahlparolen! Slogans! Was würden Sie für einen Slogan nehmen?

TRAVNICEK *nach langem Nachdenken:* Parteien haben kurze Bei... nein ... wer einmal wählt ... eine Partei wäscht die an... Morgenstunde hat Gold im Munde.

FREUND Das ist doch ein kompletter Unsinn!

TRAVNICEK Hat aber Durchschlagskraft!

FREUND Eine Wahlparole muß doch etwas heißen!

TRAVNICEK Schau'n S' Ihnen die anderen an. Die haaßen aa nix.

FREUND Wieso, Travnicek? Nehmen Sie zum Beispiel dieses Schifflein. Was versinnbildlicht es? Daß es auf jede Stimme ankommt!

TRAVNICEK Das glaub' ich. Da gibt man seinen Zettel ab und macht sich jahrelange Vorwürfe, daß das Schiff schief fahrt ...

FREUND Sie mißverstehen dieses Plakat, Travnicek! Das ist

das Staatsschiff. Woran denkt der einfache Mann auf der Straße, wenn er es in dieser schiefen Lage sieht?

TRAVNICEK Na, woran denkt er?

FREUND An ein Leck?

TRAVNICEK Hören S', mit solchen Zitaten können S' doch im Wahlkampf net arbeiten!

FREUND Ich versteh' nicht, wovon Sie reden, Travnicek. Die Überzeugungskraft eines Plakates kann die Entscheidung in der Wahlschlacht bringen.

TRAVNICEK Des hab' ich mir auch schon gedacht. Wann der Klaus so durch die Straßen geht und a KP-Plakat siecht, wer weiß, was er dann wählt?

FREUND Theoretisch haben Sie recht. Er kann wählen, was er will. Es ist eine absolut freie und geheime Wahl.

TRAVNICEK I waaß. Jedesmal, wann i in der Wochenschau den Bundespräsidenten siech, wie er in die Zelle tritt, zitter' i, was wird er wählen?

FREUND Bravo, Travnicek! Das ist Anteilnahme im richtigen Geiste!

TRAVNICEK Ja, aber ans stört mi. Wie kommt man dazu, daß ma am Sonntag kein Alkohol trinken kann?

FREUND Sie müssen ja nicht gerade am Sonntag trinken.

TRAVNICEK Aber grad' an dem Sonntag hab' i an Grund dazu.

FREUND Das muß aber so sein, Travnicek. Auf dem Wahlzettel sind mehrere Wahllisten. Wie leicht kann da einer sein Kreuzel in die falsche eintragen!

TRAVNICEK Na wennschon. Glauben S', es gibt an Umsturz, wenn der Außenminister amal die SPÖ erwischt?

FREUND Die Demokratie besteht aber auf einem völlig unverfälschten Wahlresultat.

TRAVNICEK Das aber war bei Hitler noch viel besser.

FREUND Wieso denn?

TRAVNICEK No, da is' immer einer hinter Ihnen g'standen und hat g'schaut, wo Sie den Strich hinmachen.

FREUND Aber was reden Sie da, Travnicek! Die Wahl ist die

Stunde der Wahrheit – das reinigt die Atmosphäre – das ist die Läuterung der Demokratie ...

TRAVNICEK Und was is' jetzt mit der VOEST? Und wer zahlt dem Haselgruber die 23 Millionen z'ruck?

FREUND Na, warten Sie ab bis nach der Wahl!

TRAVNICEK Ah, dazu müssen s' erscht die Wahl gewinnen?

FREUND Wenn Sie so denken, können Sie ja auch eine unabhängige Partei wählen.

TRAVNICEK Die FPÖ? Die hab' ich schon 38 gewählt ...

FREUND Die hat es 38 doch gar nicht gegeben!

TRAVNICEK Naa. Aber g'wählt hab' i s' ... is aa nix dabei herausgekommen ...

FREUND Na, sehen Sie. Also, Travnicek, was werden Sie am Sonntag tun?

TRAVNICEK *mit plötzlichem Einfall:* Jetzt weiß ich's!

FREUND Fahren Sie aufs Land?

TRAVNICEK Naa!

FREUND Bravo! Gehen Sie ins Kino?

TRAVNICEK Aa net.

FREUND Ausgezeichnet! Also?

TRAVNICEK I kauf' mir scho' am Samstag zwa Liter Wein und sauf' mi z' Haus an.

FREUND *bestürzt:* Na, und was machen Sie dann in der Wahlzelle?

TRAVNICEK Des is' mei Wahlgeheimnis.

Travnicek op. 9

Zwei Leute sitzen mit dem Rücken zum Publikum in einem Café. Im Hintergrund ein Fernsehapparat.

TRAVNICEK In einem Kaffeehaus is's kalt ...
FREUND Dafür haben s' einen Fernsehapparat, Travnicek ...
TRAVNICEK Was brauch' i des bei so an faden Programm ...
FREUND Das Programm hat doch noch gar nicht angefangen.
TRAVNICEK I siech aber a Büld ...
FREUND Das ist doch nur der Titel: Österreichisches Fernsehen.
TRAVNICEK Na, sehg'n S': Fangt scho' gut an.
FREUND Das fangt erst in fünf Minuten an.
TRAVNICEK Und was mach' i bis dahin?
FREUND Konversation, Travnicek.
TRAVNICEK Mit Ihnen?
FREUND Sie können sich ja auch mit dem Fernsehapparat unterhalten.
TRAVNICEK Da unterhalt' i mi noch lieber mit Ihnen.
Beide drehen sich um.
FREUND Wo, Travnicek, haben Sie diesen Sommer verbracht? Waren Sie wieder an der Adria?
TRAVNICEK Naa. I hab' mir denkt: »Südtirol den Südtirolern« und bin net hing'fahren.
FREUND Wo waren S' denn?
TRAVNICEK In der Sowjetunion. I hab' ein' Charakter.
FREUND Sie haben sich allein dorthin getraut, Travnicek?
TRAVNICEK Ich war in Gesellschaft.
FREUND In einer guten Gesellschaft?
TRAVNICEK Nein, in einer Reisegesellschaft.
FREUND War Ihnen das nicht unheimlich?
TRAVNICEK Anfangs schon.
FREUND Wieso das, Travnicek?
TRAVNICEK Was soll i Ihnen sagen? I kumm an die Grenze. Was siech i? Lauter Russen.

FREUND Was haben S' denn erwartet?

TRAVNICEK Man waaß ja, daß in der Sowjetunion lauter Russen sein. Aber daß sie sich gleich zeigen ...

FREUND Na, wie war die Fahrt ... Travnicek?

TRAVNICEK Schau'n Se. Schau'n Se: Am ersten Tag schau' i aus'n Fenster: Steppe. Gut. Am zweiten Tag schau' i noch einmal aus'n Fenster. Steppe. Gut.

FREUND Was haben S' am dritten Tag gemacht, Travnicek?

TRAVNICEK Da haben wir uns ang'soffen. Mit Wodka.

FREUND Na und? Wodka ist doch ein herrliches Getränk.

TRAVNICEK Aber net in der Steppe ...

FREUND Na, hören Sie: Die unendliche Weite des Landes, Travnicek, ist doch ein einmaliges Erlebnis!

TRAVNICEK Wieso? Die Simmeringer Had' ist auch ka einmaliges Erlebnis!

FREUND Da fahren Sie ja auch nicht zwei Tage lang drin herum!

TRAVNICEK I bin ja net teppert.

FREUND Na, und was war am dritten Tag?

TRAVNICEK Da war'n mir b'soffen.

FREUND Nein. Wo sind Sie angekommen?

TRAVNICEK In Moskau.

FREUND Was sagen Sie zu Moskau, Travnicek?

TRAVNICEK Des is' ka Stadt zum Ankommen.

FREUND Aber wie war die Reise sonst?

TRAVNICEK A Hetz. G'sungen hab' mer ... mir waren lauter solche Burschen wie ich. An Sonderwagen hab' mer g'habt ... da hat si ka Russ' eini'traut ...

FREUND Und was war mit dem Schaffner, Travnicek?

TRAVNICEK Amal is' er kommen. Da hab' i meinen Wortschatz auspackt.

FREUND Was haben S' ihm gesagt?

TRAVNICEK Dawai – dawai. Gleich hat er sich g'schlichen ...

FREUND Und das haben S' Ihnen 'traut, Travnicek?

TRAVNICEK Natürlich. Das Land lebt vom Fremdenverkehr. Also muß er die Goschen halten.

FREUND Ich beneid' Sie um Ihren Moskaubesuch, Travnicek. Der Rote Platz. Das muß doch gigantisch sein!

TRAVNICEK Gigantisch wie die Schmelz. Nur ohne Schrebergärten.

FREUND Sie haben keine historische Perspektive, Travnicek. Dort steht das Lenin-Mausoleum.

TRAVNICEK Na, was is' des scho'? Net amal a Zinnpest haben s' da.

FREUND Ich will mit Ihnen nicht streiten. Wie, Travnicek, hat der Kreml auf Sie gewirkt?

TRAVNICEK Seit i den g'seh'n hab', waaß i, warum der Chruschtschow dauernd herumfahrt.

FREUND Das ist keine Erklärung, Travnicek! Wie schaut er aus, der Kreml?

TRAVNICEK Was soll ich Ihnen sagen – genau wie der russische Pavillon auf der Messe.

FREUND Da sind doch jetzt die Chinesen drin.

TRAVNICEK Im Kreml wer'n s' auch bald drin sein.

FREUND Na, und die Leute? Was haben Sie in Moskau gesehen?

TRAVNICEK Amerikaner.

FREUND Und sonst? Waren Sie in der Oper?

TRAVNICEK Naa. Im Kino.

FREUND Was hat man da gespielt?

TRAVNICEK Einen Film mit Paula Wessely.

FREUND Und was haben die Russen dazu gesagt?

TRAVNICEK Das waaß i net.

FREUND Warum haben Sie keinen gefragt?

TRAVNICEK Das hab' i mi net 'traut. Aber im Fernseh'n hab' i was g'seh'n.

FREUND *erfreut.* Aha! Was?

TRAVNICEK Den Nixon.

FREUND Und welche Sehenswürdigkeiten haben Sie sonst besucht, Travnicek?

TRAVNICEK Den Tiergarten.

FREUND Was haben S' dort Besonderes gesehen?

TRAVNICEK Elefanten.

FREUND Die gibt's doch in Wien auch.

TRAVNICEK Ja – aber keine russischen Elefanten ...

FREUND Ihre Logik leuchtet mir nicht ein, Travnicek. Aber eines muß doch einen Eindruck auf Sie gemacht haben. Die Moskauer Untergrundbahn. Haben Sie die gesehen?

TRAVNICEK Natürlich hab' ich s' g'seh'n.

FREUND Na, wie schaut sie aus?

TRAVNICEK Wie der Kursalon, wenn der H2 durchfahren möcht'.

FREUND Wo haben Sie gewohnt?

TRAVNICEK In ein' Hotel.

FREUND Wie war die Bedienung? Waren die Angestellten höflich?

TRAVNICEK Des glaub i ...

FREUND Na, seh'n Sie!

TRAVNICEK Dort is' a Angestellter entweder höflich, oder er ist kein Angestellter mehr.

FREUND Wie hat das Hotel ausgeschaut?

TRAVNICEK Wie das Hotel Imperial.

FREUND Nach der Russenbesetzung?

TRAVNICEK Na. So hat's erst ausg'schaut, wie mir wegg'fahren sein.

FREUND Und was haben Sie sonst noch gemacht?

TRAVNICEK Wir waren b'soffen.

FREUND Sie waren doch schon im Zug besoffen?

TRAVNICEK No – san mir gleich so 'blieben. Was glauben S', was mir für a Hetz g'habt haben! Lauter so Burschen wier i ... Leut' hab' mer ang'stänkert ... De Russen haben sich g'furchten ...

FREUND Ich verstehe Ihre Motive, Travnicek. Sie wollten sich für das Jahr 45 revanchieren?

TRAVNICEK Aber naa. Wir benehmen uns überall so, wo wir hinkommen.

FREUND *schaut auf die Uhr:* Travnicek, in wenigen Sekunden beginnt das Fernsehprogramm.

TRAVNICEK Was spielen s' denn?

FREUND »Spiegel vorm Gesicht«!

TRAVNICEK Oiweh ... Lassen S' mi aus mit dem!

FREUND Aber wieso denn? Was gefällt Ihnen denn daran nicht?

TRAVNICEK Na, was siech i durt? An Blaaden, der im karierten Mantel Blödsinn red't. Das kann i selber aa.

Travnicek hat Vorrang

FREUND Was, Travnicek, sagen Sie zu meinem Wagen?

TRAVNICEK Na, was soll i sagen, wann i scho' drinsitz'?

FREUND No, haben Sie, Travnicek, vielleicht etwas gegen die Motorisierung?

TRAVNICEK An sich nicht. Es sind mir zuviel Autos dran beteiligt.

FREUND Aber, Travnicek, in Amerika kommen drei Personen auf ein Auto, bei uns san's erscht sechse.

TRAVNICEK So? I hab' neulich auf der Triesterstraß'n zwölf Personen auf an Auto g'seh'n. Zwa aus'n Burgenland, viere aus Niederösterreich und sechs Salzburger.

FREUND Ah, wie kommen die alle auf a Auto?

TRAVNICEK Die Straße war glatt.

FREUND Wir reden wieder einmal aneinander vorbei, Travnicek. Ich spreche von diesem Wagen. Wie fühlen Sie sich darin?

TRAVNICEK Seltsam. Was greifen Sie mir dauernd ans Knie?

FREUND Aber Travnicek, ich muß doch schalten.

TRAVNICEK Mit mein' Fuß?

FREUND Aber der Wagen ist doch geräumig.

TRAVNICEK Also ich glaub' nicht, daß man drin stehen kann.

FREUND Ein Wagen ist auch nicht zum Stehen da.

TRAVNICEK Liegen kann ma' aa net drin.

FREUND Fußgängerübergang. Und gemächlich schlendert der Passant über den Zebrastreifen. Er weiß, er ist nicht mehr Freiwild der Straße, wo die grüne Ampel leuchtet.

TRAVNICEK Aha. Und wo die Ampel nicht leuchtet, ist ein Wildwechsel. Haben Sie den Wagen gern?

FREUND Natürlich, is' ja klar.

TRAVNICEK Diesen Wagen?

FREUND Ich liebe ihn.

TRAVNICEK Liebe geht seltsame Wege.

FREUND Auch Sie, Travnicek, würden diesen Wagen liebgewinnen. Stellen Sie sich vor, Sie könnten damit hinein fahren –

TRAVNICEK Was?

FREUND – hinausfahren, wann immer Sie wollen, weit hinein in die herrliche Bergwelt.

TRAVNICEK Laaer Berg, Küniglberg, Laurenzerberg –

FREUND Ja, aber dann kommt das Wochenende. Packt Sie da, Travnicek, nicht auch die Lust, mit den anderen Samstag früh hinaus zu fahren?

TRAVNICEK Naa.

FREUND Warum net?

TRAVNICEK Weil i am Sonntagabend siech, was da alles zurückkommt. Scho' wieder a Kreuzung. I wer' derweil Zeitung lesen.

FREUND Also ich find's trotzdem schön.

TRAVNICEK Was?

FREUND Das stürmische Vorwärtsschreiten der Motorisierung. Sie verbindet die Menschen.

TRAVNICEK Ja. A Hausmeister kommt schneller zum andern.

FREUND No, schau'n S' amal in die Zeitung. Alles is' voll davon.

TRAVNICEK Na, net amal a Zeitung kann ma mehr lesen. Überall will einem jemand seinen alten Wagen anhängen.

FREUND Meinen Sie, Travnicek, mich?

TRAVNICEK Naa, da die Annoncen.

FREUND Das ist eben der Gebrauchtwagenmarkt. Er sorgt dafür, daß auch der kleine Mann –

TRAVNICEK – einen noch kleineren find't, dem er seinen alten Wagen anhängen kann.

FREUND Also schau'n Sie, ich zum Beispiel, ich fahr' prinzipiell nur Gebrauchtwagen.

TRAVNICEK Des spürt ma!

FREUND Schon wieder a Kreuzung.

TRAVNICEK Die rote Welle.

FREUND Passen S' auf, Travnicek, es scheint mir eine längere

Sitzung zu werden. Geben S' mir derweil die Zeitung. Denn wenn Sie sich ernstlich für meinen Wagen interessieren, muß i mi beizeiten nach an andern umschau'n. Also da hätt' ma amal: »Direktionswagen. Prachtstück. Gut erhalten. 12.000 Schilling«.

TRAVNICEK So a Wagen kommt ma vor wie die Straßenbahn. Fürs Technische Museum is' er z' jung, für'n Verkehr is' er z' alt, für'n Betrieb is' er zu g'fährlich und zum Wegschmeißen is' er zu groß.

FREUND Da! »Notverkauf. Preiswert.«

TRAVNICEK Notverkauf, das kommt ma immer vor, wie a Notschlachtung. Natürlich Auto-Metzger. Moment: Beschteingefahren. Des is' ma neuch.

FREUND Wo steht des?

TRAVNICEK Da. Beschteingefahr'n.

FREUND Aber, Travnicek, das heißt: besteingefahren.

TRAVNICEK Sie sind ein gewandter Leser.

FREUND Natürlich, ich bin ja auch trainiert auf die Annoncen. Da zum Beispiel: »75%ig bereift«. Wissen Sie, was des is'?

TRAVNICEK Ja. Drei Radl hat er.

FREUND Sein S' do net so unernst, Travnicek. Schau'n S', da is' zum Beispiel was ganz Billiges. 3000 Schilling. Schau'n S' her: »Limousine fahrbereit«. Wissen S', was das heißt?

TRAVNICEK Ja. Wenn ma hint'n anschiebt, rollt er.

Eine Autosirene ist zu hören.

FREUND Die Rettung! Eilig saust sie dahin. Da is' sicher wieder was Furchtbares passiert.

TRAVNICEK I glaub' net.

FREUND Warum net?

TRAVNICEK Wann s' so schnell fahr'n, fahr'n s' Mittagessen.

FREUND Ihnen, Travnicek, sitzt der Schalk im Nacken. Zurück zu den Annoncen. Schau'n S', da hätt' ma amal: »Gelegenheitskauf! Rücktritt von Kaufvertrag«. Was beobachten Sie da?

TRAVNICEK Ein Wachmann. Er droht auf uns. Er läuft rot an.

FREUND Naja, warum? Wir haben ja rotes Licht.

TRAVNICEK Naa. Jetz' is' schon seit längerer Zeit grün. Jetzt läuft er grün an.

FREUND Was? Grün? Grün, da muß i fahr'n.

TRAVNICEK Besteingefahren. Jetzt, wo Sie g'fahr'n san, war's wieder rot. Aber es kann ja nix passier'n. Er hat ja Ihre Nummer.

FREUND Sie haben mich abgelenkt, Travnicek, da kann ja ka Mensch Autofahr'n, net amal ich. Wollen Sie meinen Wagen kaufen oder net?

TRAVNICEK I hab' ja kan Führerschein.

FREUND Na, aber Sie können doch sicher trotzdem fahren.

TRAVNICEK Nein. Ich kann trotzdem nicht fahren.

FREUND Ah, Sie können gar net Auto fahren? Was lassen S' mi dann die ganze Zeit mit Ihnen a Probefahrt machen?

TRAVNICEK I hab' um fünf a Rendezvous. Bleiben S' steh'n, da samma scho'.

FREUND Na, hör'n S', des Stickl hätten S' aber aa z' Fuß geh'n können.

TRAVNICEK Naa. Da wär' i scho' um halber fünfe dag'wesen.

Travnicek und das neue Wien

DER FREUND Travnicek, was halten Sie von Wien?

TRAVNICEK Da müssen S' mich nachdenken lassen – – Nix.

FREUND Aber Travnicek, merken Sie nicht den ungeheuren Aufschwung, den die Stadt genommen hat?

TRAVNICEK Mitnichten. – Wien bleibt Wien.

FREUND Na also –

TRAVNICEK Furchtbarer Gedanke ...

FREUND Die emsige Tätigkeit, die gewaltige Aktivität, die diese Gemeinde auszeichnet –

TRAVNICEK Gemein bin i no' lang net weg'n dera Gemeinde –

FREUND Ein führendes Stadtoberhaupt, dem Volke verwachsen.

TRAVNICEK Warum? Kriegt eh jeder a Geld –

FREUND Sie sind ein Banause, Travnicek, Hallen. Satellitenstädte, ja sogar eine Donaustadt –

TRAVNICEK I fanget mit der Donau was G'scheiters an ...

FREUND Was denn, Travnicek?

TRAVNICEK A Überschwemmung –

FREUND Das Alte fügt sich dem Neuen. Ein U-Bahnschacht unter dem Stephansplatz ...

TRAVNICEK Wunderbar ... Die alte Hülsen fallt z'samm', und unten können s' Mannerschnitten verkaufen –

FREUND Er wird doch stehenbleiben, schöner denn je ...

TRAVNICEK Wann war der je schön? ... A Votivkirchen ohne Parkplatz.

FREUND Na, und die Fußgängerzone, Travnicek?

TRAVNICEK A halbe Lösung –

FREUND Wie das, Travnicek?

TRAVNICEK Wenn i eh a U-Bahn hab', brauch' i net z' Fuaß geh'n –

FREUND Merken Sie nicht, wie Wien wieder Weltstadt wird? Das pulsierende Leben –

TRAVNICEK Die Wüste Gobi nach an Sandsturm, und die ham s' dann aa noch zug'sperrt –

FREUND Neue Viertel sollen entstehen – für Künstler – für die Bürger ...

TRAVNICEK Für die Bürger is' immer no' die Straßenbahn da. Und die Künstler, i waaß net ...

FREUND Sie sind phantasielos, Travnicek.

TRAVNICEK Bärte ham jetzt scho' die Hausmaster, aber sie reden wenigstens kan Bledsinn ...

FREUND Die Neugestaltung der Ringstraße, Travnicek ...

TRAVNICEK Reindl um Reindl, nur ka Kuchl –

FREUND Sie sind zu pessimistisch, Travnicek. Der Verkehrsstrom aus allen Ländern, der Atem der großen weiten Welt ...

TRAVNICEK Wann i an Knoblauch riechen will, geh' ich gleich zu die Tschuschen –

FREUND Die gibt's ja nimmer, Travnicek –

TRAVNICEK Haben sie s' vergast ...?

FREUND Das würde ja keine Arbeitskräfte bringen, Travnicek. Sie schalten und walten in unserer Donaumetropole –

TRAVNICEK Das haben s' immer schon g'macht.

FREUND Nennen Sie Namen, Travnicek.

TRAVNICEK I haaß Travnicek, du haaßt Travnicek, warum nennen s' dich Tschusch?

FREUND Na, sehen Sie ...

TRAVNICEK An Tschuschen wollen s' mi nennen und damit die nächste Wahl gewinnen ...

FREUND Wer?

TRAVNICEK Immer dieselben.

FREUND Sie wollen behaupten, Travnicek, daß sich nichts verändert hat?

TRAVNICEK Naa, wann sich die Tschuschen heut' Travnicek nennen –

FREUND Vergrämen Sie mich nicht. Sie könnten sogar Unterrichtsminister werden ...

TRAVNICEK Dazu ist mir mein Name zu gut –

FREUND Schön. Das ist Ihre Sache. – Sie sind asozial ...

TRAVNICEK Naa, i bin A-Sozialist.

FREUND Wunderbar, Travnicek. Seit wann?

TRAVNICEK Seit Kaisermühlen a Großstadt is' –

FREUND Da sind wir wieder bei der Umgestaltung, bei der Donaustadt –

TRAVNICEK Seit wann braucht die Stadt a Donau? Mir san immer no' mit'm Donaukanal auskommen und nach dem Krieg haben die Tschuschen dort genistet ... Beim Tegetthoff.

FREUND Der Prater, Travnicek, die Alleen, keine Autos.

TRAVNICEK Wann i mir a Dusika-Kappl aufsetz', die Hauptallee entlangkeuch', auf Leutnant spiel', bin i no' lang ka Polizeipräsident.

FREUND Travnicek, denken Sie an den mutigen Kampf gegen die Umweltverschmutzung!

TRAVNICEK Das war ja unser Charme, daß wir die Umwelt verschmutzt haben ... Soll'n wir uns unsern Dreck auch noch nehmen lassen?

FREUND Sie sind ein Defätist, Travnicek ... Sie müssen das neue Wien sehen, den pulsierenden Verkehr ...

TRAVNICEK Das is' a Fußgängerzone, nur mit Autos.

FREUND Die reizenden Hostessen, Travnicek, da fällt Ihnen nichts ein?

TRAVNICEK Na ja, wann ma die Hax'n und den Kopf net siecht, sind s' ja ganz fesch –

FREUND Und dazwischen?

TRAVNICEK Spielt sich auch kein Verkehr ab –

FREUND Was sich in Wien alles geändert hat! Der modernste Flughafen Europas ...

TRAVNICEK Da werden Bazillen auf die ganze Welt verteilt –

FREUND Ich versteh' Sie einfach nicht, Travnicek ...

TRAVNICEK Hör'n Sie, hör'n Sie ... das Wien g'hört z'sammeng'schiss'n ...

FREUND Wie wollen Sie das bewerkstelligen, Travnicek?

TRAVNICEK Von da heroben, lieber Freund.

FREUND Wo sind wir denn eigentlich?

TRAVNICEK Im Himmel, Sie Trottel!

FREUND Na schön, ich war mein Lebtag lang brav. Aber wie kommen Sie da her?

TRAVNICEK Ich wollt' in die Stadt fahren ... Der Verkehr ballte sich ... die Fußgängerzone ... Da is's passiert.

FREUND Aber wieso kommen Sie ausgerechnet in den Himmel?

TRAVNICEK Wann mi das Reisebüro net vermittelt hätt' –

Travnicek und die Entführer

FREUND Was, Travnicek, halten Sie von Geiseln?

TRAVNICEK Das ist eine Beschäftigung für Mönche und Sadisten.

FREUND Sie mißverstehen mich grund. Stellen Sie sich vor, Sie sind der politische Vertreter einer Partei, und man entführt Sie. Was tun Sie dann?

TRAVNICEK Das hängt von der Verpflegung ab.

FREUND Unsinn! Die ganze Welt bangt um Ihr Schicksal –

TRAVNICEK Schicksal? Ich hab' ja kans.

FREUND Man bietet Lösegeld –

TRAVNICEK Das erste vernünftige Wort.

FREUND Am Rande der Wüste stehen schwerbewaffnete Männer.

TRAVNICEK Lassen S' mi aus mit denen, die waren mir schon beim Karl May fad. A langer Bart und weiße Kitteln machen noch keinen Kara ben Nemsi ... Schiache Transvestiten.

FREUND Ich meine den Lorenz.

TRAVNICEK Lorenz von Arabien ... Sag' i ja.

FREUND Kommen wir auf Berlin zurück –

TRAVNICEK Was macht man dort? Das is' zuag'sperrt auf der an Seit'n, und auf der andern is' aa nix los.

FREUND Haben Sie etwas gehört von der Organisation Zweiter November?

TRAVNICEK Ich habe nur gehört von der Organisation Erster April.

FREUND Sie sind zu allem entschlossen.

TRAVNICEK Was wollen die von mir?

FREUND Das hängt von Ihnen ab. Man schickt einen Pfarrer nach Afrika.

TRAVNICEK Damit er an Lichtbildervortrag vor der Pfarrjugend halten kann. »Als Missionar in heißen Zonen.«

FREUND Nein, es geht um zwei Studenten.

TRAVNICEK Mit die Bärt'?

FREUND Aus Berlin.

TRAVNICEK Was mach' i mit zwa Piefke und an Pfarrer bei die heißen Völker.

FREUND Reden ... Die diplomatische Tradition unseres Landes beibehalten. Ein gutes Klima schaffen.

TRAVNICEK Bei der Hitz'.

FREUND Allen recht geben und auf nichts eingehen ...

TRAVNICEK Wissen S' was, i nehm' den Kreisky mit und geb' ihn für Kissinger aus ...

FREUND Also: Man entführt uns einen Politiker –

TRAVNICEK Wer will die schon?

FREUND Angenommen, Sie werden akzeptiert, man ist bereit, in den Busch zu gehen.

TRAVNICEK In die Blüah, meinen Sie ... Da wird die Staatskassa aber tief in den Säckel greifen müssen.

FREUND Denken Sie an einen bestimmten Politiker?

TRAVNICEK Mir ist jeder recht. Ich hab' mir's ja net ausg'sucht.

FREUND Würden Sie Widerstand leisten?

TRAVNICEK Wenn i an Widerstand brauch', is' er schon verloren.

FREUND Gegen die Guerillas?

TRAVNICEK Samma im Urwald?

FREUND Nein, in der Wüste.

TRAVNICEK Gorillas, Orang Utans, der Vogel Strauß.

FREUND Der hat damit nichts zu tun.

TRAVNICEK Dann soll er die Goschen halten.

FREUND Er steckt eben den Kopf nicht in den Sand. Er will uns auf die Gefahren aufmerksam machen.

TRAVNICEK Drum laßt er sich immer wieder plakatieren.

FREUND Hätten Sie Angst?

TRAVNICEK Das hängt davon ab, wie die Stewardessen gebaut san.

FREUND Haben Sie Angehörige?

TRAVNICEK Ich bin ja net blöd. Den Mann entführen lassen und die Prämie kassieren.

FREUND Sie sind tatsächlich so blöd, daß Sie einen Anwalt brauchen. Und wenn nun tatsächlich Ihre letzte Stunde geschlagen hat?

TRAVNICEK Ich trage nie eine Uhr, daß ich das feststellen könnte.

FREUND Sie machen mich konfus, Travnicek. Also, der eine Herr ist entführt worden, der andere hat sich freiwillig zur Verfügung gestellt.

TRAVNICEK Für die Stewardessen?

FREUND Ihr Humor ist fehl am Platze, Travnicek.

TRAVNICEK I sitz' mit'n Kreisky in der Wüste und soll Humor haben.

FREUND Es wird verhandelt. Die Welt hängt sprachlos am Fernsehschirm. Bangt um Ihr Schicksal.

TRAVNICEK Da pass' i net eine. Ich sprenge den Fernsehschirm.

FREUND Wir landen, Travnicek, schnallen Sie die Gurte an und stellen Sie das Rauchen ein.

TRAVNICEK Erstens sitz' i in kan Auto, und zweitens rauch' ich Hasch.

FREUND Das hätt' ich mir nie gedacht von Ihnen, Travnicek.

TRAVNICEK Ich hätt' mir auch nie gedacht, daß Sie sich für so an Blödsinn hergeben.

FREUND Also, Travnicek, neun Geiseln waren es. Sieben sind noch frei. Was täten Sie als Bundesregierung?

TRAVNICEK Alle sieben niederschießen.

FREUND Warum das, Travnicek?

TRAVNICEK Dann steht's eins zu null für uns.

Dunkel.

Helmut Qualtinger

Schwarze Wiener Messe

Heuriger, Heuriger

Im Nebenraum spielen die Schrammeln.

ÄLTERER BESUCHER *zu seiner Frau:* Ich glaub', es is' besser, wir geh'n –

DIE FRAU So viele junge Menschen. Man kommt sich vor wie in einer Jugendherberge –

DER MANN Man glaubt, die haben alle morgen nichts zu tun –

DIE FRAU Was ist aus unserer fröhlichen Runde geworden?

DER MANN Niemand darf mehr was trinken. Und der Rest? Tot ...

DIE FRAU Aber sie hausen in den Friedhöfen mit der schönsten Lage. Neustift. Sievering. Grinzing. – Dort möcht' ich auch einmal begraben sein. Die Schrammeln ... Wenn's die Terzen herüberweht ...

DER MANN Und was machst, wenn's regnet oder net ausg'steckt is' ... Da lieg' ich lieber gleich am Zentralfriedhof ... beim Flugplatz ... Da hab' ich auf jeden Fall meine acht Jets im Tag. Und die Kursmaschinen ...

DIE FRAU Wenn dann der Nebel anfangt, hast erst wieder nix –

DER MANN Die Deutschen kommen schon durch!

DIE FRAU Na ja, wenn s' zum Heurigen wollen ...

DER MANN Zum Heurigen haben s' Autobusse ...

DIE FRAU Jetzt hab' ich grad' auf der Toilette eine Dame getroffen. Aus Obertutzing ...

DER MANN Wo ist das?

DIE FRAU Frag mich net so gach! Deutschland is' ja groß ...

DER MANN Ich muß einmal hinfahren ... zu meinem Regimentskameraden. Zum Fritz ...

DIE FRAU Aber erinner dich doch ... Der is' auch schon tot ...

DER MANN An dem Tisch san ma g'sessen. Der hat gar net g'wußt, was a Liptauer is ...

DIE FRAU Aber 'gessen hat er. Und die Pfefferoni ... Tränen hat sie gelacht, wie ihm die Tränen 'kommen san ...

DER MANN Sie wird eine ganz schöne Renten kriegen ...

DIE FRAU Gezahlt haben wir damals! Die Dame aus Obertutzing hat g'sagt, es wird von Jahr zu Jahr teurer! Und die Toiletteinschriften hat s' beanstandet ...

DER MANN Das geht die Deutschen gar nix an ...

DIE FRAU Ich schau ja nicht hin, aber es is' schon sehr arg.

DER MANN Die soll'n die Goschn halten. Sind eh alle evangelisch ...

DIE FRAU Sie hat s' sicher net verstanden –

DER MANN Die Hakenkreuz wird s' schon verstanden haben ... Und die anderen Zeichen sind auch überall die gleichen ...

DIE FRAU Es san mehr Schriften –

DER MANN Hast sie vielleicht g'lesen?

DIE FRAU Ich hab' doch im Klo keine Augengläser ... Du bist schon wieder so heftig ... Das letzte Glasl war zuviel –

DER MANN Das vorletzte, wenn schon –

DIE FRAU Du trinkst eh am Eck noch was ...

DER MANN Jawohl! Am Samstag halt i nix vom Fernseh'n –

DIE FRAU Vielleicht ruft uns noch wer an –

DER MANN Nach neune ... Das möcht' ich mir verbeten haben!

DIE FRAU Du hast schon wieder die Hälfte stehenlassen! So a schöne Stelzen ...

DER MANN Das wirst du nie versteh'n –

DIE FRAU Gemma!

DER MANN Nächste Wochen is' beim Traumfaßl-Kubasta ausg'steckt ...

DIE FRAU Da nimm i aber nur einen Aufschnitt mit ...

DER MANN Aufs Häuselpapier darfst net vergessen ... Man steht dann immer so blöd da ...

DIE FRAU Die Klofrau hat auch kein leichtes Leben –

DER MANN So viele junge Leut'. Die g'hörn auch woanders hin –

DIE FRAU Trink aus, und dann gemma!

DER MANN Am liebsten möcht' ich niemand mehr seh'n ... Hast du die Mäntel?

DIE FRAU Vergiß deinen Hut nicht!

DER MANN Warum kann's beim Heurigen nimmer so sein, wie's war ...

DIE FRAU Nächste Wochen fangst deine Kur an in Mönichkirchen. Bauernschnapsen kann fast ein jeder. Da machst Bekanntschaften –

DER MANN Auch wenn i an die Inschriften auf der Toilette denk', es san nimmer dieselben –

DIE FRAU Die alten Wiener sterben aus! Gemma!

Ein anderer Tisch.

STUDENT Trinkts, Leuteln. So jung kommen wir nimmermehr z'samm' ...

STUDENTIN Ich muß noch immer lachen über den Witz, den der Erwin erzählt hat ... Wie geht er?

STUDENT Es war irgendwas mit der Babypille. – Ja, wenn wir z'sammenrucken, gibt's schon noch Platz. – Oder willst vorher noch an Schweinsbraten? *Er greift sie heftig an.*

STUDENTIN Du Schwein! Wannst mir das noch amal machst ...

AMERIKANER Are you students?

STUDENT Yes. In the third semester –

AMERIKANERIN Oh – that's wonderful ...

STUDENT Are you student, too?

AMERIKANER No, it's our honeymoon –

STUDENTIN Da haben S' wenigstens schönes Wetter.

STUDENT Kellnerin! Die Glaseln lassen S' steh'n. Das werden wir schon austrinken.

AMERIKANERIN Marvellous –

AMERIKANER It's a very fine weather –

STUDENT You came by aeroplane?

AMERIKANERIN No, hitch-hiking ...

STUDENT Autostopp ...

STUDENTIN Glaubst, das waaß i net? ... Für'n Honeymoon zeigt s' ganz schön viel her ... Dabei, wenn i solche Oberschenkel hätt' ...

AMERIKANERIN You are from Vienna?
STUDENT She is from Oberpullendorf.
AMERIKANER I'm sorry, I don't understand. I prefer wine to beer ...
STUDENTIN Das is' a Wahnsinn, wie die dich anschaut ...
AMERIKANERIN We're both a little drunk –
AMERIKANER We had some Whiskies before –
STUDENTIN Die san eh schon b'soffen!
STUDENT Halt die Goschen ... Vielleicht mach'n wir an Viererzug ... You like it here?
AMERIKANER It makes you feel happy –
STUDENTIN Wennst happy werden willst, mußt dich schon anstrengen ... Cheerio!
AMERIKANER I can tell you a joke about ... I think babypill ... *Lacht.*
STUDENT Der Witz kommt aus Kapfenberg.
AMERIKANER Oh, Kahlenberg ... Wonderful ...
STUDENTIN Was haaßt Bruderschaft trinken auf amerikanisch?
STUDENT Fuck yourself!
AMERIKANERIN You know quiet good our language –
AMERIKANER *lachend:* Crazy gang! Let's have another drink!
STUDENTIN Is' scho' da. Der Erwin hat eh alles steh'nlassen ...
AMERIKANERIN Love not war.
AMERIKANER I prefer whores to love.
STUDENT Das war ein Wortspiel ...
STUDENTIN Glaubst, i versteh's net?
AMERIKANERIN We understand each other –
AMERIKANER Come on. The next one is on me.
STUDENT My-Lay war schiach von euch!
STUDENTIN Nach'm sechsten Viertel wirst immer taktlos.
AMERIKANER I'm for peace and freedom.
STUDENT Das war beim Heurigen immer so.
STUDENTIN In Oberpullendorf net. Dort hau'n sie sich ...
AMERIKANERIN Ich trinke mit dir ... Drink, drink, Bruderlein drink ... Lasse die Sorgen zu Haus ...

AMERIKANER She will study here ... singing ... opera ... music ...

STUDENTIN Und Sie ... Haben Sie auch einen Posten ... Haben Sie schon einen Posten?

AMERIKANER I'll work for the R.C.P.N.O.W.G.V.D.M.O.S.-Corporation ...

STUDENT Der arbeit' mit die Computer. Das sieht man gleich.

STUDENTIN Wenn wir auch so mit die Computer arbeiten könnten, im Institut ... da hätten wir viel mehr Zeit für'n Heurigen. – Don't be so shy ... Have one more.

STUDENT Habts schon a Hotel?

STUDENTIN Glaubst, i merk' net, wie sie dich die ganze Zeit anschaut? – Geh doch gleich mit ihr in den Garten –

STUDENT We have Kommunen in Vienna.

AMERIKANER We have nothing against communism. We're going to Budapest this weekend ...

STUDENTIN *immer mehr lachend:* Budapest ... Soll ich ihm den Witz vom Erwin erzählen? – Na, er versteht's eh net –

STUDENT Schad', daß der Erwin schon weg ist ... Der kann alle Leut' unterhalten ... Was der z'sammblödelt ... Manchmal wird's ganz still im Lokal.

AMERIKANER What did you say about My-Lay?

STUDENTIN Und dabei hat s' ihre Hand schon beim Hosentürl ...

STUDENT Sie sind doch im Honeymoon –

STUDENTIN Bei deinem, du Trottel.

STUDENT Das hab' i gar net gemerkt ... Na, was sagt man ...

STUDENTIN Hast dir g'merkt, was wir g'habt hab'n ... Have a good time in Vienna. Auf euch hab'n wir g'wart' ...

Student und Studentin verschwinden.

Traum eines österreichischen Sozialisten

Im Allgemeinen Krankenhaus.

DER ALTSOZIALIST Schlafen kann ka Mensch mehr heut' ... Warum muß a Sozialist schlafen? – Sterben oder schlafen ...? Ein Volksbildner hat uns das gelehrt – Ob in dem Schlaf – Mit Zitaten hat man uns ein'teilt – Das war die Volksbildung ... Im Friedl-Kasparek-Heim ... Der Friedl Kasparek war ein Revolutionär – Aber auf die Parteikasse hat er peinlich geachtet ... Mit an englischen Journalisten bin i in Floridsdorf g'standen im vierunddreißiger Jahr ... Der Bruderkrieg – Davon weiß man heut' nur noch in den Colleges in Amerika – Aber die wissen das ... Die Zeit von Sigmund Freud ... Der hat keine Volksbildung gemacht ... Na ja, er hat ja a Praxis g'habt ... Gebts mir die Arbeiterzeitung, Genossen – Sind keine Genossen mehr da, nur mehr geistige Schwestern – Verrat! Die guate alte Arbeiterzeitung ... Wie viele beschauliche Stunden hab' ich dort verbracht – Eine gemütliche Redaktion – Im Parlament hab' ich auch eine schöne Zeit g'habt – wir hab'n was auf die andern g'wußt, die haben was auf uns g'wußt ... man hat sich geeinigt. – So eine Demokratie soll uns amal einer nachmachen ... Das is' ja keine Demokratie mehr, sondern direkt eine Republik ... Und die zweite schon – Nach'm Krieg war'n s' auf einmal alle wieder da – die Genossen ... Die Trümmer haben noch geraucht ... und wir hab'n im Rathauskeller schon einen vornehmen Treff gemacht ... die alten Herren ... Alles Gemeinsame überwunden – Auch im Geist vom Herrn Bürgermeister Lueger, der zwar christlich, aber sozial war ... Es war der Geist der Wiederversöhnung oder Wiedervereinigung. Was jetzt der schwedische Deutsche aus Berlin macht ... Meine ersten Schnitzeln nach dem Krieg – Und dann der Erste Mai ... G'winkt hamma, bis uns die Händ' weh'tan hab'n – Das Parlament im frischen

Flitterglanz – Die Straßenbahner in ihren schmucken Uniformen ... Mit die Kinder auf die Lenkstangen ... Und am nächsten Tag hat man's gleich in der Wochenschau g'seh'n ... Rot-weiß-rote Radeln ... Im Kino damals noch schwarzweiß ... Nur fürs Auto hat man schwer an Parkplatz kriegt – Eines hat mir leid 'tan. Wenn's geregnet hat – das kommt ja vor im Mai –, sind die lieben kleinen Papierfahnen ganz naß geworden ... Für manches Kind wären sie ein Andenken gewesen – Jetzt is' mir schlecht – I muß an die Kommunisten denken und an ihre Russen ... Ich hab' ja Angst gehabt, daß sie mich entführen ... Ich hab' amal g'sagt, daß das nicht in Ordnung is', was sie machen – Auch das haben wir überwunden ... Ein Herr, der heute ein hohes Amt innehat ... der hat in der Verbotszeit einen Genossen bei sich versteckt. Eines Tages hat er g'sagt, er soll sich schleichen oder er zeigt ihn an ... Man muß es verstehen, der Genosse war jung, die Ehefrau des Quartiergebers nicht berufstätig, den ganzen Tag zu Hause, ja, so was gibt's ... Wenn ich so die allgemeine Kritik lese, wie schwer haben es die Stadtväter – Ich les' nur Leserzuschriften und Meinungsumfragen ... Ja, eine Persönlichkeit muß halt g'rad'steh'n – Es ist eine große Verantwortung, die man auf sich nimmt ... Beim letzten Maiaufmarsch hab'n wir richtiges Kaiserwetter g'habt ... Das war eine Demonstration! Diesmal in Farbe ... Heut', bevor sie mir die Spritzen geben haben, war ich fernsehen – Einen Stock tiefer. Ich weiß nicht ... Die Wahl – Der Geist ist nicht mehr da – Und wenn ich die Arbeiterzeitung les' – Mein Vater hat das noch bitterernst genommen – in seinem Schrebergarten in Kaiserebersdorf – Ich glaub', die Spritzen wirkt schon ... Wie haben wir uns hinaufgearbeitet. Jeder von uns – Was is' alles entstanden ... Ein Staat, der geachtet wird ... Ein Weltstaat ... Eine weltoffene Stadt ... Und wenn i amal stirb, weiß ich, mein Wien kann ruhig weiterleben. Auch wenn ich aus dem zwölften Gemeindebezirk bin. Und dann werd' ich hintreten vor das Parlament – wo die drei Giganten thronen ... Die Pallas Athene – der Viktor Adler – der Reumann ... und da is' noch einer ... der ... der ... no, grad' hab' ich's noch g'wußt ... der liebe Gott ... ah was, Kopf is' Kopf –

Er stirbt.

Ihr werd'ts euch noch an Wien erinnern

DER EINE Das ewige Weihnachten –

DER ANDERE Silvester ist auch immer das gleiche ...

IMMER DERSELBE Wenn ich an den Fasching denk' –

DER NÄCHSTE Nicht auszudenken ...

DER EINE Pfingsten steht vor der Tür –

DER ANDERE Tatsächlich?

DERSELBE Zu Ostern fahr' i c h jedenfalls nach ...

DER EINE Wohin? Ich hab' Sie nicht verstanden –

DERSELBE Ich weiß es ja auch noch nicht ...

EIN NEU HINZUGEKOMMENER Was sind wir doch für Menschen?

DER EINE Man müßt' wirklich etwas tun –

DER ANDERE Darf man?

DER EINE Das ist es ja!

DERSELBE Bei uns wird's immer ärger –

DER EINE Das hör' ich von dir schon seit Kriegsschluß –

DER ANDERE Na, stimmt's net?

DER EINE Ja, sicher –

DERSELBE Warum machen wir nix dagegen?

DER ANDERE Weil wir – was ich bereits, wie du weißt, vor Kriegsschluß öffentlich gesagt hab' – und da hat damals was g'hört dazu –, weil wir –

DER NEU HINZUGEKOMMENE Wir haben einfach zuwenig Geld.

DER ANDERE Laß mich doch ausreden!

DER EINE Reiner Faschismus!

DER AUSWECHSELBARE *tritt auf:* Auf was darf ich euch einladen?

Stille.

DER AUSWECHSELBARE Also gut, dann nicht –

DER EINE Wovon haben wir grad' g'red't? –

DER ANDERE Vom ... hat der sich nicht scheiden lassen?

DER EINE Nein, in seinem Geschäft is' schon a Bank –

DER AUSWECHSELBARE Gratuliere!

DER ANDERE Hat keiner Lust auf ein Spielchen?

Zustimmung.

DER NEU HINZUGEKOMMENE Laßts ihr mich auch mitspielen?

Schweigen. Die anderen beginnen zu spielen. Nach einer Weile entsteht ein unentwirrbares Streitgespräch.

DER NEU HINZUGEKOMMENE Ja, das ist auch keine Lösung –

DER AUSWECHSELBARE Hanoi ist auch keine Lösung –

DER EINE Ich würde nicht so leichtfertig über Weltprobleme reden –

DER ANDERE Wer red't schon mit dir ... Wir reden halt so ...

DERSELBE Was weißt du schon vom Faschismus? Da war ich schon –

DER EINE Mir wirst du erzählen –

DER ANDERE Warum kommt keine Diskussion zustande?

DER EINE Das ist bei uns eben so!

DER NEU HINZUGEKOMMENE Kinder, das Fernsehen war gestern ungeheuer!

DER EINE Hast es überhaupt g'seh'n?

DER ANDERE D'rüber g'lesen hab' ich –

DER NEU HINZUGEKOMMENE Wer von euch fahrt Ski fahren?

DER EINE Der Schranz –

DER NEU HINZUGEKOMMENE Is' auch wahr –

DER EINE Haben wir eigentlich eine Richtung?

DER ANDERE Wie meinst du das?

DER EINE So hab' ich's bestimmt net g'meint, wie du mir das unterstellen willst –

DER ANDERE D i r unterstell' ich doch nix. Da müßt' ein anderer kommen!

DER NEU HINZUGEKOMMENE Also ich weiß, ich fahr' irgendwann nach Teneriffa –

DER EINE Ehrlich, was haltets ihr von Griechenland?

DER ANDERE Inseln gibt's überall –

DER EINE Was tut sich sonst?

STIMMEN Arlberg – Kitz – Semmering –

EINE DÜNNE STIMME Neusiedl –

DER AUSWECHSELBARE Eigentlich möcht' ich auf Urlaub fahren –

DER EINE Man fliegt zuwenig –

DER ANDERE Dabei hat man solche Chancen ...

DER EINE Pommerone soll sich irrsinnig ausgebaut haben –

DER ANDERE Das Meer ist ungeheuer verdorben, hör' ich –

DER AUSWECHSELBARE Wo fahrt man im März eigentlich hin?

DER EINE Immer hör' ich das von der Wirtschaftslage ...

DER ANDERE St. Pölten hat sehr aufgeholt. Alle Achtung!

DERSELBE Die Tankstellen sind nimmer dasselbe –

DER AUSWECHSELBARE Die Gespräche schon!

Altweibersommer

Ein Gartenlokal. Zwei Frauen, die eine burschikos, die andere was Besseres.

DIE ERSTE FRAU Gut hat's g'schmeckt ... Da haben wir wieder gesündigt ... Möchten S' noch ein Achtel?

DIE ZWEITE FRAU Sie wollen, daß ich schwindlig werd' im Kopf ... Na, bis zur Straßenbahn wird's schon noch reichen –

DIE ERSTE Wenn wir den Wienerwald nicht hätten ...

DIE ZWEITE Neulich bin ich ganz allein heruntermarschiert. Da fand ich ein Blümchen –

DIE ERSTE Geh'n S'!

DIE ZWEITE Das tu ich zu Haus' in eine Vase und hab' die Natur im Zimmer.

DIE ERSTE Ich kenn' Ihre Wohnung nicht –

DIE ZWEITE Viel zu groß für mich ...

DIE ERSTE Was hätt' der Edi für a Freud', wenn er da sitzen könnt'. So ein g'scheiter Mensch. Jetzt hätt' er's schön ... Zwei Achtel!

DIE ZWEITE Heut' is' Montag, morgen is' Dienstag ...

DIE ERSTE Wir haben ja Zeit –

DIE ZWEITE Den ganzen Weg zu Fuß ...

DIE ERSTE Wollen S' a Schmalzbrot?

DIE ZWEITE Ich eß immer nur Mittag ... und Frühstück natürlich. – Abends ein Knäckebrot mit Topfen ...

DIE ERSTE Wo bleibt denn die Kellnerin?

DIE ZWEITE Wir haben ja soviel Zeit ...

DIE ERSTE Wenn Sie heut' um zwei nicht gekommen wären, hätten S' mich fast versäumt.

DIE ZWEITE Je näher die Elektrische zur Endstation kommt, desto langsamer wird s' ...

DIE ERSTE Und gar keine jungen Leut' ... Das war mein Rendezvousplatzerl mit'n Edi ... Da hat's nur so gewimmelt ...

DIE ZWEITE Schau'n S', ein junger Dackel –

DIE ERSTE Das Leben geht weiter –

DIE ZWEITE Um diese Zeit hätt' ich sonst Hefte korrigieren müssen –

DIE ERSTE Man genießt das Leben zuwenig ... Prost!

DIE ZWEITE Ich habe mir oft gedacht, ob ich mir's leisten kann, mich zurückzuziehen. – So schön still ist es da ...

DIE ERSTE Der Edi ... Voriges Jahr ... Und jetzt ist es schon wieder September! Ach, man darf nicht drüber nachdenken –

DIE ZWEITE Mein Gott, wenn man so die Leut' sieht, wie sie leben ... Ich glaub', ich hab' eine Sonnenbrille gehabt –

DIE ERSTE Zu was eigentlich?

DIE ZWEITE Ah, da is' sie ... Das wär' eine Katastrophe gewesen, mit der Sonnenbrille –

DIE ERSTE Es hat doch eh ka Sonn' g'scheint ...

DIE ZWEITE Wir können uns nicht beklagen. Es war ein milder Sommer ...

DIE ERSTE Der Edi hat einen Herzinfarkt g'habt! Angina pectoris, hat er g'sagt ... Angina pectoris ... Ein schöner Name ... Viel zu schön ... Noch ein Viertel!

DIE ZWEITE Ein Achtel genügt doch.

DIE ERSTE Aber was. Miteinander an Halben.

DIE ZWEITE Sie machen ja eine Säuferin aus mir ...

DIE ERSTE Schau'n S' die Preislisten an. Wie billig. Spottbillig.

Sie lesen in der Weinliste wie in einem Gebetbuch.

DIE ZWEITE Heuer soll ein gutes Weinjahr sein.

DIE ERSTE Haben Sie einen guten Hausarzt?

DIE ZWEITE Er soll sehr gut sein. Eine Villa hat er. Warum?

DIE ERSTE Mich sticht's manchmal.

DIE ZWEITE Mich auch –

DIE ERSTE Man weiß nie, welches Organ es ist ...

DIE ZWEITE Er kommt zweimal in der Woche. Ins Haus. Allerdings wart' ich ihm einen Tee auf.

DIE ERSTE Warum kan Kaffee?

DIE ZWEITE Den haßt er. Alles Böse kommt vom Kaffee, sagt er ...

DIE ERSTE Es gab immerhin eine Zeit, wo man noch Angina pectoris g'sagt hat ...

DIE ZWEITE Sind Sie gern im Spital?

DIE ERSTE Es gibt auch dort schöne Stunden. Wenn ich denk' ... Vor ein paar Jahren ... So einen schönen Advent hab' ich noch nie g'habt. Wie der Herr Bundespräsident g'storben is' ... Vorher hat er noch mitgesungen ...

DIE ZWEITE Bei dem Alter ...

DIE ERSTE Wangerln wie Löschpapier –

DIE ZWEITE Erst heute weiß man, was wir an ihm verloren haben.

DIE ERSTE Der Wein hat einen vorzüglichen Geschmack –

DIE ZWEITE Ich bin eigentlich froh, daß ich keine Kinder hab' –

DIE ERSTE Noch ein Viertel ... Sie trinken's schon ...

DIE ZWEITE Ein Achtel ... Wenn mich mein Bruder sieht ...

DIE ERSTE Das zahl' aber dann ich –

DIE ZWEITE Nein, jetzt lassen S' aber wirklich einmal mich –

DIE ERSTE Warum kommt Ihr Bruder nie mit?

DIE ZWEITE Er ist doch über achtzig ... Sie waren ja noch nie bei mir in der Wohnung ... Wenn er das Zeitliche segnet, hab' ich den ganzen Stock für mich ...

DIE ERSTE Wie der Arzt dem Edi die Wahrheit g'sagt hat, is' er g'storb'n ...

DIE ZWEITE Warum hat er denn nie was g'sagt ... beim Spazierengeh'n?

DIE ERSTE Ich hab's g'wußt, wie ihm der Hermannskogel zuviel g'worden is' ... Aber auch, wie er schon weg war – wissen Sie, nicht mehr bei sich –, war er noch ein stärkerer Mann als der Herr Bundespräsident ... Regelmäßig hat er sich bei mir bedankt ...

DIE ZWEITE Der Edi?

DIE ERSTE Der Herr Bundespräsident ...

DIE ZWEITE Ich möcht' nicht in an Spital sterben ...

DIE ERSTE Wissen Sie, was mich aufmerksam gemacht hat? Die Füße waren so geschwollen.

DIE ZWEITE Wie haben Sie das sehen können?

DIE ERSTE Ich hab' in der Nacht heimlich nachgeschaut ...

DIE ZWEITE Und da haben Sie das gleich gesehen? Alle Achtung!

DIE ERSTE Das mit dem Sauerstoffzelt hätt' man ihm schon sagen können ... Dagelegen ist er wie ein russischer Astronaut ... im Zelt.

DIE ZWEITE Er hätt' das ja eh nicht mehr verstanden. Mit dem Mond.

DIE ERSTE Für den Mond gibt's ja auch kan Herzinfarkt. –

Immer hat er im Gesundheitslexikon nachg'schaut ... Unter Angina pectoris –

DIE ZWEITE Der Herr Bundespräsident?

DIE ERSTE Der Edi, wenn er nicht schlafen hat können ...

DIE ZWEITE Ich kann auch nie schlafen, wenn ich so eine ausgiebige Wanderung mach' ...

DIE ERSTE Jessas ... Haben S' g'hört? Das Telefon ...

DIE ZWEITE Da gibt's Ihnen immer an Riß, gelt?

DIE ERSTE Sterben könnt' man ... Noch ein, zwei Viertel ...

DIE ZWEITE Achtel ... Sie haben mir das vorhin doch nicht übelgenommen ...

DIE ERSTE Was?

DIE ZWEITE Wegen dem Zahlen ... der Rechnung ...

DIE ERSTE Ah was ... Wir zahlen's halt zusammen ... Das Telefon hört nicht auf zu läuten!

DIE ZWEITE Mein Bruder kann's nicht sein. Der is' auf der Messe. Er will sich irgendwas anschau'n. Fernseh'n ... Wenn man bedenkt ... Über achtzig ... Wer wird sich um sein Grab kümmern, wenn ich einmal nicht mehr bin?

DIE ERSTE Eins müßt' man abstellen im Spital. Die Besuchsstunden. Das eine Karzinom fangt nachher immer gleich zum Weinen an ... Und laßt die andern nicht schlafen ...

DIE ZWEITE Mir schmeckt der Wein auf einmal nicht. Die haben uns einen anderen gegeben ... Fräulein!

DIE ERSTE Wenn wir zu Allerheiligen den Ausflug nach Rekawinkel machen, fahren wir im Taxi zurück. Das hat sich der Edi immer gewünscht ...

DIE ZWEITE Die kommt nicht ... Zahlen!

DIE ERSTE Sie haben recht ... Geh'n wir! ... Und wissen S', was?

DIE ZWEITE No?

DIE ERSTE Zur Straf' nehmen wir die Zahnstocher mit.

DIE ZWEITE Oder ein Biertatzel! Da ärgert sie sich noch mehr. Ein schöner Tag war's ...

Beide verlassen kichernd das Lokal.

Einheitsgespräch

DER ERSTE MENSCH Ich hab' schon 'glaubt, du hast mich nicht g'seh'n ...

DER ZWEITE MENSCH Wie geht's?

DER ERSTE Man lebt –

DER ZWEITE Lebt man?

DER ERSTE Was tut sich?

DER ZWEITE Na ja – weißt ja ...

DER ERSTE Ich wollt' dich eh anrufen ...

DER ZWEITE Ich bin viel weg –

DER ERSTE Hast recht ...

DER ZWEITE Kommst noch manchmal zum *Name unverständlich*?

DER ERSTE Da heißt's nichts mehr ... Immer dieselben Leut' dort –

DER ZWEITE Der *Name unverständlich* soll sich umbracht haben –

DER ERSTE In der Zeitung is' nix g'standen –

DER ZWEITE Wer liest heutzutage schon die Zeitung?

DER ERSTE Im Ausland kriegt man s' ja gar nicht.

DER ZWEITE Manchmal in die Bahnhöf' ...

DER ERSTE Ich flieg' immer ...

DER ZWEITE Das Auto hat auch seine Vorteile! Man ist unabhängiger ... Glaubt man ...

DER ERSTE Wer ist heute schon unabhängig?

DER ZWEITE Der *Name unverständlich* hat sich irgendwo angekauft. Im Westen – oder im Süden –

DER ERSTE Auch dorthin kommen die Steuern ...

DER ZWEITE Wenn man g'schickt ist –

DER ERSTE Hast du eigentlich meine Nummer?

DER ZWEITE Ich weiß jetzt nicht. Bist du zu erreichen?

DER ERSTE Ich steh' im Telefonbuch. Aber ich bin immer unterwegs ...

DER ZWEITE Is' eh das beste –

DER ERSTE Du könntest mir in einer Angelegenheit einen Gefallen tun. Es handelt sich um den *Name unverständlich.*

DER ZWEITE Na, gibst mir halt deine Telefonnummer –

DER ERSTE Ich hab' nix zum Schreiben da –

DER ZWEITE Ich auch nicht –

DER ERSTE Bist du noch immer beim *Name unverständlich*?

DER ZWEITE Der is' doch in Ausgleich gegangen –

DER ERSTE Man liest halt keine Zeitungen –

DER ZWEITE Dort is' nix davon g'standen –

DER ERSTE Wie machen wir das jetzt mit der Verständigung?

DER ZWEITE Wir werden uns schon wieder sehen –

DER ERSTE Der wievielte ist heute?

DER ZWEITE Du, wennst mich so gach fragst ...

DER ERSTE Morgen is' Samstag ...

DER ZWEITE Wohin fahrst denn?

DER ERSTE Das hängt noch von verschiedenen Telefonaten ab –

DER ZWEITE Vielleicht seh'n wir uns einmal im Herbst ...

DER ERSTE Da könnt' man ja wohin geh'n ...

DER ZWEITE Wenn noch schönes Wetter is' ...

DER ERSTE Manchmal is's noch im November schön ...

DER ZWEITE Frag mich nicht, wo ich da bin ...

DER ERSTE Wenn nur das Wochenende schon vorbei wär' ... Man müßt' sich wirklich einmal auf länger ...

DER ZWEITE Wo sind die Zeiten?

DER ERSTE Du kommst doch viel herum. Ich hab' da ein Projekt ...

DER ZWEITE Sind schon die Deutschen drin –

DER ERSTE Na ja, wenn man sich mit ihnen vertragt. Das is' noch immer besser als mit denen hier –

DER ZWEITE Das glaubst d u !

DER ERSTE Kann ich mich drauf verlassen, wenn ich dich einmal brauch' ...

DER ZWEITE Im schlimmsten Fall erreichst meine Sekretärin.

DER ERSTE Immer noch dieselbe?

DER ZWEITE Wo denkst denn hin? Verheirat' is' s' ...

DER ERSTE Arbeit' s' nimmer?

DER ZWEITE Bei ihrem Mann.

DER ERSTE Der war doch früher bei dir ...

DER ZWEITE Sie sind eh schon g'schieden.

DER ERSTE Ja, so geht's ...

DER ZWEITE Stimmt deine Uhr?

DER ERSTE Garantieren kann ich nicht –

DER ZWEITE Auf die Schweizer is' auch kein Verlaß mehr ... Ich sollt' schon längst beim *Name unverständlich* sein –

DER ERSTE Daß es den noch gibt! – Laß ihn schön grüßen –

DER ZWEITE Gleichfalls.

DER ERSTE Der könnt' mir doch auch, wenn du ihn schon siehst ...

DER ZWEITE Ruf ihn doch selber an!

DER ERSTE Ich hab' leider kein Papier ... Arbeitet er noch mit den Amerikanern?

DER ZWEITE Das weiß man bei dem nie ...

DER ERSTE Die Amerikaner sind auch manchmal unverläßlich ...

DER ZWEITE Momentan is' es ja überhaupt schwierig ...

DER ERSTE Es is' immer dasselbe –

DER ZWEITE Solang's nicht schlechter wird –

DER ERSTE Hast recht ... Na ja ... Ich will dich nicht aufhalten –

DER ZWEITE Also, man sieht sich! – Grüße an deine Frau ...

DER ERSTE Sie is' gestorben –

DER ZWEITE Na so was ... Ich laß den *Namen unverständlich* grüßen von dir ... Wir müssen auf jeden Fall einmal reden ...

Das Gespräch versickert.

Gemeindebau, 4 Uhr früh

Zimmer-Küche-Wohnung. Der Mann schleicht herein. Gleichzeitig geht das Licht im Zimmer an, und die Frau erscheint im Türrahmen.
Sie trägt ein rosa Flanellnachthemd und schaut ihn schweigend an. Um ihr Gesicht, das Wut und Leiden zugleich ausdrückt, nicht sehen zu müssen, schwankt er gesenkten Blicks an ihr vorbei ins Zimmer, wirft seine Kleidung auf den Boden, kriecht ins Bett und zieht die Decke über den Kopf. Sie folgt ihm und legt sich neben ihn. Langes Schweigen.

SIE Viere is's, und ang'soffen bist. Wo warst?
Er überlegt unter der Decke, daß er sie jetzt reden lassen wird, bis sie von selbst aufhört. – Er begeht diesen Fehler seit 20 Jahren.
Sie denkt nicht daran, Monologe zu halten. Sie legt sich bequem zurecht und wartet. Sie hat die halbe Nacht gewartet. Jetzt will sie etwas dafür haben.
ER *hält es nicht aus:* Stefferl ... *Er kommt unter der Decke hervor.* Du tuast mir Unrecht ... Du hast ja keine Ahnung ...
Sie hatte 50 kg, als sie heirateten. Jetzt hat sie 90. Er hat noch immer 60. Oft meint er, das wäre die Erklärung für vieles.
Sie stützt den dicken Arm auf, ihr ungewaschenes Haar hängt ihr ins Gesicht. Sie wartet.
ER Du wirst es net glauben, aber ich erzähl's dir trotzdem. *Er richtet sich auf, von seiner Erzählung selbst mitgerissen.* Stell dir vor: Heut' um fünf, ich will grad' meine Sachen zusammenpacken, geht die Tür auf ... und wer kommt herein? *Er schaut zum Fenster, an dem sich die gestopften Netzvorhänge bauschen.* Der Generaldirektor! *Sie betrachtet seinen hüpfenden Adamsapfel an dem faltigen Hals.* Ich war allein im Zimmer, die anderen haben es ja immer eilig, wegzukommen, auch der Herr Abteilungsleiter. *Jetzt liegt Zürnen in seiner Stimme.* Also der Generaldirektor kommt herein, schaut sich vorsichtig um und winkt mir.

»Novak«, sagt er, »was für ein Glück, Sie allein zu treffen. Ist auch bestimmt niemand anderer im Zimmer?«
Ich sag': »Nein. Die Herren nehmen es immer sehr genau mit dem Dienst, besonders was den Büroschluß betrifft.«
Er seufzt: »Ich weiß, aber was soll man machen. Man ist dem Personal heute ausgeliefert. Ich beobachte Sie schon lange, Novak, ich weiß, man läßt Sie nicht hochkommen, weil Sie alle turmhoch überragen. Darum stecken Sie noch immer in der Registratur und dürfen nur gelegentlich in der Buchhaltung aushelfen, ein Mann Ihrer Begabung und Intelligenz, aber das soll anders werden ...« Er nimmt mich am Arm. »Sie sind der einzige, auf den ich mich verlassen kann ... hören Sie gut zu, Novak: Sie müssen mir helfen. Es handelt sich um die Bilanz.«
Also, was soll ich dir sagen, Stefferl, er traut den Buchhaltern nicht. Er ist davon überzeugt, daß sie alle Spitzel vom Finanzamt sind, und seinem Steuerberater traut er schon gar nicht. »Lassen Sie mich nicht im Stich, Novak«, sagt er. Also er will, daß ich mit ihm heimfahre und ihm helfe, die Bilanz zu frisieren, bevor er sie dem Steuerberater übergibt! Wir haben die ganze Nacht gearbeitet, morgen machen wir weiter. Es ist eine Riesenarbeit ... *Verklärt:* Ich habe heute nacht einen Freund gefunden. Natürlich muß alles geheim bleiben ... zu niemand ein Wort ... du verstehst ... *Sie hustet.*

Er blickt sich im Zimmer um, das er haßt. Für den Anfang ist die Wohnung genug, hat er damals gedacht, in ein paar Jahren werden wir uns eine bessere leisten können. Er wird nie begreifen, woran es liegt, daß er in diesen 20 Jahren nicht weitergekommen ist, warum ihn das Schicksal in eine Umgebung gesteckt hat, wo alle ihn verkennen und mißachten: die im Büro, die Freunde im Wirtshaus, Stefanie ... Er schaut verächtlich zu Stefanie hinüber, läßt es aber sofort wieder sein, da sich ihre Blicke begegnen.

SIE Viere is's, und ang'soffen bist. Wo warst?

Er verschränkt die Arme unterm Kopf und blickt zur Decke em-

por, an der zwei Falter Fangen spielen. Sie sind grau und häßlich, mit dicken Leibern. Warum waren sie dazu verurteilt, grau und häßlich zu sein, wenn andere Falter die schönsten Farben haben? Er stellt sich die Natur immer wie eine riesige Ausgabe von Stefanie vor. Es wundert ihn darum nicht, daß beide so ungerecht sind, aber es erfüllt ihn zuweilen mit kummervoller Auflehnung.

ER *zu den Faltern emporblickend:* Du wirst es nicht glauben, aber ich erzähl's dir trotzdem. Stell dir vor: Etwas Schreckliches ist passiert … *Er richtet sich auf, von seiner Erzählung selbst mitgerissen.* Wie ich in die Tramway einsteigen will um halb sechs, gibt es plötzlich eine Riesenaufregung am Schwedenplatz. Ein Kerl rast um die Eck'n, eine Menge Leute ist hinter ihm, die »Aufhalten!« schreien. Aber kaum kommt ihm wer in die Nähe, zieht er eine Pistole, und da wagt sich natürlich keiner heran. Nicht einmal die Polizisten. Ich weiß nicht, was in mich gefahren ist, ich bin doch sonst eher vorsichtig, aber ich hab' plötzlich denken müssen, daß der Kerl ein Mörder ist, daß er seine Frau umgebracht hat – und ich fahr' los auf ihn. Er schießt, daneben, da hab' ich ihn schon an der Gurgel und hau' ihn zusammen. Du, der ist umgefallen wie ein Stück Holz! Jetzt, wo er k. o. ist, kommen natürlich die Leute und die Polizei, alle gratulieren mir – ihn haben sie auf der Tragbahre weggebracht. Ich will gehen, meine Pflicht hab' ich getan, genug damit, aber sie lassen mich nicht weg. Ich muß mit zur Protokollaufnahme. Also er ist wirklich ein Mörder, stell dir vor, seine Frau hat er umgebracht nach 20jähriger Ehe, ich versteh' so was nicht …

Er lächelt. Auch Stefanie lächelt.

ER Glaubst, die hätten mich gehen lassen? Wie die Einvernahme zu Ende war, sind die Herren von der Mordkommission gekommen. Lauter klasse Burschen, und denen hab' ich die ganze Geschichte noch einmal erzählen müssen. Wie ich fertig war, haben sie gesagt: »Novak, das muß gefeiert werden.« Sie haben mich in ihr Stammlokal geschleppt. Unter den Gästen hat es sich derweil auch herumgesprochen, was geschehen ist, und auf einmal spielt das Klavier: Hoch soll er leben! Das ist mich angegangen. Mir war's direkt peinlich, denn ich steh' nicht gern im Mittelpunkt, aber sie haben mich nicht fortlassen. Endlich, wie schon alle ein bißl blau waren, bin ich durchs Hintertürl weg ...

Er schweigt. Es ist eine Weile still.

SIE Viere is's, und ang'soffen bist. Wo warst?

Er steht auf, geht in die Küche und trinkt Wasser. Er steckt auch seinen Kopf, der schmerzt, unter die Wasserleitung. Als er zurückkommt, hat sich Stefanie umgedreht. Der Flanell über ihrer Brust ist verrutscht, und eine Menge weißes, schwabbeliges Fleisch wird im Ausschnitt sichtbar.

Er lehnt sich an den Türstock und starrt auf ihren Ausschnitt.

ER Du wirst es nicht glauben, aber ich erzähl's dir trotzdem. Stell dir vor ... ich weiß nicht, warum ich es getan habe. Es gibt keine Entschuldigung dafür ... ich schäme mich. Stefferl! *Er hat Tränen in den Augen.* Ich hab' dich betrogen!

Sie wartet.

ER Es war am Schwedenplatz, gegen sieben: Ich hab' Überstunden gemacht. Ich steh' und wart' auf die Tramway. Da bleibt plötzlich ein Auto neben mir stehen, ein roter Jaguar E. Eine Dame beugt sich heraus und fragt nach dem Weg zum Cobenzl. Ich merk' gleich, daß sie eine Ausländerin ist, später schau' ich auf die Nummer: eine Amerikanerin. Sie war allein. Eine Rothaarige, nicht mehr jung und auch nicht grad' schön, aber du weißt ja: wenn eine Geld hat, kann sie was aus sich machen. Ich erklär' ihr den Weg, sie versteht nicht, lacht, ein Wort gibt das andere – ich weiß nicht, wie ... da sitz' ich schon neben ihr ... Wir sind auf den Cobenzl gefahren und haben Sekt getrunken ... Sie hat mir ihre Lebensgeschichte erzählt. Du, so reiche Frauen, die machen auch was mit! Stefferl, neben solchen Tragödien bist du ein glückliches Weib! Darum fährt sie in der Welt herum und sucht Vergessen. Sie hat geweint, sie hat mir so leid getan ... Aber weißt, Stefferl, ich hab' die ganze Zeit nur an dich in deinem Betterl da gedacht, wie du auf mich wartest ... und wie ich dann weg bin von ihr, hat mir vor mir selber gegraust, trotzdem sie so reich und so fein und so unglücklich ist ...

Er setzt sich auf ihre Bettkante, nimmt ihre Hände.

ER Stefferl, kannst du mir verzeihen?

SIE *zieht ihre Hände zurück:* Viere is's, und ang'soffen bist. Wo warst?

Er starrt sie an. Haß steigt in seinen Augen auf und dann Verzweiflung.

ER Wo wer' i scho' g'wes'n sein? *Er kehrt ihr den Rücken zu.* Im Tschoch an der Eck'n natürlich, wie immer. Mir ham Kart'n g'spült, und der Novak hat wieda verlur'n.

Die Kastanien blühen

Frühlingsnachmittag in der Prater Hauptallee. Der alte Mann schiebt den Rollstuhl, in dem seine gelähmte alte Frau sitzt. Sie ist auch sprechbehindert.

ER Fad is's heut' wieder. Erst am Abend gibt's den Maxi Böhm und den Eckhardt im Fernseh'n. Wenn i di' net hätt', Gucki!

Sie lächelt verschreckt und geschmeichelt.

ER Jetzt fahren wir ins Schweizerhaus auf ein Bier. Freust di', Gucki?

SIE *nach einigen unverständlichen Lauten:* Nein!

ER Na siachst, du bist dafür.

Er schwenkt ein. Sie überqueren die Schienen der Liliputbahn, die von ferne pfeift. Er stellt den Rollstuhl quer über die Schienen und geht weiter.

Sie lallt entsetzt. Sie ist so aufgeregt, daß ihr die Tränen in die Augen steigen. Er beobachtet sie aus der Entfernung.

ER *winkend:* Baba, Gucki!

Die Liliputbahn pfeift näher. Als das Pfeifen schon sehr nah ist, läuft er zum Rollstuhl und schiebt ihn weiter.

ER Aber Gucki, was fürchst di' denn? Der Hansi is' ja wieder da. Der Hansi is' immer da. Der Hansi hat seine Gucki ja so lieb.

Sie kommen an der Hochschaubahn vorbei. Wagen sausen auf und ab, Frauen kreischen. Dazwischen flattern und gurren Tauben. Hansi parkt den Rollstuhl und geht auf einen Sliwowitz. Es dauert länger. Als er wiederkommt, hat eine Taube die Frau im Rollstuhl am Kopf beschmutzt. Sie macht ihn mit Lallen und Schulterzucken darauf aufmerksam.

ER Was, die Tauben ham di' ang'schissen? Rabenviecher!

Er droht den Tauben mit der Faust. Dann putzt er die Frau liebevoll ab. Sie lächelt ihm zu. Er schiebt den Rollstuhl weiter zum Schweizerhaus, nimmt an einem Tisch Platz und stellt den Rollstuhl neben sich. Er bestellt ein Krügel Budweiser und zwei Sliwowitze.

ER *die Leute betrachtend:* Der Prater is' aa nimma des, was er amal war.

Sie gibt ihm recht.

ER Nix is' heut' mehr des, was es amal war.

Sie gibt ihm recht.

Der Ober bringt die Getränke. Die Frau schüttelt abwehrend den Kopf.

ER Du willst nix trinken? *Er trinkt einen Sliwowitz und stellt sich den nächsten zurecht. Genußvoll macht er einen langen Zug aus dem Bierkrügel.*

ER *die Umgebung betrachtend:* Die Leut'? Aa nix mehr. Net amal der Tod is' heut' des, was er amal war. *Er trinkt den zweiten Sliwowitz.*

SIE *sehnsüchtig lallend:* Toood!

ER Waaßt, Gucki, wia der Tod heut' is'? Faul und schlampert is' er. Er kummt anfach net, wann man 'n braucht.

Sie gibt ihm recht.

Er macht wieder einen langen Schluck aus dem Bierkrügel und hält es ihr an die Lippen. Sie trinkt es aus.

ER Saufst net schlecht, Gucki! *Er winkt dem Kellner, bestellt noch ein Budweiser und zwei Sliwowitze.* Wenn ma austrunk'n ham, gemma ins bayrische Bierzelt. Gucki, i dirigier' dir was. »Gold und Silber«? Oder den »Dorfschwalbenwalzer«? Oder »Mondnacht auf der Alster«?

SIE Nein, nein.

ER Also »Mondnacht auf der Alster«.

Der Kellner bringt die Getränke. Der Mann zahlt gleich. Er trinkt Schnaps und Bier, hält ihr auch das Krügel an die Lippen. Als alles ausgetrunken ist, erhebt er sich und schiebt den Rollstuhl in Richtung Bierzelt.

ER »Gold und Silber«, na, »Mondnacht auf der Alster« willst ja hören. Das war ein fescher Mensch, der Kapellmeister – damals. I waaß eh, du hast was g'habt mit der Krätzen.

SIE Nein, nein.

ER Gucki, im Rollwagerl lügt man nicht! *Er schiebt sie vor sich her.* Damals war mir jeder neidig um di. A fesche Frau mit aner guad'n Hack'n, und i war a Strawanzer. Aber ich habe die Welt gesehen, Gucki, während du deine Beiträge gezahlt hast. Soll i dir was von Burma erzählen? Ah was, du waaßt ja, daß i nie in Burma war. *Er ärgert sich. Er visiert eine große Pfütze an und stößt den Rollstuhl hinein, selbst zur Seite springend. Schmutziges Wasser spritzt an der Frau hoch.*

ER Aber Gucki, was machst denn schon wieder? *Sie weint.* Gucki, plaz net. Schön tät'st ausschau'n, wannst mi net hätt'st. In Lainz hau'n s' as für so was auf'n Kopf.

Er putzt sie ab und schiebt den Rollstuhl weiter.

ER Alle san g'standen auf di, aba i hab' di kriagt. Heut' woll'n s' di net amal auf der Gerichtsmedizin. Was is' aus dir 'wor'n, Gucki?

Sie sind beim Bierzelt angelangt. Er schwenkt ein. Stickige Luft und ohrenzerreißender Lärm empfangen sie. Die Leute sitzen dicht gedrängt. Er stellt den Rollstuhl in den Gang zu den Toiletten und geht zur Estrade, auf der die Kapelle in Trachtenanzügen sitzt. Die Musik hört auf. Er bespricht sich mit dem Kapellmeister, der nickt. Ober kommen mit Bier und Sliwowitz für die schwitzenden Musiker. Nach der Pause stellt sich Hansi als Dirigent auf. Die Leute applaudieren, er ist hier bekannt. Die Kapelle spielt die »Mondnacht«, Hansi dirigiert. Es kommt eine zweite Runde Bier und Schnaps, dann eine dritte. Hansi schlägt jetzt die Trommel. Alle amüsieren sich. Schließlich geht er zu seiner Frau zurück.

ER Hat's dir g'fallen, Gucki?

SIE *in höchster Not:* Lette, lette!

ER Ah so. Na, kumm wischerln.

Er schiebt den Rollstuhl zur Damentoilette. Als sie angelangt sind, schüttelt die Frau den Kopf. Er blickt zurück und sieht die nasse Spur.

ER Aber Gucki. In Lainz hau'n s' as für so was auf'n Kopf.

SIE Heim, heim.

ER Ah was, anbrunzt bist eh scho', können ma glei' bleib'n.

Er läßt den Rollstuhl stehen und begibt sich auf die Estrade, wo er wieder Runden ausgibt.

EIN MUSIKER Hansi, sauf net so vü, sonst nehmen s' dir dein' Rollwagerlführerschein weg.

Alle lachen.

Hansi winkt ab. Er trinkt weiter, verzehrt auch ein Wiener Schnitzel mit Mayonnaisesalat, trinkt weiter, trommelt und dirigiert. Als er endlich zu seiner Frau zurückkehrt, ist sein Gang unsicher.

Sie verlassen das Bierzelt. Er schiebt den Rollstuhl in Richtung Hauptallee. Ehe er einschwenkt, nimmt er einen Anlauf und geht rasant in die Kurve. Der Rollstuhl fällt um. Die Kastanien blühen.

ER Gucki, was machst den scho' wieda?

Er stellt den Rollstuhl unter großen Mühen wieder auf, wobei ihm die Frau mehrmals hinausrutscht. Schließlich hat er es geschafft. Er schiebt den Rollstuhl zu einer Bank und setzt sich nieder.

ER Müad bin i. Und den Maxi Böhm hab' i aa versamt wegen dir. *Er gähnt.* Schlafen.

SIE *aufgeregt:* Heim, heim!

ER Heut' bad' i di nimma. Du muaßt scho' braver sein.

Er schläft ein. Sie lallt und zuckt aufgeregt, doch es nützt ihr nichts.

Sie resigniert und schläft ebenfalls ein.

ER *endlich erwachend:* Gucki, wia kannst denn schlafen!

Sie erwacht und blickt zu den Kastanien empor. Vögel zwitschern.

ER *Es ist eine große Feierlichkeit und viel Trauer in ihm:* Im Prater blüh'n wieder die Bäume. Wia s' riach'n. Gucki, sei net sekkant. Du hast fünftausend Schlei Pension, die Hüflosenzuschüsse und ein Koksdeputat. I hab' nur die Mindestrent'n von tausendfünfhundert Schlei. Du muaßt ma des net imma umireib'n.

Er zündet sich eine Zigarette an und läßt sie einen Zug machen. Sie inhaliert gierig.

ER Gucki, ihr Frauen beherrscht die Welt. Ohne Ethik. Welche Frau würde sich mit ihrem Mann soviel Mühe machen wie ich mit dir? Das Rollwagerl abisteß'n über die Köllastiag'n tät' jede, und da Oide wär' hin. Ein Unfall, und sie kriegt die Pension. Aber weil es eine Witwerpension nicht gibt, muß der Mann viel leiden. Das neue Gesetz, das sie jetzt ausarbeiten – i erleb's nimma.

Die Frau lächelt.

ER Gucki, mach' i net alles für di? I zeig' dir die Welt, i mach' dir a besseres Heimkino als das Fernsehen, wann i mit der Frau Papuschek sexuell spiele, vor dir. Ich biete dir, was ich kann. Die Unfreiheit des Mannes muß aufhören! Geh, überschreib mir deine Aktien!

SIE *kokett:* Nein, nein!

ER G'hört eh mir, wannst nimma bist.

Sie lächelt besserwissend.

ER Hast do das Testament g'macht zugunsten von dein' Neffen? Also der Strawanzer erbt. Wann hast es g'macht? I bin do eh immer bei dir. *Er denkt nach.* Höchstens, wia i beim Doktor war. Derf ma denn ka Stund' weg sein? Na wart'. I führ' di wieder eini in den Prater wia neulich und laß' di im Regen die ganze Nacht unter die Bam steh'n.

Das Liebespaar

Vorm Krankenhaus. Sie wartet, er kommt heraus.

SIE Liebster. *Küßt ihn scheu.* Mein Armes.
Schicksalhafte Traurigkeit umgibt sie. Sie stehen nebeneinander und bilden einen Fels gegen alle Zumutungen des Lebens.
ER *schwer:* Es ist unerträglich.
SIE Ich weiß, was du leiden mußt.
Sie gehen, ergriffen von der Außerordentlichkeit ihres Schicksals, zum Auto und steigen ein. Sie sitzt am Steuer, er hat Wichtigeres auf der Welt zu tun. Der Wagen springt nicht an.
SIE Scheiße. Schon wieder der Verteiler.
ER Mein Gott.
Er hat Tränen in den Augen. Sie versucht immer wieder zu starten. Der Wagen springt nicht an. Sie bändigt ihre Nervosität, nimmt seine Hand, drückt sie an ihre Wange. Er lächelt gequält.
ER Verbunden, der Magen ausgepumpt. Pulsadern aufzuschneiden war ihr zu wenig. Sie mußte auch Schlaftabletten schlukken. Nicht genug für einen richtigen Selbstmord, aber genug, um mich zu quälen.
Gleich wird er weinen. Ein Mann seiner Sensibilität hat das Recht auf Tränen.
Sie zieht seine Hand hoch und küßt sie.
SIE *weich:* Dich quälen ... Du hast es so schwer. Sie hat nie verstanden, wie schwer du es hast ...
Das war ein Fehler. Er reißt sofort seine Hand zurück.
SIE *rasch:* Du hast Unrecht an ihr begangen. Aber Liebe ist doch kein Verbrechen. Eine Frau darf nicht so possessiv

sein. Nach 25 Jahren Ehe kann man auch jemand anderen gern haben. Ich nehm' dich ihr ja nicht weg. Ich bin die bescheidene Dritte, die halt ein bisserl stört ...

Er weint doch nicht.

ER Aber sie war ja immer hysterisch. Eine Frau darf sich für einen Mann nicht aufopfern. Liebe ist selbstverständliches Geben und Nehmen.

SIE Da hast du recht. Wie immer. *Sie streichelt kurz seine Schulter.* Wir sollten etwas trinken. Bist du nicht durstig?

Sie verlassen das Auto und begeben sich in ein nahegelegenes Beisel. Sie trinken viel Bier und Schnaps.

SIE Mein armer Liebling. *Sie küßt ihn auf die Wange.* Mein süßer Liebling.

ER *sich ihren Küssen überlassend:* Mein böses Kind.

SIE Ich bin kein Kind. Mit 23 ist man keins mehr.

ER Du könntest meine Tochter sein oder mein Sohn.

SIE Dann lieber deine Tochter. Auf diesen Inzest steht eine kleinere Strafe.

ER *lacht:* Du wirst ja geistreich.

SIE Das lerne ich von dir, du großer, gescheiter Mann. *Sie schmiegt sich eng an ihn, flüstert:* Ich bewundere dich sehr.

Er schluckt es mühelos, streichelt sie. Langer Kuß.

ER Und wie geht's dir eigentlich? Hab' noch gar nicht gefragt.

SIE Gut, wenn ich bei dir sein darf.

ER Und zu Hause? Wieder Ärger gehabt?

SIE Reden wir nicht davon. Du weißt ja.

ER Ich will nicht, daß du meinetwegen leidest. Such dir eine eigene Wohnung.

SIE Dazu sind meine Eltern zu bürgerlich. Die lassen mich erst ausziehen, wenn ich heirate.

Er schweigt.

SIE Entschuldige. Hab' ich schon wieder etwas Falsches gesagt?

Sie trinken Bier und Schnaps.

ER Morgen fliege ich nach London.

SIE *von seiner Bedeutung für das internationale Geistesleben of-*

fenbar völlig überzeugt: Die werden aufatmen, wenn du kommst.

Er sitzt eine Weile, durchdrungen von seiner Bedeutung, da und tätschelt ihre Schulter nicht, die sie ihm darbietet.

Sie ärgert sich, denn das Kleid war teuer und gilt als raffiniert. Aber Kleider sind ja nicht wichtig, hat er ihr beigebracht. Es kommt lediglich auf den Menschen an. Auch das Alter ist nicht wichtig. Seine Frau hat sich ein Kleid in Paris gekauft, und jetzt liegt sie im Spital. Die Frau ist 45, sie ist 23. Aber das ist reiner Zufall. Eine junge Frau ist um nichts reizvoller als eine reife, hat er ihr beigebracht. Daß es immer der Reiz einer jungen Frau ist, der einen Mann im Klimakterium fasziniert, ist auch nur Zufall.

Sie drückt ihm wieder die Hand und küßt an ihm herum. Er hat Falten hinter den Ohrläppchen, die verraten, daß er schon an die 50 ist.

SIE *verliebt:* Wenn du aus London zurückkommst, könnten wir Urlaub machen.

ER Auf die Bahamas fliegen. Jeder soll sehen, was für ein alter Trottel ich bin.

SIE Du weißt doch, daß du jeden in die Tasche steckst.

ER Auch die jungen Idioten, die dich anglotzen?

SIE An dich kommt keiner heran.

ER Die Kinder waren auch oben bei ihr, alle drei. Sie haben sich umgedreht, wie ich gekommen bin.

SIE *träumerisch:* Ich möchte so gern ein Kind von dir.

ER Damit es sich auch umdreht?

SIE Ein winziges Baby, so süß ...

ER Warum nicht gleich Zwillinge?

Sie lacht.

ER Möchtest du wirklich ein Kind von mir?

SIE Ja, ja, ja. Ich werde ihm Wiegenlieder vorsingen. Wenn es eingeschlafen ist, singe ich dir etwas vor. Außer wir haben gerade etwas anderes zu tun. *Sie küßt ihn.* Armes Baby. Du wirst unehelich sein. Aber das macht nichts. Dein Vater ist ein großer, großer Mann.

ER *leise:* Wieder neu anfangen. Nach einem verpfuschten Leben neu anfangen.

SIE Hat sie dir dein Leben verpfuscht?

ER Sie? Ohne sie wäre ich nicht das, was ich bin. Aber mit 50, weißt du, ist jedes Leben verpfuscht.

SIE Du, ich werde auf dich aufpassen! Ich laß dich nicht aus den Augen.

ER Und wenn eine Junge kommt?

SIE Es kommt keine mehr. *Sie lächelt.*

ER Du bist doch nicht possessiv?

SIE So etwas ist altmodisch. Aber wenn du dich für eine andere interessierst, kratz' ich ihr die Augen aus.

ER Oder du machst einen Selbstmordversuch.

SIE Das täte ich nie. Das ist reiner Terror. Seinen Mann muß man anders in der Hand haben.

ER Wie willst du mich denn in der Hand haben?

Sie lacht und greift ihm unterm Tisch zwischen die Schenkel. Beide lachen.

SIE Du, heute in der Firma haben sie einen Witz erzählt. *Sie erzählt ihn ihm ins Ohr. Beide lachen.*

ER *aufatmend:* Mit dir kann ich wieder lachen. Endlich wieder unbeschwert lachen.

SIE Mit ihr konntest du das nicht.

ER Aber natürlich konnte ich das mit ihr! Sie ist ja gescheit und hat Humor. Ich muß dir viel von ihr erzählen.

Sie lächelt säuerlich. Er zahlt, und sie gehen. Rosarot hängt der Wiener Föhnhimmel über dem Krankenhaus, als sie zum Wagen gehen, der sofort anspringt.

Johann Ptak, Gärtner

Der Hoteldirektor in seinem Privatzimmer. Die feudale Atmosphäre eines Hotels der Luxuskategorie.

DER HOTELDIREKTOR Die Geschichte des Johann Ptak ist das Seltsamste, was ich je erlebte. Ich verstehe sie bis heute nicht, obgleich seither 15 Jahre vergangen sind. Ich führte damals ein kleines Hotel in Grinzing, das recht gut ging: Zur Messezeit hätte ich 100 Zimmer haben können statt der 14! Es war am 10. März 1958, ich werde das Datum nie vergessen, und es hatte den ganzen Tag geregnet. Ich stand unten in der Hall – na ja, es war nicht mehr als eine Art Gang, aber wir nannten es Hall – und hörte mir die Beschwerde des Herrn Direktor Pokorny an, daß die Betten auf Nummer 11 unerträglich quietschten. Ich blickte auf das Fräulein in Direktor Pokornys Begleitung, das laut Anmeldung seine Gattin war, dann sah ich nochmals in den Paß. »Wie wenig schmeichelhaft Paßbilder doch sind«, sagte ich. »Die Frau Direktor sieht in Wirklichkeit viel jünger und hübscher aus als auf diesem Bild hier.« Direktor Pokorny war ziemlich verblüfft, denn in dem Paß befand sich natürlich nur sein Bild, aber er vergaß die quietschenden Betten und steckte wortlos seinen Paß ein. Da öffnete sich plötzlich die Eingangstür.
Es war ein großer, schwarzgekleideter, düster aussehender Mann, der hereinkam. Etwas Ungutes ging von ihm aus. Er trug einen altmodischen Lederkoffer, den er nicht absetzte, sondern unter den Arm klemmte, als er sich mir näherte und um ein Zimmer fragte. Ich sagte, wir hätten Zimmer nur für mindestens 8 Tage. Er nickte: »Wieviel?«
Ich nannte einen ziemlich hohen Preis, denn ich wäre ihn gerne losgeworden. Er gefiel mir überhaupt nicht!
Er steckte den Lederkoffer zwischen die Knie, griff nach der Brieftasche und zog das Geld heraus. Ich nahm es. Dann

gab er mir seinen Paß, in dem »Johann Ptak, geb. 1917« stand. Über den Beruf »Gärtner« mußte ich fast lachen, denn so wie ihn hatte ich mir einen Gärtner immer vorgestellt. Klarerweise war der Paß falsch, sonst hätte er in die Anmeldung auch nicht »geb. 1919« geschrieben. Er besaß ihn also noch nicht lang. Ich beschloß, später die Polizei anzurufen, die sich vielleicht für Johann Ptak interessierte. Indessen läutete ich nach Elfi, dem Stubenmädchen. Sie kam in Eile, wie immer. Ihr rotes Haar war zerzaust, und ein Knopf ihrer Bluse stand offen. Ich gab ihr die nötigen Anweisungen. Sie nickte und griff nach dem Koffer des Fremden. Gleich darauf riß sie ihre Hand zurück, als hätte sie etwas gebissen. Es war aber nichts weiter geschehen, als daß Johann Ptak Elfis Arm, der sich dem Koffer näherte, angefaßt hatte. Es war auch nichts weiter, als daß er wünschte, seinen Koffer selber zu tragen. Aber sein düsteres, ungutes Gesicht hatte einen solchen Ausdruck von Wildheit angenommen, daß Elfi später sagte: »Als ob er mich hätt' auffressen wollen.« Sie war erst 17 und wie ein Kind, und sie machte sich über die Männer lustig, die ihr nachstarrten. »Sie sollen sich nicht mit meinem Gepäck abschleppen«, sagte Johann Ptak heiser und starrte auf die kleinen Blumen auf ihrer Brust, als hätte er eine Mähmaschine eingebaut.

Sie ging voran in den ersten Stock, er hinterdrein, den Koffer an sich gepreßt. Sie kam gleich wieder herunter. Der Herr brauche nichts mehr, sagte sie. Aber sollte er doch etwas brauchen, setzte sie hinzu, so ginge sie nicht ums Verrecken zu ihm hinauf. Sie fürchte sich vor ihm, er sähe so unheimlich aus. Und in dem Koffer sei sicher eine Leiche. Ich hieß sie den Knopf ihrer Bluse zuzumachen und nach der Waschmaschine zu sehen. Dann beschloß ich, das Kommissariat Hohe Warte anzurufen.

Ich wählte, da kam er wieder die Stiegen herunter. Er war aufgeregt. Und den Koffer hatte er noch immer unterm

Arm! Ich machte mir jetzt wirklich große Sorgen, was wohl darin sei. Aber ich mußte zuhören, denn er hatte mir etwas zu sagen, und er war schließlich ein Gast, der sein Zimmer für acht Tage voraus bezahlt hatte. Ich legte das Telefon zurück und hörte ihm zu. Als ich dann begriff, worüber er sich aufregte, kam es mir komisch vor. Er hatte Zimmer Nummer 13 bekommen, und er konnte diese Nummer nicht ausstehen! Sie bringe ihm immer Unglück, es sei Aberglaube, sicher, aber ich müsse einsehen ... »Es ist doch so ein schönes Zimmer«, sagte ich. »Sonst hab' ich nur mehr Nummer 7 frei, wirklich nicht zu vergleichen.«
Nein. Lieber auf dem Dachboden schlafen als in diesem Unglückszimmer. Es war komisch, aber er sah mich so an, daß mir im Rücken kalt wurde. Ich läutete nach Elfi. »Der Herr bekommt Nummer 7«, sagte ich zu ihr. »Mach ihm das Bett.« Sie starrte mich an, das Kinn vorgeschoben, und kehrte stumm zur Waschmaschine zurück. Ich ging selbst mit ihm hinauf und richtete ihm das Bett. Er sah mir schweigend zu, den Koffer an sich gepreßt.

Die auf der Hohen Warte hörten mir interessiert zu, wußten aber nichts von einem Johann Ptak, Gärtner. So blöd ist die Polizei manchmal. Er hieß doch sicher weder Ptak, noch war er ein Gärtner! Nach langem Herumreden meinten sie, es sei auch nirgendwo einer entsprungen, und überhaupt passe er nach der Beschreibung nicht in die Fahndungsliste. Sie waren wahrscheinlich um diese Zeit zu einer Amtshandlung nicht aufgelegt. Ich legte ärgerlich auf.
Gegen elf, ich las gerade meinen Mickey Spillane zu Ende, läutete Johann Ptak herunter. Ob er eine Flasche Whisky haben könnte?
Ich brachte ihn hinauf. Johann Ptak saß angezogen auf dem Bett, den Koffer neben sich. Es ging soviel Ungutes von ihm aus, daß ich rasch für den Whisky kassierte und verschwand. Es war klar, daß wir bald alle in der Zeitung ste-

hen würden, denn mit dem Mann war etwas Entsetzliches los! Elfi hatte es gefühlt, ich hatte es gefühlt, und jetzt wußte ich es. Aber die Polizei rief ich nicht nochmals an. Sollten sie sich blamieren!

Sie haben sich nicht blamiert, das ärgert mich am meisten, und der Blöde in der Geschichte, die ich, wie gesagt, bis heute nicht verstehe, war ich, wenn man von Elfi absieht. Sie hat schrecklich geweint, und auch mir sind die Tränen in den Augen gestanden, als wir am nächsten Abend sein Zimmer aufgesperrt haben, da wir so lange nichts von ihm hörten.

War er ein Verbrecher? War er verrückt? War er bloß einsam und traurig gewesen? Und warum hatte er sich so gegen das Zimmer Nummer 13 gesträubt – in seiner Situation?
Seine Sachen hingen ordentlich im Schrank. Sein Koffer war leer. Darin mußte er den Strick gehabt haben, an dem er sich am Fensterkreuz erhängt hatte. Er sah noch immer ungut aus, als wir ihn aufs Bett legten und Wiederbelebungsversuche machten. Sie blieben erfolglos. Wie der Polizeiarzt feststellte, muß er sich ziemlich bald danach erhängt haben, als er die von mir gebrachte Flasche Whisky ausgetrunken hatte.

Helmut Qualtinger

Der Mörder und andere Leut'

Der Mörder

Vor ihm liegt sein Opfer; das Instrument, einen Fleischklopfer, hält er in der Hand. Er spricht abwechselnd als Mann und als Frau.

Wie hast du mir das antun können? – Nach dreißigjähriger Ehe – Und jetzt soll ich womöglich noch dein Blut abwaschen. Ich hab' ja gleich gesagt: Schau, ob's einen in Plastik gibt ... Laß mich nur machen – vom Flügel bis zur Glaswand bei den Büchern ... Na mach! Mach! Wie oft hast du Klavier gespielt? Wie oft hast du gelesen? Zeitungen ... Aber v o r mir ... Vor mir, v o r mir ... Gestern hat man sich die Haar' färben lassen ... Rosa ... Ausg'schaut hast als a ganzer wie ein Geschwür – Putz dir einmal die Zähn', na, ins Kino muß sie ... »Und der Topf kann nicht beten« ... Früher is' s' manchmal ins Theater 'gangen ... Einmal im Monat ... Als interessierter Mensch hab' ich g'fragt: »Was spielt man?« ... Ich weiß nicht, lustig ist ... Lustig, jeden Freitag im Monat. *Gibt ihr einen Tritt.* Schau, das ist die Vrba-Lyzenz. Na, waaßt eh, die vom Kino –
Mich interessiert das nicht – Im Kaffeehaus – net amal anständig Bauernschnapsen ... eing'schlich'n is' s' und sagt: Wennst amal Zeit hast, muß ich dir was sagen. Mir is' die ganze Lust zum Schnaps'n vergangen. *Tritt.* Sie merkt nichts: Weißt du, wo die Gustav-Zwinz-Gasse ist? Die Frau Lebedan möcht's wissen. Die Lebedan hat an Namen wie a Gallenpräparat und schaut aus wie ein Thunfisch ... Ich kenn' Thunfische nicht persönlich – nur aus der Dosen. *Neuer Tritt.* Verwöhnt hast du mich – das Hochzeitsessen – Thunfisch – Vorspeise – Nachspeise Malakofftorte. *Bei jedem Wort Tritte.* Schwarzwäldertorte, Doboschschnitte, Erdbeertorte, Cremeschnitte, Schaumrollen, Punschkrapferln, Esterházytorte, Salzburger Nockerln. *Er hält erschöpft inne.*
Am Nachmittag in der Konditorei ... Nach jedem Bissen hat s'

nach Luft g'schnappt in dem rauchigen Lokal ... Heute schmeckt's mir wieder ... Es hat ihr eh jeden Tag g'schmeckt ... Dann hat sie sich die Finger abg'schleckt. Als ob s' 24 Finger hätt' ... g'habt hätt' ... lang ... Und mit den Freundinnen g'red't ... Ich hab' s' öfters beobacht' ... Was die da g'red't haben? ... Ja, ja, eine erfüllte Ehe war's ...
Mach mir ein Putzerl ... Wo's so hochentwickelte Fahrtgurten der Liebe gibt ... Wenn ich einmal still und besinnlich war, gleich bumm! los: Hast was? Hast bestimmt nichts ... Ich hab' dir einen Wunschzettel geschrieben ... Na, du weißt noch nicht ... Soll ich dir's sagen ... Bist mir nicht bös ... Am 16. hab' ich meinen 60. ... Gelt, da freust dich ... Du brauchst mir nichts zu schenken ... Fahren wir hinaus ... Wo die Berg nicht zu hoch sind ... Wo's überall schöne Jausenstationen gibt ... Am Abend könnten wir fernsehen ... Das tust du doch so gern ... Vielleicht lernt man ein paar Leute kennen ... Die trifft man in Wien dann wieder ... Grüßt sich und denkt an den Urlaub ... Man kann mit so wenig den Menschen eine Freude machen. Ich hab' vor kurzem am Fußgängerstreifen einem Auto den Vortritt gelassen. Bitte, junger Mann, dann hätte er mich fast niedergestoßen ... Macht nichts, hab' ich mir denkt, kriegt ein anderer meine gute Tat ... So bin ich ...
So war's. So ein Leben führt ja niemand ... Aber ich ... Ich bin ja katholisch – muß Steuer zahlen und heiraten ... Immer noch besser als in den Ostländern ... *Er nimmt ihre Hand hoch.* Beim Fleischhauer war s' sehr beliebt – Was haben wir denn heut' Besonder's, ich stell' mich gern an – darf ich's angreifen ... a bißl fett ... Bedienen Sie ruhig die andere Dame ... Ich hab' Zeit.
Läßt die Hand fallen.
Immer hat s' Zeit g'habt ... Heftl und Romane san herumg'leg'n und Fernsehzeitschriften, für jeden Sender a Zeitung ... Vorlesen hat s' mir immer wollen ... Na, i siech ja eh ... I bin kein Fernseher ... Das graue Regenwetter, eing'sperrt in a Aluminium ... Stellt s' mir a paar g'salzene Bröseln hin, die nach Leim schmecken ... Was ist das? Fernsehgebäck ... Wohin

fahr'n wir im Sommer ... Bei dem G'sicht gibt's bei mir kan Sommer – das G'sicht zaht mir die ganze Wohnung mit ... An die Rax ... An den Klopeinersee ... Da könnt' ich auch am Himalaya steigen ... Nix war mit mir ... Drum nutzt mir auch eine größere Wohnung nix ... Wenn ich amal am sogenannten Häusel sitz', geht s' vor der Tür auf und ab und sagt: Ich hab' nicht g'wußt, daß d' drinn bist. – Schön ist's, daß man sich nach all den Jahren noch liebhat. – Das war auf der Hohen Wand, wo ich sie zum ersten Mal obifalln hab' lass'n woll'n. Es war mir nur nicht hoch genug. Ich selbst bin auch nicht schwindelfrei. Das waren ihre Bergfreunde. Dann hat s' wieder Freunde g'habt bei den Zeugen Jehovas. Da is' s' beten 'gangen für die Hungernden im Himmel. Auf einmal hat s' einen Kreis im Verein »Altes Wien« g'habt. Überall wo s' hin'kommen is', hat s' an Kreis g'habt ...
Am schönsten war für sie der Krieg. Beim Luftschutz hat s' an ziemlich hohen Posten kriegt. Das Zeug is' bei uns herumgelegen, die Gasmasken fürs Volk und die Gase von die Feind', die uns vernichten wollen. Gelbkreuz, Grünkreuz, Blaukreuz – Rotkreuz? ... Rotes Kreuz war keines dabei. Für den Fall, wenn's amal so weit kommen sollte. Wie die Terrorbomben gefallen sind, hat sie sich in unseren Schrebergarten geflüchtet. Ich hab' mich schon so gefreut, wie ich Urlaub g'habt hab' von der Front, daß sie die Bomben erwischt haben, aber da is' s' noch immer g'standen unterm Weihnachtsbaum. – Gelt, ich bin dein schönstes Geschenk? Ich hab' ihr Seidenstrümpfe geschenkt, aber die Füß' war'n noch immer dieselben. Dann hab' ich ein Bild machen müssen von ihr unterm Baum mit so an Schnoferl. *Vollzieht es nach.* Das wollt s' mir an die Front nachschicken. Tu das nicht, hab' ich g'sagt. Der Krieg is' eh bald aus. G'fangenschaft, Heimkehr, gekocht hat sie nicht schlecht. Jetzt haben wir die schwere Zeit überstanden, das Alter kann noch wunderschön sein.
Wann ich nur g'wußt hätt', wohin ich gehen soll.
Meine Freund', alle verheiratet, mit'm Sport bin ich nicht be-

freundet, Interessen, ja, wie man so sagt, hab' ich wenige. Ich weiß nicht, dann bin ich immer bei ihr 'blieben ... Na, antwort' schon, wie hat uns das passieren können!! *Er setzt sich neben sie auf den Boden.*

Unappetitlich ... Na, steh schon auf, ich hab's ja nicht so gemeint ... Nach all den dreißig Jahren ... Eins mußt zugeben ... Schön war's schon ... Die Sonntagsausflüge ... Die Gespräche im Schrebergarten mit den Nachbarn ... Die Geburtstagsfeiern, wo's immer, auch in der schwersten Zeit, a Glasl Sekt 'geb'n hat ... Und die Weckgläser ... Mit Marmelad' und Fleisch ... Jetzt sind noch welche da aus den schweren Tagen der Prüfung ... Sie haben dich überlebt, du hast etwas hinterlassen ... Die Mayonnaiseeier leider nicht, die muß ich mir jetzt selber machen, aber nur zweimal im Monat, sonst schmeckt's wie ein Montag, und es soll ja wie ein Sonntag schmecken ... Die blöden Fischeier, zu denen die Russen Kaviar sagen, hab' ich nie mögen. Kaviar im Gemeindebau ... Erbaut aus den Mitteln der Wohnbauhilfe ... von bis ... unter Bundeskanzler – der Bau ist schon alt, und der Bundeskanzler ... der liegt auch unter der Erd' ... Wie das Neubauhaus samt der Milchfrau ... Es freut mich, daß die Kinder das Mosaik nicht mögen ... Ich hab' amal nach'm Mayonnaiseei träumt, alle Häuser in Wien hab'n solche Mosaike ... Dann hat sie zum Schnarchen ang'fangt, und i bin wachg'leg'n ... Wenn s' leis' ang'fangen hat, da hat's mich ja nicht g'stört ... Glaub mir, deswegen hab' ich dich nicht getötet ... Ich bin nämlich kein Mörder ... Und du wirst aus mir keinen machen ... Vielleicht krieg' ich auch so einen Wohnbauaufbauhof – Mörder sind viel berühmter ... Der weltberühmte Robert Stolz hat weit draußen sei Gass'n, ganz weit, durch 'n Gatsch muß man hatsch'n ... Der Mozart ist schon etwas näher ... Wer weiß, vielleicht brauchen s' Namen für neue Anlagen ...

Ich möcht' mir den Richter aussuchen können ... Ich weiß schon, was ich trag' – bei der Verhandlung ... *Er steht auf.* Dunkler Anzug – einfarbige Krawatte ... Und ich weiß auch

schon, wie ich schau'n werd'. *Er schaut feierlich* ... A Abzeich'n wär' halt schön dazu ... Aber das darf man nicht –
Warum sind Tote, wenn s' auf einmal tot san, so schiach – *Er zieht ein Bild aus der Tasche.* Eine stattliche, junonische Person – auf dem Hochzeitsbild kurz nach dem Weltenringen, nach dem Völkermord – Mit Feuersteinen hab' ich ang'fangt – dann ist Sacharin dazugekommen – ab da hat s' manchmal Papa zu mir g'sagt ... Sie hätt' eh nie ein Kind bekommen können ... Das kalte Baden im Gänsehäufel – Duschen werden s' ja haben in der Strafanstalt – ich komm' ja direkt in die Reform hinein ... Schachspielen werd' ich lernen ... Ich bin neugierig, wie die das berechnen, meine Tat ... Dabei hat sie gar nix gesagt ... Ich bin z' Haus' kommen wie immer. *Zum Opfer:* Ich hab' wirklich nichts gegen dich ... Sollst es gut haben, da drüben ... Du hast ja immer dran geglaubt, ans Weiterleben ... Daß d' a Viech wirst. *Klatscht sich auf die Schulter.* Wannst a Fliegn worden wärst, wärst jetzt schon wieder hin. Die Viecherln merken das gleich. Is' schon wieder eine da. *Zeigt auf das Opfer.* Da, da müßts hinfliegen.
Mit dem Strauß Schani hast reden wolln auf den Wolken. Im Kino war ein Film mit dem kleinen Bladen, mit dem Schubert Franzl ... Einmal, auch wenn ich nicht mehr sein werd', wird er für mich spiel'n. Mensch, der hat ja Brillen auf, der kann dich doch sehen. Er wird spüren, daß ich ihn fühl'. Putz dir lieber die Zähn'. Das Hochzeitsbild muß ich den Journalisten geben. Ich weiß nicht, warum schau'n Leichen als a Lebendiger so teppert aus. Weil das wahrscheinlich Teppen san, die lebendig gar nicht in die Zeitung kommen wär'n. A Mund wie a Herzerl, aber a böse Gosch'n hat s' g'habt. Keine Busserln mehr, kein: Wie war's heut' im G'schäft? Kein: Hast die Vorverkaufsscheine für die Tramway? Aus is' mit dem Traum vom Volkswagen ... Ka Auto gibt's mehr, kein Schöner Wohnen, kein Christbaum, den Wüstenrot kannst dir weißt eh wohin stekken, dein Hut hängt im Vorzimmer.
Kein Osterhasi, keine Eier, auf die man überall tritt, und dann

kriegt man vier Wochen harte schwarze Eier wie bei den Chinesen, und die haben s' auch nur, weil s' so gelb san. *Leises Klopfen, lauteres Klopfen, schließlich die Türglocke.*
Ja, wer is' denn da? – Kurz hab' ich mir überlegt, ob ich's wegräum'. – Aber die Umständ'. So is's schöner ... Soll ich dir an Mantel anzieh'n, es is' ziemlich kalt draußen. – Schirm brauchst keinen. *Fröhlich:* Jetzt fang' ich wieder zum Leben an. Das soll mir einmal einer nachmachen. In dem Alter!
Dunkel.

Das Opfer

... Ich weiß, niemand kann etwas dafür – mein Leben ist einmal so – ich meine es so gut, aber es kommt nichts heraus – ich will arbeiten, ich will kämpfen, ich will Verantwortung übernehmen – niemand beachtet mich. Wo habe ich nicht überall kandidiert ... als Kanzler ... als Fernsehintendant ... Wo eine Chance war, habe ich sie ergriffen ... Anpacken – ein Zwölf-Stunden-Tag, das wär's für mich ... Nicht einmal in den Osten haben sie mich hereingelassen ... Ich fragte: Warum läßt man mich nicht wenigstens nach Workuta ... Die haben nur gelacht ... Aufräumen zumindest, putzen ... lieb zu den Leuten sein ... Krieg gibt's nicht mehr, wo man so nützlich sein kann ... Ich verstehe nicht, daß Menschen den abwechslungsreichen Militärdienst verweigern ... Zu alt ... Dabei bin ich noch in den besten Jahren ... Wenn das, was ich in mir habe, innigst in mir habe, wenn das einmal herauskommt, dann Gnade Gott den Feiglingen, Tachinierern und Drückebergern ... Im Altersheim hat man mich einmal genommen, und ich habe immer die Leibflaschen vertauscht, daß eine lustige Unterhaltung im Heim stattfindet ... Lieder hab' ich erfunden, Märchen erzählt ... Die Alten haben den Knopf des Fernsehapparates gedrückt, und ich stand wieder auf der Straße ... Gebettelt habe ich, damit ich Schnee schaufeln darf. Was war? Die Ma-

schine hat mich auf die Schippe genommen ... Ich habe ein kleines Einkommen, ich wollte Menschen Geld borgen, niemand hat mir getraut ... Das ist schmerzlich ... Es begann mit meiner Mutter. Früh verlassen von meinem Vater, an dessen Grab ich jeden zweiten Tag stehe, bis mich die Friedhofsverwaltung davonjagt, war ich der einzige Sohn meiner Mutter.
Kränze brachte ich meinem Vater. Von berühmten Sportlern, weil er so gern Sport gelesen hat. Die Zeitungen hab' ich dazugelegt ... Auch Opernsänger sind manchmal dabei. Er hat zwar nur eine Oper gehört, aber die Herren werden ohnehin immer umbesetzt ... Bevor meine Mutter aufwachte, habe ich die ganze Hausarbeit gemacht, und was sagt sie: »Jetzt weiß ich nicht mehr, was ich tagsüber machen soll ...« Ich war immer schuld und habe mich stolz verbeugt ... Niemand hat mir etwas geschenkt ... Jetzt geb' ich mir hin und wieder kleine Belohnungen, einen Kinobesuch in der Nachmittagsvorstellung, einen Kaugummi oder – einmal hab' ich an einem Haus an allen Schildern geläutet.
Dann kocht mir meine Mutter, ich sage: »Danke, nicht für mich, iß du.« Sie sagt: »Jetzt kann ich das Ganze wieder wegschmeißen.« Dann nehm' ich den Mistkübel und gebe mein Essen den Vögeln. Die mögen mich auch nicht. Ich habe immer den Eindruck, daß sie höhnisch tirilieren. Um eine Last mehr zu tragen, heiratete ich. Sie ist Zigarettenraucherin und starke Alkoholikerin. Sie war schon zweimal verheiratet und hat eine ständige Hüftgelenkentzündung. Ich schicke ihr jeden Tag rote Rosen, zuerst war sie freundlich, aber dann in der nächsten Woche fielen häßliche Worte: »Die stinken ja, deine alten Nelken.« Das Schlimmste ist, daß ich von der Rente meines Vaters leben kann. Ich geh' ins Wirtshaus – nicht, daß ich mir was gönne – und sagen den Leuten: »He, ihr Leute, seid mein Gast ...« Alles rückt weg, und der Wirt wirft mich hinaus ... Freunde hatte ich öfter, sie alle sagten: »Wenn du mich noch einmal um zwei Uhr früh anrufst ...« Aber Freundschaft ist Freundschaft, und auch um sieben Uhr früh wollten sie meine

Stimme nicht hören ... Wenn einer so viel Glück hat, muß er es den andern mitteilen.
In der Straßenbahn manchmal packt es mich, ich nehme dem Schaffner die Kappe weg und laufe wie ein Wiesel durch den Waggon: »Heute wird's ein schöner Tag.«
Ich mußte abspringen, aber die Schaffnerkappe wurde überfahren. Also die Liebe zur Menschheit gibt's nicht ... Ich habe es mit Gläserabwaschen versucht, die Gläser gingen unter meiner Hand kaputt ... Ich meinte: »Scherben bringen Glück.« Dann erhielt ich einen Tritt und fiel in die Scherben, wo ich lang blutete. Ich bin zur Blutbank gegangen und wollte mein Scherflein beitragen, aber die sagten, am Wochenende wüßten sie nicht, was sie mit dem vielen Blut anfangen sollten. Dann bin ich stundenlang im Schnee gestanden und habe Wagen angeschoben. Ich wußte nur nicht, daß der Inhaber in die andere Richtung wollte. Ich merkte es zu spät, da lag er schon unter dem Wagen. Ich bin ein geborenes Glückskind, einmal hab' ich Lotto gespielt, und die Glückszahl lag nur eine Zahl d'runter ... Eine ganze Zahl ... Ich könnte Menschen stundenlang sehen. Ich hab' mich als Bettler angestellt und wollte den Leuten Geld geben. »Pflanzen S' wen andern«, sagten die Menschen und gingen vorbei ... Im Kinderdorf hat man mich nicht genommen, weil sie sagten, ein so guter Mensch muß ein Kinderschänder sein. Dabei hätten Sie die Kinder sehen sollen.
Es bleibt nur übrig, ein böser Mensch zu sein. Ich geh' zur Caritas, pfeife ein freches Liedchen und lächle höhnisch. Solch eine Provokation haben die noch nicht erlebt. Dann stell' ich mich auf den Domplatz und schreie: »Menschlichkeit! Menschlichkeit!« Dann gehe ich zum Tierschutzverein und sage: »Ich bin ein armes Tier.« Die müssen mich nehmen. Da kommen wieder meine Frau und meine Mutter und sagen, das tu ich seit Jahren so. Wieder nichts.
Jetzt mach' ich was ganz Neues. Ich zeige niemand, daß ich ein guter Mensch bin. Ich gehe durch die Stadt und denk' mir mein Teil. Keiner von den Bürgern weiß die Wirklichkeit ...

Der Mann, der durch die Stadt geht, hin und wieder Unsichtbare begrüßend ...

Jetzt weiß ich nicht, ist's Dienstag oder Donnerstag ... Freitag hätt' ich genau gewußt ... Da bereitet sich der Sonntag vor ... Wien hat eigentlich nur eine halbe Woche. Was ist am Sonntag los? Essen tun s' außerhalb – Montag ist's schwer, wieder starten ... Wenn Sie mich fragen würden – Servus –, was in die vierziger Jahr' war ... Da sind wir a bißl langsamer 'gangen – Aber wenn S' mich nach dem Bundespräsidenten fragen ... Oder nach dem Mond, ob wir da schon oben waren: keine Ahnung. Warum's mich so nach der Inneren Stadt zieht? ... Weil ich nicht dort wohn' ... Weinhaus ... Da mach' ich immer eine Pause ... Immer dieselben blöden G'sichter ... manchmal is' einer g'storben ... Na geh, der lebt nimmer? So ein Schnipfer ... Schleicht sich da einfach ...
Mein übliches Achterl ... Wird auch immer kleiner ... Jetzt weiß ich, was sich bei dir verändert hat, Nandi, du hast an Schnurrbart ... 1955 hab' ich auch an g'habt ... Wegen Staatsvertrag ... Das Bundesheer is' durch die Tür am Heldenplatz marschiert – und durchs Hintertürl wieder raus ... Die Buben sind heute alle Obersten oder Ranchers oder wie das heißt ... Die grünen Teufel, die ... Na, unsere liebe Ida verwöhnt uns heute gar nicht ... Ja, ich hab' schon vor einer Viertelstund' bestellt ... Immer mit die alten Trottel, hat s' g'sagt ... Sowas erhält einen jung, find' ich ... Was gibt's Neues? – Nix? – Na, und der Regen is' nix? Und der Autounfall Ecke Tuchlauben ... Aus den G'schäften sind die Leute ... Ein Briefmarkenhändler wollte Erste Hilfe leisten ... Habt ihr was von der Mund-zu-Mund-Beatmung gehört? ... Na ja, natürlich ein Voyeur, der Briefmarkenhändler ...
Heut' is' mir ein Gedanke gekommen ... Manchmal bin ich so philosophisch, so tief ... Wieviel Kilometer sind wir eigentlich durch die Stadt gegangen, wie oft sind wir an der Ecken g'standen? Welche Gespräche haben sich ergeben ... Ich glaub', der

Einstein war gar nicht so g'scheit ... Was lests ihr so ... Wenn ich's vermeiden kann, gar nichts ... Ich hab' noch einen Volksempfänger aus dem einundvierziger Jahr ... Wie neu ... Nur damals war er lauter ... Geht einer mit mir mit? Bonzo? Ja, du weißt immer so G'schichten ... Zahlen tu ich morgen ... Da soll s' freundlicher sein, die Ida ... Na ja, einmal im Monat ist's erlaubt ... Weißt, wie mir seit unserm U-Bahn-Bau den Graben genannt haben? ... Den Aufgraben ... du kannst darüber gar nicht lachen ... Mit die politischen Witze ist's auch schlecht, es g'schieht zuviel ...
Erinnerst dich, wie wir die ersten Borsalino-Hüt' g'habt haben – und die alten Ami-Platten aus der Schweiz? ... So mancher Aufriß hat in Ehe geendet ... Der Herbert is' im Kamelhaarmantel mit der Trixie in die Schweiz 'gangen – dort haben s' sich dann scheiden lassen ... Besser als Gattenmord ...
Ja, Wurzi, daß's dich noch gibt ... Die Alten sind noch immer die Alten ... Jeden Sonntag Kaffee Pichler ... Die alte Runde – ich hab' schon erfahren, Bridge tuts ihr jetzt – schamst di net? Nein, laß dich net aufhalten ... Auch ein altes Stück Wien – *Ruft ihm nach:* Gehst noch manchmal in die Oper? ... Da ärgert er sich immer – er spielt selbst Klavier ... schon lang nicht mehr ... es soll verstimmt sein ... Wer gibt schon Geld für Kultur aus ... Die ... die ... die ... na, jeder hat s' sehen wollen ... In einem Altersheim ist sie jetzt ... hochgeehrt ... Dem ... dem ... haben s' den Fiaker ausg'spannt ... Hat eine wunderbare Stimme g'habt ... Ich war ja nicht dort, aber vor allem Mozart ... Wer Mozart sagt, muß auch Wagner sagen ...
Du mußt mich einmal besuchen – einen guten Tropfen vom Wirt an der Ecke hab' ich immer bei mir ... Ein frisches Brot, eine Konserve, g'füllte Paprika sind am sichersten ...
Ein paar deutsche Keks in einer schönen Schachtel ... Die kann man immer wieder verwenden ... Den ganzen Casanova in einer neuen Ausgabe, sie kommt zwar aus Mecklenburg, aber allgemein verständlich. Wozu soll ich das Joch der Ehe ...
Ja, Servus, Uschi ... Ihr kennt euch noch aus dem Luftschutz-

keller, wo wir so lustig waren ... An Schlager haben wir komponiert:

»In einem Warenhause
Abteilung Himbeerbrause
Ist Fräulein Erikas Revier
Da trink ich ohne Pause
Nur immer Himbeerbrause
Denn Fräulein Erika ist hier.«

Beim Peter Alexander muß ich immer daran denken ... Der hätt' zu uns 'paßt ... Es geht doch nichts über die Bombenzeit ... Was ist das? Der Stock im Eisen ... Wenn s' den in die Untergrundbahn verpflanzen oder verlängern. Is' ja a Stock ... Die Fußgängerzone ... Das is' eine glatte Besatzungsmacht ... Die Leut' aus der Vorstadt ... Die Ungarn geh'n mir am meisten auf die Nerven ... Auch wenn s' gar nix in der Hand haben, hat man den Eindruck, sie machen Geschäfte ... Wer hat die braucht? – Wann i an Aufstand mach', bleib' ich gleich dort, oder fahr' nach Amerika ...

Das waren schon peinliche Sachen damals, wie wir die Kochsalzlösung als Penicillin verkauft haben – »Dritter Mann« habts mich genannt damals, und jedesmal, wenn ich zum Karas sein Heurigen gegangen bin, hat er die Melodie g'spielt ... Mit zwei Assistenten, die haben mitgezittert ... Der Meister persönlich hat mir erklärt, daß er mehr zupft als zittert ... Aber die Welt hat wieder was von Wien gehabt ... Ich weiß nicht, warum wir der Welt soviel geben ... Wer einmal in dieser Stadt verhaftet war ... Wer einmal in dieser Stadt verhaftet ist, kann ohne den ehrwürdigen Dom und die Jonasgrotte nicht mehr sein ...

Siehst drüben, die Susi mit der Zampfi ... Sonst sind s' immer später dran ... Donauweibchendiele ... Die eine hat die andere ang'steckt, weil s' selber ang'steckt war ... Die Amis haben gleich Penicillin dabei g'habt ... Einer hat g'fragt: Du Jungfrau? Die Zampfi hat g'sagt: Seit meinem zwölften Lebensjahr ... Und die Susi war origineller und hat g'lacht: Nur über meine tote Leiche ...

Die Nazisoldaten haben so Schilder hängen g'habt wie Tortenecken ... Streifendienst ... Und das alles manchmal ohne Schnurrbart ... Es g'hört schon viel dazu, Leut' aufhängen, wo einmal das Hotel Erzherzog Karl war ... Das hätten s' ja gar nicht können, wenn die Amerikaner ihre Bomben nicht obe hätten lassen ... Ich hab' einmal zug'schaut beim Entschärfen ... Fazit: 4 Tote ... Ich bin entsprechend weit weg'gangen. Hab's aber gleich weitererzählt ... Unsere Widerstandsbewegung hat immer funktioniert ... »Na so was«, hat der Nandi g'sagt, »da muß man doch etwas dagegen unternehmen.«
Wir waren eigentlich immer die Pioniere der Fußgängerzone ... Wann hast dir den feschen Stock ang'schafft ... Ah vom Onkel Bü... Der hat doch ein Raucherbein ... Ist das nicht anstekkend? ... Am Naschmarkt seh' ich ihn manchmal schleichen und Obst goutieren ... Dann schleicht er in die Leihbibliothek ... Drei Pfirsich und drei Bücheln ... Was liest er denn? ... Leichtes freilich ... Die Zeit is' eh schwer ...
Schau'n wir in den Neuen Markt eine ...
Brunnen fließt gar nicht, na freilich, es regnet ja ... Hast den g'sehn, der mich so bös ang'schaut hat, den muß ich doch kennen aus die fünfz'ger Jahr ... Ich hab' mir ein System geschaffen, die G'sichter aus den siebziger Jahren, die sind noch nicht ganz fertig ... Die Sechziger bestimmt, als wollten sie was fordern, die Idioten, und die Dreiß'ger Jahr' sitzen z' Haus' ...
Mein Zuhause ... Was hält mich dort ... Solang' der Hektor noch gelebt hat ... Der hat sich zuviel erwartet vom Leben ... Daß ich ihn am Sonntag äußerln g'führt hab' ... Kenneng'lernt hat er niemand ... Er hat kein' Appeal g'habt ... Die andern haben an ihm geschnüffelt und sind gleich weiter ... Dabei war er ein Aristokrat ... Er hat gar nicht Hektor g'heißen ... Tschibutsch von Sonnenstein war sein Name von der Zucht ... Manche Lebewesen mögen s' in Wien nicht ... Schau in die Buchhandlung ... Ich schau nicht hinein, schaust du vielleicht hinein? Ich kenn' niemand, der hineinschaut ... Wann kommt man schon dazu ...

Vom Sacher hab' ich soviel G'schichten g'hört ... Einen Prinzen haben s' ohne Krawatte eineg'lassen ... Nein ... Einen Fürsten haben s' mit Krawatten eineg'lassen ... Wir haben so g'lacht ... Wenn ich jetzt wenigstens wüßt', worüber ... Lachen ist selten geworden ... Ich bin neugierig, ob wir mit der Untergrundbahn auch hin- und herfahren werden ... Das wird a Hetz ... A bißl düster halt ...
Kaufst du dir eine Zeitung? Vielleicht ist wieder wer g'storben? Bist in letzter Zeit kulturell desinteressiert, und gehen tust du mir zu rasch ... Hast vielleicht an Schrittmacher ... Nein, nein, mit sowas soll man nicht spaßen ...
Mich hat einmal das Fernsehen interviewt: was ich so tue ... Na, ist mir eing'fallen, daß ich den Bundespräsidenten wähl', daß diese Straße längst Kaiserstraße heißen müßt' und daß mir vorübergehend ab und zu ein Mozartkügerl schmeckt ... Hab' ich doch g'scheit g'sagt.
Der mit der Glatzen, der grüßt mich jetzt auch schon seit Wochen ... Ich glaub', die haben da irgendwas vor in dem Land mit mir – mein Cousin ist im Heeresmuseum – Hausinspektor. Aber hochbelesen mit Clausewitz und Mommsen ... Was die Herren vom Bundesheer halt so auf der Toilett' vergessen ... Da fallt mir immer der Gandolf von Habertitzl ein, mein Regimentskommandeur ... Der hat immer g'sagt, heut' muß ich noch lachen: »Der Krieg wird auf der Toilett' geschlagen. Oder im Sanatorium. Na ja, er is' ja der Vater aller Dinge.« Nicht der Habertitzl, der Krieg.
Auch im Krieg hat's immer noch Mozartkugeln gegeben. Bis zur Ausbombung der Oper ... Na ja, das wär' ja pietätlos g'wes'n ... Was, pubertätslos ... Das hast wieder amal brillant g'sagt ... »Grüß Sie Gott!« ... Wo haben s' denn den ausg'lass'n. Ich weiß nicht, das G'sicht war mir fremd. Und ich kenn' doch alle. Zumindest zwischen elf und ein Uhr ... Jetzt kommt wieder der von vorhin ... Ja zum Teufel, wem g'hört denn jetzt die Straßen ... Geh'n wir auf die andere Seite, ich glaub' alleweil, da is' a Verschwörung im Gange ... Welche is' jetzt die

richtige Seit'n ... Die rechte oder die linke ... Man muß immer von der Stadt ausgehen ...
Das Gespräch verliert sich.

Der Modelldeutsche

Tritt auf, beiläufig: ... da hab' ich ja noch Glück gehabt mit der U-Bahn ... Bißchen kalt, der Saal ... Die können mit diesen Dingen nicht umgehen, mal kalt, mal heiß ... warm wird's nie ... dreißig Jahre nach dem Krieg ... Ja, den sind wir nicht losgeworden ... Das Interesse hat sich auf andere Kriegsschauplätze verlagert – Na ja, mehr so auf Reiseziele – Das mit dem Reisen ... auch so 'n Schwachsinn – der Begriff der Heimat ist uns verlorengegangen ... Vor kurzem im Pissoir hat mir so 'n Tränenonkel sein Schicksal vorgelangweilt ... Hat seine Verwandten wieder besuchen können ... Wahrscheinlich zugeheiratet und er ehemaliger Flieger ... Und die ganze Zeit gepißt ... Ich weiß ja nicht, ob das gut war mit die Stuka, aber damals war's schön – hat in die Zeit gepaßt ... Immer wieder übelnehmen ... Immer wieder übelnehmen ... Ich geb' mich im Ausland als Schweizer aus ... Muß man keine Fremdsprachen lernen – hab' ich das gesagt oder der Mann aus dem Pissoir ...? Da stand plötzlich so 'n Bulle im Drillich und sagte: »Zehn Pfennig ... Hab' ich mir's doch gedacht!« Der hielt mich sicher für 'nen Schwulen – Nun hab' ich gar nix gegen solche gewiß sehr begabten Menschen ... Aber die machen doch allerhand in Bonn!!! Die sollten doch mal so richtig ... Die Schwulen brauchen ihre Pille nich' – da wird es einen Bevölkerungszuwachs geben. Bloß – Schwule ... Hervorragende Musiker – aber auch sonst hamse was weg – ich hab' mich mit dem Problem nie so richtig befaßt, aber mein Schwager, berufstätig, sagt immer: Nimm dich in acht! Unterschätze sie nicht ... Als Deutscher unterschätze ich niemanden – manchmal die Fußballer – sie bemühen sich ja, aber ... Im Vergleich zu früher sind sie eher

’ne Art Bundesheer ... Mensch, der Pisser neben mir pißt immer noch ... Dann sieht er zu mir rüber ... Will wohl sehen, ob ich Jude bin ... Oder er macht bloß so Kontrollen ... Vielleicht is’ er ein Maler ... oder ’n Wissenschaftler ... Ich höre auf, er weg wie die Allwegbahn ... Von wegen Bundesheer ... Man könnte sie ja einziehen ... Zwischending zwischen N.S.K.K. und freiwilligem Arbeitsdienst. Die Autobahnen sind ’ne halbe Sache – konzentrierte Lager mit Fußballern – oder mal die Tennisspieler von Rot-Blau Grunewald ... Wir könnten unser Land zu einem Eldorado von Erste-Spitze-Autobahnen gestalten. Unfälle fördern die hohe Kunst unserer Knochenchirurgie ...
Die Kirchenchirurgie ist auch etwas erholungsbedürftig – solange alles beim Alten bleibt, sollen sie ruhig reformieren – an ’nen erwachsenen Menschen kommen sie doch nicht ran – Seelenfummler ... Obwohl ich so denk’ ... Irgendwo sitzt da so ’n höheres Wesen mit ’ner Pfeife – und denkt sich was ... Da sitzt de denn nu’ und weißt nicht mal, ob’s besser oben is’ oder unten ... Das trifft auch auf den Westen und auf den sogenannten Osten zu. Ja, probiert doch euren Ostenmarsch. Lassen euch doch nich’ rüber –
Die haben selbst Probleme genug – und es blühen die gleichen Kastanienbäume, und die Leute haben ihren Kaffee und Kuchen – sind eben nich’ so gesprächig wie hier – haben Se schon ’nen Taxifahrer geseh’n, der nich’ quatscht? Drüben hab’ ich einen geseh’n ... Dann wollten wir unsere Verwandten nicht länger aufhalten.
Kinder, wir können doch nicht ewig in eurer Kombüse rumzuckeln – Herzliche Verabschiedung ... Baldiges Wiederseh’n ... Ach, seht mal, Kinder, an der Spree hat’s ’ne Leiche angeschwemmt ... Aus’m Osten oder Westen? Darum kümmern wir uns nich’ ... Kleinkram –
Sonst sind wir zufrieden. Wir sind so zufrieden, daß wir uns manchmal nicht ins Gesicht sehen können ... Auf der Rolltreppe ... die Andeutung genügt – manchmal nur ’ne Kopfbe-

deckung – Wir Deutsche seh'n ja gar nicht mehr wie Deutsche aus – die Welt ist bei uns eingezogen – chinesisch, italienisch, jugoslawisch – einmal im Jahr reicht für mich zum internationalen Essen ... Außer, wir haben 'ne Olympiade. *Zieht eine Zigarre aus der Tasche und raucht sie mit Genuß.* An die Illustrierten kann man sich nicht halten ... was wissen die von unseren wirklichen Sorgen? Na ja, so teuer sind sie auch nicht ... Die Pfeifenraucher sind besser zu kontrollieren, zu erfassen. *Zieht eine Pfeife aus der Tasche und zündet sie an.* Letztes Mal in Kitzbühel geraucht. Ganz zwanglos alles mitgemacht ... Raketen wie Stalinorgeln ... Na, viele Tiroler war'n ja in Rußland ... Nich' nur als Ski-Asse ... Silvester in Kitz ... Sonst: Grünzeug ... Bestens – Ich kann sagen, wir haben uns kennengelernt – Direktor Atzwang und ich – das war in der Firma sehr wichtig – die anderen sind in den Harz gefahren, die Idioten ... So werden sie unseren Direktor nie kennenlernen ... In 'ner Wochenschau haben sie uns beide geseh'n. Zwischen Eishockey und Bob. In Anorak und dunkler Brille. Mein Junge ... Bob, der Robby will sich immer Bob nennen. Finden Sie das nicht übertrieben? Jetzt hat er 'nen Bänderriß! Wird sich's vielleicht überlegen. *Legt die Zigarette weg – raucht Pfeife.* Das kalte Rauchen ist für mich 'ne Wucht.

Meine Jungen hab' ich mal im Spital besucht, der spricht ja genauso wie ich – Wenn er so mitmarschiert ist mit anderen Jungen – da hat er immer geschrien »Unmöglich«, nachher haben die ganzen anderen Birnenköpfe mitgeschrien. Demonstrativ!

Wir haben ja ähnliche Sachen gemacht. Unsern Klassenvorstand gestellt ... vorher wollten wir den Physikprofessor in die Luft sprengen, nur mal so rasch ... den Klassenvorstand auf'm Gehsteig und um ihn rum im Ringelreia ...

Die haben jetzt so 'n dummes Wort: Ringelheia ... Gruppensex ... Ja, wenn's ums Sexuelle geht, das is' doch immer dasselbe. Wir haben uns begnügt, ein kleiner Kreis von Gleichgesinnten ... Wer weiß? Vielleicht kommt's noch mal zum Gruppensex. So 'ne Tüchtige hab' ich mal der Frau Direktor Atzwang ... so 'ne Richtige in den Hintern gehaut ... Wenn ich keinen Sonnenbrand mehr habe, dürfen Sie, meinte sie. Bei mir sind diese Dinge ja noch feierlich in Ordnung. Wenn das nicht geregelt ist, können Sie Ihren Laden zusperren. *Steckt Pfeife ein, raucht Zigarette weiter.* Ich habe mich da ein bißchen vorausgewagt ... Aber ich will Ihnen ja helfen ... Der nackte Sexus, na bitte – die Zwischenform ... aber beileibe nicht spießig ... Es gibt auch saubere Schweinereien ... die sogenannten kleinen ... Machen gesund ... Das kleine Anfassen in der U-Bahn – U-Bahn-Fahren gibt einem so ein Astronautengefühl ... Oder natürlich U-Boot ... die Wellen kommen von alleine ... *Setzt eine Kappe auf, tötet die Zigarette ab.* Und die Luft – und hier am Horizont: Deutschland ... Man hat's schon so lange vergessen gehabt. Die geraden Straßen ... Die Zäune, die immer ans Gemüt erinnern – die Gärten zwischen Zille und Rilke ... Zwischen Oswald Spengler und Adolf Hitler ... Wir sind ein Volk der Einfamilienhäuser ... Kleine Häuser mit weitem Blick nach draußen. *Schiebt sich die Pfeife in den Mund.* Und droben – Bach aus der Mansarde – Schifferklavier und Kirchenorgel, wie nahe sie sich sind ... die weiten Straßen nach Osten, Westen, Süden, Norden ... und die guten Alten am Sonntag mit Kaffee und Kuchen ... Sie haben es noch nicht gefunden, aber sie warten immer noch – Die Frauen mit den bunten Kochbüchern, die nie kochen lernen werden ... Sonnabend gehen wir zu Mario ... Wir sind des Eisbeins müde ... Die farbigen Bücher mit den leckeren Bildern – harmlos wie unsere Politik ... zum Großteil fortschrittlich, liberal, lesen Brecht, sind froh, daß es einen Gott gibt – wenn es ihn gibt. Ich persönlich habe eine eigene Version. Wie im Krimi ... über das Böse. Die Kriminalität wird ja übertrieben ... *Lüpft die Kappe, setzt sie wie ein Richter wieder auf.* Und werden Sie wegen Rauschgift ... was gibt's 'n da alles. Also Sie werden zu ... Woher soll ich das wissen? Das Rauschgift ist in den Händen eines Dezernates. Da sind noch Leute von der Gestapo dabei, weil man Faschisten braucht.

Ich war ja in Israel. Ich darf als Deutscher doch betonen, daß ich ... daß das Ganze eine herbe Enttäuschung war ... Zuviel Deutsche ... Auch die Juden sind anders geworden. Mit ihren Kibbuzim. Wir haben uns unser altes Einfamilienhaus auch wieder aufgebaut. Genau, wie's früher war. Die Bevölkerung – ich darf es wohl sagen – nicht sehr freundlich. Obwohl ich ein bißchen Englisch kann. Leider nur bis zur Sechsten herum. In Teneriffa kann man sich besser erholen. Ein Freund von mir legt sich bei Tel Aviv in die Sonne: sofort tot. Da kannst ja jeden Moment sterben, und bist nich' mal Jude.
Da, die Männchen, die kleinen, sie eilen und spazieren auf dem Fußgängerstreifen ... Ich sehe immer nur Männchen ... Nicht so wie auf der Toilette ... Männchen. Bloß Männchen. Liegt das an dem Weg, den ich gehe? ... Es ist ein langer Weg ... Mir gehen die Männchen nicht aus dem Kopf – wollen die uns zur Homosexualität erzieh'n? ... Jeden Verkehrsteilnehmer? Blödsinn! Frauen tragen auch Hosen und geh'n schlecht ... *Nimmt Kappe ab.* Guten Tag, Herr Doktor – ach, die neue Epidemie is' schon da ... Asiatische? ... Wie? Ich bin dafür, daß man einmal Deutsche Krankheit sagt ... Die Franzosen haben schon eine ... Ja, von mir aus Europäische Grippe ... Ach, Sie meinen, die geben uns bloß den Krebs? Auch nicht schlecht ... haben wir wieder die ganze Welt. – Will Sie nicht aufhalten. Haben jetzt durch das neue Gesetz ganz schön zu tun, was? Sechs Personen suchen eine Pille. *Lacht, nimmt eine Lenkstange vom Tisch, fährt, nach rückwärts.* Wollen Sie Musik? Ich, wenn ich allein bin, höre immer Radio ... Was haben die Kollegen gemacht, wie's noch keine Autoradios gegeben hat? Nachgedacht? Denkste! Wir sind ja im Dienst ... Wenn ich die Geschäfte seh' ... Schon 'ne gewaltige Leistung zwischen Ostern bis Weihnachten ... Von Weihnachten bis Ostern ... Immer dasselbe, an 'ne andere Stelle rücken ... und so tun, als wär's neu ... Merkt man ohnehin an den Preisen ... *Rückt die Kappe korrekter.* Mir macht die Technik zu schaffen ... Man verpaßt soviel – ich hab' vor kurzem auf der Käsemesse den japani-

schen Pavillon geseh'n ... Haben uns alles voraus ... Käse, lauter Käse ... Das Tollste ist 'n Käse, der nach Käse schmeckt. Nicht mal mit'm Volkswagen schaffen die unseren das ... Für mich schmeckt er nicht nach Fahrzeug ... Mein Sohn – 23 – nur Mercedes ... Vererbungssache ... *Legt die Kappe weg, sehr relaxed am Steuer.* Ich laß doch keinen überholen, soweit kommt's noch ... Da hat er sich geschnitten ... Na, da hat's jetzt 'nen Peng gegeben bei der Kreuzung ... Ich seh' nicht so genau ... Aber einer von den Schwerverletzten ist garantiert hin ... Na, vielleicht mit Gurten hat er Chancen ... Ich fahr' doch nicht mit Gurten zu einem Mädchen ... Da müßt' ich ja ein Masochist sein ... Junge, bin ich müde ... *Legt Steuer weg.* Das Warten kann einen flau machen ... Da mußte zum Amt, stehst 'nem Sitzenden gegenüber, er fragt dich die entscheidendsten Dinge ... Dann siehste über seinen Kopf hinweg, gleich biste frei ... Vis-à-vis seh'n zwei Burschen aus dem Fenster raus, tun nichts, bloß beobachten ... Wie die Hausmeister ... Ja, Herr Doktor, werde mich kurz fassen ... Das Denken ist ein Prozeß ... Ein Kino gibt's da auch ... Schönes Haus ... Viel zu schade für so 'n Kino ... Ja, ja, mit viel Geld haben wir unsere Zukunftsruinen aufgebaut ... *Wirft die Kappe weg.* So, jetzt steh'n wir uns vis-à-vis ... Und jetzt denken wir mal nach. Auf, ihr Deutschen, laßt uns denken, bitte denken, lange denken. In Mykene denken, auf den Liparischen Inseln denken ... Bitte denken, bitte denken, bitte denken ... *Wie Schallplatte, die steckenbleibt. Licht langsam aus. Wenn es ganz dunkel ist, helles Licht auf der Bühne und im Saal.* Ja? Was ich sagen wollte? Schönen Abend noch!
Dunkel.

Der Herr im Salonsteirer

Am Jägerball merkt man noch, daß es ein unvergängliches Österreich gibt ... Haben Sie schon die Reichsinsignien gesehen? ... Soll man sich immer wieder anschau'n ... Die deutsche Kaiserkrone! – Können Sie sich die in Bonn vorstellen? ... Die Kaiserkrone, und dann marsch ins Sacher, die Deutschen ... Beides haben sie sich ganz anders vorgestellt ... die Krone und die Torten –

Ja, setzen Sie sich ruhig ... Ich sitz' am liebsten in so Stüberln ... Hat so ein bissel was von einer Jagdgesellschaft ... Zum Zwunschi hab' ich vor kurzem g'sagt ... in einer philosophischen Stunde: Wer sind die Jäger, und wer sind die G'jagten ... Ich hab' das natürlich politisch g'meint ... Wo gibt's heute noch an politischen Witz? Über die Juden darf man nicht ... Sind Sie vielleicht ...? Aus der Steiermark ... Bravo! Hab' ich mir gedacht.

Servus, Sylvester – Komm doch her ... Was hat das Ministerium beschlossen? ... Ich brauch' euch doch nicht vorstellen? ... Hat sich der neue Minister schon eingelebt? Na ja, für die kurze Zeit ... Drum gibt's ja keine politischen Witze ... Außer man wechselt die Namen aus ... Aber da kann man sich leicht irren, und dann steht man da ... Ich muß ja immer lachen – Am Jägerball, die Polizisten salutieren vor mir ... jedes Jahr ... Ob's das überhaupt dürfen?

Ich freu' mich schon jetzt wieder auf das neue Jahr ... immer auf das nächste ... Dazwischen Heringsschmaus ... und dann Ostern ... Eier find't man zwar keine mehr ... Aber, Sylvester, laß mir doch meine G'spaß ... No, und zu Pfingsten fahr' ich nach Tullnerbach-Pressbaum – zum Kommerzialrat Fähnrichsberger – mußt ihn doch kennen ... der mit dem ... *Er hustet diskret.* Leider weiß man noch nicht, ob es Krebs is' ... Asthma wär' angenehmer ... Wunderschönes Jagdhaus ... Leider liegt es direkt an der Westbahn ... Da sitzen wir dann ... eine vergnügte Runde – erzählen uns die Neuigkeiten ... Die Zeitungen können mir gestohlen bleiben – vor kurzem hab' ich eine g'stohlen. Am Sonntag ... Ich hab' manchmal so Anwandlungen zu Lausbubenstreichen ... Der tolle Burli, nennen s' mich manchmal. Da muß der Kommerzialrat Fähnrichsberger herzlich lachen ...

Er sollt' eigentlich nicht – es könnt' ja Kehlkopfkrebs sein – hoffentlich kommt er in kein Spital ... In Tullnerbach-Pressbaum sein Leben aushauchen ... So was hab' ich mir immer gewünscht ... Gepflegter Friedhof ... Die Ärzte sind entweder Scharlatane oder Trotteln ... Was brauch' ich ein neues Spital? Wenn ich krank bin, bin ich krank –
Einen ganz hervorragenden Witz über die Pille hab' ich g'hört ... Wir sind ja alle über sechzig –: Also, der Papst empfängt den Nixon und – leider hab' ich ihn vergessen ... Ich könnt' ja in der Trübauer Wirkwoll A. G. anrufen ... Mein Freund, der Direktor Perlacher, schreibt sich das immer auf – ein Buch könnt' er herausgeben ... Ich les' ja kaum, aber zum Verschenken is' es immer was Persönliches ... Ja, der Papa Perlacher ... Von dem krieg' ich immer ein Weihnachtsgeschenk ... Mozartkugeln ... Aber in Salzburg aufgegeben ... Spezialanfertigung der Wirkwoll A. G. ... Ich heb' mir's schon jahrelang auf ... Wer das einmal erben wird?
Da is' er ja, unser Benjamin – Servus, Herr Ingenieur ... Die Herren kennst du bereits ... Na, wie geht's auf der Baustelle? – Ja, die Jugoslawen ... Die Türken sollen besser sein – Weißt du, daß ich in dem Haus eine langjährige Freundin g'habt hab' ... Mit einem furchtbaren Namen, aber ausg'schaut hat's gut ... Wie eine Filmschauspielerin ... Stummfilmschauspielerin ... Im Altersheim hat sie's eh noch am besten – Also, wenn ich schon sterben muß, beim Schwimmen ... Aber der Neusiedlersee, wo ich manchmal mit dem Perlacher hinkomm', is' so flach – man kann natürlich auch mit einiger Geschicklichkeit, wenn die Wellen von den Kommunisten herüberkommen, auch ertrinken ... Aber ob das anhalt'? ... Ich war einmal im Krieg an der Ostsee ... mit meiner Dienststelle – mit manchen der Herren hab' ich noch Verbindung ... Die würden nur so schau'n. »Mensch!« würden s' sagen.
Meine Herren, erklären Sie mir bitte den Unterschied zwischen dem Neusiedlersee ... kann auch der Bodensee sein ... und der Ostsee! Also sehen kann man Mädchen im Badeanzug, und der

Osten is' kalt ... *Totenstille.* Ich seh' schon, ich hab's falsch erzählt ... Der blöde Osten! – I mein', ganz blöd sind s' ja nicht, die Kommunisten. Die Amerikaner zeigen hin und wieder auch Zeichen von Intelligenz ... Wir liegen so dazwischen – aber wir zeigen's ihnen immer wieder ... Die Israeli sollen auch einmal wissen, mit wem sie's zu tun haben. Ein friedliches Beispiel sind wir für sie. –

Wenn die solche Politiker wie wir in der Nachkriegsg'schicht' g'habt hätten, die hätten längst einen Staatsvertrag mit die Russen, die Amis und die Araber ... Und keine Geiseln ... Die Geiseln Gottes, hat einmal einer g'sagt ... Sicher der Perlacher –

Ich hab' mir oft in Mußestunden überlegt, was ich damals getan hätt' – am Flugplatz ... Zuerst hätt' ich's strategisch im Gütlichen versucht: »Meine Herren, darf ich Sie nach Fischamend zum Forellenessen einladen?« Ich weiß allerdings nicht, ob die Juden Fisch essen dürfen. Irgendwas dürfen s' nicht ... Da gibt's auch einen Witz drüber ... Da weiß ich wenigstens die Pointe ... *Denkt scharf nach.* »Aber beschneiden hätten s' ihn nicht dürfen.« *Stille.*

Der Benjamin schmunzelt ... Denken S' lieber an Ihren Bau und Ihre ... Ah, das darf man ja nicht sagen ... Es ist, meine Herren, nebenbei kein Zufall, daß es für uns Österreicher keine Schimpfworte gibt ... Das ist nicht Zufall, das ist Geschichte ... Darum beneidet uns die ganze Welt. Vor allem die Itaker und ... sprechen wir es ruhig aus ... die Tschuschen ... Also, um auf unser Thema zurückzukommen. Ich wäre auf dem Flugplatz auf einen dieser Pimpfe zugegangen und hätte – vorläufig noch höflich – gesagt: »Meine Herren! Ich war im Ersten Weltkrieg bei den Sechser-Ulanen, im Zweiten Weltkrieg in einer Sondereinheit. Sie sind umstellt, also verlassen Sie den Raum! Denken S', was Ihren Leuten im Krieg passiert ist. Und wenn Sie dazu zu jung sind, dann lassen's S' sich von Ihren Vätern erzählen. Also gemma!« Na, die hätten g'schaut – Sechstagekrieg ... So ein Blödsinn! Wir Sechser-Ulanen hätten das in einer Nachtübung erledigt. Österreich is' nix für an Ter-

ror. Sie haben's ja zweimal versucht. Die Sozis und die Nazis. Heut' sitzen s' schön brav beisammen. Im Parlament ... Die Türken belagern nimmer und bauen das neue Wien ... und die Nazi ... Einen Flugplatz neben dem Zentralfriedhof hinbauen – diese Herzlosigkeit hätten sie nie besessen ... Die Toten in ihrem Frieden stören ... Nazi ... Wenn ich das Wort nur hör' ... Nazi oder Nichtnazi, ein Österreicher ist ein Österreicher. Die paar Kommunisten sollen nach Deutschland gehen oder nach Amerika ... oder nach Rußland. Da können sie sich die Haar' wachsen lassen so lang wie der Rasputin ... und Rauschgift soll'n s' fressen ... Dumme Kerle ... In einem Land, wo man eine Virginia hat ... Fräulein Gitti, einen Liter für unsere Runde ... Rot ... Sie wollen weiß, Herr Ingenieur ... und Sie rot ... Rot-Weiß-Rot. Das schreib' ich mir aber jetzt auf. Der Perlacher wird zerspringen. Haben Sie einen Kugelschreiber? Das laß ich mir gefallen ... Firmengeschenk ... Wissen Sie, meine Herren, was die heimische Industrie allein dafür ausgibt? Industrie und Sport halten Leib und Magen zusammen.
Bei mir um die Ecken im Café Hadrawa ... Ich geh' nicht hin, da sind mir zuviel' ung'waschene junge Leut' ... Also ich schau' ins Kaffeehaus ... nein, durch die Scheiben ... Da seh' ich manchmal Sportfernsehen ... Es gibt noch eine Jugend ... Nicht lang, aber schön ... Manchmal hab' ich direkt Lust, durch die Luft zu fliegen ... Natürlich haben die heute ganz andere Bindungen ... Auch die Ski kommen mir ganz eigenartig vor ... so auf'bogen ... Na, Benjamin, Sie sind ja noch aktiv in der weißen Zunft ... Wo? In Vorarlberg? Fleißige Leute ... Aber ich sag' Ihnen, der Wienerwald ... Ganz schönes Training ... Da hat sich so mancher einen Meniskus gezerrt fürs Leben ... Bei der Mizzi-Wasen-Meister-Wand. Da können s' im Sommer auch klettern. Sind auch schon viele runterg'fall'n. Im Sommer ... Die Wasen-Meister war eine Pionierin. Also direkt eine Pioneuse, Pionistin. *Lacht.*
Lachen S' ruhig ... Einer ist mir unsympathisch, der kleine Boxer. Kommt da aus dem Kriminellenviertel drüberhalb der Do-

nau. Ich sag' immer, ein Prolet kann nicht boxen ... Die Neger? Die sind ja schon seit Generationen Proleten. Die haben's vererbt – ... Auch zwei anständige Menschen gibt's im Kaffeehaus. Die spielen Schach. Vielleicht geh' ich doch einmal hin und schau' ihnen zu. Das ewige Kreuzworträtsellösen führt auch zu nichts. Man eignet sich zwar eine umfassende Bildung an, aber wer tut schon was in diesem Land für die Kultur?
Benjamin, wieviel Marillenknödel essen Sie eigentlich? ... Da bin ich Ihnen immer noch um fünf voraus. Von Zwetschkenknödeln gar nicht zu reden. Und dann in die Sauna! – Gesunder Geist im gesunden Bauch! – Da schwitzen wir, ein jeder erzählt, was er gegessen hat ... Oder getrunken ... Nach dem Opernball war das ganze geistige und einflußreiche Österreich versammelt ... Uj, da hat's g'stunk'n – Pardon – auf einen gewissen Ort muß auch der Kaiser ... Das Recht auf körperliche Ausdünstung hat jeder. Das werden Sie mir auch nicht glauben, daß ich den Kaiser noch persönlich gekannt hab'. Parade auf der Schmelz, Kaiserwetter. Eine Dunstglocke hätt' sich dort gar nicht hintraut.
Der Hitler hat mich schon nicht mehr interessiert. Vielleicht war es ein Fehler. Wenn man schon in so einem historischen Zeitalter lebt, soll man es auch ausnutzen. Aber wie gesagt, das hab' ich mir beim Jägerball gedacht, wir haben wieder einen Abschnitt, einen Punkt hinter uns. Hinter uns die Vergangenheit, vor uns die Zukunft. Prost! *Gläserklingen.*
Ich hab' gelesen, daß wir Österreicher für den Wein empfänglicher sind als die Friesen ... Sie glauben gar nicht, wie diese schwerblütigen Menschen aus dem Norden für den Süden empfänglich sind ... Von der D-Mark zur Südmark. Die glauben auf ihren Inseln, daß Südtirol zu Österreich g'hört. G'höret sich eigentlich schon. Würden mehr Friesen hinkommen. Weil langsam spricht es sich auch dort herum ...
Ich hab' einen Corpsbruder, der so kleine Steirerhüte aus Papier herstellt ... Vielleicht kennen Sie ihn, den Kapplkönig ... Hauptabnehmer: Friesen ... Nordfriesen natürlich ... Er hat

sich um einen Auftrag fürs Bundesheer bemüht – mit seine Kappeln. Aus erstklassigem steirischem Stoff ... Aber solang' ein Heer so verpolitisiert ist, schaut keiner auf die Landesverteidigung. Mein Plan: Nix wie in die Berg ... Egal, ob hoch, ob nieder. Hauptsache, es sind die Tauern. Und dann Aug um Aug, Zahn um Zahn. Auch die Prothesenträger müssen da ihr Scherflein beisteuern. Die Schweiz macht vielleicht mit. Bankenverbindungen existieren schon – dann zeigen wir diesen Dilettanten, was ein europäischer Krieg ist ... Die Zivilbevölkerung kommt in die Flaktürme – Gott sei Dank hat sie unser Heer noch steh'n lassen ... Die Jets sorgen für Ordnung – da werden sich die Herrn im Parlament einmal wundern.
Ich hör' so manchmal die Debatten – wenn sie nicht zu ausfallend werden ... Und dann ... Und dann ... Und dann schreib' ich ihnen meine Meinung. Natürlich sind s' verbittert und antworten nicht. Hier in unserem Lokal verkehrt ein Nationalrat, ihr kennts ihn, der so oft aufs Häusl geht und dann nichts bestellt.
Zeitweise grüßt er mich ... sehr höflich ... Ich grüße zurück – mit leichtem Sarkasmus ... Am nächsten Tag sind dann die Parlamentsdebatten sehr zahm ...
Die sollen sich nicht spielen, die Brüder ... Wer kein Geld hat, braucht auch kein Budget – mit den Handwerkern werden s' auch nicht fertig. Berge von Schilling-Volksvermögen geh'n durch diese Pfuscher der Nation verloren ... Mir hat einer beim Heurigen einreden wollen, wir sind ka Nation. Da hätten S' mich sehen sollen ... Ich habe ihn einfach scharf angesehen und gesagt: »Mein Herr!« Lacht der blöde Kerl. »Sie scheinen nicht zu wissen, wer ich bin.« Dann haben die Schrammeln zum Spielen ang'fangt, und die zweifellos interessante Debatte ist untergegangen. Sehr lustige Partie, diese Schrammeln dort. Hochmusikalisch ... »Die vier Trotteln«. Jetzt spielt allerdings eine neue Partie: »Die vier Teppen«. Lang nicht, was die »Trotteln« waren. Hingegen die Philharmonischen Neujahrskonzerte enttäuschen nie. Auch wenn ich sie nur in meinen vier Wän-

den höre, dazu g'hört ein dunkler Anzug. Wenn s' den Bruckner oberieseln lass'n, dann denkt man an einen Altar. Das gibt dem lieben Gott mehr, als wenn man in eine Messe geht. Obwohl, in der Michaelerkirche ist es zu Weihnachten ganz gemütlich. Man trifft viele Bekannte. Erstaunlich viel Sozialisten. Auch in den Oststaaten macht die Kirche Fortschritte, eine nicht zu unterschätzende Macht. Ich glaub', drum zögern auch die Chinesen, den ersten Schritt zu tun. Na ja, für Heiden ist es schwer. Ich meine nicht den Komponisten, Herr Ingenieur. Früher hat man von ihnen nur gewußt vom Reis und vom Tee, und jetzt werden sie auch sonst anerkannt. Ich hätt' mich gern einmal mit diesem Mao unterhalten und Ansichten ausgetauscht ... Aber man kommt ja nirgends hin – im Sommer grad' auf den Semmering oder nach Maria Zell ... Im Waldviertel weiß ich eine Pension mit Frühstück ... eine liebe Gemeinschaft. Wenn man jemandem sagt, darf ich den Rest von Ihrem Kaffee haben, ich seh', Sie trinken ihn eh nicht, Sie werden es kaum glauben, man wird nicht ausg'richt' ... Es regnet die ganze Zeit ... Was will man mehr. Die Menschen, die man dort kennenlernt, haben dasselbe Niveau ... Leider sterben s' langsam aus. Aber das muß ja so sein ... Von mir aus soll'n die Ärzte streiken – ich hab' mich nie an ihre Anweisungen gehalten. Ich war mein Leben lang ein Genußmensch – Renaissancemensch, drückt sich der Perlacher aus. Linkswalzer tanz' ich ... Komisch, ich bin doch Rechtshänder.
Ich sag' immer, Humanismus bedeutet, daß es einem egal is', ob einer eine Hasenscharte oder einen Klumpfuß hat. Außer den Bettnässern. Die sind gefährlich, weil sie Fanatiker sind. Prost! Ich hab' mich schon so an unsern Reschburgunder g'wöhnt, daß ich kaum was anders trink' – Beim Jägerball natürlich schon. – Das letzte Mal habe ich die Frau Kammerrat Zwern aufgefordert – der ganze Saal hat uns zug'schaut. Nachher großer Applaus. Bescheiden, wie ich bin, hab' ich gedankt und bin nach Haus 'gangen ... Schöner kann's nimmer werden. Manchmal ... Ich möcht' in keinem Neubau wohnen. Wenn

die Sonne sinkt, das ist bei mir ganz etwas anderes. Auch wenn sie aufgeht. Wenn man mir als Astronaut befehlen würde, ich soll hinaus, »danke« würd' ich sagen, die Kluft ist zu groß ... Jessas, es is' schon zwei Uhr ... Leberknödelsuppen wird aus sein. Der Apfelstrudel auch. Hoffentlich krieg' ich noch eine g'füllte Kalbsbrust, weil sonst weiß ich nicht, was ich heut' noch machen soll. Zahlen bitte ... Alles für mich ... Servus ... Was laßts mich denn auch so viel reden?

Zeitungskolporteur, aus dem Fernen Osten

Hallo, Sie haben Beilage vergessen – Zeitungsbeilage – wenn er nicht will, ich verkaufe als Extrazeitung ... Heute schlechtes Geschäft – entweder Abd el Ulla hat sich vorn auf Platz hingestellt oder es war wieder Überfall von El Fatah ... Dann Leute immer schimpfen mit uns. Manchmal auch gut sein. Eine Herr gekommen, wie große Explosion war in Aeroplan. Herr sagen, Sie haben recht. Immer noch zuviel Israeli. Leute viel schimpfen, immer schimpfen, wenn lesen. Warum dann kaufen? Eine Frau kommen, nehmen Zeitung, blättern, dann sagen, alles gestern schon in Television ... Ich sagen: auch Kochrezept? Dann kaufen. Jetzt immer fragen: wo bessere Kochrezept ... Sehr schwer für mich ... Beide Zeitungen kosten gleich ... Beide Zeitungen ... Wenn ich habe kein Geld zum Zurückgeben, sie gehen zu Abd el Ulla – er immer Geld ... Auch Mark, Dollare, Lire. Er will aufmachen Lokal mit mir, »Sindbad« – ich immer sagen, Namen »Aladin« besser ... Lampen auf Tisch. Beide Zeitungen, beide Zeitungen ... Eine Pfarrer mit mir wollen reden wegen Muhammed ... Ich sagen, ich bin Buddhist. Dann Leute immer machen Witze wegen Öl ... Ich sage, müssen geh'n zu Kaufmann, gut kochen mit Öl ...
Eine Herr mit schwarzer Krawatte immer schimpfen ... Sagen: für unser Geld leben in schöner Stadt, Haschisch trinken, mit Frau schlafen, weiße Frau Essen zahlen, schießen, Messer ste-

chen ... Wir nicht stechen Andersgläubige, Koran hat verboten. *Er stammelt unverständliche Fernostlaute.* Arwan el Ghiauro sehr traurig ... Hat noch immer sitzen Geisel auf Toilette in Pisa ... Kleiner Flugplatz, sehr heiß – er mir wollen Geisel verkaufen.
Jetzt wieder viel Geschäft – Abd el Ulla wahrscheinlich sitzen in Kaffeehaus mit Freunde. Wahrscheinlich Geschäfte machen. Zeitung ist gutes Versteck. Vieles ist hier verboten. Zu mir ein Mann kommen und sagen: »Geben mir neue Zeitung. Bei Ihrem Freund ich haben gekauft und immer Salz drinnen.« Ich sagen: gut gegen Grippe. Muß nicht wissen, daß Rauschgift drinnen.
Frau, wo ich jetzt wohne, sehr eifersüchtig. Mann noch mehr. Sagen, wenn ich gehe, er kommt dran.
Mädchen hier immer wollen, dann enttäuscht. Sagen: »Ich glauben, du ganz schwarz.« Ich weggehen aus Hotel, böse. Ich Khun al Sir. Meine Großvater Befreier von Karatien. Schlacht von Osram. Alle Leute so freundlich zu mir ... Einer mir auf Schulter klopfen und sagen: »Wenn wir euch nicht hätten.« Was steht im Blatt? Kibbuz überfallen, 15 Tote. Vorige Woche alle böse ...
Einen Tag nur zwei Stück verkauft. Überschrift: Israeli sechs Flugzeuge abgeschossen. Ich sagen Redakteur: Für Geschäft besser Kriegsmeldungen auf letzter Seite. Bei Sechs-Tage-Krieg einen Tag gut, einen Tag schlecht. Am letzten Tag ich will nach Haus gehen, weil ich denke, nicht gut. Leute kommen und kaufen, sagen, Israeli doch gute Menschen. Leute wollen schlagen auf mich. Österreicher viel reden. Ich zuhören lang, dann sagen: keine Zeitung. Leute gehen zu Abd el Ulla. Er immer sagen, er sein aus Dar-es-Salaam. Dann sie schauen blöd, manchmal fragen, wo das ist. Er sagen, im Meer.
Wiener Kopf schütteln und gehen. Mich immer fragen. »Was du machen in Wien?« Immer sagen: Student. Abd el Ulla sagen, er Teppichprofessor. Viel Professor hier. Wenn sehr kalt ist, Leute lang stehen und sagen: »Kalt ist?« *Fernöstlicher Fluch.* Einmal böse, dann wieder gut, böse, gut, man weiß nie, was

ihnen einfällt. Ach, ich geh' nach Hause und handle mit Silberschmuck auf Straße. Und für meine Standplatz hier hab' ich schon Nachfolger gefunden. Ein Ire. Irischer Student. Gestern es hat gegeben zwölf Tote in Belfast. *Verhallend:* Beide Zeitungen, beide Zeitungen ...

Der Mann am Schlagzeug

Singt zur Kapellenbegleitung: »Du hast Glück bei den Frauen, bel ami ...« Was hat man schon von so an Glück ... Net amal a Kaffeehaus in Favoriten ... Mir is' no ka Richtige unterkommen – Der Blacky is' krank ... An Tripper wird er sich g'holt haben im Palace Hotel oben ... Mit an Tripper kann man doch singen ... Er kann eh net singen ... Sicher war's die Rothaarige ... Da kann ich ja noch von Glück reden. *Singt die entsprechende Stelle des Schlagers.* Die mit der blonden Perücke tanzt immer an mir vorbei – viel Geschäft macht die aa net. A Woch'n mit demselb'n Herrn ... Na wie wär's, alte Huatblumen ... *Veränderter Tonfall:* Küß die Hand, gnä' Frau ... Waren sicher am Strand ... So was von braun. Ja, das liegt am Teint ... *Wieder der Alte:* Die möcht' i net seh'n, wenn's regnet ... Regen is' ang'sagt ... Da regnet's hier wochenlang. Nachmittag werd' ich s' einmal besuchen ... Ihr Alter macht sicher an Kurspaziergang – na, wie hätt' ma's denn gern, gnä' Frau? – Aha, jetzt fangt's mit der Klarinette zum Schmähmach'n an ... Gestern is' er erst kommen, der Herr Klarinetten, weil der Fredi hat sich g'schlich'n. Herzinfarkt, hat er g'sagt ... Wer weiß, ob der überhaupt ein Herz hat ... Aber einen Infarkt kann man auch so kriegen.
Warum es da in dem Bad so g'sund sein soll. Klein-Soda, die Perle der Voralpen ... So lang s' zahl'n können, soll'n sie sich ruhig g'sund fühl'n in dem Kaff. Wir hätt'n auch nach Abbazia fahr'n können. Da ist die Auswahl an Weibern international ... Natürlich bevorzugen sie dort die Zigeuner ... *In seinem*

Conferenciertton: Auf besonderen Wunsch dieser charmanten Dame einen Csardas. *Er beginnt pseudoungarisch zu singen.* Vorig's Jahr haben wir a Z'geunerin g'habt. Alle haben wir s' g'habt ... Aus Oldenburg war s'. Wann's regnet, müssen wir zweimal am Tag spiel'n. Five o'clock tea.
Die Gewerkschaft sagt, sie ist nicht zuständig. Meine Freund' ... Acht Jahr' haben s' g'spielt in einer Bar, die jetzt schon den sechsten Besitzer hat. Die Gewerkschaft hat immer dieselben Besitzer. Man is' per du, trifft sich einmal im Jahr, richt' die toten Kollegen aus und so ... Irgendeine Nadel hab' ich 'kriegt, Ehrennadel ... Was ich damit machen soll ... Mit an Professor könnt' man schon mehr anfangen. »Kollege« reden s' einen an ... Wann die Burschen auf einmal nicht mehr Freund oder Haberer sagen, weiß man, die kommen bald in die Gewerkschaft. *Summt den Csardas.* Ich weiß schon, die Beatles haben's auch nicht leicht, aber sie haben ihr Leben genossen. In an Pilzkopf muß auch nicht unbedingt was drin sein. Ich bin Schwammerlsammler, ich weiß das. Da müssen s' sandeln vor der Königin. Bei uns hat das keinen Sinn. Der Bundespräsident kann ja net amal g'scheit tanz'n. Drum war ich auch nie eing'laden bei ihm. *Zu seinem Publikum:* Bravo, bravo. *Privat:* Applaudieren tan s' aa net. Bei der nächsten Nummer laschieren mir ... mir ... Der Klarinettist kann ja net amal Noten. A Ungar, glaub' i, is' er. Vielleicht haben die and're Noten ... *»Frauen sind keine Engel« beginnt. Er singt den Refrain.* Der Zrutz Spulä sagt immer: »Wenn ich z' Haus' komm', geh' ich immer zum Kalender, reiß a Blattl obe und denk mir, wieder ein Scheißtag vorbei.« Wenn ich nicht in Damenbegleitung bin, les' ich an Krimi, und wann i merk', die Zigaretten hat die Tuchent anbrennt, wach' i auf und schlaf' wieder ein.
Na, untertags – die glaub'n, wir prob'n – schleicht man so herum. Billard gibt's ans in Klagenfurt ... Na ja, mit'm Volkswagen kann ich mir das leisten. Im Kino, da schlaf' i immer ein ... Na ja, und die Katz'n kennt man in zwei Woch'n. Und

die, die net woll'n, die woll'n net. Was soll man sonst in der Saison machen. Zum Schwimmen fahr' ich doch nicht an einen See ... Wer einmal in Caorle war, dem geb'n die Sumpflacken bei uns nichts mehr.

Jetzt kommt die blöde G'schicht ... Da singen wir alle »O wie schade« und klatschen in die Händ' ... Mit die Füß hätt'n wir auch was mach'n soll'n ... Ja, am ersten Abend ... Aber dann »Cinque« ... Ausg'wachsene Männer mit die Füß ... Mein Anzug muß i mir richten lass'n – die ganze Band dieselben Fetz'n ... Amal hat sich der Charly ang'spieben ... An an Sonntag ... Eine Katastrophe! Na, was war? Im Hemd haben wir g'spielt – wie die Sirs.

Wumm, is' die antschechert. *Singt, Kapelle verstummt.* »Happy birthday to you, happy birthday to you, happy birthday, happy birthday, Missis Katzenfeind, to you.« Die hat auch nicht in Amerika ihren Birthday g'habt – I hab' immer 'träumt von Amerika – Amal hat mich einer hinüber engagieren woll'n ... Aber ich hab' nie mehr was von ihm g'hört. Dabei hätt' er a Rieseng'schäft mit mir mach'n können. Kein Brief, kein Telegramm, na ja, die Post. Alleinunterhalter. Die wissen ja heute gar nicht mehr, was das heißt ... Zwölf Nummern am Repertoire. Noch in einem weißen Smoking ... Da hast nix g'sehn, wannst mit aner Katz im Separee verschwunden bist. *Musik spielt »Strangers in the night«.* Wenn ich den Namen vom Sinatra hätt' – mindestens a Villa in Baden möcht' ausseschaun oder am Semmering.

Haus Frankieboy möcht' ich's nennen. Das kann man sich heute nicht mehr vorstellen – Kerzenlichtdinner – dirigiert ist damals noch worden. Das Schönste war'n die Potpourris ... Die hab'n ein ganzes Wunschkonzert ersetzt ... Ein bißl Lehár, ein bißl Kalmán ... dazwisch'n Salonstücke ... So kann man die Leut' noch für Musik gewinnen. Zum Schluß immer »Blume von Hawaii« ... Das ist ein Text ... Was heißt dagegen »dibidiubidiub« ... Der Billie hat die goldene Hawaiigitarre überreicht bekommen ... Ein Senkrechtstarter! Ang'fangt hat er beim Stra-

ßenbahnermandolinenorchester Simmering. Leider is' er im Krieg geblieben. Den Kameraden im Unterstand hat er »Wann der Herrgott net will« vorg'spielt. Das hat die Russ'n geärgert, und sie hab'n ang'fangt zu schießen. Wann er an der amerikanischen Front »Saint-Louis-Blues« 'zupft hätt', vielleicht möcht' er noch heut' mit uns spiel'n ... Thank you, Missis Katzenfeind. Brauchst dir nix einbild'n auf deine Dollar, wir nehmen auch Schilling. – Soll ich's mit ihr machen ... Man weiß ja bei so reichen Leuten nie, was sie für Ansprüche stellen – G'fahr is' kane, das Penicillin kommt ja aus Amerika. *Singt »diubidiubid«.* I kenn' ihre Zimmernummer, i kenn' alle Zimmernummern. Notwendig hätt' ich's net. Mein Schwiegersohn hat a Musikaliengeschäft, und im Herbst hab' ich ein Angebot für ein Striptease-Lokal. Da lass'n an die Damen immer a bißl obeißn. Man muß sich gut mit ihnen stellen. Mit meiner Frau kann i net red'n. Die interessiert das net, was ich so tagsüber und vor allem nachtsüber erlebe. »Halt die Gosch'n«, hör i immer, und dann weiß ich, i bin z' Haus. Weiber ... Wir hab'n eiserne Regeln g'habt – vor dem Krieg ... Vor allen in der Tschechei. Bettregeln. Zuerst die Schauspielerinnen, dann die Friseurinnen, dann die Kellnerinnen und erst zum Schluß die verheirateten Damen.
Weil, wenn der Mann draufkommen is', sind wir ausg'wies'n worden. Das war eine mächtige Industrie. Ich war jetzt einmal in Karlsbad privat ... ein sterbendes Land ...
Ich werd' mir doch die mit der Perück'n aufreiß'n. Vielleicht is' s' drunter schwarz. *Im Conferencierton:* Das Hobo-Ratznfadler-Trio empfiehlt sich seinem Publikum. Wir hoffen, Sie haben dieselbe gute Laune mitgebracht wie unsere Band.
Sitzenbleiben! Trinken!

Der Geschäftige

Kinder, ich muß euch endlich zusammenbringen – Hast du Verwendung für ein Halbfamilienhaus in Adlerklaa? Es lebt noch eine Familie mit dem debilen Sohn dort – aber die werden bald sterben – er ist Bettnässer – Dann hätt' ich noch das Sumpfhaus in der neuen Satellitenstadt, die am Simmeringer Autofriedhof entstehen soll – Das Panhans am Semmering ist noch immer frei – aber nur im Ganzen zu kaufen ... Mit Luftschutzkeller ...
Kinder, laßts mich net so herumsteh'n ... ich such' immer einen, der mich aufhalt' ... Soviel hab' ich zu tun ... Die Waldviertler Wochen steh'n vor der Tür ... Da muß man die Hausfrau mobilisieren ... Der Autofriedhof – das wird sehr originell ... Will mit selbstgebastelten Kombis brillieren ... Mercedes, Puch und so ... Am liebsten fahr' ich mit der Straßenbahn ... Meine Wagen sind ja ständig unterwegs ... Ich hab' gar nicht im Kopf, wie viele ... Jedesmal, wenn mich einer aus dem Auto grüßt, weiß ich, er meint mich ... Im März mach' ich die Freundlichkeitstage ... Jeder, der besonders freundlich ist, bekommt eine Fahrkarte nach Drosendorf ... Da kann er über die tschechische Grenze fahren ... Manchen Menschen ist das Schauen wichtiger als das Erleben ... Kinder, ich bin ja schon so brisant ... Im Rathaus werden s' Kopf steh'n, warum ich noch nicht da bin ... Da ist ein ganz großer Plan ... Eine Ausstellung mit Ausstellungsobjekten unter freiem Himmel und statt Werbeflugzeugen Werbejeeps ... Eine Messe ohne Besucher ... Scharfe Konkurrenz zur Wiener Messe ... Im Rathaus ist man unerhört aufgeschlossen ... Immer wieder treff' ich Freunde dort ... Was importier' ich jetzt wieder ... Dänischen Wein ... Müßts kosten ... Und Bier von den Antillen ... Aber ich bin noch nicht fertig ... Gebts mir einer einen Stößer, damit ich meine Verbindungen einhalten kann ... Von der Zahnradbahn wißts ihr schon? Die alte Zahnradbahn mit Zahnbehandlung ... Und im Unterrichtsministerium – ich komm'

nicht zum Mittagessen heute ... Freilichtaufführungen am Dach von Siemens ... Fußballmatch zwischen Siemens und Halske ... Der Schuckert ist Schiedsrichter ...
Und Sender brauchen wir ... Bezirkssender ... Studio Breitensee macht den Anfang ... Den Kranken helfen ... Tauben für taube Ohren ... Nur der Anfang ... Lehm für Gelähmte. *Wird immer konfuser* ... Warum kann man eigentlich keine Schrebergartenausstellung machen? Unter dem Motto: Wohnkatastrophen ... Jede zweite Wiener Wohnung wird prämiert ... Die Kreuzworträtselreform ist das Wichtigste ... Kreuzworträtsel: eine katholische und eine evangelische Ausgabe ... Die warten schon ... Soll'n s' ruhig warten ... Ohne mich könnten die nie ihr Budget loswerden ... Heimat im Zimmer ... Der schönste Urlaub ... Heimat im Bett ... Spitalsbetten werden frei für die Ausländer, die bei uns verunglücken ... Meine Dynamik, die bewundern ... Wenn nicht jeder was von mir wollte – das Leben müßte länger sein – ich bin mit jedem per du ... Vor mir ist keiner sicher ... Der Bundeskanzler schon gar nicht ... Der will sich's wegen der Wahl mit mir nicht verderben ... Das ist meine neue Devise: jeder Wähler sein eigener Kandidat ... Ich ruf' jeden an. *Immer leiser, das Gequatsche verebbt* ... Ich ruf' das Hilton an, das ist noch nicht fertig, ich ruf' das Kennedycenter an, das gibt es nicht ... Wenn sich niemand meld't, ruf' ich die Zeit an, die hat immer Zeit für mich ...

Rangers in the night

In Wien befinden sich im Vorraum amerikanischer Dienststellen immer noch G.I.s in Uniform.

DER ÖSTERREICHISCHE RANGER *im Dschungellook:* Was mach' i da? Schießerlaubnis: auf wen? Einen Hausmeisterposten haben s' mir geben – dabei wär' ich in Saigon ganz richtig am Platz ... Ich habe ja die ganze Ausbildung hinter mir –

Wuff – Plotz – Woom – Wawawoom – Ich wollt' einmal in der Winkelmannstraße in a Chinalokal geh'n in der Kluft ... Aber das ist ja nicht erlaubt – Übermorgen is' Christmas in Saigon ... Besser war's bei uns im Jahr 48 auch nicht. Nur, daß man die Leut' besser 'kennt hat ... Mei Braut in Saigon – gesundheitlich streng untersucht ... Da kennen s' nix ... Deswegen aa no' an Krieg verlier'n – wo san mir denn? Amerika hat immer noch Anseh'n in der Welt ... Rikschas und Katz'n. Das Saigon is' halt wie in Jugoslawien ... Oder Lignano ... Oder Mallorca ... Jetzt wird's anders ausschau'n ... Die Leut' haben ja keine Meinung ... Erst der große Amischmäh, dann lassen s' es in Stich ... I möcht' wissen, was die Österreicher in so einem Fall machen würden ... Aus Wien weggeh'n möchten die nie ... I hab' ja mein Zivilg'wand' ... A bißl Vietnamesisch kann i a bißl ... I weiß ja gar net, wer bei uns einkehr'n ... ah, einmaschier'n sollt' ... I glaub', die wissen das selber noch nicht, die Weltmächte ...
Good night, Colonel ... No, the papers are not necessary ... Gutaussehender Mann ... Yes, I have Cigarillos, thank you ...
Die Amis beschwer'n sich immer, daß s' in Wien nirgends hinkönnen ... Na ja, Nightclub haben s' ja kan richtigen ... Ich bin in Saigon g'stand'n mit an Bursch'n aus California ... An Tick hat er g'habt ... Er hat immer g'schrien: »California, here I come« ... Er wollt' dortbleiben in Vietnam ... Nachtklub gründen ... Vielleicht ein, zwei Hotels ... Man soll sich auf ein Volk nicht verlassen ... Dann haben s' ang'fangen, Bomben zu schmeißen ... Den Tschung haben s' 'troffen, unser'n Verbindungsmann, und sechs Huren ... Um die war net schad' ... Solche find'st mehr als in Wien ... Wann i denk! Wien is' schöner als Saigon ... Dschunken kann i auf der Alten Donau auch fahr'n ...
Ja, der Captain ... Yes, Sir ... Die telefonier'n und steh'n auf der ganzen Welt. Für nix ... Thank you, Sir ... Jetzt hat er

mir den Playboy g'schenkt ... I hab' eh schon die deutsche Ausgabe ... Aber i will ihm die Freud' net verderben ... The Girls from Saigon ... Na, die schau'n jetzt anders aus, wenn s' noch am Leben san. *Er faltet den Playboy auseinander.* Da, an Durchschuß ... Und die Beine ... Bauchschuß ... Nackert san s' eh ... Die meisten haben Verbindungen mit den Vietcongs g'habt ... I weiß net, können die besser ditschkerln als wir? An von die Charlies haben wir a bißl g'wassert ... Der hat unten ganz normal ausg'schaut ... Net amal so gelb, wie man sich's vorstellt ... Disziplin haben s' im Norden g'habt ... Der hat kan Namen g'sagt ...
Jetzt is' eh schon Wurst ... Abwechslung haben wir immer g'habt ... Amal a Waffenstillstand und glei wieder eine ... Das hat mi schon irritiert ... Wann bist a Held, und wann kommst vor a Kriegsgericht? Wenn ich nur wüßt', ob sie mir erlauben, die Uniformkluft anzubehalten ... Da möcht' ich manchmal meine Landsleut' erschrecken ... Manchmal komm' ich mir lächerlich vor mit der Maschinenpistolen ... Aber man weiß ja nicht, was die schon alles in der Welt umgestellt haben ... Und wen s' erwischt haben, mir bleibt ja gar nix über ... Ich öle meine MP, und dann kommt ein Bieraustrager für die Kantine und sagt: »Mei Uniform is' besser« ... Manche glauben wenigstens, i bin a Ami, aber dann sagen s' halt auf deutsch, i bin a Trottel ... *Nimmt eine Zeitung.* In der an g'winnen s', in der andern verlier'n s'. Das Ganze hat mit'm Kennedy ang'fangen, mit'm ersten. Beim zweiten haben s' schon denkt, sie können sich alles erlauben ... A Pille brauch' i, sonst schlaf' i ein ... Mei Alte war scho' früher mit an Ami verheirat', z'samm' ... Der hat immer g'schrien, schon vor Jahren: »Ich bring' alle Tage an Vietcong als Beute« ... Gesuch auf Gesuch hat er g'schickt ... Er hat's schon nimmer aushalten können. Dann haben s' ihn nach Deutschland versetzt ... Kaiserslautern ... Dagegen is' Saigon der Taj mahal ... A bißl ostische Sprachen hab' i g'lernt drüben, auch erotisch ... Ich weiß, es gibt nur so

und so viele Möglichkeiten, aber die wissen immer eine mehr, das Bambusg'sindel ... Ein Bordell in Saigon haben s' in die Luft g'sprengt ... Die ganzen Erinnerungen an die älteste Kunst der Welt im Arsch ... Daß i da sitz' und net schießen kann, macht mi wahnsinnig ... Da geh'n s' vorbei, die Hofrät' und die Hausmeisterin, die ganze Bagage von der Stadt ... I möcht' nur so eineschießen ... Aber das hab' i drüben gelernt ... Charakter wie eiserne Rationen ...
Herr Natonek, den Ausweis bitte ... Alles sauber ... Sie, wir san a wichtiger Standpunkt in der westlichen Welt ... Sie wohnen in der Südstadt, das kann mir wieder Wurst sein. Sie haben's gut, ins Kaffeehaus geh'n ... Wenn i da weggeh', dann in Häfen ... I zeig' Ihna a Bildl von einer Saigoneserin ... Schad' um die Stadt, was? ... Den Besen können S' mir ruhig geben ... Wie alt san Sie, Herr Natonek ... 58 Jahre? Da müßten S' scho' ganz schön kämpfen in Vietnam ... Alte Leut' wirken drüben unverdächtig, das ist das Gefährliche ... Hier in Wien wirken auch Sie verdächtig ... der Schrecken von Hanoi ... Haben S' schon etwas vom Mao-tse-tung g'hört ... Das is' ka Fliegen, das is' a Staatsmann ... So an werden wir nie haben ... Lassen S' Ihnen das von an alten Ami sagen ... Auf Wiederschau'n, Herr Natonek ... Und i muß da in meiner Portierloge mit meiner MP sitzen ... An einem schönen Abend ... Roter Sonnenuntergang ... mi ausseschleichen und zum Schießen anfangen und schreien ... Aber da krieget i ja kein Gehalt mehr, und für Österreich is' das viel, was is' a Krieg dagegen ...

Nächtliche Einkehr

Leere Bar. Eine Bardame. Ein Gast.

DAME Müssen Sie heut' noch über den Donaukanal?
GAST Eisern.

DAME Würfel?

GAST Eisern.

DAME *holt den Würfelbecher:* Sie fangen an.

GAST *hält im letzten Moment inne:* I glaub', heut' hab' i ka Glück, und das mit der Liebe is' auch ein Schmäh. In welchem Monat sind Sie?

DAME Im vierten.

GAST Da haben S' ja noch Zeit.

DAME Es kann auch schon im fünften sein.

GAST Bei Tag muß das mit der Aufbohrerei auf der Straß'n fürchterlich sein.

DAME Da laß ich mir immer Brötchen holen. Das lenkt ab.

GAST Wenn morgen jemand für mich anrufen sollt', ich bin nicht da.

DAME Ist in Ordnung.

GAST Heut' hat ja niemand angerufen.

DAME Nein.

GAST Und gestern auch nicht.

DAME Da hab' ich nicht Dienst gehabt.

GAST Sie haben auch nie Zeit. Ich meine in der Freizeit.

DAME Mei Freund hat a Hobby.

GAST Is' das sehr unangenehm?

DAME Modelleisenbahn.

GAST Sie sollten fischen, das entspannt.

DAME Ich glaube, wir müssen langsam ...

GAST In der Stadt is' gar nix los.

DAME Ein Eissalon hat noch offen. Er zahlt ja Steuer –

GAST Wie ist das mit Ihnen und der Steuer?

DAME Zahlen S' mir an Drink.

GAST Ihr werdet auch immer teurer.

DAME *schenkt beiden ein:* Ich hab' gewußt, irgendwas is' mit Ihrer Krawatte los –

GAST G'fallt sie Ihnen?

DAME Verrutscht is' sie.

GAST Haben Sie jemals Striptease gemacht?

DAME Zu dick.

GAST Wenn 's Essen nicht so gut wär' ...

DAME Also Prost! – Auf was denn?

GAST Auf nix. Am Anfang, in der Firma, haben wir uns immer was gedacht dabei.

DAME Warum sind S' immer so traurig? Warum kommen S' dann überhaupt?

GAST Zu Haus im Bett bin ich noch trauriger.

DAME Waren Sie nie verheiratet, vorübergehend?

GAST Zweimal. Mit derselben.

DAME Wie lang?

GAST Warten S', das erste Mal ein' Monat, das zweite Mal zwei, aber die Hälfte getrennt.

DAME Laden S' mich noch auf einen ein?

GAST Da müssen S' aber ein freundliches Gesicht machen.

DAME Geht nicht, ich bin in Zahnbehandlung.

ZWEITER GAST *tritt mit Chauffeur auf:* Heut' lad' ich euch alle ein. Seids mir nicht böse, lieber Freund, liebe Freundin. Hier in der Bar hat mein Vater schon verkehrt, bevor ich 'kommen bin.

CHAUFFEUR Ich darf nicht –

ZWEITER GAST Wer wird denn so humorlos sein. Eine Flasche Champagner.

DAME *beginnt zögernd Sektflasche zu öffnen.*

ZWEITER GAST Keinen Sekt, Champagner hab' ich g'sagt, bis in die Früh. I feier' mein' zweiten Herzinfarkt.

CHAUFFEUR Sie sind erst einen Tag aus dem Spital heraus.

ZWEITER GAST O du kleiner Herzinfarkt, du. Dein' Direktor so pflanzen. Wennst das nächste Mal kommst, übersiedeln wir alle – die ganze Bar – in den Himmel –

DAME *schenkt ein:* Ich merk' noch immer nicht den Unterschied zwischen Sekt und Champagner.

GAST Himmelweit. So wie Weinbrand und Cognac.

ZWEITER GAST Wenn ich stirb, ist's mit der Firma aus. Meine Neffen sind Trotteln. Prost.

CHAUFFEUR Das letzte Mal hat sich der Herr Direktor in meinem Gnack übergeben.

ZWEITER GAST Aber fesch. Kein Wort hab' ich am nächsten Morgen darüber verloren. Warum san so wenig Leut' unterwegs?

DAME Sie fürchten sich vor der Arbeitslosigkeit.

ZWEITER GAST I net. Was macht Ihr Freund? Sie haben doch einen ständigen?

DAME Der ständige is' bei einem Taxiunternehmen.

ZWEITER GAST *zum Chauffeur:* Da seids ihr ja Brüder. Geh ins Séparée mit ihr.

GAST Haben Sie vielleicht freundlicherweise eine Zigarette? Meine sind leider aus.

ZWEITER GAST Aber bitte. *Zum Chauffeur:* Gib ihm was, mein Freund. Wie heißt du?

GAST Fritz.

ZWEITER GAST Der g'schlitzte Fritz und das unbekannte Taxigirl. Gehts alle ins Separée. I schau' zu. I hab' immer schon zug'schaut. Das is' viel schöner als selber machen. Früher hat's noch Geiger 'geben. Oben hat er gegeigt und unten war sie ... Laß dich einmal greifen, Schatzi. Oben ein Cognac, unten ein Champagner.

CHAUFFEUR *versucht ihn hinauszudrängen.*

ZWEITER GAST Wo is' die Rechnung? Auf Heller und Pfennig. I komm' eh morgen wieder, Saubagage. Keine Mitmenschen. Glaubts, i hab' ka Prostata im Leib?

Verschwindet.

CHAUFFEUR Das geht so bis fünfe. In der Firma schlaft er dann. Gute Nacht. *Ab.*

GAST Kommen viele solche?

DAME Die meisten trau'n sich nicht.

GAST Was kost's wirklich, wenn man Sie ...

DAME Ich kann meine Freundin anrufen.

GAST Aber Sie können doch gar nicht unwohl sein.

DAME Na, i leist' mir den Luxus. *Räumt ab.* Ab morgen hab'

ich wieder jeden Tag Geburtstag. Da kann jeder seine blöden Sprüch' aufsagen.

GAST Sind Sie Servichererin?

DAME Bardame.

GAST Wollen S' Blumen?

DAME Kommt keiner mehr.

GAST Dieser plötzliche Aufbruch.

DAME *gähnt:* Bei meiner Freundin können S' auch übernachten. Mit Bad und Bidet.

GAST Jetzt werd' ich aufs Bidet g'schickt.

DAME Gute Nacht, i muß in meine Heimat.

GAST Wo is' Ihre Heimat?

DAME Sie kennen s' sowieso net.

GAST Darf ich noch einen –

DAME Es is' nicht der Mühe wert.

Sie sperrt die Bar zu.

Wien wird wieder Weltstadt

Ein Burenwurststand. Davor eine ältere Prostituierte und ein Blumenverkäufer.

PROSTITUIERTE Jetzt regnet's erst recht.

BLUMENVERKÄUFER Für meine Blumen zu spät.

PROSTITUIERTE Zwei Kunden hab' i g'habt, und morgen wollt' ich's zusperren.

BLUMENVERKÄUFER Wann haben Sie zuletzt Urlaub gemacht?

PROSTITUIERTE I darf gar net dran denken ... Rimini ...

BLUMENVERKÄUFER Dort regnet's auch. Manchmal.

PROSTITUIERTE Schmeckt Ihnen die Burenwurst?

BLUMENVERKÄUFER Nach Regen.

PROSTITUIERTE Kein Mensch auf der Straß'n.

BLUMENVERKÄUFER Warum geh'n S' net z' Haus?

PROSTITUIERTE Einen muß ich heut' noch kriegen.

BLUMENVERKÄUFER I kann meine Rosen auf den Mist hau'n.
PROSTITUIERTE Wie kommen mir dazu?
BLUMENVERKÄUFER Was meinen S'?
PROSTITUIERTE Na, daß wir so ohne Gewerkschaft ... Ohne Schutz ...
BLUMENVERKÄUFER Ich weiß, wen ich wähl'.
PROSTITUIERTE Meine Herren werden immer blöder. Heut' war einer aus St. Pölten da.
BLUMENVERKÄUFER Dort gibt's doch ein'n Puff.
PROSTITUIERTE Dort san zu viel Leut' ... Und man kennt ihn ... Er is' in der Handelskammer ... Lang hat er mir erzählt von seinem Beruf.
BLUMENVERKÄUFER Wie Sie das aushalten. Das viele Reden.
PROSTITUIERTE I merk' mir's ja nicht. Ausländer kommen so wenig. Das san Festwochen. Blumen ... Einer hat mir Eins-A-Rosen kauft ... Dann is' er mir nach'gangen von Lokal zu Lokal und hat sich beschwert, daß s' schon welk san ... Bei Ihnere Händ' wird die schönste Blume welk, hab' i g'sagt ... Sie können sich nicht vorstellen, was ich für Beschwerden zu hör'n krieg'. Gut, manchmal komm' ich nicht zum Waschen oder zum Schminken. Aber die könnten ja warten. Sofort wollen sie's immer.
BLUMENVERKÄUFER Keine Erotiker.
PROSTITUIERTE Bei die Kongresse kommt manchmal einer.
BLUMENVERKÄUFER Mich laßt oft mein Gärtner im Stich.
PROSTITUIERTE Warum tun wir das alles.
BLUMENVERKÄUFER Weil wir in unserm Wien bleiben wollen. Aus welchem Bezirk sind Sie?
PROSTITUIERTE Eßling ... I weiß gar net, was für ein Bezirk das is'.
BLUMENVERKÄUFER Ich bin von Währing.
PROSTITUIERTE Schmeckt Ihnen die Burenwurst?
BLUMENVERKÄUFER Seitdem ich weiß, was die da einehau'n.
PROSTITUIERTE So arg is' das?
BLUMENVERKÄUFER Sehr arg. I geh' heut' nirgends mehr hin.

PROSTITUIERTE I wahrscheinlich aa net. Übermorgen hab' i Untersuchung.

BLUMENVERKÄUFER Das könnt' i net jeden Monat …

PROSTITUIERTE Das is' sehr unangenehm. Scheußlich is'. Ärger als der ärgste Klient.

BLUMENVERKÄUFER I steh' so blöd da mit meine' Blumen. Woll'n S' eine?

PROSTITUIERTE Bei dem Regen? *Nimmt zögernd die Blume.* Die tun mir ja leid.

BLUMENVERKÄUFER Sie haben ein gutes Herz.

PROSTITUIERTE Drum bin i ja so weit 'kommen. Erst kommt einer, da macht's Spaß, dann kommt der Nächste, da wird's erst richtig. Beim Achten oder Zwölften weiß man, was man will, und wenn man an die Zwanzig is', sagen schon manche Hur'. Manchmal auch: liebe Hur' … Oder: Frau Hur' …

BLUMENVERKÄUFER Sind Sie manchmal auch leidenschaftlich?

PROSTITUIERTE Wann's richtig lauft und der Herr entsprechend jung is'. Amal in der Zeit.

BLUMENVERKÄUFER Und Ältere? Können doch auch zärtlich sein.

PROSTITUIERTE Was die oft machen, das kann ich Ihnen gar nicht erzählen.

BLUMENVERKÄUFER Nichts Menschliches ist mir fremd. Haben S' amal einen Neger g'habt?

PROSTITUIERTE Ja, öfter.

BLUMENVERKÄUFER Stimmt das, was man so sagt?

PROSTITUIERTE Na, schwarz san s' net unten, wenn S' das meinen. Unter der Vorhaut san alle gleich.

BLUMENVERKÄUFER Interessant. Und die Chinesen?

PROSTITUIERTE Die lachen immer dabei.

BLUMENVERKÄUFER Darf ich Sie noch zu einer Burenwurst … Oder wollen S' a Debreziner?

PROSTITUIERTE Na, na, meine Linie, die halt' ich mir. Gegen

's Alter kann man nix machen. Aber bei der Figur bin i stur. I fürcht' mi oft.

BLUMENVERKÄUFER Was denn?

PROSTITUIERTE Daß einer amal alte Hur' zu mir sagt.

BLUMENVERKÄUFER Aber bei Ihrer Erscheinung. Die Haar ... Der Blick ...

PROSTITUIERTE Hören S' auf, wir san ja Kollegen. Wie heißen Sie?

BLUMENVERKÄUFER Znirsch.

PROSTITUIERTE Sie müssen doch einen Vornamen –

BLUMENVERKÄUFER Herr Znirsch.

Geräusche der Rettung.

PROSTITUIERTE Schon wieder ein lieber Herr Toter.

BLUMENVERKÄUFER *lachend:* Sie spinnen ja.

PROSTITUIERTE Vorige Woch'n haben s' a Kollegin von mir erwürgt ... Keine Spur vom Täter. Nasenpeter haben wir zu ihr g'sagt. So a Nas'n, und tot.

BLUMENVERKÄUFER Gehen wir z' Haus.

PROSTITUIERTE Seitdem s' den Strich verlegt haben, is' überhaupt nix los.

BLUMENVERKÄUFER An Kunden wüßt' i noch.

PROSTITUIERTE Wen?

BLUMENVERKÄUFER *zeigt auf sich:* Mich.

PROSTITUIERTE Herr Znirsch, das is' wirklich net notwendig.

BLUMENVERKÄUFER Haben S' Angst vor mir?

PROSTITUIERTE Mir kennen sich schon so lang.

BLUMENVERKÄUFER Na? Und das is' unsere Zeit. Aber anstrengen müssen S' Ihnen schon.

PROSTITUIERTE I kann's noch immer net glauben.

BLUMENVERKÄUFER *gibt ihr den Blumenstrauß:* Ich bitte.

PROSTITUIERTE Na gut. *Hakt sich ein.* Vielleicht mach' ich auch einen Sonderpreis. Ausverkauf. Komm.

BLUMENVERKÄUFER *im Abgehen:* Die Burenwürst' müssen S' Ihnen aber selber zahl'n ...

Dunkel.

Erklärung

In einer Telefonzelle. Ein Herr wartet draußen.

DAME Aber Edesch, ich habe dir alles erzählt. Der Pferdewagen wartet in Klein-Steindorf ... Magyar-Szöged – dann mußt du nix fragen, einfach links. Ja, gibt zwei linke Straßen. Mehr nach Richtung Sopron zu ... Andere geht nach Szombathely ... Du kannst auch mit Auto kommen. Aufmachung ... Ja, Dirndl ... Winterdirndl ... Wie du warst bei den Mybareks ... Macht nix ... Ich werde dir erklären, was mit den Mybareks los ist. No, er is' doch so penibel ... Macht Geschäfte mit englischen Pfeifen. An der Ecke wirst du sehen Szigny ... Sie wird erklären ... Nein, mitbringen nicht ... Sind ganz privat ... Drum hab' ich Ferry nicht eingeladen. Macht immer so viel Lärm ... Du, wenn du fahrst, fahrst am Friedhof vorbei, du wirst dich doch nicht fürchten ... Wein und Bohnensuppe, alles da. Und Ida. Ist geschieden ... Geht nach Amerika. Was macht dein Laczi? Bözsi schaut nur mehr auf rechtem Aug', ist einäugig. Aber beim Monokel man sieht nicht so sehr. Also siehst du links Schloß, die Allee. Die andere Straße sind wir über Grenze gegangen. Geza hat sich sehr gefürchtet. Hat gesagt, immer noch besser Russen als gar nix. Wollte nicht ins Wasser steigen. Vorher hat er Heimatboden geküßt. Hat zu seinem Pech Roßknödeln erwischt. Also wenn du nicht so zum Schloß kommst, fahrst du rechts. Da ist Licht, und wenn du das nicht siehst, hinterm Schloß herum. Wo Wassergraben ist. Janos hat gebaut. Hast du Schwimmanzug mit? Und es gibt Fischsuppe, es gibt Gulasch, Schmalzbrot, einfach Hendeln. Vielleicht kommt Hasany zaubern. Hast du schon geseh'n? Also weißt du alles. Servus. *Sie kommt aus der Zelle heraus. Der Mann, der gewartet hat, geht hinein.* Entschuldigen Sie, meine Freundin ist tot, da muß ich mich doch um sie kümmern.

Die drei Dreiecke

Ausflugspunkt im Wienerwald. Das erste Dreieck schleppt sich auf die Wiese, schnauft und betrachtet Wien.

ERSTE FRAU Herrlich –

ZWEITE FRAU A bißl dunstig is'.

ERSTE Da hätt' ma früher aufsteh'n müssen.

ZWEITE Man kriegt ihn eh so spät aus den Federn.

DER MANN Wann i mein Radio net g'hört hab', mein' Kaffee mit'm Kipfl 'gessen hab', wann i net zum Fenster ausseg'schaut hab', a bißl wenigstens, dann is' ma net guat. Du merkst's am Atmen.

ZWEITE Aber die Vogerln ... Das ist jetzt ein Buntspecht.

MANN Die Virginia wird mir schmecken.

ZWEITE I möcht' mir meine Schuh' auszieh'n.

ERSTE Da is' ein Bankerl. Daß es das noch gibt.

MANN Na ja, es is' ja immer noch ein Grüngürtel – *Raucht, genießt.* Das is' a Luft.

ERSTE Um diese Zeit voriges Jahr war der Toni schon auf der Wilhelminenhöhe.

ZWEITE Da hat er sich auch um die Luft nicht kümmern müssen.

ERSTE Nach zwei Tagen war's aus.

MANN I hab' mir nie was aus Blumen g'macht. Bis wir z' Haus kommen, san s' hin.

ERSTE Aber bis zum Grab halten s'. Am Bankerl sind soviele Herzerln. Es leben noch genug junge Leut'.

ZWEITE Die vielen Häuserblocks ... I kenn' mi gar net aus –

ERSTE Na, und modern san s'. Wir werden's nimmer erleben. Mein Alter reicht mir.

ZWEITE Jetzt seh' ich genau, wo ihr wohnts.

ERSTE Du irrst dich.

ZWEITE Wennst von der Kirchen rechts schaust.

ERSTE I siech ka Kirchn.

Glockengeläute.

MANN A Begräbnis.

ZWEITE Laßts ihr euch verbrennen?

ERSTE Wir reden noch drüber.

ZWEITE Weil die haben einen großen Andrang.

ERSTE Wir haben Verbindungen.

Ein zweites Dreieck klimmt mit einer Decke herauf. Sie breiten die Decke aus.

DER ZWEITE MANN *setzt sich:* Wann waren wir zuletzt da?

DIE ZWEITE FRAU AUS DEM ZWEITEN DREIECK Es darf nicht mehr wahr sein.

DIE ERSTE FRAU AUS DEM ZWEITEN DREIECK Wir hätten uns den Tag nicht schöner aussuchen können.

DER ZWEITE MANN Lassen wir uns verbrennen. Da sind wir nicht vom Wetter abhängig.

ZWEITE Du hast eine so schöne Rede gehalten beim Ludwig über die Musik.

DER ZWEITE MANN Der Chor hat noch nie so g'stimmt. Na ja, der Ludwig war halt net da.

ZWEITE Immerhin und gewissermaßen schon. Ob wir nicht doch ein Gewitter kriegen. Die Querzenbachhütte ist zu Fuß immerhin a Viertelstund'.

DER ZWEITE MANN Das nutzt bei einem Blitz auch nix.

Die erste Gesellschaft hat sich's noch bequemer gemacht.

ERSTE In der Nacht müßt' man den Hochstrahlbrunnen seh'n.

ZWEITE Bei Tag wär's a Lichtverschwendung.

MANN Wer fragt danach. *Zur anderen Gesellschaft:* Haben Sie zufällig eine Zeitung?

DER ZWEITE MANN Leider.

MANN Woher sind Sie?

DER ZWEITE MANN Aus Himberg.

ERSTE So viel hört man davon und kommt sein Leben nicht hin.

ZWEITE Heuer waren gar keine Maikäfer.

DIE ERSTE FRAU AUS DEM ZWEITEN DREIECK Es geht auch so –

DIE ZWEITE FRAU AUS DEM ZWEITEN DREIECK Kaum is' Sommer, denkt man schon wieder an den Herbst.

DER ZWEITE MANN Mir ist plötzlich so kalt.

DIE ZWEITE FRAU AUS DEM ZWEITEN DREIECK Weil du auch immer schwitzen mußt.

DER ZWEITE MANN Wenn du einen Rucksack mitgenommen hättest, hätt' i net g'schwitzt.

MANN Du sollst keine Grashalme zuzzeln, davon kriegt man ...

ERSTE FRAU An so einem herrlichen Tag, und du mußt an Krebs denken.

DIE ERSTE FRAU AUS DEM ZWEITEN DREIECK Er is' wieder einmal im Ansteigen begriffen.

DER ZWEITE MANN Da heroben merkt man nix.

DIE ZWEITE FRAU AUS DEM ZWEITEN DREIECK Schau, was ich jetzt g'fund'n hab', an Klee. Aber der is' ja gar net vierblättrig.

DIE ERSTE FRAU AUS DEM ZWEITEN DREIECK Drei, dreiblättrig. Ganz selten.

DIE ZWEITE FRAU AUS DEM ZWEITEN DREIECK Die Vierblättler sind schon degeneriert.

DER ZWEITE MANN Wenn's regnet, wird's wieder besser.

DIE ERSTE FRAU AUS DEM ZWEITEN DREIECK Was denn?

DER ZWEITE MANN Alles.

ERSTE *schlägt um sich:* War das a Biene oder a Wespe?

ZWEITE Sie gibt den Honig, aber was gibt der Heuschreck?

DER ZWEITE MANN Ich hab' grad' an zertret'n. Das Grün is' heut' besonders schön.

DIE ZWEITE FRAU AUS DEM ZWEITEN DREIECK Willst a Zigarett'n?

DER ZWEITE MANN Eigentlich dürft' ich nicht. *Er nimmt eine Zigarette, zündet sie sich an.*

Zwei Frauen schleppen einen Mann auf die Wiese.

DIE ERSTE FRAU DES DRITTEN DREIECKS Was hast denn für einen roten Kopf? Schäm dich, direkt lila.

DER DRITTE MANN *stöhnt nur.*

DIE ZWEITE FRAU DES DRITTEN DREIECKS Die Segelflugzeuge gleiten so harmlos dahin, daweil soll das hochgefährlich sein.

ERSTE Mir kommen so Erinnerungen.

ZWEITE Wie da so viel Ameisen wimmeln können.

MANN Die ganzen Ostereier haben s' uns weggefressen.

ERSTE G'hört vergast, die Bagage.

DIE ERSTE FRAU AUS DEM ZWEITEN DREIECK Siehst den Tempel mitten in unserer Stadt?

DER ZWEITE MANN I will kan seh'n und i seh' auch kan. Wozu hätten wir dann jahrelang gearbeitet.

DER DRITTE MANN *stöhnend:* A Bier.

DIE ERSTE FRAU DES DRITTEN DREIECKS Zuerst wird die Guido-Lelach-Warte besichtigt.

DIE ZWEITE FRAU DES DRITTEN DREIECKS Jetzt haben wir den weiten Weg g'macht und jetzt ...

DIE ERSTE FRAU DES DRITTEN DREIECKS Gestern hab' ich ihn a Stund' länger lassen, an der Eck'n beim Preisslinger.

DER DRITTE MANN *stöhnt:* Preisslinger ...

Die zwei Frauen zerren ihn weiter.

DER DRITTE MANN Gebts mir wenigstens a Wasser.

DIE ERSTE FRAU DES DRITTEN DREIECKS Er soll sich's aus seine Fiaß nehmen.

Das finden alle Dreiecke komisch und lachen.

ERSTE Jetzt kommt der Tau. *Sie steht auf.*

ZWEITE Der Toni hätt' a Freud g'habt. Fußball hätt' er g'spielt. Bloßfüßig.

MANN Geh'n ma.

DIE ERSTE FRAU AUS DEM ZWEITEN DREIECK Einmal schau'n wir noch ins Tal.

DER ZWEITE MANN Gibt's auf der Hütt'n an Ribiselwein?

DIE ERSTE FRAU AUS DEM ZWEITEN DREIECK Geh, du mußt so oft aufs Klo.

DER ZWEITE MANN Nur a Bauernklo.

DIE ERSTE FRAU DES DRITTEN DREIECKS *singt:* Ich blickt' vom hohen Berge wohl tief hinab ins Tal.

DIE ZWEITE FRAU DES DRITTEN DREIECKS Und der Himmel lacht dazu.

DER DRITTE MANN *kollert die Wiese herunter, bleibt leblos liegen.*

Die Männer verabschieden sich, die Frauen dito.

DIE ERSTE FRAU DES DRITTEN DREIECKS Wenn er wieder aufwacht – wir geh'n inzwischen zur Warte.

ZWEITE FRAU Wir zur Hütte.

Alle auf Zehenspitzen ab.

Epilog

In der Mitte der Stadt eine riesige Baugrube. Gaffende und Glotzende auf dem Weg ins Büro.

DER GAFFENDE Lauter Ausländer –

DER GLOTZENDE Die haben's nicht so schwer. Bei denen geht die Sonne früher auf.

GAFFENDER Wozu s' das machen mit dem Sonnenuntergang, san eh immer im Dunkeln.

GLOTZENDER So hab' ich mir als Bub die Reise zum Mittelpunkt der Erde vorg'stellt ...

GAFFENDER Und was machen s' unten so? Wie du dir's vorg'stellt hast?

GLOTZENDER Rübezahl hab' ich kan g'sehn ... Die sind in der Früh schon da, die Ausländer. Das ärgert mich ...

ZUSCHAUER *nähert sich:* Morgen! Ich zünd' mir jetzt meine erste Zigarette an ...

GAFFENDER Wenn S' das verschieben mit der Ersten, is's gleich ein ganz anderer Tag.

GLOTZENDER Dann haben Sie eine weniger in der letzten Stund' ...

ZUSCHAUER Na schlecht? – Wo kann man besser die Zeit überblicken als hier? Eine Burenwurst ... Zum Einiknakken ... Die heftige Arbeit ... Die Geräusche ... Daß man sieht, was g'schiecht in unserm Land ... Du bist der lebendigste Mensch ...

GLOTZENDER Ich weiß nicht, sind Sie ein Optimist oder ein Volltrottel?

ZUSCHAUER Merkwürdig, da haben sich schon viele Leute den Kopf darüber zerbrochen.

GAFFENDER Merken Sie ... Das Leben ... Der Staat ...

ZUSCHAUER Ein mattes Vorleben verdirbt den Charakter.

GLOTZENDER Gut war er ja nie, der Charakter, aber fesch.

ZUSCHAUER Wien wird um ein Wahrzeichen ärmer.

GLOTZENDER Soll'n s' Mannerschnitten essen und das Riesenrad hinstell'n.

GAFFENDER Das schleift ja dann die ganzen Häuser.

GLOTZENDER Wir haben eh zu wenig Bunker für 'n nächsten Krieg.

ZUSCHAUER Was wissen Sie vom Krieg, mein Herr? Mit meinen Händen, Nationalsozialistenhänden – Schwielen hab' ich ja bekommen.

GLOTZENDER Sie hätten sich mehr in die Tiefe begeben soll'n.

ZUSCHAUER So tief kann ich gar nicht sinken, mit Ausländern arbeiten.

GAFFENDER Mit wem wollen S' dann arbeiten?

ZUSCHAUER In der Stadthalle.

GAFFENDER Was wollen S' da machen?

ZUSCHAUER Einen Kirchturm drüber. Nicht anschau'n kann ich die Pestgrub'n. Und den Augustin haben s' auch abtransportiert, und die Pest ist geblieben.

GLOTZENDER Glauben S', da paßt ein Espresso hinein?

Eine Zeitungsfrau sperrt ihren Kiosk auf.

ZEITUNGSFRAU Hundert Lire, zehn Pfennig, tschechische Kronen, vielleicht kann ich einmal dort hinfahr'n damit.

ZUSCHAUER San S' froh ...

ZEITUNGSFRAU Heut war wieder ein Nachtleben, a Konkurrenz, die nur bei Tag kommt. Haben S' das eigentlich schon bemerkt, daß Araber faul san?

ZUSCHAUER Die müssen doch ihr Gebet verrichten.

Die Sonne überlegt, ob sie aufgehen soll, ändert ihren Entschluß, es bleibt dämmrig.

ZEITUNGSFRAU Ich möcht' wissen, warum die Tiroler lustig san.

Dunkel.

Helmut Qualtinger

Das letzte Lokal

Das letzte Lokal

Heruntergekommenes Nachtcafé. Im Hintergrund drei kartenspielende Damen. Eine Jukebox. An einem Tisch das Monstrum. Am Nebentisch ein alter Herr mit Koteletten und einem Berg von Zeitschriften. Die Tischplatte des Monstrums ist leer. Licht.

DER HERR MIT KOTELETTEN *geht zum Tisch des Monstrums und nimmt von einem Stuhl wortlos eine Zeitung.*

DIE DAMEN *beginnen einen Streit, der bald verebbt.*

DER RENDEZVOUSPARTNER *tritt mit einer Aktentasche unter dem Arm rasch und fröhlich ein, setzt sich forsch zum Monstrum:* Wartest schon lang?

DAS MONSTRUM *unförmig dick, Mitte Dreißig, Augenschlitze, sie könnte geradezu blind sein, heruntergekommene Kleidung, spricht feinstes Aristokratenwienerisch:* Ich hab' ja Zeit ...

PARTNER Gestern konnt' ich nicht mehr vorbeikommen.

MONSTRUM Ich war dann noch im Kaffee Wurzel. Ich hab' dir Nachricht hinterlassen.

PARTNER Hast den letzten Zug noch erreicht?

MONSTRUM Ich hab' mir ein Taxi genommen.

PARTNER Das sollst aber nicht. Wieviel Schilling kriegst jetzt?

MONSTRUM Sechstausend im Monat.

PARTNER Und die restlichen zwei?

MONSTRUM Ich weiß net recht. Heizung und so was halt ...

PARTNER Und im Sommer?

MONSTRUM Ich kenn' mich nicht aus. *Kichert unvermittelt.*

PARTNER Siehst den Franz manchmal?

MONSTRUM Ich hab' ihn schon ein halbes Jahr net g'sehn. Die Nummer von der Kanzlei ist immer besetzt ...

PARTNER Laß ihn schön grüßen von mir.

MONSTRUM Ich freu' mich immer, wenn ich dich seh' ...

PARTNER Wann war die Verhandlung?

MONSTRUM Schönes Wetter war ... Mein Zimmer geht in den Garten hinaus ...

PARTNER Und was ist mit die drei übrigen Zimmer?

MONSTRUM Die anderen wohnen dort, glaub' ich ...

PARTNER Da haben dich die Lemuren wieder schön hineingelegt.

DER HERR MIT DEN KOTELETTEN *holt sich Zeitungen:* Pardon. *Er setzt sich wieder, liest jedoch nicht.*

Schweigen.

PARTNER Man muß vorsichtig sein. Du bist teilweise entmündigt.

MONSTRUM Ich hab' mich nie um diese Dinge gekümmert ... Kalt ist es jetzt draußen ...

PARTNER Wär' besser, du möchst in Wien wohnen ... In die Kaffeehäuser kennen s' dich schon. Immer unterwegs? *Lacht.*

MONSTRUM *fällt ein:* Du kennst mich durch und durch ...

PARTNER Da müssen doch noch Aktien sein, aus dem Ölgebiet ...

MONSTRUM Ich fahr' immer durch. Vielleicht sollt' ich einmal aussteigen und mich erkundigen. Die Pumpen arbeiten auch nachts ...

PARTNER Warst die Woch'n beim Arzt?

MONSTRUM Mir tut ja nix weh ...

PARTNER Hast wieder geschwänzt, in die Kaffeehäuser?

MONSTRUM *kichert ungeheuer:* Wie du mich kennst.

PARTNER Ich muß dich dann allein lassen. Die Galerie wartet ...

MONSTRUM Macht s' dir Freude, die Galerie?

PARTNER Du weißt ja, wie das ist in dieser Stadt. Zuviel Künstler – keine Förderung von oben ...

MONSTRUM Man sagt, daß sie den Schubert auch verhungern haben lassen ...

Schweigen.

Die Damen lachen über einen Scherz.

PARTNER Jetzt fallt mir auf, ich hab' gar nix bestellt.

MONSTRUM Sie ist im ersten Stock in der Wohnung. Ich sitz' oft stundenlang da ...

PARTNER Der Franz muß endlich was für dich tun.

MONSTRUM Hast schon einen Käufer für meine Bilder?
PARTNER Sie hängen so schlecht.
MONSTRUM Die Mama hat g'sagt, sie hat den Künstler noch gekannt. Ein gewisser Schiele. Vor allem seine Mama. Er ist ja bald g'storben ...
PARTNER Diese verstaubten Sachen interessieren die Leut' nicht – ich müßt' die Galerie vergrößern ...
MONSTRUM Die Mama war sehr stolz auf die Bilder. Jetzt ist sie auch schon drei Jahre tot ...
PARTNER Und die Sache mit deinem Erbteil ist immer noch nicht geregelt? Da halten s' dich wieder zum Narren, die Lemuren. *Er lacht.*
MONSTRUM Ich seh s' ja nie ...
PARTNER Ich muß mit dem Franz reden!
Schweigen.
DER HERR MIT DEN KOTELETTEN *holt eine weitere Zeitung:* Haben Sie die Amtliche Wiener Zeitung?
MONSTRUM Ich weiß net ...
DER HERR MIT DEN KOTELETTEN *findet sie nicht, setzt sich kopfschüttelnd nieder:* Aber irgendwer muß sie doch haben!
MONSTRUM Wenn ich nur wüßt', was ich mit der Küche machen soll. Sie ist viel zu groß für mich allein.
PARTNER Wenn ich nicht in der Galerie bin, bin ich z' Haus.
MONSTRUM Einen Wintergarten hab' ich auch. Da hat die Mama am liebsten ihren Kaffee getrunken ...
PARTNER Die haben dich ganz schön reing'legt, die Lemuren!
MONSTRUM Ich weiß nicht. Die Mama hat das immer alles geregelt ...
PARTNER Ich mach' dir eine Musik. Hast fünf Schilling?
MONSTRUM *gibt ihm einen Schein:* Leider nur einen Fünfziger.
PARTNER Macht nix. Ich kann wechseln. *Er geht zur Jukebox, man hört einen Schlager aus den sechziger Jahren. Er kommt zurück.* Putz dir die Nägel und wasch dir die Händ'!
MONSTRUM *kichert verlegen:* Ich bin schon den ganzen Tag unterwegs. *Sie öffnet ihre Handtasche.*

PARTNER Nicht jetzt! Wenn ich fort bin. Auf der Toilette ...

MONSTRUM Haben die auch klassische Musik in dem Automaten? Vielleicht einen Walzer.

PARTNER Hast gern Musik?

MONSTRUM Mein Radio ist leider gestört. Es ist ein Erbstück von der Mama ...

PARTNER Dir steht viel mehr zu! Wenn ich in Gänserndorf wär' ...

MONSTRUM Ich geh' dort nirgends hin. Nur zum Bahnhof ... Ein Schloß soll auch noch uns gehören.

PARTNER Wo ist das Schloß?

MONSTRUM Mitten im Wald ...

PARTNER Weißt du, wieviel junge Künstler dich beneiden ... Weißt du, daß ich mit Frau und Kind in einer Garçonniere wohn'?

MONSTRUM Ich möcht' immer in einem Kaffeehaus sein ...

PARTNER Jetzt hätt' ich das Wichtigste vergessen. Die Überschreibung! *Er nimmt ein Dokument aus der Tasche.* Damit sie dich nicht mehr in der Hand haben, die Lemuren! *Er gibt ihr einen Kugelschreiber.*

MONSTRUM *unterschreibend:* Ich hab' schon so lange nicht unterschrieben, daß ich meinen Namen kaum mehr lesen kann. Zuletzt die Verzichtserklärung auf den Wald ... Dort hab' ich mich immer nur gefürchtet, wenn ich allein war ... Das ist so lang, das Dokument. Ich könnt' das nie lesen.

PARTNER Der Franz wird's bestätigen. Ich red' ein ernstes Wort mit ihm! Das geht ja nicht so weiter. *Steckt das Dokument ein.*

MONSTRUM Ich komm' zu gar nix. Was mach' ich eigentlich?

PARTNER Bist eh brav ... Ich geh' jetzt. Leb wohl. Zahlst mein' Kaffee?

MONSTRUM Du hast ja gar keinen gehabt.

PARTNER Dann seh'n wir uns bald wieder. *Im Aufstehen:* Mach's gut!

MONSTRUM Ich fühl' mich immer so wohl, wenn ich in Wien bin. Ich ruf' dich an!

PARTNER *im Abgehen:* Aber nur, wenn du dir die Fingernägel putzt! *Ab.*

DER HERR MIT DEN KOTELETTEN *kommt mit einem Packen Zeitungen:* Da haben S' was zum Lesen ... Das neue Scheidungsrecht ist sehr interessant.

MONSTRUM Ich seh' nix ... Vielleicht ist es so dunkel, oder meine Augen pflanzen mich.

DER HERR MIT DEN KOTELETTEN Pardon. *Setzt sich.*

Die Damen lachen über einen alten Witz.

Dunkel.

Der Ableger

EIN MÄNNLICHES WESEN *sitzt in der Stadtbahn, blickt hin und wieder aus dem Fenster:* I bin der größte Trottel von Wien ... Daß mir das noch nie aufg'fall'n is'. Ich hab's ja schon oft g'hört in mein' Leben, aber i hab' immer 'glaubt, daß is' nur so a Redewendung. Und wenn man so in der Straßenbahn sitzt, würde man's ja nicht vermuten. Siebenundsechzig Jahre habe ich geschwiegen, und jetzt hört mi niemand. Am Anfang hab' i ja noch net reden können, und meine Mutter hat's mir erst am Totenbett g'sagt ... Sie ist ja sitzend g'storb'n. Mitten im Beruf in der öffentlichen Bedürfnisanstalt am Neuen Markt, wo jetzt die halbfertige U-Bahnstation dahinschimmelt. 1918 hat die Grippe viel dahingerafft, drum ist das Geld seither nix mehr wert ... »Geh nach Deutschland wie dein Vater«, hat s' g'sagt, »dort san s' nervös ... Laß dir an Bart wachs'n und reiß die Gosch'n auf, dann glauben s', du bist einer von ihnen ...« Mit acht Jahr' wird man lieber Straßenbahnschaffner, und deutsch hab' i aa net gut können. Meine Schulfreund waren alle Böhm' und Juden.

Mei Vater hat s' sicher aa net mögen, die Deutschen, bis zu seinem Tod net, sie haben ihn nicht einmal anständig be-

graben ... A Grab hätt' er sicher in Wien, und ich hätt' zu Allerheiligen eine zweite Bleibe ... Aber vielleicht möcht' er noch leben, und ich müßt' ihn pflegen, und das hab' ich in meinem ganzen Leben, zu allen Zeiten erreicht, daß ich allein bin.
Der Donaukanal wird auch net schöner. Ich hab' nie verstanden, warum s' ihn net zuschütten ... Ich hätt' a Menge Pläne zum Neubau Wiens g'habt, wie's zerstört war, aber zuerst waren die Alliierten da, und die haben's an die Parteien verkauft ... Jetzt bauen s' wenigstens. Wie ich zum Arbeiten ang'fangen hab', ist grad' die Arbeitslosigkeit nach Österreich 'kommen, und i war wieder ohne Einkommen ... Aus der Wohnung vom Mutterl hat man mich nicht ausweisen können ... So an Mieterschutz gibt's in ganz Deutschland nicht ... Und Vergnügungen wie Oper oder Heuriger waren mir fremd ... Für was soll ich mich begeistern in einer Stadt, wo man von der Stadtbahn in die Gemeindewohnungen hineinschau'n kann und das ganze Elend sieht? Drum hab' ich auch nie eine nähere Bindung eingegangen, auf kan Foto werd'ts ihr mich mit einer anderen Frau außer meiner Mutter sehen können. Dabei bin i viel fotografiert worden, mit die Arbeitskollegen, mit die Hund und Kinder aus der Nachbarschaft und auch am Cobenzl. Der hat kan Krieg 'braucht, der is' auch so verfallen. – Zum ersten Mal hab' i mein Vater reden g'hört, da hat's noch die Kopfhörer 'geben. Es war unbequem, im Bett, und er hat g'sagt, daß die Deutschen früher aufstehen sollen, erwachen. Mich hat das nicht berührt, weil wenn i aufg'standen wär', hätt' ich eh nix z'tun g'habt. Da hab' ich beschlossen, Hundeführer zu werden, beim alten Bundesheer ... Viel' Möglichkeiten hab' ich ja net g'habt, mein angeborenes Augenleiden hat sich verschlechtert, dann hab' ich Augengläser tragen müssen. Der Fehler war, die Leut' haben mich immer für intelligenter g'halten als ich bin, jetzt fallt's mir erst auf, ich hab' nie Freund' g'habt, nur Kameraden, Arbeitskameraden.

Vom Bundesheer bin ich weg, einen Hund hab' ich mir behalten, einen Blindenhund, man kann ja nie wissen. Dann war ich am Bau, bei der Reichsbrückenreparatur 1935, und ich kann sagen, die Reichsbrücke ist zum Teil mein Werk. Ich hätt' s' ja in die Stadt hinein verlängert, da braucherten wir ka U-Bahn, und die Ausländer wären im Ausland. Ich fühl' mich immer so eingeengt, obwohl der Waggon leer is'.

Dann is' mei Vater zum ersten Mal nach Wien 'kommen, aber ich hab' mich net aufgedrängt. Es war eh a Art Familientreffen, aber mich hat niemand kennt. A schöner Märztag war's, die ganze Gass'n war leer, und i hab' die Grippe g'habt. An sich hätt' ich ihm ja gern mein' Hund zeigt und auch Wien. I glaub', er war net einmal beim Heurigen, nur beim Juwelier, weil er immer von Perlen g'red't hat und von Fassungen.

Kaum war ich fieberfrei, is' er wieder nach Deutschland. Bis Linz hätt' er mi wenigstens mitnehmen können, weil i hab' in meiner Roßfleischhauerei, wo i tätig war, an Ariernachweis 'braucht, und er war doch dort aus der Gegend. I persönlich hab' ja nie an Arier kenneng'lernt, aber vielleicht arbeiten s' jetzt auch bei der U-Bahn, das G'sindel, man weiß ja net. Mein Chef hat a Tafel aufg'stellt »Vegetarisches Geschäft«, und da hat der Krieg ang'fangt. Alle Leut' san herum'kommen auf der ganzen Welt, an schönen Urlaub hat er sich g'macht, der Vater, sogar in Paris war er und überall, wo er hin'kommen is', haben die Leut' g'sungen. Und er is' nie zum Sitzen 'kommen. Dabei war er nicht gesund, das weiß ich von meiner Mutter. Einlagen wird er g'habt haben, aber die Leut' haben net so auf seine Füß g'schaut. Die Hand war immer ausg'streckt, aber umgekehrt, net so wie bei die Bettler, das hab' ich an ihm bewundert. G'lacht hat er selten, aber das liegt in der Familie. Mir geht's aa so. Manchmal im Traum lach' i, aber da kann i mi in der Früh net erinnern.

Dazwischen hat er Händ' g'schüttelt und hat Reden g'halten. Wie ihm das alles eing'fallen is'! Und manchmal im Kino, wenn ihm was net gleich eing'fall'n is', hab' i direkt den Eindruck g'habt, er denkt an mich. Mir war's eher langweilig, der Hans Moser hat mir besser g'fall'n. Warum hat er nie so was g'sungen wie die »Reblaus«? Meine Mutter hat g'sagt, er hat sich nur für die Oper interessiert. Ich war nie in der Oper. Wenn man sich ernste Gedanken macht übers Leben, hat man ka Zeit für so was.

Die Mariahilferstraße hat ihren Lichterglanz angelegt. Für die ist das ganze Jahr Weihnachten. Mir hat er nie was g'schickt, aber i hab' mi ausschlafen können. Zum Geburtstag wollt' ich mir immer selber was schenken, aber i kann mi für nix entscheiden. Fernsehen hat's damals noch net 'geben, sonst hätt' er sicher a eigene Show g'habt. Das hätt' mi vielleicht interessiert, weil i mag schöne Lieder und Kostüme.

Man hat ihn immer seltener g'sehn, nur mehr Panzer und Flugzeuge, ich bin immer weniger ins Kino 'gangen. Das hat mi net interessiert, denn die Flieger hab' i in der Luft g'sehn, und in unserer Gass'n war a Panzer, der hat sich beim Hausmeister an Benzin aus'borgt, a Ausländer, frech, wahrscheinlich is' er jetzt aa bei der U-Bahn.

Irgendeinmal haben s' ihn umbringen wollen, i versteh's net, er hat doch nix g'habt, aber es san Leut' schon für weniger um'bracht worden. Wahrscheinlich hat er sich g'stritten mit die Deutschen, die wollen einen ja net versteh'n. Wann s' net grad' beim Heurigen und antschechert san.

Ich hab' meinen Beruf gewechselt und hab' ein Lager beaufsichtigt. Ein Lagerhaus an der Donau. Dort war's ungemütlich. Ich war froh, wie die Zeit vorbei war. I will von die Lager nix mehr wissen.

Die Zeit is' net besser 'worden, dann hat man lang nix mehr g'hört von ihm, die einen sagen, er lebt noch, in die Zeitungen sieht man hin und wieder Bilder von ihm, aber im

Grunde genommen is' er verkommen wie a Schaas im Wald. Einen Freund hat er noch, der sitzt in Berlin im Häfen, aber ich kann mich nicht entschließen, ihn zu besuchen, obwohl wir uns vielleicht viel zu sagen hätten.

Na ja, so lebt man halt, in die Kirch'n geh' ich manchmal, i war schon lang net dort, die heizen so schlecht, ich hör' auch net gut.

Stille.

Aus Fehlern lernt man, aber ich hab' nie Fehler g'macht. Vielleicht war das mein Fehler ... Komisch ... I bin kein politischer Mensch, aber ans wollt' i mein' Vater immer fragen: was er gegen die Juden hat, wenn er sogar die Deutschen aushalt'.

Dunkel.

Ausgebucht

Im Dunkel hört man Schüsse.

ERSTE STIMME Jag ihm 'ne Ladung rostiges Blei in den krätzigen Arsch, damit er sein Lebenslicht ausscheißt.

ZWEITE STIMME Johnny ... Was immer auch geschieht, bleibe stolz.

Licht. Zwei Sprecher vor einem Tongalgen.

ERSTER *nimmt die Kopfhörer ab:* Hast du heute wieder den Faust? Dann mußte bald weg!

ZWEITER *tut das gleiche:* Ich habe die Kollegen gebeten, daß sie das »Vorspiel auf dem Theater« etwas strecken.

ERSTER Bei mir kommt's auch nicht so drauf an. Ich spiele Boulevard. Auf die Kalte.

ZWEITER Morgen komm' ich etwas später. Kirschgarten. Probe ...

Sie nehmen rasch die Hörer.

ERSTER Ich fang' morgen mit Godot an. Jag ihm 'ne Ladung

rostiges Blei in den krätzigen Arsch, damit er sein Lebenslicht auskotzt. *Anderer Ton:* Entschuldige, mein Fehler …

ZWEITER Nimm vielleicht deine Brillen.

ERSTER Ich werde den John Wayne doch noch vom Gary Cooper auseinanderhalten können.

ZWEITER Sag das nich' … Der Gary Cooper is' tot.

ERSTER Wann geht dein Flugzeug?

ZWEITER Das Taxi wartet schon.

ERSTER Mensch, Faust! Das Gretchen wird immer zu undifferenziert gespielt.

ZWEITER Die schönsten deutschen Verse.

ERSTER Mein' Ruh' is' hin, mein Herz is' schwer. Jag ihm 'ne Ladung rostiges Blei in den krätzigen Arsch, damit er sein Lebenslicht dicht macht. Scheiße!

ZWEITER Scheiße ist erst die nächste Szene …

ERSTER *sieht nach:* Was kommt dann noch? Wohin ist die Knalltüte abgehau'n? Am nächsten Baum sollst du hängen, du Pflaume! Dich Nulpe leg' ich aufs Kreuz, Drecksack!

ZWEITER Das schaffen wir schon. Wen haben wir morgen dran?

ERSTER Den Belmondo. Der ist nicht schlimm. Der turnt meist. Ich hab' mir für heut' ein tolles Extempore ausgedacht. Meine Partnerin sagt: »Ich schaff's nicht«, und ich sage: »Die Regierung auch nicht«. Jag ihm 'ne Ladung rostiges Blei in den krätzigen Arsch, damit er sein Lebenslicht ausscheißt.

ZWEITER Johnny … Was immer auch geschieht, bleibe stolz.

ERSTER Sei mir nicht bös', aber der Satz war zu aggressiv.

ZWEITER Find' ich nicht.

ERSTER Na ja, vielleicht kam's mir auch nur so vor …

ZWEITER Mein Lieber, bei mir biste da am falschen Dampfer. Ich habe schon Dick und Doof synchronisiert. Zusammen.

ERSTER Die konnten sich auch erst im Fernsehen durchsetzen.

ZWEITER Ich nicht …

ERSTER Es liegt an den Regisseuren. Jag ihm 'ne Ladung rostiges Blei in den krätzigen Arsch, damit er sein Lebenslicht aushaucht ...

ZWEITER Johnny ... Manche Worte merkt man sich eben nicht.

ERSTER Machste wieder 'ne Tournee?

ZWEITER Drei Monate ausgebucht und vier Tage Stuttgart. Aber Proben sind bei München. Ich weiß gar nicht, wie ich das alles schaffe.

ERSTER Wennste nach Schleiningen-Hostiz kommst, da kenn' ich 'n duftes Mädchen.

ZWEITER Gibste mir die Adresse?

ERSTER Die kommt von alleine ... Gastspiele sind nicht so häufig.

ZWEITER Mit Werbung biste weiter o. k.?

ERSTER Mensch, so viel kalten Kaffee gibt's gar nicht, wie ich verkaufe ... Vollmundig und magenfreundlich! Jag ihm 'ne Ladung ... Zu spät.

ZWEITER Ich spiel' mal so zum Spaß ein Musical: »Au warte, das dicke Ende«. War am Broadway 'ne Wucht.

ERSTER Kannste steppen?

ZWEITER Macht doch heute kein Mensch mehr. 49 hab' ich getingelt. Kabarett. Das ist dasselbe.

ERSTER Was haste da gemacht?

ZWEITER Irgendwas mit Adenauer, Eisenhower. Tolle Sache. Wahnsinnig aggressiv.

ERSTER Jetzt müßte man so 'ne richtig scharfe Show machen. Mit erotischem Pfiff. Helmut Schmidt und Netzstrümpfe!

ZWEITER Schmidt und Netzstrümpfe sind nicht mehr in.

ERSTER Polanski war gestern hier.

ZWEITER Macht er 'n Film?

ERSTER Nee, bloß so. In der Kneipe. Mit Bienen.

ZWEITER Ich glaube, Tucholsky und Kästner sind wieder ganz groß im Kommen.

ERSTER Jag ihm 'ne Ladung rostiges Blei in den krätzigen Arsch, damit er sein Lebenslicht ausscheißt.

ZWEITER Johnny, was immer auch geschieht, bleibe stolz. Wenn ich meine Sauna unterm Dach habe, kommt Shakespeare dran.

ERSTER Wenn du erst meinen Bungalow in Spanien siehst … Auf der Schattenseite. Kein Mensch weit und breit …

ZWEITER Man muß sich hin und wieder besinnen. Mein Traum wäre Sylt. Da ist 'ne Stelle, da ist kein Meer weit und breit.

ERSTER Oder Venedig. In der Zona Industriale.

ZWEITER Seit wann bist du links?

ERSTER Immer schon. Bist du nicht auch engagiert?

ZWEITER Ich habe fünf Intendanten überlebt.

ERSTER Sag mal ehrlich, spielst du lieber beim Ersten oder beim Zweiten Fernsehen?

ZWEITER Ich bin vollkommen unabhängig.

ERSTER Mir kommt so vor, als ob die uns vergessen hätten …

ZWEITER Warten wir noch 'ne Weile … Mensch, wenn ich meine Serie abgespielt habe, schreibe ich meine Memoiren …

ERSTER Ich probier's mit einem Kochbuch. Kottbusser Küche … Langsam mußte wirklich zum Flugzeug …

ZWEITER Mensch, die sind weg. Die haben uns tatsächlich vergessen …

ERSTER *schreit:* Jag ihm 'ne Ladung krätziges Blei in den Arsch, damit er sein Lebenslicht ausscheißt!

ZWEITER *schreit gleichfalls:* Johnny, was immer auch geschieht, bleibe stolz!

Dunkel.

Das alte Fräulein

Ein besserer Trödelladen, von der Straße aus gesehen. Davor zwei ältere Frauen.

ERSTE *probiert vergeblich, die Eingangstüre zu öffnen:* Sie ist wieder nicht da …

ZWEITE Und heut' ist Montag.

ERSTE Vorige Woche, bei den Feiertagen, hat sich's für sie nicht ausgezahlt aufzusperren.

ZWEITE Die Straßenbahnverbindung ist so ungünstig …

ERSTE Mit der U-Bahn wird sie's leichter haben.

ZWEITE Die kommt dort auch nicht hin, und sie hat so geklagt über Blasenschmerzen …

ERSTE Weil die Toilette im Nebenhaus ist …

ZWEITE Seit ich denken kann, war sie immer da.

ERSTE Die Gassen ohne sie kann man wegschmeißen … Ein einziges Mal war sie krank. Da hat sie ihre Schwester vertreten. Sie war unfreundlich.

ZWEITE Die hat a Glasaug' g'habt und es nicht zugeben wollen, anständige Hörgeräte hat's damals noch nicht gegeben.

ERSTE Ich versteh' sie nicht.

ZWEITE Na ja, die Ohren.

ERSTE Mit'm Mund hat s' auch was g'habt.

ZWEITE Wenn man denkt, zwei Menschen, und so ein Unterschied!

ERSTE Ich hab' noch nie einen unanständigen Kunden bei ihr g'sehn.

ZWEITE Im Sommer manchmal.

ERSTE Das sind die Ausländer.

ZWEITE Erinnern Sie sich noch? Eine Zeitlang ist ein Herr bei ihr gesessen, der hat sie auch immer vertreten, wenn sie auf der Toilette war … Da hat man schon gedacht … Aber es hat sich um einen geflohenen Ungarn gehandelt, der nach Kanada ausgewandert ist.

ERSTE Die Miniatur an der rechten Wand war dann nicht mehr da, aber sie hat nie darüber g'red't.

ZWEITE Wo sie eigentlich Mittag ißt?

ERSTE Ich hab' sie manchmal im Kaffeehaus g'sehn.

ZWEITE Dort liest sie nur die Presse.

ERSTE Ich glaub', die Verwandtschaft ist schon tot.

ZWEITE Nein, in Payerbach-Reichenau, hab' ich g'hört. Da kommt man schwer nach Wien ... Wo macht sie eigentlich Urlaub?

ERSTE Ich hab' sie einmal g'fragt, da hat sie scheu g'lacht. Ich glaub', sie bleibt in der Wohnung ...

ZWEITE Was kann mit ihr passiert sein ... Die Zeitungen mit ihren Berichten machen einen ganz blöd ...

ERSTE In letzter Zeit tun sich die Kriminellen mehr aufs Politische verlegen ...

ZWEITE Politisch war sie nie. Wie viele Leute sind herumg'stand'n bei ihr im Krieg und haben g'schimpft.

ERSTE Sie hat immer nur gelächelt ... Nachher hat man gesagt, das war unsere Widerstandsbewegung. Möglich, daß sie's war.

ZWEITE Zu welchem Friseur sie wohl immer geht?

ERSTE Darüber würde sie nie reden. Dazu ist sie zu diskret.

ZWEITE Vor ein paar Jahren hat sie ein Katzerl g'habt, das war so still ...

ERSTE Is' auch bald g'storben. Es hat nicht her'paßt ...

ZWEITE Ich glaub', sie hat eine heimliche Leidenschaft. Man riecht's am Parfum ...

ERSTE Aber weit weg. Auf den Galapagos-Inseln.

ZWEITE Oder in der Freudenau. Ein Jockey.

ERSTE Sie hat sich noch nie über das Wetter beklagt. Dabei heizt sie nie ...

ZWEITE Sie ist unten rum immer warm angezogen.

ERSTE Woher wissen Sie das?

ZWEITE Ich hab' sie einmal im Wäscheg'schäft 'troffen. Ganz verlegen war sie. Wo man sich überall trifft, hat s' g'sagt ...

ERSTE Jetzt wird's schon so früh finster. Ich hab' ein ungutes Gefühl ...

ZWEITE Soll man etwas unternehmen?

ERSTE Das wär' ihr nur unangenehm ...

ZWEITE Wenn ich mir vorstell', daß das Fenster immer leer bleibt, möchte ich gleich weg.

ERSTE Wohin denn?

ZWEITE Wo's sicher is'. Nach Gleichenberg. Zur Kur.

Aus einer Tür aus dem Hintergrund kommt das alte Fräulein, stellt eine Biedermeieruhr auf den Geschäftstisch, sperrt die Tür auf, grüßt verlegen und zieht sich wieder zurück.

Kurze Pause.

ERSTE So eine Unverschämtheit!

ZWEITE Versteckt sich einfach vor uns!

ERSTE Ich möcht' nicht wissen, was da für Geschäfte gemacht werden!

ZWEITE Ja richtig! Ein Telefon hat sie ja auch!

ERSTE Was braucht man in so einem Geschäft ein Telefon! *Im Abgehen.*

ZWEITE Einfach verschwinden! Am hellichten Nachmittag! Wo andere Leut' noch schwer arbeiten!

ERSTE Die Männer von der Kohlenhandlung hab' ich schon immer im Verdacht g'habt.

ZWEITE Ja. Wo ist denn der Ofen?

ERSTE Die hat ausg'spielt in unserm Viertel!

ZWEITE *macht die Tür auf:* Daß's ihr nur recht zieht! *Ab.*

Das Fräulein kommt wieder, sieht die offene Tür, schließt sie.

FRÄULEIN Ich hab' 'glaubt, die wollen was kaufen bei mir. Na, is' eh besser so ...

Dunkel.

Der letzte Revolutionär

DER HELD *an einem Kaffeehaustisch, zu unsichtbaren Anwesenden, mit ungarischem Akzent:* Seid mir nicht böse, wenn ich mich heute kurz fasse. Tibor und Sandor sind auf Blitzbesuch aus dem zehnten Bezirk da, und wir haben uns schon seit zwei Wochen nicht gesehen ... Tibor hat neue Freundin, sehr hübsche Beine, aber abstehende Ohren, und Sandor hat einen Hund in Pflege, aber nur auf zwei Wochen ... Heute abend, wenn jemanden interessiert, findet Vorführung von philippinischem Lustspielfilm statt, aber nur Teile davon, mit chinesischem Untertitel ... Im achten oder achtzehnten Bezirk, weiß nicht genau, so ähnlich wie Sesselgasse oder Wesselgasse. *Er kramt während des folgenden in einer Aktentasche.* Ein interessantes Buch hab' ich gefunden über die Architektur der Abstellräume in Südfrankreich, erstaunlich modern, liest kein Mensch. Hab' ich nach dem Essen entdeckt in kleinem Antiquariat, die sonst nur Bücher über Jagdfalken verkaufen, neben Gasthaus, nicht klein, aber auch nicht groß, gerade so großklein. Und es wird euch interessieren, was ich gegessen hab': Also eine Suppe, wie sagt man, Rindsuppe, würzen kann man selber, steht auf dem Tisch. Sogenannte Blutwurst, kann man auch kalt essen, je nach Geschmack, mit Kraut oder Knödel, muß man sich entscheiden, Senf gibt es immer, aber nur süßen. Apfelstrudel mit sehr gutem Zimt, wahrscheinlich nicht im Geschäft gekauft, und ein ausgezeichneter Wein, nicht zu süß, aber auch nicht herb. Mittwoch ist Ruhetag. Kann man zu Chinesen nebenan gehen ... Chinesen sind auch am Mittwoch glücklich, das ist meine Philosophie ... Warum nehmt ihr nicht Platz, ich habe ohnehin nur zwei Minuten Zeit. Jetzt gibt es noch kleine Musikgeschäft mit alten Platten aus Nachkriegszeit, kann man nur paar Mal spielen, dann sind durchgewetzt, aber sind auch keine bekannten Sachen, Kammermusik von Humperdinck, zahlt sich aus für kleine, besinnliche Abende in Zimmer, wenn kein Besuch kommt. Wo hab' ich nur ... sehr lustig, hat mir Freund geschenkt, Kalender mit huzulischen Zaubersprüchen fürs ganze Jahr, was steht heute? Wem der Bauer gram ist, dem spuckt er ins Gras ... Sehr schlecht übersetzt, aber nette Zeichnungen, halbnaiv, von Pletzewetz, nicht alter Pletzewetz, Neffe von Pletzewetz, malt auch schon, hat mehr Talent im graphischen, wenn euch interessiert, in drei Wochen hat Vernissage in neuer Galerie Tschibou, ja, Kaffeegeschäft, über Kaffeehäuser im alten Fischamend, sehr gute Fische gibt's dort, aber erst ab Mai, am besten, wenn Donau Überschwemmung hat, früher bei Überschwemmung war ganz Budapest auf den Beinen, und die Künstler hatten eigenes Sektfloß mit Kapelle und Würstelgrill ... Grillparzer-Gesamtausgabe in einem Band hab' ich vor kurzem gekauft, allerdings ohne Stücke und Gedichte, Halbleinen, in reizendem Antiquariat mit liebem, altem Herrn, der Peter Altenberg noch kannte und erzählt, er hatte Polypen und hieß in Wirklichkeit Pacmarwek, müßt ihr schon geh'n? Wohin? Vielleicht komm' ich nach ... Das wird mir zu spät, morgen muß ich früh aufstehen, erwarte Besuch aus Westdeutschland, Augsburg, bin sehr interessiert, was sich dort Neues tut ... Da muß ich zeigen Linzer Zeitung, hat in Kulturteil geschrieben Molnar mit Doppel-o ... Die Zeitung ist für mich kulturell erledigt ... In Raimundtheater hat man geschrieben Kálmán mit Doppel-n, da hab' ich ein Pfeifkonzert veranstaltet ... Bitte Platz zu nehmen, Platz ist auch am kleinsten, bitte. Bonmot zum Weitergeben ... Nächstes Wochenende ist im alten Gaswerk Eröffnung von Dokumentation des sozialen Aufstieges der Gaskassierer, werden kleine Fläschchen mit verschiedenen Gasproben überreicht, kann leider nicht hin, mein Landsmann, der Dichter Kleofass, hat mich eingeladen, gar keine Gesellschaft, in aller Ruhe ein Landgeselchtes, von Bauern, die er persönlich kennt, ein Gläschen Sliwowitz von seiner Mutter, die drüben geblieben ist mit neunzig Jahre, und dann sitzen wir vor dem Haus, der Hund bellt, und wir denken an den Lyriker Hatmanès, den hier niemand kennt ... Wir haben ihn auch nicht gekannt, aber er wird jetzt ins Rätoromanische übersetzt, ähnliche Sprachwurzeln, macht kleiner Verlag in St. Moritz, Moritz heißt auch bei uns Moritz ... Sprache ist nicht wiederzugeben ... »Fökmeterek uhu bekö Wananderschek« ... Heißt ungefähr: »Schwenke dein Mützlein und vermeide die Pfützen« ... Ganz schlecht übersetzt ... Vor kurzem in Buchhandlung muß ich Gespräch hören in der wunderbaren Sprache meiner Heimat, und was höre ich? Kommunistisch. Bevor ich geflohen bin, habe ich meine Peiniger gefragt, warum sie mich verhaftet haben, und sie sagten nur: »Sie reden zuviel!« Warum müssen Sie weg, wenn es grad' gemütlich wird? Hoffentlich seh'n wir uns bald wieder. Ich bin heute noch im Üskubstüberl, aber erst ab elf. Heute gibt es dort Leberpopanzen mit gebackenem Knoblauch, nur einmal im Monat. Mandrilla wird dasein aus London, die Gobelindesignerin, war kurz mit mir liiert, gar nicht unhübsch bis auf Augenleiden, aber war keine Gesprächspartnerin, wir sehen uns einmal im Jahr, aber nur platonisch, sie hat eifersüchtigen Terrazzobaumeister geheiratet, ich zeige Ihnen Foto von Badezimmer, das er für afrikanischen Kaiser entworfen hat, als Geschenk, will aber nicht zahlen, steht jetzt noch in Kaiserebersdorf bei gemeinsamen Freund, Fliesenleger von Atomstadt, aus Atomen werden Städte und aus Städten Atome, das ist meine Philosophie, Sie müssen auch schon weg? Lassen Sie sich Zeit, Gesundheit kann man nicht kaufen, sonst gäbe es keine Ärztekammer, die ihrerseits diese Woche interessante Kammerkonzerte veranstaltet. Originellerer Titel: »Musik aus dem Bauch«.

Dunkel.

Wer hat hier das Licht ausgemacht? Trottel! Wie sagt Hunajadyi Janos? Der Philosoph kann auch im Dunkeln träumen ...

Vorhang.

Die Deutschmeister-Fraktion

SISSY *in einer Wiener Boutique am Telefon:* Wir sind sozusagen im Kriegszustand – *während des Gespräches nimmt sie dauernd Pullover, Röcke und Halstücher, prüft sie und legt sie wieder zurück.* Aber es wird schon was für dich drunter sein. Ich hab' ja den Krieg nicht mehr erlebt, als kleines Mädl im Luftschutzkeller, aber ärger kann's auch nicht gewesen sein ... Rot ist immer schick, es kommt nur auf Tönung an ... Die Bundesrepublik steht Kopf ... Ich komm' mir hier in der Rothörndlgass'n vor wie in der Schweiz ... Ganz ruhig bis auf die Erdarbeiten ... Dort in Bonn haben s' die Sandsäcke, und hier hört man Maschinengewehre ... Mir kommt kein Preßluftbohrer in den Garten ... Meine Desireé soll in Frieden aufwachsen ... Drum hab' ich sie ja gekriegt ... Also, das Ganze ist natürlich auch rasend aufregend ... Der Franz Hermann hat Angst um seine Zinnsoldatensammlung und verlagert sie in unsern Keller ... Dort zählt er sie immer. Ob das was hilft? Zum Schutz der Spielzeugeisenbahn, sagt er ... Seinen rheinischen Humor verliert er nicht, obwohl er in Gleiwitz geboren ist ... Ich sag' immer, Deutsche sind Deutsche ... Grad', wo er den Cocktail für die ostdeutsche Delegation gegeben hat, geht's los ... Die Ostdeutschen haben auch einen Herrn aus Gleiwitz dabei gehabt, da wird der Franz Hermann plötzlich zum Telefon g'ruf'n ... Blaß wie die Wand kommt er zurück und sagt: »Kindl, jetzt wird's ernst« ... Na ja, die Desirée is' dort'blieb'n, und mich hat er verlagert. Irgendwer muß sich doch um die Boutique kümmern ... Kindern haben s' bis jetzt ja nichts gemacht, die Anarchisten ... Und wenn's zum Äußersten kommt, die Russen sind sehr kinderlieb ... Wenn ich an den kleinen Handelsattaché denk' ... Mit seinen Puppen, die man so aufmacht, und dann is' noch a Russ' drin ... Na ja, der is' ja auch ein Jud' aus Odessa und heißt Achselrod ... Ganz verstört sind die über die deutschen Linken ...

Wenn s' nicht so jung wären ... Ein schickes Halstuch hab' ich eben bemerkt ... Aus Sizilien, aber mehr Indisch-Style ... Ich hab' ja soviel zum Aufarbeiten. Einer muß doch die Stellung in Bonn halten ... Nein, Angst hat er nicht, der Franz Hermann. Dazu war er zuviel im Fernen Osten ... Ich denk' immer, daß es daran liegt, daß uns die Kennedys zu früh verlassen haben ... Die Jacky kann ich ja verstehen ... Man müßt' einmal ausspannen können ... Von dem ganzen Elend nix wissen ... Aber die sind imstand' und kommen einem auch auf eine Jacht nach ... Nein, tät' ich nicht, damit kannst du doch nicht zu einem Empfang geh'n ... Also, daß ich dir weitererzähl', die Party wird abgebrochen ... Und die Desirée fangt zum Schrei'n an ... »Mädl, hau ab nach Wien«, sagt mein Gatte, und jetzt muß er mich bei der Hochzeit in Zürs vertreten ... So viel Kriminalpolizei hab' ich mein Leben noch nicht g'seh'n ... Man kennt sie ganz deutlich auseinander, die aus West-Berlin und aus der Bundesrepublik ... Über die Bayern lachen sie nur ... Das muß furchtbar für die Bayern sein, Fruchtsaft trinken ... Die ganzen Festivitäten hindurch ... Dabei möchten sie so gern aus sich herausgeh'n ... »Gnädige Frau, wenn Sie wüßten«, hat der eine g'sagt und mich im Schlafzimmer ang'schaut, wie ich z'samm'packt hab' ... Die Desirée kommt in die Eifel, das ist der Semmering von dort, und dann gibt's immer noch die Mama am Attersee ... Was habts denn da für eine rote Armee, die die Welt beschäftigt, hat s' g'meint, vom Bundesheer spricht niemand, und was ist das für eine neue Fraktion in Deutschland, sie liest doch die Presse, man muß sie beruhigen. Und diese Listen? ... Wartelisten, Mama ... Ich kann warten, sagt der Franz Hermann und lacht bitter ... Aber der rheinische Humor ist da und net so wehleidig wie der unsere ... »Kalter Kaffee für Opa«, sagt er zu die Soldaten, die unser Grundstück bewachen und »Holzauge, sei wachsam«. Ich weiß nicht, was das heißt, aber die lachen ... Das hätt'ts ihr euch auch nicht gedacht nach dem Sommer in Alpbach, daß ich in ein Abenteuerleben hineinrutsch' ... Du und dein Erzbaron aus Wuppertal, habts gewitzelt ... Ja, ich verlier' den Faden, net einmal einkaufen haben wir geh'n können, das Mädchen von der Desirée haben s' verhaftet, weil sie einen Freund von der Heidelberger Uni hat, ich kenn' mich net aus, und ins Konzert möcht' man doch einmal geh'n. Es muß ja nicht der Karajan sein, ein Streichquartett aus Hannover tut's auch ... Alles in allem, ein Freund von der Mama, Universitätsprofessor, meint, die Deutschen werden sich schon wieder derfangen, sie haben's immer noch richtig g'macht, die Dichter und Denker, aber ganz schön verschlagen, die Schnipfer ... Pffff, ich habe ja noch nicht alles ausgepackt, ich muß auch noch auf den Zoll. Kommst halt vorbei, wenn's wieder Frieden is', so ein Blödsinn, eine Entführung is' noch lang kein Dritter Weltkrieg. Dabei red't keiner mehr von ihm ... Wenn er nicht um die Ecken gewohnt hätt', würde ich net einmal seinen Namen kennen ... Der eine Polizist von die Opfer ist voriges Jahr zu Weihnachten bei uns auf'taucht und hat g'meint, es is' zu laut. Zu Weihnachten. Die ersten Weihnachten von der Desirée ... Die ganze Affär' ist bei uns vergessen, und Bonn ist ein Tratschnest ... Also der Reihe nach ... Während die die Kanonen oder was vor dem Haus aufstellen, die Uniformierten mit den Kappeln ... Sondereinheit, oder wie s' sagen ... Kommt wie eine Bombe der Anruf, daß die Tautz den Bü heiratet ... Bevor sie sich's wieder überlegen, wollen sie's noch einmal probieren ... Ich bin an Wien gebunden, die Desirée ist noch zu unreif für so was, also muß der Franz Hermann an die Front ... Nach Zürs – mit seiner Leibgarde ... Da muß er sich sagen lassen, daß die Deutschen sich an den Kennedys ein Beispiel nehmen sollen. Ich bin neugierig, wie der nächste Karneval in Mainz sein wird. Na, wir fahren zum Fasching nach München ... Das ganze Oktoberfest haben wir versäumt wegen der leidigen Sache ... Saumenscher blöde, die ihre Buben in solche Aktionen hineinhetzen. Als ob's nicht schon Unglück genug auf der Welt gäbe ... Ich versteh' nur die Anwälte nicht, die sich zu so was hergeben ... Ein anständiger Anwalt wird Syndikus, sagt der Doktor Skrobanek immer. Ein Syndikus kommt nie ins Gefängnis. Weder aktiv noch passiv. Charme geht vor Gewalt. Egal, ob in Rudolfsheim oder in Stammheim ... Eine neue Lampen brauchert ich, es wird dunkel. So früh schon? Ein Gewitter ... Um die Jahreszeit ... Jetzt muß ich dir was verraten! Nein, auf das kommst nie ... Schon wieder ein Baby? Geh, frühestens nächstes Jahr, und dann eine Maria-Theres ... Das Haus in Irland? Nein, Pallawatsch haben wir genug ... Die Berufung nach Chile? Nein, wir sind doch liberal ... Bundesverdienstkreuz hat er schon ... Hör zu, auch wenn uns jemand zuhört, ich muß es dir sagen! Franz Hermann ... Er ist dritter auf der Liste ... Auf der schwarzen Liste ... Von die Anarchisten. Weißt du, was das heißt? Ah, du weißt's nicht ... Servus, komm morgen vorbei, ich hab' Kundschaft. *Knallt den Hörer hin.* Hinterwäldler!

Dunkel.

Die Ernte eines Lebens

Sinnlos geschmücktes Hinterzimmer eines Gasthauses. Erinnerungsfotos, Medaillen, Statuetten.

DER WIRT *sitzt in einem breiten Stuhl, ein umfangreiches Buch in der Hand.*

DER ERSTE ALTE *tritt auf:* Immer fleißig bei der Lektüre! Ja, die Vergangenheit!

WIRT *antwortet nicht.*

ERSTER ALTER Draußen sind Gäste. Der betrunkene Taxler fangt zum Randalieren an.

WIRT *keine Reaktion.*

ERSTER ALTER *rüttelt den Wirt:* Die Bauarbeiter sind gegangen, ohne zu zahlen.

WIRT *wacht schlagartig auf, läßt das Buch fallen:* Ich hätt's wissen können. Ich mach' nie mehr in Jugoslawien Urlaub! Lesen Sie inzwischen weiter! *Ab.*

ERSTER ALTER *hebt das Buch auf, durchmißt den Raum. Schlägt das Buch auf, liest:* Vergeßts nicht auf mich! *Klappt das Buch zu.* Das hat er alles vorausg'sehn. Zwanzig Jahr' vor seinem Tod.

DER ZWEITE ALTE *tritt euphorisch auf:* Heut' ist wieder Mittwoch!

ERSTER ALTER Das war sein Lieblingstag. Warum eigentlich?

ZWEITER ALTER Weil da das Wochenende nicht so weit und nicht so nah war.

ERSTER ALTER I denk' mir immer, werden wir auch solche Lücken hinterlassen?

ZWEITER ALTER Das können nur unsere Nachkommen beurteilen.

ERSTER ALTER Ich hab' keine ...

ZWEITER ALTER Ich auch nicht.

ERSTER ALTER Warum eigentlich?

ZWEITER ALTER Die sind nicht 'kommen. *Lacht, wieder ernst:* Ob uns der Wirt wohl was bringt?

ERSTER ALTER Warten wir ein bißl! Er ist nicht bei bester Stimmung.

ZWEITER ALTER Ich hab' das entfernte G'fühl, er mag uns nicht. Wie ich das letzte Mal die Tür nicht auf'bracht hab', hab' ich so was wie »alte Trotteln« g'hört.

ERSTER ALTER Er is' halt a Persönlichkeit. Das muß man in Kauf nehmen.

ZWEITER ALTER Oft denk' ich mir, wir sollten das Lokal wechseln! Der Wein ist schlecht, Essen kann man nur bis zehn Uhr, und heizen tut er auch kaum.

ERSTER ALTER Wo findet man das noch in der heutigen Zeit.

ZWEITER ALTER Nur mehr bei die Chinesen!

ERSTER ALTER Die hat er nicht mögen, seit sie sich so verändert haben.

ZWEITER ALTER In zehn Jahren sitzen die Chinesen da. Da braucht's gar keinen Krieg. Das machen s' mit ihren Restaurants.

ERSTER ALTER Er wollte nie Kinder ...

DER DRITTE ALTE *tritt mit einem Fernsehapparat auf:* Ich weiß nicht, ob er funktioniert, aber heut' ist seine Gedenksendung. *Er steckt den Apparat an.*

ZWEITER ALTER Und alle schau'n dem Rennfahrer im ersten Programm zu.

ERSTER ALTER Diese Rennfahrer werden nie erwachsen. Hast du schon mal einen reifen Rennfahrer g'seh'n?

ZWEITER ALTER Das liegt an den Reifen. *Lacht. Ernst:* Er hat gern manchmal seine Witze g'macht ...

DRITTER ALTER Nur hat s' niemand verstanden ... Das ist ja das Gute am Fernseh'n, daß man nie weiß, ob s' die Witz' versteh'n.

ERSTER ALTER So merken manche Leut' nicht, daß sie unverstanden sterben ...

ZWEITER ALTER Genug der Philosophie! Er hat nie übers Sterben g'red't, er hat's g'macht ...

DRITTER ALTER Die Lücke, die er hinterlassen hat, hängt gewissermaßen an der Wand.

Keine Reaktion.

DRITTER ALTER Das ist nicht von mir. Das ist in der Zeitung g'standen.

ERSTER ALTER Glaubst, hat sich der Wirt beruhigt, daß man ein Supperl bestellen kann?

ZWEITER ALTER Ich mach' das gleich für alle. *Will ab.*

DRITTER ALTER Für mich nicht, ich hab' noch keinen Hunger.

ZWEITER ALTER Es kommt ja noch die Jutta. *Ab.*

ERSTER ALTER Ja, die Jutta – Da wundert man sich, daß sie noch lebt, und dabei ist sie immer noch bei der Kinderfürsorge ...

DRITTER ALTER Glaubst, hat er je mit ihr was g'habt?

ERSTER ALTER Wenn, hat sie's nicht g'merkt. Die is' so a Typ ...

DRITTER ALTER Was war das Große an ihm? Warum hat er soviel Leut' ang'sproch'n?

ERSTER ALTER Er war ... Und das hat keiner zu Lebzeiten erkannt ... der letzte wirklich alte Mensch.

DRITTER ALTER Ich bin der einzige unfallfreie Schlittschuhfahrer, und es hat noch niemand bemerkt.

ERSTER ALTER *tieftraurig:* Und ich war der erste, der sich nach dem Krieg zum Luftschutz bekannt hat, und ich hab' auch keinen Orden bekommen.

JUTTA *tritt mit dem Zweiten im Gefolge mit Sammelbüchse auf, fröhlich:* Fürs Rote Kreuz! Fürs Rote Kreuz!

ZWEITER ALTER Jetzt wollts sogar an der Schank sammeln.

JUTTA Wenn ich in der Früh Radl fahr', bin ich so in Schwung, daß ich die ganze Stadt erobern möcht'. Bis zum Gürtel zumindest!

ERSTER ALTER Daß du dich nicht fürcht'st, im tiefen Winter, in der Hauptallee ...

JUTTA Ich sing' ja dabei ...

ZWEITER ALTER Dasselbe Lied, daß d' bei ihm in der Sendung g'sungen hast? Die schlimmen Herren von Pötzleinsdorf ...?

JUTTA Da brauch' ich a Begleitung.

ERSTER ALTER Er hat eigentlich von allem etwas verstanden. Niemand war so vielseitig wie er.

JUTTA Es is', als ob er bei uns wär'. I weiß net, der Fernsehapparat hat so an eckigen Kopf.

ZWEITER ALTER Hör auf mit der Seelenwanderung!

JUTTA Setzen wir uns einmal! Jetzt merk' ich doch, daß ich nicht mehr die Jüngste bin.

DRITTER ALTER *beruhigend:* Das ist die Grippe.

Alle setzen sich mit Sätzen wie: »Na, da bin ich eh das letzte Mal g'sessen«, »So seh' ich dich besser«, »Man kann die Höflichkeit auch übertreiben«, »Na, heut' möcht' ich einmal da sitzen«, »Jetzt fehlt nur noch, daß wir uns streiten«. Sie sitzen endlich.

ERSTER ALTER Ein Sessel ist zuviel, ich kann mir das nicht erklären ...

ZWEITER ALTER Der Wirt!

JUTTA Ich hab' einen Brief von ihm g'funden. Manchmal soll man doch in der Post nachschau'n. Vor drei Monat' war das Begräbnis ...

ERSTER ALTER Da war er aber schon vorher ein halbes Jahr nicht mehr bei sich ...

DRITTER ALTER Er muß was geahnt haben ...

JUTTA Wer liest vor?

ZWEITER ALTER Ich schlag' vor, abwechselnd! Das macht's spannender.

JUTTA Wer fangt an? Aber behutsam, seine Worte sind so zerbrechlich.

DRITTER ALTER Wenn man ihn dabei nicht sieht, klingt's vielleicht wie ein Blödsinn.

Allgemeine Empörung.

JUTTA *überreicht dem Ersten den Brief:* Du warst sein Zahnarzt. Du hast am tiefsten in ihn hineinsehen können.

ERSTER ALTER Eines wird mir unvergessen bleiben. Einmal hat er g'sagt: Wenn's weh tut, schrei' ich, lieber Doktor. Dabei bin ich doch nur Dentist. *Er liest:* Liebe Gemeinde! Ich weiß, ihr werd'ts lachen – *alle lachen* –, aber es is' nix zum Lachen ... Wir sind alle Frühvollendete. Der eine früher, der andere später. *Er überreicht den Brief ergriffen dem Zweiten.*

ZWEITER ALTER *liest:* Den Mutterwitz hat man von der Mutter, den Großvater vom Vater. Aus dem Junior wird ein Senior, aus dem Knaben ein Mann, und dann heißt es: »Mander, 's isch Zeit.« *Übergibt dem Dritten.*

DRITTER ALTER *liest:* Alt werden heißt nicht alt sein. Eine Altistin muß auch nicht alt sein, und Jungschweinernes ist auch nicht immer jung. *Zur Runde:* Das geht auf den Wirt.

ERSTER ALTER *liest:* Mein Leben hab' ich dem Trost geweiht, aber wer kann heute schon Trost und West unterscheiden? *Er gibt den Brief Jutta zurück.*

JUTTA *liest:* Irren ist menschlich, und wie viele Irrenhäuser gibt's schon? Die Freude ist ein Götterfunke, und wie wenig Freudenhäuser gibt's? Und wie viele Funkanstalten? Wenn meine Worte die Senioren zu Senilen gemacht haben, dann hab' ich nicht umsonst geplaudert. Servus im Elysium!

Stille.

ERSTER ALTER Ohne ihn wird's keine Senioren mehr geben.

ZWEITER ALTER Eine tote Stadt.

DRITTER ALTER So machen s' es mit allem! Einfach abdrah'n.

JUTTA Ja, wenn keine Alten mehr überbleiben, die im Herzen jung sind, dann Pfiat die Gott, Europa!

Der Wirt erscheint mit einem Tablett, einer Weinkaraffe und Gläsern.

WIRT Supp'n is' keine mehr da, aber g'feiert muß werden! *Er gießt ein, man bedient sich.* Manchmal hab' ich mir denkt, am Mittwoch sperrst früher zu, was hat man denn von an Museum, so lustig is's auch net, jede Woch'n dieselben Gfrieser, aber dann is' es mir eing'fall'n, sein liebes altes Spitzbubeng'sicht, seine lieben alten Witze, sein Raucherkatarrh, seine Nikotinfinger ... Stoßen wir an mit seinem Lieblingswein, der – wie hat er immer g'sagt – Herzinfarktperle.

Allgemeines Anstoßen.

JUTTA *bacchantisch:* So alt kommen mir nimmer mehr z'samm'!

Gelächter.

ERSTER ALTER Zweiundzwanzig Uhr zwanzig is's, die Sendung lauft schon fünf Minuten. *Er schaltet den Apparat ein.*

ZWEITER ALTER Hoffentlich is' es in Farbe. *Er dreht das Licht im Raum ab.*

DRITTER ALTER Ich hab' a G'fühl wie zu Weihnachten.

WIRT Im Radio hab' ich ihn einmal g'hört. Da hat er sich immer versprochen.

JUTTA Das kommt beim Fernseh'n nimmer vor. Die sind der Zeit voraus.

ERSTER ALTER Ich seh' nix.

DRITTER ALTER Das macht er mir zu Hause auch oft.

ZWEITER ALTER Vielleicht, wenn wir die Tür zusperren.

WIRT Was soll dann sein?

ZWEITER ALTER Ich bin kein Techniker.

ERSTER ALTER Ich glaub', es gibt Dinge, die wir noch gar nicht wissen.

JUTTA Ich hab' eine Schallplatte, aber die ist zerbrochen ...

DRITTER ALTER Es war seine Art.

ZWEITER ALTER So hätt' er sich's g'wünscht ...

ERSTER ALTER Sehen kann jeder, aber fühlen ... Nur wir ...

JUTTA Er war ja so diskret ...

DRITTER ALTER Du mußt es ja wissen.

WIRT Ich glaub', ich werd' noch an Wein hol'n. Gute Unterhaltung!

Langsamer Vorhang.

Sagen wir Süddeutschland

Ein wohleingerichteter Raum, ein Paar. Die beiden lesen verschiedene Zeitungen.

ER Man hält es nicht für möglich ...

SIE Ich hab' es schon im Fernseh'n geseh'n.

ER Gibt es im Radio etwas Neues?

SIE Seit Monaten – nichts ...

ER Man muß sich in die Lage der Frau versetzen.

SIE Hat bestimmt nicht das Telefon geläutet?

ER Um die Zeit nicht.

SIE Stell dir vor, du gehst aus dem Haus, und plötzlich bist du verschwunden.

ER *bitter:* Wer kennt mich schon?

SIE Mir kommt es die ganze Zeit vor, als ob es läuten würde.
ER Das ist in der Nebenwohnung.
SIE Die sind auf Urlaub ...
ER Komische Leute. Man sieht sie nie ...
SIE Vielleicht trifft man sie täglich im Supermarkt.
ER Dort schau' ich mir keine Gesichter an.
SIE Man sollte das hin und wieder tun.
ER Im Flugzeug mach' ich mir keine solchen Gedanken.
SIE Wann geht die Maschine?
ER Man muß früher draußen sein. Wegen der Kontrolle ...
SIE Stell dir vor, er ist zuckerkrank. Oder er holt sich die Grippe. Wie sie ihn geschnappt haben, war es noch ganz warm.
ER Man gewöhnt sich an das Wetter. Das Klima ist auf der ganzen Welt gestört.
SIE Mir geht die Familie nicht aus dem Kopf. Die Zeitungen müßten sich mehr um sie kümmern.
ER Die sind doch versichert ...
SIE Sympathisch ist er ja gerade nicht.
ER Man kann doch nicht jeden, der nicht sympathisch ist, gleich – *Geste des Umbringens.*
SIE Ich spüre es, er weilt noch unter den Lebenden.
ER Eine Leiche kann man aber leichter verstecken.
SIE Paß nur auf, daß es dir nicht passiert!
ER Ich steh' auf keiner Liste. Einmal war ich in der Zeitung. Ein einziges Mal. Als Lebensretter. Und was hab' ich davon?
SIE Wir wissen nicht einmal, was aus dem Jungen geworden ist ...
ER Vielleicht gehört er zu den Entführern. Verstehen könnt' ich's ...
SIE Wieso?
ER Wenn einer mit fünf Jahren fast unter ein Auto gekommen wäre ...
SIE Die haben ja auch Autos. Sonst könnten sie nicht so geschickt operieren.

ER Die Grenzen sind eisern bewacht. Mit ganz neuen Methoden ...

SIE Mir wird ganz angst und bang, wenn ich an den Sommer denk' ...

ER Bis dahin ist alles vorbei. Hast du eine Uhr?

SIE Im Schlafzimmer.

ER Glaubst du, geht es sich noch aus?

SIE Aber ohne Liebe.

ER Ob sie ihm eine Frau gegeben haben?

SIE Er ist doch katholisch.

ER In so einer Situation ... Viel Zeit haben wir nicht.

SIE Du wolltest ein Bad nehmen.

ER Waschen werden sie ihn ja lassen. Revolutionäre sind pedantisch, obwohl das nicht zu dem Bild paßt, das wir von ihnen haben.

SIE Die Fotos übertreiben immer. Ich weiß nicht, was ich tun würde, wenn du am hellichten Tage einfach aus meinem Leben trittst.

ER Gehen wir ins Schlafzimmer. Eine Zigarette ist auch noch drin. Ich werde langsam nervös ...

SIE Du bist egoistisch. Andere Menschen leiden.

ER Da kann ich doch nichts dafür. Man muß sich seinen Lebenspartner genau aussuchen.

SIE Sie haben sich immer in einem Tanzcafé getroffen. Am Nachmittag.

ER Das gab's damals noch. Jetzt hat jeder seine Wohnung mit Badezimmer. Zumindest Dusche.

SIE Wir können ja auch hier ...

ER *legt die Zeitung weg:* Hoffentlich gibt es im Flugzeug etwas Anständiges zu essen.

SIE *umarmt ihn, mit Zeitung:* Daß einem andere Menschen nicht aus dem Kopf gehen können ...

ER Das Küssen ist auch eine blöde Angewohnheit.

SIE Aber man denkt daran zurück ... Jetzt hat es bestimmt geläutet. *Im Abgehen:* Ich gebe schon acht.

ER Diese ewige Unsicherheit. Im Büro müßte man sein ... *Er legt die Zeitungen weg.* Am Flugplatz gibt es ausländische Zeitungen. Die sind objektiver. Seit Tagen regnet es, aber im Himmel ist alles besser. Die Verpflegung ist halt nicht die beste ...

SIE *betritt mit dem etwas jüngeren Freund die Szene:* Tommy wollte gar nicht hereinkommen.

FREUND Euer Telefon funktioniert nicht.

SIE *zu ihrem Mann, vorwurfsvoll:* Siehst du ...

FREUND Nach dem Krieg gab es kaum Telefone. Da hat man sich viel öfter besucht. Erinnerst du dich noch?

ER Die Zeiten sind gefühlsarm geworden.

SIE Man muß ja nicht immer Blumen mitbringen.

ER Was sagst du zu der Lage?

FREUND An der Ecke stehen Polizisten. Wenn man nicht mit dem Auto kommt, schauen sie gleich so komisch.

SIE Setz dich doch!

FREUND *setzt sich:* Die Möbel kenn' ich noch gar nicht. Ihr bleibt stehen?

ER Es ist gemütlicher.

SIE Für dich.

Das Ehepaar geht unruhig auf und ab.

FREUND Läutet nicht das Telefon?

SIE Das glauben wir auch immer.

FREUND Man kann sich immer weniger isolieren. Ich geh' oft gar nicht mehr hin.

SIE Wir erwarten gar keinen Anruf, aber die allgemeine Nervosität wirkt ansteckend.

ER Wer ist der Nächste? Ich bin froh, wenn ich in Mailand bin. Dort gibt es immer Kongresse ...

FREUND Mailand war einmal eine schöne Stadt ...

SIE In unserer Oper gibt man heute das Requiem.

ER Man hätte sich das ersparen können. Wo noch nichts entschieden ist, und zu Ostern sieht vielleicht alles ganz anders aus.

FREUND Ich hab' sie mal kennengelernt. Sie setzte sich für Hungernde ein.

SIE Das vergißt man so schnell. Jetzt gibt es schon wieder Hungernde.

FREUND Noch immer ...

ER *zum Freund:* Rück schon raus! Ist es die Steuer?

FREUND Ich bin in einer ausweglosen Situation.

SIE Wir können dir leider nichts anbieten. Aber gestern hatten wir einen Rostbraten. Mit saurer Sahne.

FREUND Kann ich bei euch übernachten?

ER *nach kurzer Konferenz mit seiner Frau:* Wir haben dich oft eingeladen. Damals kanntest du Dagmar noch nicht.

SIE Rudis Maschine geht in zwei Stunden, aber wenn du mit mir vorliebnehmen willst ...

ER Du bist mit deiner Schwägerin verabredet. Sie kommt eigens den weiten Weg ...

SIE Ja so.

FREUND Ich stelle ja keine Ansprüche ...

SIE *setzt sich:* Wenn nicht die ganze Lage so gespannt wäre.

FREUND Bis morgen kann sich alles geändert haben.

ER *setzt sich gleichfalls:* Betrachte unser Haus als das deine.

SIE Soweit haben wir's noch nicht gebracht. Ein Haus ... Mit der Zeit vergißt man den Traum.

FREUND Dafür ist es sicherer. Man hat Nachbarn.

ER Das weiß man nie ...

SIE ... wie die im Ernstfall reagieren würden.

ER Dem besten Freund kann man nicht mehr trau'n.

SIE Wie im Krieg ...

ER Schlimmer ...

FREUND Namhafte Leute sehen das anders. Sie setzen sich ein ...

ER *bitter:* Die sind heute da, morgen dort.

SIE Und steh'n in der Zeitung.

FREUND Stört es euch, wenn ich manchmal rauche und Radio höre?

SIE Du kannst auch telefonieren.

ER Recht ist mir das alles nicht, aber du bist mein Freund. Ich stehe dazu.

FREUND Drum bin ich ja zu dir gekommen. Die andern haben mich alle weggeschickt ...

SIE Wir treffen niemand mehr von den alten Leuten.

ER Unser Bekanntenkreis hat sich erweitert.

FREUND Vielleicht sind da Leute drunter, die mir ...

SIE *unterbricht ihn:* Du kennst niemanden.

ER Willst du eine Zigarette?

FREUND Es ist jetzt nicht so wichtig.

ER *sucht:* Ich habe ohnehin keine.

SIE Rudi versucht sich immer abwechselnd etwas abzugewöhnen.

ER Steht in der Zeitung, ob er Raucher ist?

SIE Es ist Nachrichtensperre. Du kannst dich ja am Flugplatz eindecken ...

ER Wenn ich einmal durch die Sperre durch bin.

FREUND Ja, jetzt ist es soweit. Einmal muß man die Entscheidung treffen.

SIE Den einen treibt es dorthin, den andern hinauf.

FREUND Es gibt für uns nur eine Lösung. Wir haben uns spät genug entschlossen.

ER Was sagt der Osten?

FREUND Dagmar war schon lange nicht drüben.

SIE Für intelligent habe ich sie immer gehalten.

ER Bist du dir über die rechtlichen Folgen im klaren?

SIE Wenn wir hineingezogen werden.

FREUND Das Recht kann sich täglich ändern.

ER Ich hole meinen Mantel. Man weiß ja nie, wo man landet. *Ab.*

SIE Du hättest ihn nicht hineinzieh'n sollen. Er ist zu gutmütig.

FREUND Mein Rechtsanwalt ist mein Schulfreund. Das bindet mehr als Weltanschauungen.

SIE Gibt es viele so wie dich?

FREUND Vielleicht schlauere, aber ich bin stur. Erinnere dich an den Krieg ...

SIE Da warst du noch jung.

FREUND Seit wann ist der Aufzug gestört?

SIE Die Türken verwechseln ihn manchmal mit dem Müllschlucker.

FREUND Es ist dumm, wenn man noch nie in so einer Situation war.

SIE Was wirst du jetzt tun?

FREUND Sei nicht überrascht, wenn du zurückkommst und ich bin nicht mehr da ...

SIE Wir haben dich nicht geseh'n. Rudi hat sich gerade in der Firma eingearbeitet. Die Schwerindustrie ist ein so unsicheres Geschäft wie Antiquitätenhandel.

FREUND Hast du was damit zu tun?

SIE Ich bin oft auf dem Flohmarkt.

FREUND Wir müssen einmal essen geh'n.

SIE Entschuldige, daß ich so direkt bin. Bist du wirklich allein?

FREUND *mit Geste:* Du weißt doch, ich habe nicht einmal Zigaretten.

ER *tritt rasch mit Mantel auf:* Du kannst dich wirklich auf mich verlassen. Ich habe nicht telefoniert.

FREUND Ihr müßt euch um Dagmar kümmern. Sie kann nichts dafür.

SIE Klar.

FREUND Dagmar sagte immer Kumpel zu dir. Das tut sie sonst nicht.

ER Mit unserem Jagdausflug wird es wohl nichts.

FREUND Einer mußte die Konsequenzen zieh'n ...

ER Wie oft sind wir zusammen gesessen und waren uns einig, daß es so nicht weiter geht. So nicht.

SIE Zu rasch haben wir vergessen, daß wir auch mal Studenten waren.

ER Ich hoffe, es ist nicht das letzte Mal. E*r schüttelt ihm die*

Hand. Du weißt doch, was du tust. Ihr seid nicht allein. *Er geht.* Ich geh' mal mit den Koffern vor. *Rasch ab.*

SIE *steht auf:* Tommy, wenn was passiert, geh' nicht gleich in den Hungerstreik.

FREUND *steht gleichfalls auf:* So eine gute Hausfrau ist Dagmar auch wieder nicht. Trotz ihrer Kochbuchsammlung.

SIE Sie soll zu ihrer Mutter zieh'n. Die schlagen ihr noch die Scheiben ein.

FREUND Wir sind nicht im Mittelalter.

SIE Du kennst unser Land nicht.

FREUND Mein Anwalt weiß schon, was er tut ...

SIE Geht es nicht ohne Blutvergießen?

FREUND Moment mal. Davon war nie die Rede.

SIE Und dann passiert es doch. Ich möchte am liebsten über die Grenze. Nach Österreich und Italien. Wenn es nur nicht so lange dauern würde.

FREUND In der nächsten Zeit wird es still um mich sein.

SIE Tommy, du hast dich entschlossen. Das, wovon viele nur träumen, du hast es getan.

FREUND Geh schon. Rudi wartet. Das Leben geht weiter.

SIE Du bist zu beneiden. *Gibt ihm einen leichten Kuß auf die Wange.*

FREUND Ich danke dir. Ich konnte mir nie vorstellen, allein zu leben.

SIE Du hast doch Genossen.

FREUND Leidensgenossen, aber die kenne ich nicht. Es gibt keine anonymen Vereinigungen für Geschiedene. Scheidung, ein dummes Wort für etwas Größeres ...

Pause.

SIE *betroffen:* Das ist alles? Du bist ein ganz gewöhnlicher Ehemann?

FREUND Die Zeiten sind schwer. Da muß man sich entscheiden.

SIE Man hängt immer noch Mädchenträumen nach. In einem Wohnblock mit zehn Stockwerken ...

FREUND Ich stürz' mich schon nicht hinunter.
SIE Sag' Rudi nichts davon. Er ist so ein Idealist.
FREUND Jetzt läutet das Telefon.
SIE Laß es läuten. *Rasch ab.*
FREUND Im Radio gibt es bestimmt keine neuen Meldungen. *Setzt sich, nimmt die Zeitung.*
Dunkel.

Ein stärkerer Herr

EINE ÄLTERE BERLINERIN *sitzt larmoyant vor einer Keksdose, unter einem gerahmten Foto:* Nun is' er auch alle, der Franzl ... Ganz leicht war er zum Schluß, wie 'ne Puppe ... Und in Wien beim Schneider sagte man immer: »Ein stärkerer Herr« ... Da sind sie ja nicht so direkt, nu' haben wir die Asche überführt, das war gar nicht so einfach, die werden jetzt alle untersucht wegen Terrorismus oder Krankheitsträgern, was weiß ich ... Da war er mal mehr so leicht beschwipst, am Hausberg von Wien in 'ner Gartenwirtschaft, und da sagte er: »Weißt, Pupperl, wenn i einmal nimmer bin, streust die Aschen in die Donau wie Salz auf'n Stehkäs'« ... Und er war gar nicht sentimental. Im nächsten Moment hat er mir den Zigarettenrauch ins Gesicht geblasen und ins Ohr geflüstert: »Aber wir wer'n's nich' mehr erleben« ... Ich glaub', ich hab' ihn nie so richtig verstanden, seine Landsleute sagten, er wär' ein Arschloch – im übertragenen Sinne natürlich, aber in Berlin mochten sie ihn ... Ach, ich weiß, was manche über ihn reden, aber er hat so viel Schönes hinterlassen, so witzig war er immer, Sprüche wie: »Küß die Hand, drin is' er, gnä' Frau«, davon sprechen sie heute noch ... Wie er zum Schluß wieder mal Direktor war, sagte er zu den Sekretärinnen: »Sagts Onkel Franzl zu mir«.
Tja, und dann kam der Anruf: »Der Onkel Franzl liegt auf

mir und sieht mich so ulkig an.« So konnte er wenigstens in sein geliebtes Wien zurück, trotz der vielen Schulden … Da saß er noch 'n paar Tage vor seinem Ableben und meinte: »I bin der blödeste Hund von der Welt«, und ich sagte: »Macht ja nichts, wir sind 'ne Hundestadt!« Sie müssen ihn doch gekannt haben, den Franzl, jeder hat ihn gekannt … Er muß ja auch noch Familie haben, irgendwo. Vielleicht im Osten. Ach, ihr habt ja jetzt nicht mal 'n Osten mehr … Für mich war ja Wien die schönste Stadt. Du sollst die Stadt meiner Bäume sein, im Prater blüh'n wieder die Träume, sagt man doch … Gut ging's uns ja nicht gerade, aber wem ging's damals schon gut – Mensch, hat der ausgeseh'n, mit seinem Stadtpelz, da kamen immer mal Leute und wollten ein Autogramm als Erinnerung an Wien … Von irgendwo hatte er ein Auto, 'nen alten Tatra, und jung war er und Textilien hatte er und jeden Samstag kassierte er, und alle haben ihn mit »Herr Chef« angesprochen … Das einzige, was mich vielleicht gestört hat, waren seine Pupperln, aber immer noch besser als fünfzig Zigaretten am Tag … »Ich weiß net, warum s' alle so auf mich steh'n«, na, ich wußte es schon, er hatte eben so was, was nur Männer mit Homburg und Zigarettenspitze haben, die auch meist singen können. Er war ja auch beim Film, »Der letzte Heurige«, da hat er mitgemacht. Ich hab' ihn nie richtig geseh'n, »Wennst net hinschaust«, sagte er, aber ich mußte so über den Hans Moser lachen, wie er »Servus, Herr Graf«, nuschelte … Dann hatten wir Schuhe, ich stand den ganzen Tag im Laden, Badeschuhe und Wintergaloschen, das war damals nicht mehr Mode, aber er meinte »Schau, irgendeinmal wird der Herrgott wieder lachen« oder so, das war 'n Schlager, und dann war der Laden pleite, und er bekam 'ne bedingte Strafe. Einen Feind hatte er, am Finanzamt, dabei war er ganz unpolitisch, nie bei einer Partei. Nicht, daß das ihm etwas ausgemacht hätte, aber er fand die Uniformen doof, drum rückte er auch nicht ein. Er hatte 'ne gute Stimme, nicht ausgebildet, aber kräftig und einen Flügel, der steht heut' noch in Wien, wegen so 'ner lächerlichen Wohnungstauschgeschichte ... Das gemütlichste war der Rathauskeller und dann das Faßlrutsch'n. Da rutscht man einfach so 'n Faß runter und lacht und wird auch noch fotografiert ... Manchmal blieb er tagelang weg, dann wollten Leute Geld von mir, ich konnte ihnen aber keine Auskunft geben. »Die Piefkinesin is' teppert«, sagten sie und lachten und waren eigentlich gar nicht böse ... So 'n kleines bißchen ging es dann aufwärts, bis die polizeiliche Aufforderung kam. »Du hast dei Mischpoche in Berlin, schleichen mir sich«, und weg waren wir ... Ein Mann, der soviel für seine Heimat getan hat ... Bis zum Tod hat er um seine Rehabilitierung gekämpft, und die Gebrauchtwagen hat er nur in Kommission übernommen ... Der hat sich nichts sagen lassen, der nich' ... Drum hat er ja immer den Posten gewechselt, so viele Wiener Cafés hab' ich nicht mal in Wien geseh'n, so mit Streuselkuchen, und man konnte auch mal 'ne Faßbrause haben. Er hat nie 'nen Finger gerührt, er war der geborene Chef, den Damen aus dem Mantel geholfen, 'ne kleine Bemerkung, wie er als Wiener die Berliner Luft zu schätzen wußte, dann übers Wiener Wasser, er war so beliebt, bis dann die Pizzerias kamen und die Balkanstuben und das ganze unsaubere Zeug ... Sein Traum war ja, am Ku-Damm einen Fiaker steh'n zu haben vor 'nem Lokal, er wollte es »Schlagobers« nennen, und Wäschermadln sollten bedienen, aber die Bank hat dann selber 'ne Filiale draus gemacht, drum haben sie ihn mit dem Kredit solange hingehalten ... Aber zu Hause zog er sich im Arbeitszimmer die Strickweste an, trank mal 'n Sekt oder 'n Likörchen und hörte Operettenarien. »Tenöre gibt's nur mehr noch auf Schallplatten, und die sind alle tot«, meinte er dann und hatte ganz feuchte Augen ... Ich ging raus in die Küche, ich hatte das Gefühl, er wollte sich sammeln ... Dann rasierte er sich, steckte sich 'ne Nelke ins Knopfloch und summte »Du sollst der Kaiser meiner Seele sein« ... Das war 'n Tonfilmschlager, da schenkte ich ihm zu seinem Sechzigsten ein Akkordeon, das mochte er nich', weil er so 'n bißchen auf Hans Albers eifersüchtig war ... Doch wir hatten auch in Berlin ein schönes Leben, obwohl wir ein bißchen eingeengt waren ... Nicht die Wohnung, Altwohnung, Jens-Ötker-Straße, aber die Mauer ... Eines muß man allerdings sagen: Drüben werden mustergültig Operetten gespielt, und wir sind ja Ausländer ... Bei Mampes guter Stube is' 'ne Fotoauslage mit 'nem prächtigen Farbfoto von ihm, »Das Gesicht des Neuen Berlin« ... Das haben Sie sicher schon gesehen ... Dann ging er auf Kur nach Badgastein, ich habe im Kaufhof gearbeitet ... Er wieder rein als Abteilungsleiter, das heißt, er hat es aufgebaut, ein neues Lokal »Salzburger Nockerl«, der Chef war 'n Schweizer und ist mit 'ner Tessiner Stube pleite gegangen, na ja, sein letzter Ausspruch war: »Dem Geschäft werd' ich die Wadeln vüri richt'n« ... Na ja, während der Kur war er auch nicht der Ruhigste, da rief immer 'ne Dame aus Böblingen an, wir hatten Krach, und da passierte es eben ... *Sie macht die Keksdose auf.* Am nächsten Tag ließ er mir das hier von Wien direkt schicken. *Sie zeigt eine Schachtel.* Sein Weihnachtsgeschenk an mich. Ich werd's immer behalten. 'ne richtige Sachertorte in der Holzschachtel. Na ja, ich konnt' ihm nicht mehr sagen, daß wir das in meiner Abteilung im Kaufhof als Sonderangebot hatten. Original Sachertorten. Ganze Regale voll. *Sie beginnt langsam zu weinen.*

Langsam dunkel.

Die Midnight-Krisis

Laute Beatmusik. Zwei junge Männer, Anfang dreißig, rauchen und unterhalten sich. Auf der Bar stehen zwei Gläser und eine Whiskyflasche. Man versteht kein Wort. Der eine gibt ein Zeichen. Die Musik wird leiser.

DER ERSTE Du brauchst nicht glauben, daß ich anders bin als damals.

DER ZWEITE Man sieht sich so selten. Pokerst du nie?

ERSTER Nur im Geschäft.

ZWEITER Ich war ein halbes Jahr auf den Bahamas.

ERSTER Ich wohn' immer noch im dritten Bezirk ...

ZWEITER Den Song-Heinzi siehst du nie?

ERSTER Jetzt, wo sogar der Elvis tot ist. I glaub', er hat seine Gitarr'n stehen lass'n und ist nach Deutschland auffe.

ZWEITER Der Song-Heinzi war der Beste.

ERSTER Sein Vater war Staatsanwalt beim Jugendgericht. A klasse Wohnung hat er g'habt. Immer open house.

ZWEITER Aber a Katz' hast mitbringen müssen. So hab' i meine Alte kenneng'lernt.

ERSTER Wie schaut die jetzt aus?

ZWEITER I bin g'schieden. Seit i von der IBM weg bin.

ERSTER Vorige Woch'n hab' i Geburtstag g'habt. I glaub', i heirat' nie mehr.

ZWEITER Mach ma amal a Party! Die alten Burschen!

ERSTER Kommts zu mir in mein Schuppen.

ZWEITER Das ist nicht dasselbe.

ERSTER Du hast Rennfahrer werden woll'n.

ZWEITER Wenn man nie der Erste wird.

ERSTER Na, schau den Wickerl an. Der schreibt in der Zeitung über'n Rennsport und ist Dentist.

ZWEITER Der kann schreiben?

ERSTER Wann's ihm paßt.

ZWEITER Scheiß mi an! ... Mei Alte lebt in der Schweiz. A

Wiener Lokal hat's in Solothurn. Zum Sängerknabenheurigen.

ERSTER Wie geht's ihr?

ZWEITER Weiß i, wer's wetzt?

ERSTER Es ist unheimlich g'fäult, daß wir damals auseinanderkommen sind.

ZWEITER Total. Wegen dem blöden Stoff ...

ERSTER Alles war total eing'spielt. Der Fredi am Flugplatz, der Charlie mit seine Taxis und der Otto im Hotel Joschi ...

ZWEITER Die haben doch kein Format. Im Gemeindebau aufg'wachsen. Das wirst nie los.

ERSTER Der einzige Bursch war der Antal ...

ZWEITER Wo ist er denn?

ERSTER Angeblich wieder in Ungarn.

ZWEITER Auf freiem Fuß?

ERSTER Er hat immer g'sagt, er ist beim CIA.

ZWEITER Weiß man's? Die Weiber sind auf ihn g'flogen wie auf'n James Bond. Der lebt auch noch immer ... Ist auch nicht mehr der Jüngste.

ERSTER Du wirst sehen, den haut's net um wie den Presley.

ZWEITER Der Hund is' brennt.

ERSTER Wetten, die Stones sterben früher? Alle miteinander?

ZWEITER Die Stones sind blöd. Der Mick Jagger schaut dem Otto ähnlich.

ERSTER Wie's d' ihm das g'sagt hast, hat er dir eine g'schmiert.

ZWEITER *lacht:* Die Sau ... Dafür hab' ich ihm Filzläus' ang'hängt. Was macht seine Frau Gemahlin?

ERSTER Die Boutique »Swingers stop« hat s' übernommen.

ZWEITER Das war doch ein unheimlicher Lesbentreff.

ERSTER Die Alte vom Otto hat sonst keine Chancen g'habt.

ZWEITER Hat er das g'wußt?

ERSTER Im Bett war sie immer komisch, aber er hat g'laubt, das is' immens klass', wann eine so deppert is' ... Stehst du auf einen Viererzug?

ZWEITER Total ...

ERSTER Dann kann ich s' ja anrufen ... Aber mir san drei Herren.

ZWEITER Auf den Bahamas ist das gang und gäbe.

ERSTER Glaubst, macht der John Wayne auch Viererzüge?

ZWEITER Jetzt is' er zu alt.

ERSTER Der Alain Delon wird bald aa nimmer können.

ZWEITER Wir haben irrsinnige Chancen g'habt.

ERSTER Unsere Weiber waren zu blöd ... Immer gleich in die Harpf'n. Mit jedem. Das muß man sich einteilen. Public relations.

ZWEITER Das ist mein Gebiet.

ERSTER Bist du fix?

ZWEITER Public relations und fix!

ERSTER I hab' immer 'glaubt, du wirst Jungfilmer.

ZWEITER Du verwechselst mi mit'm Charlie.

ERSTER Der is' total am Sand. Schwimmt noch immer die Katz'n an und sagt: »Fräulein, Sie haben a G'sicht.« Zu einer Zeit, wo niemand mehr ins Kino geht ...

ZWEITER Einer von die Burschen hat uns auffliegen lassen.

ERSTER So viele haben net von dem Stoff gewußt.

ZWEITER Einer zuviel

ERSTER Was soll's, ich habe meinen Laden. Ich kann die Platten spielen, die ich will.

ZWEITER Das hast immer können. Als Diskjockey.

ERSTER I denk' mir, mei' Hack'n is' solid und mehr is' net drin.

ZWEITER Und was is aus die andern worden?

ERSTER Nix. Stolz san s' auf ihre Möbel.

ZWEITER I hab' scho' mei dritte Wohnung.

ERSTER Was machst denn damit?

ZWEITER Du Nudelkopf. Hintereinander.

ERSTER I weiß net, wenn wir damals den großen Stich g'macht hätten ...

ZWEITER Jeder Prolet kann heute nach Saint-Tropez. Mir haben s' dort mein Gepäck g'stohl'n.

ERSTER *schenkt nach:* Amerika is a Blödsinn. Der Whisky, den s' exportieren, is' viel besser.

ZWEITER Irgendwas hätten wir noch aufziehen können, das weiß i ...

ERSTER Was?

ZWEITER I weiß net, vielleicht wär' der Elvis net g'storben. Mir hätten ihn mit die Beatles z'sammbracht.

ERSTER I glaub', du vertragst gar nix mehr ...

ZWEITER Meine Leber kann sich sehen lassen. *Er zeigt ihm ein Foto.*

ERSTER Wer is' das Grammel?

ZWEITER Mei Mama. Kennst sie eh. Sie hat sich liften lassen.

ERSTER Was macht s'?

ZWEITER Die is' g'scheiter als wir. Vermögensberatung ...

ERSTER *schenkt nach:* Was machst heut' mit einem Vermögen?

ZWEITER Nach Liechtenstein geh'n.

ERSTER Und was machst in Liechtenstein?

ZWEITER Vermögensberatung.

ERSTER Was für ein' Schlitten hast?

ZWEITER Volkswagen. Lach net, den wird's bald nimmer geben.

ERSTER Mir is' manchmal alles zu blöd.

ZWEITER Wenn mir fad is', hab' i Angst ...

ERSTER Vor was? ... I waaß eh, daß du g'spieb'n hast.

ZWEITER Aber einer hat vor mir g'spieb'n.

ERSTER Ja, das war ich.

ZWEITER *lacht:* Ehrlich.

ERSTER Nach zehn Jahren soll i an Schmäh machen?

ZWEITER Der ganze Stoff beschlagnahmt.

ERSTER Und der Fredi im Häf'n.

ZWEITER *lacht:* Mich hat er vor kurzem gefragt, wer's g'wes'n sein könnt'. Er is' Vertreter und hat a unheimliche Wut.

ERSTER *lacht gleichfalls:* Bei mir war er auch. I hab' ihn eingeladen. Der war vielleicht ang'soffn ...

Lachen steigert sich.

ZWEITER Ein Urtrottel wird nicht gescheiter.
ERSTER *singt:* Einer hat immer das Bummerl ...
ZWEITER Rufen wir ihn an. Vielleicht is' er z' Haus'.
ERSTER Der wird uns das nie glauben.
ZWEITER Vielleicht feiert er mit uns. I hab' ja nix gegen ihn.
ERSTER Glaubst, i? Er wird's nur nicht fassen. Die besten Freund.
ZWEITER *ernst:* Hör auf. Das waren noch Zeiten.
ERSTER Der Teddy und der Harry und der Klausi ...
ZWEITER Der Toni und der Wursti und der Hans Dieter ...
ERSTER A Partie waren wir ... Einmalig ...
ZWEITER Also Servus! Seh'n wir uns am Telefon ...
Dunkel.

Das kleine Hotel auf der Wieden

Ein Hotelzimmer der Mittelklasse. Fenster im Zuschauerraum angenommen. Er und Sie kommen mit Handgepäck.

ER *macht Licht:* Kennst es noch?
SIE Ich glaub', es war einen Stock tiefer.
ER Damals hat der Aufzug nicht funktioniert ...
SIE Die Aussicht ist mir so fremd ...
ER Das Haus ist neu. Wo kommen auf einmal die vielen Versicherungspaläste her?
SIE Der Bevölkerungszuwachs ...
ER Aber doch nicht in Wien ...
SIE *schaut:* Ein Badezimmer haben s' immer g'habt. Darum hat uns mein Mann am meisten beneidet ...
ER Wenn ich nicht b'soffen gewesen wär', hätt's meine Frau nie erfahren ...
SIE Das Leben hängt oft an einem Strick.
ER Wenn du ihn damals nicht rechtzeitig entdeckt hätt'st ...
SIE Es hat sich alles irgendwie verändert.

ER Das machen die neuen Bilder.
SIE Warum haben wir in Rosenheim kein solches Hotel?
ER In Rosenheim hat niemand Erinnerungen.
SIE Wann i denk', was da in dem Stock früher los war. Die Huren haben g'stritten, und die Polizei hat Razzien g'macht ...
ER Und wie s' den masochistischen Alleinunterhalter g'funden haben, und kein Mensch hat g'wußt, warum er blutet ...
SIE Du hast mir unheimlich imponiert, wie du zum Portier g'sagt hast, das ist seine Privatangelegenheit.
ER Wenn ich ihn im Fernseh'n seh', muß ich immer dran denken. Wenn man den Tiefpunkt überwindet, wird man Moderator ...
SIE Wie lange haben wir Zeit?
ER Niemand drängt uns ... Die Nacht ist lang ...
SIE Jetzt ist doch erst fünf Uhr ...
ER Lassen wir uns einen Sekt kommen!
SIE Den haben wir zu Haus auch. Sogar Champagner.
ER Haben wir damals nie Magenweh gehabt? Ich weiß nimmer.
SIE Da steht einer auf der Straß'n und schaut.
ER Dem is' fad. Privatdetektive werden mehr politisch eingesetzt. Oder sie sind gleich bei der Polizei.
SIE Es ist so sauber da. So fremd ...
ER *wirft sich auf das Bett:* Na komm schon!
SIE *zeiht sich automatisch die Bluse aus:* Ich weiß nicht, warum das damals alles so selbstverständlich war ...
ER Die Wiener Messe war eine grobe Enttäuschung. Dasselbe wie im Frühjahr.
SIE Eine Frau in der Portierloge, das nimmt einem schon die Freud' ...
ER Die Chefin hat früher auch manchmal ausg'holfen. Grad' in der Messezeit.
SIE Es ist wie mit die Kaffeehäuser.
ER Wie meinst das?
SIE Da kann man ja gleich in einem Motel wohnen ...

ER A Wohnung haben wir z' Haus. Rosenheim hat sich sehr vergrößert ...

SIE So wild warst du. Fürs Bettzeug haben wir uns geniert. *Setzt sich gähnend aufs Bett.* Warum ich in der Stadt immer so müd' bin?

ER Rufen wir deinen Mann an! Vielleicht gehen wir zum Heurigen.

SIE Wieso kannst du mein Mann sagen, wenn wir schon acht Jahre verheirat' sind?

ER Er ist es doch einmal. Dein Kind trägt seinen Namen.

SIE Der Koffer ist noch von deiner Frau. Wir haben uns beim Friseur g'sehen ... Sie ist jetzt blond.

ER Das war sie immer wieder.

SIE Ich hab' sie eh gegrüßt.

ER Mit ihr war ich nie im Hotel. Sie hat immer eine Wohnung g'habt. Bei ihrer Mutter.

SIE Ob die noch lebt?

ER Ich hab' ihren Namen bei einem Flugzeugabsturz g'lesen. Aber der Name ist ja häufig ...

SIE *zieht sich den Rock aus:* Fangen wir an, oder geh'n wir ins Kino?

ER In Rosenheim sind die neuen Filme viel früher da als in Wien ...

SIE Gibt's a Musik?

ER *dreht das Radio auf:* Walzer sind nur am Eislaufverein erotisch ... *Radio aus.*

SIE Vom Nebenzimmer hört man auch nichts.

ER Ich hab' das Gefühl, wir sind z' Haus ...

SIE Dort geht wenigstens das Telefon.

ER Man muß sich alles einteilen ... Ist das Parfum von dir?

SIE Nein, bestimmt nicht ...

ER Aber dezent.

SIE Man merkt auch, daß keine Huren mehr da sind ...

ER Das Haus hat bessere Zeiten g'seh'n.

SIE Wenn du mich jetzt kennenlernen würdest, was wär' da?

ER Ich würde dich auszieh'n.
SIE Und ich würde sagen, daß ich die Regel hab'.
ER Und ich würde sagen, es sieht's ja niemand.
SIE Gott, waren wir verliebt!
ER Die Zeit ist viel härter geworden.
SIE *zieht sich an:* Es hat schon lang nicht geregnet.
ER *steht auf:* Ja, komisch. Es ist mir direkt peinlich, daß wir nur so kurz da waren.
SIE Wir bezahlen ja.
ER Das Vorbeigehen an der Portiersloge ist halt blöd ...
SIE Du hast dir's ja eingebildet ...
ER Na ja, wenn wir ein anständiges Trinkgeld geben, haben wir keine schlechte Nachred'. *Nimmt die Koffer.*
SIE Immer hat man da ein schlechtes Gewissen. *Öffnet die Tür.* Vergiß nicht, das Licht abzudrehen.
ER Ja richtig! *Dreht das Licht ab.*
Dunkel.

Ein DDR-Bürger im Disneyland

Zwei Männer mittleren Alters essen Hot Dogs. Berieselungsmusik.

AMERIKANER Das Matterhorn hier ist das Wahrzeichen von Disneyland.
DER OSTDEUTSCHE Der Funkturm am Alexanderplatz überragt ganz Westberlin.
DER AMERIKANER Wann hast du zum ersten Mal Donald Duck gesehen?
DER OSTDEUTSCHE Den Onkel oder den Neffen?
AMERIKANER Es ist doch eine Familie. Wo hast du sie gesehen?
OSTDEUTSCHER In Diskussionen ... Wir sprachen darüber, warum die beiden nicht Vater und Sohn sein können.
AMERIKANER O chuck, möchtest du, daß dein Vater Donald Duck ist?

OSTDEUTSCHER Wenn die Industrie, die er verkörpert, dem Volk gehört, wäre ich stolz auf ihn. Obwohl die Micky Maus ein positiverer Charakter ist.

AMERIKANER Schneewittchen auch. Und die sieben Zwerge.

OSTDEUTSCHER An ihnen vermisse ich trotz der Anerkennung der Arbeit in den Uranminen den Pioniergeist ...

AMERIKANER O come on, du willst mir als american citizen etwas über Pioniergeist erzählen? Du vergißt den Sex! Sieben Burschen und ein Mädchen!

OSTDEUTSCHER Die Frau ist zu wenig in den Arbeitsprozeß eingebaut. In Zinnwald hatten wir so einen Fall in der Zeche Abendbrot. Mit denen haben wir kurzen Prozeß gemacht. Das heißt, den haben sie sich selbst gemacht. Die Frau ist restlos ausgebeutet worden.

AMERIKANER Aber die Kinder mögen es ...

OSTDEUTSCHER Kennt ihr Karl May?

AMERIKANER Komm mir nicht wieder mit dem kommunistischen Manifest.

OSTDEUTSCHER Hast du je von Winnetou gehört?

AMERIKANER Eure Politiker haben alle so komische Namen ... Ich bin Dozent für Literatur.

OSTDEUTSCHER Dieses Disneyland ist für ein Lager ganz ordentlich geführt.

AMERIKANER Die Leute kommen aus der ganzen Welt.

OSTDEUTSCHER Für die ferne Zukunft ist das auch unser Ziel ... Ihr habt einen sowjetischen Ministerpräsidenten nicht hereingelassen.

AMERIKANER Die Arbeiter hätten sonst gestreikt.

OSTDEUTSCHER Das sollten die mal bei uns versuchen.

Die Softmusic geht in Marschmusik über.

AMERIKANER Jetzt kommt die große Parade.

OSTDEUTSCHER Heute ist doch nicht der Erste Mai.

AMERIKANER Die machen wir jeden Tag ... Wer ist dieser Mai, für den ihr die Parade macht?

OSTDEUTSCHER Ein volkseigener Schriftsteller. Old Shatterhand.

AMERIKANER Come on. Don Shatterhand macht die Stimme von Goofy ...

OSTDEUTSCHER Es dürfte sich um eine Namensgleichheit handeln. Wer sind diese miesen fetten Kapitalistentypen?

AMERIKANER Die drei kleinen Schweinchen.

OSTDEUTSCHER Ganz schön groß.

AMERIKANER Sie gehören zur Geschichte unseres Landes. Zweihundert Jahre Amerika.

OSTDEUTSCHER Die letzten hundert hättet ihr euch schenken können.

AMERIKANER Don't be so aggressive! Here, look. Benjamin Franklin, George Washington, Edison.

OSTDEUTSCHER Bei uns haben sie die großen Männer verteilt. Die größten kamen aus der DDR ... Wo ist Roosevelt, der große Demokrat?

AMERIKANER Der kann doch nicht bei einer Parade mitmarschieren.

OSTDEUTSCHER Wieso?

AMERIKANER Er war gelähmt.

OSTDEUTSCHER Muß man die Bockwurst zu Ende essen? *Er wirft die Hot Dogs in einen Mistkübel.*

AMERIKANER You want to have a drink? Aber nur alkoholfrei ...

OSTDEUTSCHER Ihr habt hier Prohibition? Und darauf seid ihr noch stolz? Warum laßt ihr nicht gleich Al Capone und Lucky Luciano mitmarschieren?

AMERIKANER Wir haben ein Denkmal von Sacco und Vanzetti enthüllt ...

OSTDEUTSCHER Die italienischen Genossen machen uns in letzter Zeit auch Schwierigkeiten. Nur weil wir Deutsche sind.

AMERIKANER Unsere Mafia ist in Ordnung.

OSTDEUTSCHER Ist sie denn bei der Gewerkschaft?

AMERIKANER Praktisch.

OSTDEUTSCHER Das habe ich immer so am Westen bewundert.

AMERIKANER Look! Isn't it lovely ...?
OSTDEUTSCHER Die Puppe mit der Knubbelnase?
AMERIKANER It's Pinocchio ...
OSTDEUTSCHER Auch von der Mafia?
AMERIKANER Nein, eine Puppe, die sich selbständig gemacht hat.
OSTDEUTSCHER Das werden Sie bei uns nie erleben.
AMERIKANER Und hier ist der große, böse Wolf.
OSTDEUTSCHER Das böse Tier muß natürlich einen deutschen Namen haben.
Ein kleiner Rummelplatzwagen kommt, sie setzen sich hinein.
AMERIKANER Fünfzig Meilen und ein großes, weites Land.
OSTDEUTSCHER Ich weiß nicht, wo der Fehler liegt. Bei uns haben se 'n Viertel von Europa, und es ist wie ein paar Quadratmeter. Wir kennen keinen falschen Stolz. Wir haben keinen Columbus gebraucht. Wir haben das in 20 Jahren geschafft ... Wohin geht's jetzt?
AMERIKANER Jetzt kommt die große Überraschung. Wir fahren ins Zukunftsland!
OSTDEUTSCHER Ich hab' ja gewußt, daß wir in Kuba landen werden ...
Dunkel.

Das Rasthaus

Eine möglichst ungemütliche Theke, ein Tisch. Ein Ehepaar jongliert zwei Eßtabletts und setzt sich.

DER MANN Der Tank war noch halb voll.
DIE FRAU Das sagst du immer. Das letzte Mal sind wir im strömenden Regen gestanden. Drei Minuten vor der ersten Salzburger Ausfahrt. Und die ist nicht die schönste.
MANN Es war ein Wolkenbruch, und die Festspiele neigten sich dem Ende zu. Das kann immer passieren.

FRAU Iß nicht so hastig. Wenn du dir Zeit läßt, können wir bis zur Zonengrenze durchfahren.

MANN Bring mir die Bildzeitung.

FRAU Die Leute schauen einen so komisch an, wenn man die nimmt. Die Zürcher Zeitung ist angenehmer.

MANN Wir fahren doch nicht in die Schweiz.

FRAU Sie behandeln einen an der Grenze ganz anders.

MANN Von dem Unfall kann noch nichts drinstehen.

FRAU Warum die solange den Verkehr blockieren? Die Füße waren ohnehin schon ab.

MANN Die Messungen entscheiden die Schuld.

FRAU Schuld ist im Grunde niemand. Das ist wie im Krieg.

MANN Eigentlich hätten wir uns das Essen sparen können. Deine Schwester ist so ang'rührt, wenn man nicht richtig zugreift.

Eine Gabel fällt ihm herunter, er bückt sich.

FRAU Laß ruhig liegen. Die verlangen genug.

MANN Ich bin neugierig, wieviel Unfälle wir noch sehen werden. Das vertreibt die Müdigkeit.

FRAU Die Gurten werden sich nie durchsetzen. Die Menschen wollen im Urlaub frei sein.

MANN Die Wurst spritzt bis zum Nebentisch.

FRAU Aber innen ist sie weich.

MANN Wie eine Zahnpasta.

FRAU Das Cola hat keine Kohlensäure.

MANN Das ist gesund.

FRAU Warum heißt's dann Coca Cola?

MANN Was denkt sich der Niki Lauda, wenn er in den Stau kommt?

FRAU An seine Eltern in Graz.

MANN Die sind doch nicht aus Graz.

FRAU Dann denkt er an seine Großeltern.

MANN Meine haben lange in Bischofshofen gelebt. Ich hab' sie nie gekannt.

FRAU Man kennt so wenig Menschen. Kennst du die Leute, die die Autobahn gebaut haben?

MANN Die meisten. Aus der Zeit im Bild.
FRAU Da lernt man ja niemand so richtig kennen.

Ein deutsches Ehepaar kommt mit zwei Eßpaketen.
DER DEUTSCHE Ist hier noch frei?
FRAU Wir sind mit Freunden verabredet, aber wer weiß, wann die kommen ...
DEUTSCHER Wo sind wir hier eigentlich?
MANN Wespen.
DEUTSCHER Um die Jahreszeit?
FRAU So heißt der nächste Ort.
DEUTSCHER Da war ich mal im Krieg. Im Lager.
MANN Häftling?
DEUTSCHER Nee. Bürokram. Wir haben da schon die Autobahn geplant.
MANN Wenn man denkt, wie man damals fahren konnte. Um die Zeit.
DEUTSCHER Wenn im Osten nicht diese dumme Beschränkung wäre.
DIE DEUTSCHE Haben Sie den Unfall gesehen?
FRAU Die waren ja eindeutig schuld.
DEUTSCHER Sag das nicht ... In solchen Fällen gibt's meist keine Zeugen.
MANN In solchen Fällen würde ich immer beide verurteilen.
FRAU Wenn der eine tot ist?
DEUTSCHER Der dritte Wagen kommt immer zum Handkuß. Auch, wenn er nur Blechschaden hat.
MANN Es fragt sich vor allem, wo der Gerichtsort ist.
DEUTSCHER Früher gab's das ja nicht. Vor 45. Das war praktischer. *Lacht fröhlich.*
MANN Wieviel Unfälle gab's damals schon?
DEUTSCHE War der eine Wagen nicht aus Israel?
DEUTSCHER Die kommen doch nicht auf die Autobahn.
DEUTSCHE Ich habe doch gesehen. IS ...
DEUTSCHER Iserlohn ...

DEUTSCHE Na ja, das ist ja nochmal gutgegangen. Sonst heißt es gleich wieder ...

MANN Sie sind doch in Österreich.

FRAU Da lassen wir uns nichts dreinreden.

MANN Wir sind neutral, aber unbestechlich ...

DEUTSCHER Wir machen immer Urlaub, wenn die anderen keinen Urlaub machen. Das hält vor ...

DEUTSCHE Letztes Jahr waren wir am Klopeinersee ...

FRAU Da wollten wir immer schon hin. Das Leben ist so kurz.

DEUTSCHE Auf der Autobahn ...

Sie essen. Schweigen.

DEUTSCHER Wollen Sie die Bild?

MANN Nach dem Essen. Wenn Sie s' noch nicht gelesen haben.

DEUTSCHE Am Klopeinersee gibt es sie so selten. Für ein Abonnement ist der Urlaub zu kurz.

DEUTSCHER Man sollte eigentlich froh sein, wenn man ein bißchen weiter weg vom Fenster ist.

MANN Die Nachrichten verdrängen die Schicksale. Wer spricht morgen noch von unserem Unfall? Höchstens die Versicherungen.

FRAU An die Angehörigen denkt niemand.

DEUTSCHE Im Krieg wurde man wenigstens gleich verständigt.

MANN Als meine Schwester starb, bekam ich anstandslos Heimaturlaub ...

DEUTSCHER Die Bomben?

MANN Ihr Mann! Bei uns gab es keine Bomben.

FRAU Doch. Drei.

MANN Das war kurz vorm Ende. Die Russen. Die konnten das ja nicht. Das Kriegerdenkmal haben sie getroffen.

FRAU Das konnten sie ja nicht wissen ...

DEUTSCHER Lernen Sie mich die Russen kennen. Drei Monate Ukraine!

MANN Der Herr Ami war auch kein Gentleman. Auch wenn sie's nicht wahrhaben wollen.

Das Verständnis erwacht.

DEUTSCHE Sie haben eine so nette Brosche. Ist das vom Heimatwerk?

FRAU Nein. Von Karstadt in München. Die haben immer so Wochen.

DEUTSCHER Wir sind auch nur mehr für das Einfache.

DEUTSCHE Wir sind ausgebombt.

MANN Noch immer?

DEUTSCHER Nein. Wir haben unser Häuschen mit Trinkkeller. Aber das vergißt man nie ...

FRAU So viele Menschen haben ein Schicksal. Ich geb' immer fürs Rote Kreuz.

DEUTSCHER Die Rettung ist auch nicht immer pünktlich ...

DEUTSCHE Es waren so viele Menschen an der Unfallstelle. Und der vom jüdischen Auto ist nicht einmal ausgestiegen.

DEUTSCHER Aus Iserlohn ...

DEUTSCHE Dort gibt's auch Juden ...

MANN Die gibt's überall.

FRAU Den Kaffee würde ich Ihnen nicht empfehlen.

DEUTSCHER Ich kann nach Kaffee stundenlang schlafen ...

DEUTSCHE Hier kommt man sich nicht wie im Ausland vor ...

MANN Ausland war's auch nie ... Da spricht man von Europa ...

DEUTSCHER Die Franzosen sind die ärgsten.

DEUTSCHE In letzter Zeit die Italiener auch. Ich weiß nicht, was die wollen. Gestohlen haben sie schon seit Jahren, und doch mögen wir die Adria ...

DEUTSCHER Dieser Pizzagestank in den deutschen Städten. Nichts wie ab in das Mittelmeer!

FRAU Wir haben Südtirol nicht vergessen. Und den Luis Trenker.

MANN Der lebt noch?

FRAU Ich weiß nicht.

DEUTSCHE *Sie entschuldigen mich mal ...*

Ab.

Allgemeines Bittegemurmel.

DEUTSCHER Meine Frau nimmt alles so schwer. Sie dürfte keine Zeitung lesen.

FRAU Es wird nur gehetzt. Sogar bei den Kochrezepten.

DEUTSCHER Wieso?

FRAU Die ausländischen Gerichte überwiegen. Sie sollen sich lieber mit dem Hess beschäftigen ...

MANN Ein Handstreich, und Berlin wäre eins.

DEUTSCHER Da haben Sie recht. Spandau liegt direkt an der Grenze.

MANN Man muß realistisch denken. Der Führer hat leider die Nerven verloren. Sie entschuldigen, wenn ich ihn so nenne.

DEUTSCHER Bei euch sind doch nur die Adelstitel verboten ...

Der Mann und die Frau kichern.

FRAU Das muß ich mir merken.

DEUTSCHER Er hat leider nichts von den Österreichern gehalten. Er hätte mehr Urlaub machen sollen.

DEUTSCHER Am Klopeinersee ...

MANN Er war ja verpflichtet, in Deutschland zu bleiben.

FRAU Seine Umgebung hatte zuviel Einfluß ... Man müßte soviel lesen ...

DEUTSCHER Wissen Sie, in einem gewissen Alter ist Lesen keine Beschäftigung mehr. Man weiß zuviel ...

MANN Sind Sie Rotarier?

DEUTSCHER Schlaraffe.

MANN Da haben Sie ja auch viele Freunde ...

DEUTSCHER Meine Visitenkarte habe ich leider im Wagen. Das wäre nett, wenn wir uns wieder mal sehen. Bei uns gibt's auch ein schönes Rasthaus. Wenn Sie mal durchkommen. Heideweg – Zosslow. Bei Reutenberg.

DEUTSCHE *kommt aufgeregt:* Du wirst es mir nicht glauben. Ich war ganz weg, aber die Toilettenfrau kann nicht mal Deutsch.

DEUTSCHER Mensch, so aufgeregt warst du ja nicht mal beim Unfall ...

MANN Kann ich Ihnen vielleicht behilflich ...

FRAU Ich habe Papiertaschentücher.

DEUTSCHER Red schon.

DEUTSCHE Mitten auf der Toilett', so daß man es nicht überseh'n kann ...

MANN Wieder so eine Kritzelei? Die Schweine klettern oft von der Herrentoilette hinüber ...

DEUTSCHE Ein Hakenkreuz. Ein fix und fertiges Hakenkreuz.

Pause.

FRAU Die Jungen denken schon wieder so.

MANN Wer sagt dir, daß es Junge waren?

FRAU Ich kenne doch unser'n Sohn ...

DEUTSCHER Es wird sich einiges ändern ...

MANN Die werden uns nicht kleinkriegen.

DEUTSCHE Von diesem Tag hab' ich immer wieder geträumt, daß auf seiner Autobahn wieder die Fahnen ...

MANN Auf den Fahnen steht Shell und Aral ...

DEUTSCHER Aber die Toiletten lassen sich nicht unterkriegen ...

FRAU *sieht auf die Uhr:* Meine Schwester wartet. Das Leben geht weiter.

DEUTSCHE Schade, daß die Begegnung so kurz war.

DEUTSCHER Man trifft die richtigen Leute immer zu spät. Vielleicht kommt wieder mal eine Gelegenheit.

MANN Wenn die Familie nicht wäre. *Seufzend:* Na ja, tiefste Friedenszeit.

Verabschiedung.

FRAU Nicht übers Kreuz.

DEUTSCHER Sonst stirbt ein Jud'.

DEUTSCHE Wir sind nicht abergläubisch.

MANN Wir waren schon lange nicht so von Herzen fröhlich.

Ab, der Mann als Letzter, wirft einen Pappbecher an die Wand.

MANN Jaffa-Orangensaft!

Eine schmutzige, verschlafene KELLNERIN *räumt auf. Zum unsichtbaren Chef:* Herr Litwitzer, haben s' im Radio schon was vom Unfall g'sagt? Ich glaub', der stirbt noch am Transport. Der bulgarische LKW-Fahrer hat sein Pornoheft vergessen. Sollen wir's aufheben? Bis er wiederkommt? Wahrscheinlich wollte er's nach Hause mitbringen. Dort ist das verboten ... Ich glaub', die haben die falsche Rettung verständigt ... Oder haben's in der Aufregung vergessen ... Das eine Auto springt nicht an. Jetzt erklärt der eine Herr das der anderen Dame. Ja, setzts euch ruhig wieder rein. Ich kann so langsamen Menschen nicht zuschau'n.

Großer Krach.

Mich geht's nichts an. Ich war noch nie Augenzeuge. *Ab.*

Mann und Deutscher rascher Auftritt, gleichzeitig.

MANN und DEUTSCHER Da haben Sie meine Versicherungskarte. Wir sind doch nicht im Urlaub. Fahren Sie immer so? Lassen Sie sich Ihren Führerschein beim Sparverein bestätigen. Rücksichtslos! Das wird Sie kosten! Immer sind es die Deutschen! Österreicher sind unsicher und haben keinen Charakter! Vollidiot! Brutaler Faschist!

Langsam dunkel.

Familie im Herbst

Das Hinterzimmer einer Wienerwaldwirtschaft. Herr Pitsch, seine Schwester Fritzi, der Sohn Walter, die Schwiegertochter Irmgard und Herr Gustl, ein Freund der Familie, betreten geräuschvoll den Raum. Herr Pitsch hat einen Transistor, seine Schwester eine Tasche in der Hand, aus der es hin und wieder bellt. Während des Folgenden umständliches Mäntelausziehen.

HERR PITSCH *auf den Tisch weisend:* Wo ein Reserviertschild steht, fühl' ich mich schon z' Haus!

SCHWESTER Wie werden wir uns setzen?

HERR GUSTL Walter, du bist der Jüngste!

WALTER Ich muß mich ums Essen kümmern. Ich hoff', die haben uns g'seh'n. Irmgard, mach du das!

IRMGARD *entschuldigend:* Bei uns z' Haus sind wir zu zweit.

HERR PITSCH Also, wieviel sind wir? Eins, zwei, drei, vier, fünf!

SCHWESTER *auf die Tasche weisend:* Fünfeinhalb ...

Allgemeines Gelächter.

HERR PITSCH Die Aussicht ist wunderschön, deswegen bin ich hier. Allerdings, jetzt is' scho' dunkel.

WALTER Wir hätten früher vom Friedhof weg soll'n.

SCHWESTER Deine Mutter hat gern einmal a G'sellschaft.

HERR GUSTL Ja, aber so viel auf einmal? Sie ist doch erst ein halbes Jahr tot ...

HERR PITSCH Ich hab' an unheimlichen Hunger. *Nimmt die Speisekarte.* Ich kenn' mich net aus.

SCHWESTER Es is' eh das meiste g'strichen. *Streichelt die Tasche.* Für mein' Sonny-boy wird schon noch was da sein ...

Allgemeines Platznehmen.

IRMGARD Ich glaub', ich hab' mein Tasch'l vergessen ...

HERR PITSCH Meine Pension ist erhöht worden. Ist das a Anlaß?

SCHWESTER Reg dich nicht so auf, dein Hausarzt ist im Spital.

HERR GUSTL Was hat er denn?

SCHWESTER Den Star. Drum waren seine Diagnosen nicht mehr so genau.

HERR PITSCH Aber mir haben ihn alle wirklich gern g'habt. Bis auf meine liebe Frau, und die ...

HERR GUSTL Ein Fußgängerstreifen g'hört übersichtlich. Den Buben kann man gar nichts vorwerfen.

IRMGARD Wenn ich net dabeig'wesen wär'. Über die Olga Tschechowa haben wir g'red't. Wie alt man als schöne Frau werden kann ...

WALTER Schön war die Mama grad' nicht, und der Wein wird uns trotzdem schmecken. I bestell' vorsichtshalber, wieviel san mir?

ALLE IM CHOR Eins, zwei, drei, vier, fünf!

SCHWESTER Für'n Sonny-boy ein Milchi ...

WALTER Die Leut' werden das net gern haben. Drei Meerschweinchen san da, und die san immer krank. Solche Menschen soll man möglichst in Ruh' lassen. *Ab.*

HERR PITSCH Wir lassen uns den Tag net verderben. So ein schöner Friedhof und diese Luft. Da merkt man nix von aner Großstadt.

IRMGARD Und die Ruhe. Dort müßt' man a Wohnung haben ...

HERR GUSTL I hab' an Schrebergarten in Kaiserebersdorf. Aber mich hat nie jemand am Sonntag besucht ...

SCHWESTER Durch die vielen Umleitungen kann ein Mensch vereinsamen ...

HERR PITSCH Hat das Ländermatch schon ang'fangt?

IRMGARD Wann ich kein Fernseh'n seh', weiß ich nie, wie spät es is' ...

HERR GUSTL Sie hat nie an Fußball mögen, die Mama. In letzter Zeit war s' eigen.

HERR PITSCH Wann i mit meine Freund' vom Stadion 'kommen bin, man stellt doch was auf den Tisch, a Haussulz, a Bratlfett, immer nur das ang'speiste G'sicht ...

SCHWESTER Meinen Sonny-boy hat sie nicht mögen. Aber wir haben uns das nicht anmerken lassen, gelt? *Zustimmendes Bellen.*

IRMGARD Mir hat s' vorg'halten, daß ich rauch' ...

HERR GUSTL Dabei war sie dem Alkohol nicht abhold, sagen wir so ... Ihr Underberg ...

HERR PITSCH Magenkrebs haben viele Menschen und sind trotzdem in der Wohlfahrt tätig.

SCHWESTER Meine Nachbarin ist bei den Zeugen Jehovas und geht von Tür zu Tür ...

IRMGARD Was macht s' denn da?

SCHWESTER Da fragen Sie mich zuviel ...

WALTER *tritt auf:* Niemand ist da, aber es is' Licht!

HERR PITSCH Na Hauptsach'! Habt ihr euch inzwischen schon entschlossen, was ihr eßts?

HERR GUSTL Ich glaub', wir nehmen die Tagesspezialität.

SCHWESTER Ja, lassen wir uns überraschen ...

HERR PITSCH Es geht nix über ein gutes Essen an einem schönen Herbstnachmittag. In einem schönen, alten Wirtshaus.

SCHWESTER Eing'heizt is', glaub' ich, net ...

HERR GUSTL Dafür sitzen wir eng beinander.

WALTER Laßts mich noch wo dazwischen. *Der Hund quiekt.* Dafür hat die Mama nie was überg'habt.

HERR PITSCH Wenn die wegen der Bestellung kommen, wieviel sind wir?

HERR GUSTL Vier ... Ah, ich hab' mich net mitgezählt. Na, das hätt' sich schon aufgeklärt ...

SCHWESTER Was machts ihr zu den Feiertagen?

IRMGARD Vielleicht fahren wir nach Timelkam.

HERR GUSTL Is' da was los?

IRMGARD Dort soll's so schön sein. Und niemand kennt's ...

WALTER Den Vater nehmen wir natürlich mit. Die Mama hat nie aus dem Bezirk wollen.

HERR PITSCH Kinder, i glaub', heut' wird's lustig. Wer chauffiert?

SCHWESTER Wenn ich fahren könnt', aber das war zu meiner Zeit nicht üblich ...

HERR GUSTL Der Wagen is' ja groß. Wieviel san eigentlich behördlich erlaubt ...?

WALTER Fünf. Eins, zwei, drei, vier, fünf ...

Alle lachen.

HERR PITSCH Mir scheint, wir brauchen gar kan Wein ...

HERR GUSTL Weil wir grad' an g'sehn haben, wieviel Menschen geh'n in an Leichenwagen?

SCHWESTER In Amerika noch viel mehr.

IRMGARD Amerika hat ganz andere Maßstäbe.

HERR PITSCH Wenn man die Zeitung liest, geht's ja ganz schön zu in der Welt.

SCHWESTER Die Menschen werden immer wahnsinniger ...

WALTER Ich möcht' keine Kinder kriegen.

IRMGARD Ich weiß, es is' eine Sünde für einen jungen Menschen, aber i könnt's gar net.

HERR GUSTL Solang i denken kann, war i Sozialist. Und i kann mir's net anders denken.

HERR PITSCH Sie hat ja kein Krematorium wollen, weil wir in der Nähe wohnen.

SCHWESTER Die schwarzen Vorhäng! Sie hätt' s' öfter putzen müssen ...

IRMGARD Praktisch war sie nicht.

WALTER I weiß net, wenns mich derschlagts, i freu' mich, daß wir z'samm'sitzen.

HERR PITSCH Es is' eigentlich gemütlich, wenn s' net gleich kommen und einen fragen, was man will.

SCHWESTER Gut, daß wir die Blumen los sind.

WALTER Dabei war's gar net leicht, sie zu beschaffen. Am Samstag. Niemand will mehr arbeiten ...

HERR PITSCH Besser als früher die vielen Arbeitslosen. *Zu Herrn Gustl:* Du erinnerst dich?

HERR GUSTL Da hab' ich erst richtig Bauernschnapsen g'lernt.

HERR PITSCH Es soll uns net schlechter geh'n.

SCHWESTER Ein berühmter Mann hat vor kurzem g'sagt, er beneidet Österreich ...

WALTER Wer war das?

SCHWESTER Im Fernseh'n gibt's soviel G'sichter. Ein Österreicher war's nicht.

HERR PITSCH Die Wienerwaldschnitte is' hier besonders gut. Der richtige Abschluß ...

SCHWESTER Wenn jetzt noch a Musik da wär' ...

HERR PITSCH *betätigt den Transistor.*

Kammermusik.

WALTER Man muß Zeit haben, sich mit so was zu befassen.

IRMGARD Bei Kammermusik denk' ich immer an unser'n Kredit. Zwei Jahre dauert's noch ...

HERR GUSTL Das is' was für Menschen, die a große, leere Wohnung haben und keine Familie ...

HERR PITSCH *dreht ab:* Man müßt' öfter mit der Straßenbahn fahren. In gewisse Bezirke kommt man nie ...

SCHWESTER Dabei kann man dort glänzend essen.

HERR PITSCH Im Spital geben sie sich gar keine Mühe. Hier haben s' eine eigene Schlachtung ...

IRMGARD Das sieht man gleich an der Kuckucksuhr.

WALTER Was siehst da?

IRMGARD Daß die einmal Bauern waren.

Der Hund bellt.

SCHWESTER Jetzt kommt wer ...

WALTER Die warten auch aufs Match. I hab' vorhin a Fernsehantenne g'seh'n ...

HERR GUSTL Farben haben die sicher net.

HERR PITSCH *zur Schwester:* Bei an Match lenken die Farben nur ab. Das Jungschweinerne von vor zwei Jahren, erinnerst dich? Da sind s' sogar vom Handelsministerium herkommen ...

SCHWESTER Und die versteh'n was!

HERR GUSTL Es soll uns net schlechter geh'n. Die liebe Verstorbene möcht' sich freu'n, wenn s' uns da alle seh'n könnt'.

HERR PITSCH *lacht:* Schreiben wir ihr a Karten!

WALTER Der Papa hat manchmal Einfälle. Wie a kleiner Bua ...

IRMGARD Beim Begräbnis hat er ausg'schaut wie auf einer Hochzeit.

SCHWESTER Jetzt drängt uns niemand ...

HERR GUSTL Ob s' da oben auch a Ansprach hat?

HERR PITSCH Ihr war doch der dritte Stock schon zu hoch. Na ja, is' ja wahr. Wir lassen's uns jetzt schmecken!

IRMGARD Wo is' denn das Sogenannte?

HERR PITSCH Übern Hof, dann im Feld links. A bisserl primitiv ...

IRMGARD Ich kann ja warten.

HERR GUSTL Wer weiß, wann wir wieder herkommen. Jetzt

sitzen wir noch alle so z'samm', und aufs Jahr um dieselbe Zeit is' vielleicht schon tiefster Winter ...

WALTER So was geht rasch. Und dann kann man nicht einmal zum Friedhof zufahr'n. Vielleicht reißen s' ihn auch ab!

IRMGARD An Friedhof kann man doch net abreißen ...

SCHWESTER Die sind imstand und bau'n ein Atomzentrum hin. I bin dagegen. Rein gefühlsmäßig ...

HERR PITSCH Gustl, erzähl an Witz!

HERR GUSTL Welchen?

HERR PITSCH Den mit der Atombomb'n und dem Bundeskanzler.

HERR GUSTL Nach dem Essen ...

HERR PITSCH *lacht:* Der is' so g'spaßig. Den müßt' man im Radio hören.

WALTER Vergeßts net aufs Match ...

SCHWESTER Glaubst, haben die in der Küche ein Radio? Wenn's eine Grießnockerlsuppe gibt, dauert's immer länger ...

HERR PITSCH Salz und Maggi sind ja da. Jeder hat an andern G'schmack ... *Der Hund bellt.*

HERR GUSTL Soll ich mit ihm äußerln geh'n? Am Friedhof hat er sich net 'traut.

SCHWESTER Nein, er will ja auch zuhör'n, wie uns're braven Fußballer für die Heimat kämpfen ...

HERR PITSCH Im Krieg hat mich das gar nicht so interessiert, aber seitdem hab' ich ja nix G'scheit's.

IRMGARD Irgendwo hat jeder seine Träume. Wir sind auch schon neun Jahr' verheirat' ...

SCHWESTER Das Leben is' so kurz.

HERR GUSTL Manchmal wünsch' i mir a bißl an Krieg, net lang, aber abwechslungsreich.

HERR PITSCH *dreht den Transistor auf. Laute Fußballübertragung. Alle lauschen gebannt. Der Hund bellt.*

HERR PITSCH I bring' das Hundsvieh um!

Der Hund wird beruhigt. Sie lauschen weiter. Es wird langsam dunkel.

Jahrhunderte blicken herab

Zwei Würdenträger haben sich mit Cocktailgläsern während eines Empfanges zurückgezogen. Leise Walzermusik.

ERSTER Bist auch müd', Herr Professor?

ZWEITER Das Repräsentieren geht auf die Bandscheiben, Herr Hofrat.

ERSTER Darf man weitererzählen?

ZWEITER Der Ausspruch stammt vom Sektionschef Sterntaler ...

ERSTER Ich würd' sagen, mehr Stern als Taler.

ZWEITER Ätzend! Ist dir eigentlich aufg'fall'n, daß der Kanzler immer dasselbe G'sicht macht?

ERSTER Was bleibt ihm übrig, wo sich die Leut' dran g'wöhnt haben. Sie wollen ihn schon einmal so ...

ZWEITER Also im Ministerium hat er kaum Stimmen.

ERSTER Doch. Sein Chauffeur.

ZWEITER Der geht auch noch lang nicht in Pension ...

ERSTER Bei der nächsten Wahl hab' ich a Operation vor.

ZWEITER Rechtsruck?

ERSTER Leistenbruch.

ZWEITER Wie lang wird's heut' dauern? Ich müßt' dringend weg ...

ERSTER Das hängt von der Länge seiner Bonmots ab ...

ZWEITER Na ja, wenn ihm gar nichts einfallt ...

ERSTER Basis des Vertrauens haben wir heut' schon g'habt ... Gesundes Selbstbewußtsein hat er den Sportlern g'wunsch'n, nachmittag sind die Herren Deutschen als liebgewordene Nachbarn tituliert worden ...

ZWEITER Muß er nur noch die Burgenländer zum ältesten Kulturvolk Europas ernennen ...

ERSTER Warum sollt' er das?

ZWEITER Weil's noch nicht genug Witze gibt ... Bitte nicht zum Kolportieren, ich gelt' eh schon als Thersites ...

ERSTER Ist das der neue griechische Gesandte, der gegen die Einfuhr von österreichischen Oliven ist?

ZWEITER Gut, daß uns niemand hört. Daß noch nie ein Luster herunterg'falln ist!

ERSTER Wie meinst?

ZWEITER Manchmal fürcht' ich mich ... Die Räume sind ja für Barockmenschen gedacht.

ERSTER Na, was sind wir?

ZWEITER Ich weiß net genau, aber, wenn ich die Bundeshymne hör', sind wir doch irgendwie a Nation ...

ERSTER Ich find' nur, daß sie nicht auf einen Fußballplatz paßt ...

ZWEITER Na, kannst du sie dir beim Ping-Pong vorstellen?

ERSTER Schon eher.

ZWEITER I weiß net, wir sind für die kritische Lage zu unernst. Es liegt was in der Luft ...

ERSTER Mmh, die Fischmayonnaise. Bei der Tschechenkrise hat's genauso g'rochen ...

ZWEITER Es ist eigentlich immer dasselbe. Wenn wir nicht so abgebrüht wären ...

ERSTER Und da bezeichnet uns ein deutscher Politiker als österreichische Zone ... Wer regiert die Welt von der UNO aus?

ZWEITER Alle sind unsere Kolonien, nur wissen s' es nicht ...

ERSTER Sag das nie laut, Herr Professor! Vielleicht werden wir beobachtet – von den Russen!

ZWEITER Die eigenen Russen sind die ärgsten, Herr Hofrat!

ERSTER Was ist eigentlich der Anlaß von dem Empfang?

ZWEITER Nix. Daß alles in Ordnung is'.

ERSTER Wir haben doch eigentlich gar nichts besprochen ...

ZWEITER Schau, jetzt kommt einmal ein Wochenende, und dann schaut alles anders aus ...

ERSTER Und nächste Woche?

ZWEITER Haben wir wieder ein Wochenende, und dann ist auch schon bald das neue Jahr ...

ERSTER Aber irgendeinmal gibt's doch wieder a Wahl.

ZWEITER Das interessiert die Leut' doch nicht. Da haben s' a bissel a Abwechslung am Sonntag ... Ja, schau mich nicht so an! Hast deinen Schwager endlich untergebracht?

ERSTER In irgendeiner Gesandtschaft wär' mir's am liebsten. Irgendwo im Süden, möglichst weit weg, wo man Englisch kann und net Schi fahren braucht. Aber Berg haben s' heut' schon überall ...

ZWEITER Laß ihn doch Kulturattaché werden. Soweit ich weiß, ist er ein brillanter Tänzer und hat auch sonst keine Interessen.

ERSTER Ich muß einmal mit'n Kanzler reden. Ich hab' sein Ohr, hat er g'sagt ...

ZWEITER Sein Ohr? Na, da bist du doch an Ort und Stelle ... Allerdings, Institute haben wir schon für alles und so, Rundfunk und Fernsehen ist überfüllt ...

ERSTER Vor zwanzig Jahren hat's doch noch keine Pille gegeben, und die meisten Kollegen sind doch katholisch ...

ZWEITER Du bist sehr offen zu mir, Herr Hofrat.

ERSTER Ich weiß doch von meiner Loge, was unter die Herren g'red't wird ...

ZWEITER Komisch, ich hab' dich dort noch nie g'seh'n.

ERSTER Jetzt kenn' ich dich schon so lang, und ich hab' dich noch nie um deine politische Meinung g'fragt.

ZWEITER I bin doch kein Rotarier.

ERSTER Ich muß mich um den Kanzler kümmern. Allein ist er immer so vertrauensselig ... *Er niest.*

ZWEITER Hoffentlich haben wir ihn noch lang. Baldige Besserung, Herr Hofrat ...

ERSTER Wie meinen? Ah so. Ab morgen wird eing'heizt!

Dunkel.

Die Emigranten

Wienerwaldlokal, irgendwo in Deutschland. Im Hintergrund ein Italiener, der Hühner über die Straße verkauft. Zwei Wiener, nach zwei Vierteln.

ERSTER WIENER *am Tisch:* I weiß net, warum i hier so an Gusto auf Pizza hab'.

ZWEITER I bin erst seit voriger Woch'n da, aber i hab' mi schon dran g'wöhnt.

ERSTER Die ersten Tag is' leicht, was Giovanni? Er heißt zwar Bartolomeo, aber das is' a alter Gag zwischen uns.

BARTOLOMEO Ich habe gehabt eine Verlobte in Wiener Neudorf.

ZWEITER Dort fahr' i doch neilich einmal zwangsweise hin.

ERSTER Wer kann Ihnen zwingen?

ZWEITER A Umleitung.

ERSTER Sie werden Ihnen schwertun die nächsten Monat' ... Da steht keiner auf unsern Schmäh.

ZWEITER In einer Hafenstadt muß immer was los sein.

ERSTER I weiß net, was für Schiffe in den Hafen kommen. I glaub', das san schwimmende Altersheime.

ZWEITER Am Rhein san s' so ähnlich wie auf der Donau, hab' i g'hört.

ERSTER Wenn die lustig werden, haben mir nix zum Lachen.

EIN SÄNGER *tritt auf:* Soll ich in Wien jemand grüßen? Ich muß in der Volksoper den Enterich übernehmen.

ERSTER Besser net, sonst wissen s', wo i bin ...

SÄNGER Sie leben doch seit zehn Jahren hier. Haben Sie nie daran gedacht, zurückzugehen?

ERSTER Wenn i die Leut' im Konsulat in Düsseldorf seh', komm' ich mir eh vor wie am Deutschmeisterplatz.

SÄNGER Seien Sie froh, daß Sie nicht in Oldenburg sind. Dort ist die Akustik schlecht, und es gibt nur zwei Wiener.

ERSTER Verheirat'?

SÄNGER Die sind anders veranlagt. Aber große Opernliebhaber.

ZWEITER Das is' oft bei denen so, i weiß net, woran das liegt ... Aus welchem Bezirk sind Sie?

SÄNGER Ursprünglich aus Halle. Jetzt lebe ich in Mödling.

BARTOLOMEO *begeistert:* Mödling ist bei Wiener Neudorf.

ZWEITER Ich hab' einen Bühnenarbeiter von der Staatsoper 'kennt, der is' auch nach Deutschland 'gangen – Znatek heißt er.

SÄNGER Ich bin unabhängig. Operetten werden überall gespielt. Zu allen Zeiten. Über alle Grenzen hinweg.

ERSTER Sehr richtig. So soll's bleiben ...

ZWEITER Das macht unsere Beliebtheit aus. Beim Hendl und bei der Musik hören sich die Grenzen auf.

ERSTER Mozart und Schnitzel san Heiligtümer.

SÄNGER Vergessen Sie Kálmán nicht.

ZWEITER Die g'hören auch dazu, wenn s' keine Zigeuner sind.

SÄNGER Der Zigeunerbaron gehört zum unvergleichlichen deutschen Kulturgut.

ERSTER Sind Sie mir nicht bös, aber ich bin schon in Wien nie ins Theater gegangen.

ZWEITER Man kommt ja zu nix.

ERSTER Wenn's überall Hendeln gibt, wozu is' man eigentlich in Wien?

EIN PAAR *betritt den Raum, durcheinander:* I hab' dir g'sagt, wären wir in Köln 'blieben ... Wenn der sich im Hotel schon so aufführt ... Du hast auch keine Art ... Gleich nach Hamburg hätt' ma fahr'n soll'n.

ERSTER Hier is' noch Platz. Es hat bestimmt niemand was dagegen.

BARTOLOMEO In eine halbe Stunde finito.

ERSTER Schon gut. Ich bin Wiener.

DIE BEIDEN *verwirrt:* Grüß Gott!

ERSTER *den Zweiten vorstellend:* Er singt in Wien.

SÄNGER Ich bin nächste Woche wieder da.

DER NEUE WIENER Ist hier was los?

ALLE Niix.

DIE NEUE WIENERIN Da hab' ich doch recht g'habt. Wo sind wir eigentlich?

ERSTER Am Arsch der Welt.

DER NEUE Aber der Bahnhof is' ganz schön groß. Und der Parkplatz davor.

SÄNGER Ein Knotenpunkt. Was führt Sie denn her?

DER NEUE Man schaut sich um. Man kennt sich noch nicht so aus. Meine Lebensgefährtin ist freischaffend.

DIE NEUE Zuletzt war ich Fotomodell.

DER NEUE Sie war auch schon Miß Ibiza.

DIE NEUE Wien wird immer kleiner. Man halt's nicht mehr aus.

DER NEUE Ich bin Vertreter für Schibindungen. Der Norden ist noch nicht so überlaufen.

DIE NEUE Wir sind noch nicht verheiratet, wie gesagt.

DER NEUE Wie spät is' es?

ZWEITER Halb elf ...

DER NEUE Und da hat gar nix mehr offen?

ERSTER A Diskothek, aber da müssen S' über'n Rhein.

SÄNGER Das Hotel ist überfüllt ... Freikörperkulturkongreß.

DER NEUE Da müssen wir weiter.

DIE NEUE Für mich wird's schon was geben, und du fahrst eh am liebsten in der Nacht.

DER NEUE Dann kann i dich wieder suchen in ganz Deutschland, wo s' jetzt so streng sind mit die Kontroll'n.

DIE NEUE Schau i wie a Studentin aus?

BARTOLOMEO *zu Kunden:* Wir tauschen nix um, gehen Sie nach Hause. Gut, Sie fahren nie mehr nach Wien. Is' mir egal.

ERSTER Dort kriegt er auch kane andern Hendeln.

SÄNGER Ich habe eine glänzende Idee. Nachdem uns der Zufall zusammengeführt hat, müssen wir eine Karte nach Wien schreiben.

Stille.

ERSTER An wen?

Stille.

ZWEITER I bin froh, wann i nix mehr weiß …

DER NEUE Komisch, von mir weiß die Polizei immer, wo i bin.

DIE NEUE I war schon lang nimmer dort. Weiß i, ob mi dort noch wer kennt?

ERSTER tief: Mei Bruder is' ein Trottel …

ZWEITER I schreib' net amal, wenn i dort bin.

BARTOLOMEO Wiener Neudorf ist nicht in Wien.

SÄNGER *unbeirrt:* Wir schreiben an die Volksoper. An den Portier. Die freuen sich immer, wenn sie von mir hören. Und daß ich hier Verehrer habe, wird die Kollegen ärgern. *Er zieht eine Karte aus der Tasche.* Es ist zwar nur eine Künstlerpostkarte … Hat jemand einen Bleistift?

Alle suchen, keiner findet einen.

SÄNGER *fröhlich:* Na, ich bin ohnehin morgen da.

Dunkel.

Nächtliche Schmährede

Eine stille, dunkle Gasse. Ein erleuchtetes Fenster.

EINE GESTALT *zum Fenster hinauf:* Und das traut sich noch Licht machen! Und das Fenster aufreißen! In einer Sommernacht! Ja, feierts nur und singts, ihr Bagage! Drehts meine Heizung auf, benützts meine sanitären Anlagen, meine elektrischen Anschlüsse! Aus einem Verlies habe ich ein Paradies gemacht! Mit meiner Hände Arbeit! … Mit euren dummen Proletenhaxen trampelts mir auf meinem Terrazzoboden herum. Zerkratzts ihr meine Kacheln, machts mein Klofenster auf! … Aber die Rache lauert um die Ecke … Gerechtigkeit muß sein, da gibt es keine Schonung! … Ein Leben, nur dem Fernsehen, der Wiener Küche, der Lebensfreude gewidmet, zerstört, zerrissen! … Ein stattlicher Sechziger, das Auge auf putzsaubere Madln gerichtet, in der Gemüsehandlung das Gebotene mit der Hand prüfend, mit dem Fleischhauer auf du und du, in der Gosse gelandet, im Männerheim! Beim ersten Umbruch hätt' ich schon gewarnt sein müssen ... Ein Junggeselle erbt von seinen Eltern, den früh verstorbenen, a Wohnung, breitet sich aus, lebt wie ein Mensch. Heiratet nicht, entzieht sich der Volksgemeinschaft, muß nicht einrücken, weil er eine Fachkraft ist ... Er stinkt nicht, geht nicht in den Luftschutzkeller, hört im Radio das Schatzkästlein des deutschen Volkes, hat einen eigenen Wasseranschluß. Da fangen die Leute an, ihn nicht mehr zu grüßen ... Warum is' ka Bomb'n auf des Hurenhaus g'fall'n? I war eh immer im Büro. Meine Naturliebe wurde mir übelgenommen, daß ich in der Gasse spazieren gehe, mich mit Heimatkunde beschäftige ... Dann kommen die Russen, es erscheint ein schöngeistiger Oberst, der in meinen Büchern Puschkin findet, er quartiert sich ein, bringt Pferdefleisch und Erbsen, ich lese ihm Puschkin vor, obwohl er nicht Deutsch versteht und ich nicht Puschkin ... Die Weiber gehen mit den Amerikanern tanzen, statt den Russen kommen zwei Engländer, sie sind wie ein Ehepaar ... Ich koch' ihnen manchmal nach dem Langenscheidt. Die Franzosen lassen sich überhaupt nicht blicken ... Zweimal im Jahr gehe ich zum Grab meiner Eltern, zur Christmette in die Kirche und bete, daß es so bleibt ... Einmal habe ich eine Operation, dann fahr' ich zweimal auf Urlaub, nicht weit, damit ich immer wieder herkommen kann, wenn was ist ... Das Leben ist erfüllt, ich vermiet' das Speisezimmer an ein Wohnungsbüro, alles ist, wie es war ... Die Leut' im Haus sterben, neue kommen, die grüßen mich wieder nicht, na klar, weil s' mi net kennen ... I merk' an den G'sichtern, daß meines Bleibens nicht mehr lange is' ... Es kommen Briefe, die ich nicht unterschreib', Kommissionen, die irgendwas nachschau'n in der Wand. Einmal geschieht ein Mord, man weiß net, wer's war, viel Fremde san im Haus, i schaff' mir einen Hund an. Aber der red't auch nix mit mir und stirbt. Was soll aus mir werden? Ich bekomm' a unbestimmte Angst, laß a Telefon einleiten, aber niemand ruft mich an ... Zu Weihnachten mach' ich mir schöne Geschenke, zu Ostern versteck' ich Eier, manchmal schleich' ich als Krampus herum. Hören Sie, sagt der Hausmeister, das ist in der Republik verboten ... Der Hausherr bestellt mich zu sich, im Büro fragen s' mich, ob ich net in Pension gehen will, alles belästigt mich ... Wie ich dann die Vase von der Mama auf die Mopedfahrer g'worfen hab', holt mich die Polizei. Der Bursch hat geblutet, aber ich nehm' das nicht weiter ernst, ich bin gutmütig, dann habe ich, ich geb' es zu, ang'fangt, an den Wohnungstüren zu läuten. Und die Leut' zu schrecken. Aber alles nur zu gewissen Zeiten. Ich teil' mir das ein. Jetzt sind Versammlungen gegen mich einberufen worden, vor der Universität haben s' demonstriert, im Fernsehen ist das Bild unscharf geworden, da habe ich gewußt, sie haben's auf mich abgesehen. Ich hab' meine Notdurft vor den Wohnungen verrichtet, nur in der Nacht und mit Papier, eine Zeitlang habe ich das Haus beherrscht ... Ich habe ja g'wußt, wie ich sie treffen kann. Ihre Kinder hab' ich ab'paßt im Hausflur, wo's ganz dunkel is', wenn man aus der Helle kommt. Gezwickt hab' ich s', Tritt' hab' ich ihnen 'geben, Watschn, dasselbe, was alle Eltern machen ... Wie ich dann unbekleidet am Fenster g'standen bin, haben s' wieder die Polizei g'rufen. Mein Neffe hat sich eing'setzt für mich, das hat nix g'nutzt, i hab' nie verstanden, was sie reden, so ordinär san s' 'worden ... Dann is' das Gerücht entstanden, i bin a Deutscher, und damit war i draußen aus'm Haus ... Niemand hat g'wußt, daß i a Genie bin. *Aus dem Fenster Gelächter, jemand wirft Geld auf die Gasse.* Ja, ös Trottel. Ihr werd'ts euch meinen Namen merken, Beethoven heiß' ich. Ludwig van Beethoven! *Er tappt weiter.* Wenn's net so laut wär' ...

Dunkel.

Wiener Mädeln

Eine Konditorei, ein großer Tisch mit viel Mehlspeisen und Sandwiches. Gusti, eine unförmige Spätvierzigerin, ist damit beschäftigt, Tischkarten auszuteilen.

STRUPSI *gleiches Alter, tritt auf, blickt sich suchend um.*
GUSTI Sie wünschen?
STRUPSI Kennst mich nimmer? *Zieht eine Karte aus der Tasche.* In der fünften hab' ich mir beim Basketball den Fuß gebrochen ...
GUSTI *flüchtige Umarmung:* Ich weiß jetzt nicht ...
STRUPSI Strupsi. Ich bin dann in die Handelsakademie gekommen. Jetzt heiß' ich Huchenreiter, bin aber schon geschieden.
GUSTI Ich hab' so viele eing'laden. Bist halt ein bisserl früh dran.
STRUPSI Es ist halb sechs. Ich wollt' nicht die erste sein. Du weißt, ich war nie die erste ...
GUSTI *zerstreut:* Sowas ... Der Verkehr ist in der Stadt sehr ungünstig.
STRUPSI Die Grippe ist auch im Ansteigen begriffen. Von der Türkei kommt s' diesmal ...
GUSTI Also du hast gar nicht mit uns maturiert?
STRUPSI Meine Eltern sind gestorben. Du warst einmal bei uns im Garten ...
GUSTI Wir sind dann umgezogen.
STRUPSI Warst du nicht mit einer Heidi befreundet?
GUSTI Vielleicht war sie in der B-Klasse.
STRUPSI Die Heidi lebt in Amerika ...
GUSTI Ja, es hat so viele 'geben. Die Sissi hab' ich nicht eing'laden. Sie hat nie richtig zu uns g'hört.
STRUPSI Kann ich dir irgendwie helfen?
GUSTI Mit dem Kaffee warten wir noch ... Wenn wer Tee will, kann er auch Tee haben. Ich hab' mir gedacht, ganz zwanglos ...

STRUPSI Manche nehmen auch Kandisett ... Ein Foto hab' ich g'funden. *Zeigt es ihr.* Da hast du noch Brillen getragen.

GUSTI Hoffentlich haben alle Platz ... Ich hab' eigens reservieren lassen.

STRUPSI Sehr schön ist's da. Möcht' man von außen gar net vermuten ... Hast du noch immer Schnupfen?

GUSTI Ich hab' nie Schnupfen g'habt. Auch wenn die ganze Klasse krank war, ich bin Eislaufen 'gangen.

STRUPSI Einmal haben wir wegen Diphtherie schulfrei g'habt. Das war das schönste Schuljahr. Hast du Kinder?

GUSTI Mich füllt mein Beruf völlig aus. Seit ich keine Mandeln mehr hab', bin ich nie mehr krank gewesen. Willst dich vielleicht setzen?

STRUPSI *setzt sich:* Ich glaub', die Sissi wär' gar nicht gekommen. Ihr Mann steht doch immer in der Zeitung.

GUSTI Ich komm' wenig zum Lesen ... Hast du irgendwen seither g'sehen?

STRUPSI Ich hab' in der Straßenbahn vor kurzem ein komisches Erlebnis g'habt. Ich sag' zu einer Dame: »Sind wir nicht zusammen in die Schule gangen?«, und sie kann nicht mal Deutsch ...

GUSTI Unsern Deutschprofessor hab' ich eingeladen. Er muß schon über siebzig sein ...

STRUPSI Nicht möglich. Er war der fescheste im ganzen Lehrkörper. Wir waren ja auch die schlimmste Klasse ...

GUSTI Na ja, wenn das Leben nicht wär' ...

STRUPSI Dann wär's was anderes. Von der Sissi hab' ich ein Foto in einer Illustrierten g'seh'n. Die Figur ist noch blendend ...

GUSTI Es gibt ja heut' schon Mittel ... Langsam könnten s' schon eintrudeln, die Mädeln.

STRUPSI Ich hätt' ja wen mitnehmen können ... Aber andrerseits, der Parkplatz ... Du kommst auch nie zum Sitzen, was?

GUSTI Ich sitz' eh den ganzen Tag im Büro. Ich hab' mein eigenes Zimmer. Ich kann mir's einrichten, wie's mir paßt. Nur den Bundespräsidenten muß ich in Kauf nehmen. Aber der ändert sich ja manchmal. So ist immer eine Abwechslung ...

STRUPSI Ich war auch mein eigener Herr in der Abteilung ... Bis ich g'heirat' hab' ...

GUSTI Mir ist es nie darum 'gangen. Du weißt, ich bin nicht altmodisch.

STRUPSI Ich hätt' ja die Wohnung vermieten können. Du kennst sie ja. Der schöne Ahornbaum im Garten ...

GUSTI Ich kann mich nicht erinnern ... Bäume brauchen viel Pflege. Ich weiß das. Ich habe einen Gummibaum, und jedes Jahr zittert man.

STRUPSI Meine Ehe hat nur acht Monate gedauert. Er war mir zu oberflächlich, und das Herz war auch nicht in Ordnung ...

GUSTI Wer hat heute schon Herz?

STRUPSI Wenn man dreißig Gauloises im Tag raucht ...

GUSTI Ich hoff', ich hab' mich nicht im Datum geirrt.

STRUPSI Die Post ist auch nicht verläßlich. In Italien ist es noch ärger. Warst du schon in Italien?

GUSTI Ich hab' doch noch das Häuschen von der Großtante im Waldviertel. Dort bringen mich keine zehn Pferde weg.

STRUPSI Hast du sonst noch Landwirtschaft dabei?

GUSTI Der Mesner kümmert sich um alles ... Wenn's nicht regnet, ist es wie im Süden ... Jetzt weiß ich nicht, sollen wir schon anfangen?

STRUPSI Mit was?

GUSTI No, mit dem Treffen ... Voriges Jahr war es so lustig.

STRUPSI Voriges Jahr war ich im Spital ...

GUSTI Zum Schluß haben wir noch ein Glas Sekt getrunken ... Na, am nächsten Tag dann ...

STRUPSI Ich muß dir ja so viel erzählen von meiner Ehe. Wenn man denkt, wie wir damals unverdorben waren ...

Beide kichern.

GUSTI Wann bist du weg? Mit fünfzehn? Na, ich weiß nicht ...

Sie kichert noch mehr.

STRUPSI Ich hab' mir doch den Fuß gebrochen. Ganz unschuldig war ich.

Das Kichern steigert sich.

DER ALTE DEUTSCHPROFESSOR *erscheint mit Blumen:* Na, die Damen sind ja schon in bester Festeslaune. Setzen! Küß die Hand! *Er tut es.*

GUSTI Nein, die Maturablumen! Jetzt darf ich Ihnen doch ein Bussel geben. *Sie küßt ihn auf die Wange.*

PROFESSOR Darf man erröten?

GUSTI Geh'n S', eine ältere Dame darf sich das erlauben. *Vorstellend:* Sie kennen doch die ... die ... unsere ...

STRUPSI *einfallend:* Strupsi.

PROFESSOR Ja natürlich. Reizend. Bleiben Sie ruhig sitzen. Ist es jetzt besser mit Ihrem Leiden?

STRUPSI Den nächsten Winter bin ich schon wieder Schi g'fahren ...

PROFESSOR Na ja, die Medizin ist ja jetzt schon sehr weit. Eine Kinderlähmung ist eigentlich nur bei Erwachsenen ein Problem ...

STRUPSI Herr Professor, ich hab' nie ...

GUSTI Wollen Sie nicht den Ehrenplatz übernehmen?

PROFESSOR *setzt sich:* Überhaupt, wenn man denkt, wie man sich damals schon bei Masern gesorgt hat ... Sind Sie eigentlich noch geimpft worden?

GUSTI *setzt sich:* Gleich werden die andern antanzen. Aber wenn Sie jetzt schon was wollen?

PROFESSOR Nein, ich bin auf schwere Diät g'setzt ... Haben Sie nicht die dumme G'schicht' mit dem komplizierten Blinddarm g'habt?

GUSTI Nein, ich hab' ihn jetzt noch ... Komisch, ich möcht' ihn auch gar nicht mehr hergeben. Wie man sich dran g'wöhnt ...

PROFESSOR So was Ähnliches hat Adalbert Stifter auch g'sagt ... Und was machen Sie so?

STRUPSI Ja, man wird nicht jünger ...

GUSTI Die Zeit eilt. Da kommen wir nicht mit.

PROFESSOR Ja, ich bin auch nur auf einen Sprung gekommen. Die Anforderungen werden immer höher ...

GUSTI Aber, es haben sich doch alle so auf Sie gefreut ...

STRUPSI Was machen Sie eigentlich?

PROFESSOR Ich bin in Pension.

GUSTI Wo müssen S' denn hin? Irgendein Auto wird doch zur Verfügung stehen.

PROFESSOR Ich sprech' in der Volkshochschule. Über einen zu Unrecht vergessenen Dichter. Clemens Maria Unsegen.

STRUPSI Wann ist der g'storben?

PROFESSOR Das weiß man nicht genau. Jedenfalls in Weitra ... Waren Sie eigentlich die Rötelklasse?

GUSTI Sie waren lange unser Klassenvorstand.

PROFESSOR So viele kommen und gehen ...

STRUPSI Und so viele gehen und kommen nicht wieder ...

PROFESSOR Der Schuldiener ist von der Straßenbahn überfahren worden.

GUSTI Mumps hab' ich einmal g'habt. Und Sie haben damals g'sagt, es heißt Ziegenpeter, auch wenn wir in keiner Bubenklasse sind ...

PROFESSOR Von den Buben krieg' ich hin und wieder einen Neujahrswunsch oder eine Urlaubskarte ... Manchmal stirbt auch einer ...

GUSTI Das sind die Anhänglichsten.

STRUPSI Ja, die Kolleginnen werden es bedauern ...

PROFESSOR Verständigen Sie mich halt wieder. Wenn ich noch am Leben bin ...

BEIDE SCHÜLERINNEN Aber Herr Professor!

GUSTI Sie sind doch im besten Alter ...

PROFESSOR Wenn man den Beruf ernst nimmt, kommt man nicht zum Heiraten.

STRUPSI Sie haben nichts versäumt ...

PROFESSOR Also, herzlichsten Gruß und alles Gute, auch

schon für Weihnachten. *Im Abgehen:* Wo ist eigentlich die Zifkagasse? Na, ich werd' s' schon finden. Hut hab' ich keinen g'habt.

GUSTI Sie waren immer schon barhaupt.

PROFESSOR *lächelnd:* Ja, soweit kommt's noch.

Ab.

Stille.

GUSTI Er ist halt doch schon sehr alt ...

STRUPSI Vielleicht hätten wir ihn mit unserem Klassenlied begrüßen sollen. *Singt:* Wem Gott will rechte Gunst erweisen, den schickt er in die weite Welt ...

Stille.

GUSTI Die Sandwiches werden welk.

STRUPSI Die Kuchen werden trocken.

GUSTI *nach langem Entschluß, seufzend:* Essen wir was!

Dunkel.

Bridge zu dritt

Wiener Kaffeehaus, ein älterer Herr.

DER HERR *liest ärgerlich eine Zeitung:* Alle Zeitungen sind heute dieselben ... Man kann aufschlagen, was man will, kein wirklicher Boulevard ... Drum sterben auch die Kaffeehäuser aus ... Das ist es ja, was Paris ausmacht ... Eine Welt entsteht nur durch Weltmänner ... Wo sind die Persönlichkeiten, die Namen? Die glanzvolle Aristokratie, die großen Firmen, ich war vor kurzem bei meiner Schwester in London, glauben Sie, ich hab' an Gentleman gesehen? Die Zeit ist nicht mehr da dafür ... Die können heut' doch nicht einmal eine Todesanzeige formulieren ... *Liest:* Unser lieber Vater, Großvater, Onkel, Schwiegervater, Bruder, Doktor Vasastrasser ist nach langem, schweren Leiden usw. Erstens einmal Doktor Doktor, dann Kommerzialrat, dann die Auszeichnungen, das ist ihnen schon zu teuer ... Dabei ist es das, was einen Tod ausmacht ... Wozu hat man gelebt? Von seinem Bridgegenie will ich gar nicht reden, das ist Privatsache ... Aber sie brauchen ja den Platz für den Sport und für die ausgezogenen Mädeln ... Nichts gegen ein ausgezogenes Mädel an der richtigen Stelle, auch dafür hat es immer Herrenmagazine gegeben ... Das Blaue-Donau-Magazin war eine Weltmarke wie die Sachertorte ... Aber neben einem russischen Politiker macht sich das nicht gut ... Das ist keine Erotik ... Die trauernde Belegschaft ... Jahrelang haben sie ihn geplagt mit Lohnforderungen, das macht doch eh die Gewerkschaft, außer Bridge ist ihm zum Schluß nix geblieben. *Telefonläuten, abgewandt:* Wenn wer mich verlangt, ich bin nicht da! Ach so, war nicht für mich. *Vor sich hin:* Keiner ruft mehr an, wahrscheinlich haben sie die Nummer geändert, und die Kellner wissen es noch nicht ... Der Ingenieur ist noch im Büro und der Kammerrat wird beim Anwalt sein wegen der Presseklage ... Ich würd' mich nicht hinstellen, liest doch niemand. *Er vertieft sich in die Zeitung.* Jaja, die Russen sind nicht dumm, ein Bauernvolk ... Schach und Ballett laßt sich durch keine Revolution ausrotten ... Ich halt's ja für keinen Zufall, daß die Revolution kurz nach dem Tod vom Franz Joseph ausgebrochen ist ... Irgendwie hat man noch Respekt vor Österreich gehabt ... Im Bridge sind sie nicht groß, auch die Amerikaner müssen viel dazulernen ... Nur Business macht auch noch keine Weltmacht aus ... Die Wallstreet wird sich einschränken müssen, und unser Finanzminister ist zwar fesch, aber kein Weltformat ... Früher wär' er ein Chorherr im Theater an der Wien gewesen oder Offizier. Aber nicht in der Kavallerie ... Wie der arme, verstorbene Laczi Vasastrasser g'sagt hat, für ihn fangt der Krieg erst im Kasino an. Solche Bonmots hat's nur so geregnet in den Stadtcafés ... *Telefon, abgewandt:* Vielleicht bin ich in einer halben Stunde da ... Ach so, nicht für mich. *Vor sich hin:* Die gefährlichsten Gegner für uns waren die Operettenlibrettisten. Die Komponisten selbst haben wir nur als Kiebitze verwendet ... Wo sind die Kiebitze alle hingekommen? Aber schau'n Sie, andererseits, wer spielt heut' noch Klavier? Ich hab' auch als Kiebitz angefangen, im Café Fleckgruber, dann war der Phönixskandal, da hab' ich einen Platz übernommen ... Der Phönixskandal hatte Format, die wissen doch heut' gar nicht mehr, was a anständige Korruption ist ... Woher sollen sie's auch wissen, in den Schulen lernen sie's nicht, und Welthandel ist kein Studium für Proleten ... Der Ingenieur hat kein Zeitgefühl ... Ich weiß doch genau, daß er nach dem Mittagessen nix mehr tut im Stadtbauamt. Von Zimmer zu Zimmer geht er und erzählt alte Witze ... Manchmal is' ein neuer drunter, den er hört, den hebt er sich aber für zu Hause auf. Man kann sich die Partner nicht mehr aussuchen, ich weiß nicht, was die Leut' zwischen halb fünf und halb neun machen ... Es gibt sozusagen keine Nachmittage mehr ... Mit dem verlängerten Wochenende hat's angefangen. *Telefon, abgewandt:* Wenn mich wer verlangt, ich bin da ... Ach so, nicht für mich. *Meditierend:* Das Telefon ist die ganze Zeit blockiert, da soll einen jemand erreichen ... Das hektische Großstadtleben ist nichts mehr für mich. Ab nächste Woche sitz' ich im Kurhaus in Goisern, da ist a Partie zusammen, alle im selben Haus, zwei Brüder aus Leoben und ein Witwer aus Schärding, das wird ein Leben ... Rauchen hab' ich aufgegeben, getrunken hab' ich nie, verheiratet war ich, weil es so üblich ist, a sogenannte Weltanschauung kann man wechseln, aber ohne Bridge wär's ka Leben. Der Laczi Vasastrasser hätt' sich an schöner'n Tod verdient als beim Spazierengehen am Semmering von zwei Hornissen gestochen zu werden ... Blöde Hornissen. Fahrt doch eh niemand mehr am Semmering ... Ja, früher! St. Moritz hingegen war eiskalt, und der Araberfürst, der Aga Khan, ist dort gesessen ... Ich weiß nicht, ich halt' die Schweizer für heimliche Antisemiten. Allerdings seriöse Antisemiten ... Der Semmering hat was von die Alpen, und man is' doch nicht in die Berg ... Was wird aus die prachtvollen Hotels, wer kümmert sich um die Gletscher? Museen könnten sie daraus machen oder eine Bridgeakademie, man soll die geistige Schulung – so wie Latein – nicht unterschätzen ... Wenn der Einstein in seiner Freizeit mit den richtigen Partnern, wohlgemerkt: mit den richtigen, zusammen gewesen wär', das mit der Atombombe hätten sie ihm ausgeredet ... Geige hat er spielen müssen wie a Volksschullehrer! *Telefonläuten, er ruft:* Wenn es für mich ist, ich bin nicht mehr da! Ach so, nicht für mich. *Meditierend:* Wer nicht mit der Fritzi Kircheck an einem Sonntag nachmittag im Oktober mit einem Austro-Daimler durch die Neunkirchner Allee gefahren ist, der weiß nicht, was Österreich einmal war ... Und wie ich dann weg bin, ob's in Prag war oder in Zagreb oder in London, immer ist irgendwo wer auf einen zugekommen und hat gesagt: »Verzeihen Sie, kenn' ich Sie nicht von irgendwo?« Man mußte vorsichtig sein, ich hab' gesagt: »Vielleicht haben wir gemeinsame Bekannte!« Früher oder später war die Partie perfekt ... A paar Kiebitze sind aufgetaucht, man hat sie toleriert, sie waren meist auch nur aus Brünn ... Zwischen Bridge und Bridge sind eben Welten, das kann man niemand erklären. Tief enttäuscht war ich von Israel, ich habe das Gefühl, die haben andere Interessen ... Zum Bridge muß man sich konzentrieren, wie sind die Engländer zu ihrem Weltreich gekommen? Was wissen die Leute da unten in Haifa von der Welt, die meisten haben nicht einmal den Ersten Weltkrieg miterlebt! Viel zu jung, um mitreden zu können! *Telefon, er ruft:* Ich hab' hier kein Büro, ab Montag bin ich wieder zu erreichen ... Ach so, nicht für mich. *Meditierend:* Der Ingenieur hat gesagt, er hat einen Ersatz für den Laczi, wo er doch heute begraben wird. Aber auf ihn ist doch kein Verlaß ... Der Kammerrat ist der geborene Renegat, der is' womöglich morgen schon im Café Kornteufel bei die Preferanzler, es kann das Ende unserer Partie sein ... Meine ganze Tageseinteilung ist futsch. Man hat doch seinen Beruf! Der Diplomkaufmann vis- -vis wart' schon seit Monaten! Er wird sich täuschen! Nicht, daß er die Firma Anoch und Erben arisiert hat, es ist im gegenseitigen Einverständnis geschehen, und daß er die Bemerkung über die Golda Meir gemacht hat ... Ich bin auch nicht unbedingt für die Emanzipation. Aber er ist bei die Heimatvertriebenen. Und woher hat man ihn vertrieben? Aus dem dritten Bezirk? Immerhin, er ist Musikliebhaber, Menuhin laßt er gelten, Bernstein ist ihm zu oberflächlich. Aber nur, weil er Karajan schätzt, er muß ja kein Nazi gewesen sein ... Der Hitler hat auch manches Richtige gesagt über die Jugend, und wenn ich mit jedem in dem Land bös wär', könnte ich mir keine Firma leisten. Bei die Textilien hört sich der Haß auf, wenn's kalt ist, braucht man Unterhosen, und ich hab' noch nie gesehen, daß er a kommunistische Zeitung liest. Nicht einmal bei der Tschechenkrise, und da hat's viele gejuckt ... Fachmann ist Fachmann, am Kartentisch ist es wie bei der Politik ... Den Witz über das Schiff in Tel Aviv hätt' er sich sparen können, und wie sie am Nebentisch gelacht haben, hab' ich »Herr Ober, zahlen« gerufen, aber der Ober ist nicht gekommen. Und mich hat er ja nicht gemeint ...

Ah was, ich geh' zu ihm hinüber und frag' ihn!

Dunkel.

Helmut Qualtinger

Die rot-weiß-rote Rasse

Epilog zu »Geschichten aus dem Wienerwald«
Hommage pour Ödön von Horvath

Stille Straße im achten Bezirk. Statt der Puppenklinik »Zum Zauberkönig« ein Schuhgeschäft. An der Trafik ein Schild »Wegen Todesfalls vorübergehend geschlossen«. In der leeren Auslage der Fleischhauerei ein Hitlerbild und mit gotischen Lettern die Inschrift »Arisches Geschäft«. Im zweiten Stock übt jemand auf der Ziehharmonika »Wovon kann der Landser denn schon träumen«. Oskar steht in der Tür seines Geschäftes in seinem Traueranzug. Der Rittmeister erscheint.

OSKAR *zum Rittmeister:* Heil Hitler!

RITTMEISTER Grüß Gott. – Könnt' ich noch ein bißl eine Blutwurst haben, Herr Oskar?

OSKAR Da müssen S' Dienstag kommen. Möglichst früh ...

RITTMEISTER Ich hab' eine echte Biedermeiertasse entdeckt ... Von meiner Mama ... Ich darf eh keinen Kaffee trinken ...

OSKAR Meine Frau auch nicht. Sie ist wieder guter Hoffnung ...

RITTMEISTER Seit wann?

OSKAR *lacht dröhnend:* Wir wissen's noch nicht genau ...

RITTMEISTER Drum sieht man's nicht ...

Stille.

OSKAR Sie müssen sich anstellen wie jeder andere!

RITTMEISTER Meine Arthritis macht mir saumäßig zu schaffen. Ein Andenken an meine Gefangenschaft im Achtzehnerjahr ... Zwei Jahre Sibirien ...

OSKAR Beim Vormarschieren kann das nicht passieren.

RITTMEISTER Einen alten Soldaten reißt's halt manchmal.

OSKAR Das Kreuz?

RITTMEISTER Mitzumarschieren ... Aber im Radio ist es auch schön ...

OSKAR Nehmen Sie sich ein Beispiel an meinem Schwiegervater!

ZAUBERKÖNIG *erscheint auf seinem Balkon, frisch wie eh und je:* Frankreich hat kapituliert! Sondermeldung! Ich muß das gleich auf meiner Karte einzeichnen. Leider ist England nicht mehr drauf. *Ab.*

RITTMEISTER Wie war das Begräbnis von der Frau Valerie?

OSKAR Katholisch. – Der Herr Alfred wollt' sie verbrennen lassen ...

RITTMEISTER Man weiß nie, zu was es gut ist ...

Das Ziehharmonikaspiel bricht jäh ab.

RITTMEISTER Wie alt ist das Fräulein Töchterl?

OSKAR Zu Fronleichnam war s' zehn ...

RITTMEISTER Fleißig, fleißig ... Wann war das mit dem Havlitschek?

OSKAR Sechs Jahr is' es her ... Ich bet' zu Gott, daß sie's vergessen hat ...

RITTMEISTER Ein unschuldiges Kind, im eigenen Haus ...

OSKAR Noch nicht einmal schulpflichtig ...

RITTMEISTER Heut' hätten s' ihm sofort den Kopf ... *Dementsprechende Bewegung.*

OSKAR Jetzt sitzt er in einem Lager. – Aber ich kastrier' ihn noch eigenhändig. Wenn ich nix g'lernt hab' in mein' Leben ...

RITTMEISTER Man lernt nie aus ...

Stille. Die Ziehharmonika übt: »Das kann doch einen Seemann nicht erschüttern.«

ZAUBERKÖNIG *erscheint wieder auf seinem Balkon mit seiner Sammelbüchse:* Na, Herr Rittmeister, wollen Sie nicht fürs Winterhilfswerk spenden?

RITTMEISTER Ich hab' leider kein Kleingeld. *Rasch ab.*

ZAUBERKÖNIG Parasit! Volksschädling! Wie ich einmal in seiner Wohnung beim Kassieren war, hab' ich a Bild vom Franz Joseph g'seh'n ...

OSKAR Laß ihn. – Er wird doch eh bald sterben.

ZAUBERKÖNIG Ich war in der Wahlkommission. Ich möcht' nicht wissen, was er gewählt hat ...

OSKAR Der liebe Gott weiß alles ...

ZAUBERKÖNIG Ich bin länger als du in der Partei ...

OSKAR Seit 38 ...

ZAUBERKÖNIG Ich war vorher immer getarnt.

OSKAR Christlichsozialer!

ZAUBERKÖNIG Du bist auch ein Christ!

OSKAR Bei mir war aber immer das Soziale im Vordergrund ...

ZAUBERKÖNIG Bei mir das Nationale! Christlicher Nationalsozialist, das bin ich!

OSKAR Der Papst und der Mussolini sind auch nicht aus der Kirche ausgetreten.

ZAUBERKÖNIG Und der Führer ...

OSKAR Jetzt kenn' ich mich nimmer aus. – Und was sind die Russen?

ZAUBERKÖNIG Verbündete.

OSKAR Keine Kommunisten? *Die Ziehharmonika bricht ab.*

ZAUBERKÖNIG Nationalkommunisten ...

Stille.

OSKAR Ganz ausg'storben is' die Strass'n jetzt ...

ZAUBERKÖNIG Alles is' an der Front.

OSKAR Wie vor zehn Jahren ...

ZAUBERKÖNIG Wo waren s' da, die Leut'?

OSKAR Ich hab' mir nie darüber Gedanken g'macht. Über die Proleten ...

MARIANNE *dick, im Pelzmantel, mit Modeschmuck behängt, kommt aus der Fleischhauerei, zu Oskar:* Ich geh' zum Friseur. Im G'schäft is' eh nix zu tun.

ZAUBERKÖNIG Bringst du mir ein seidenes Mascherl mit, liebe Mariann'? – Ich zauber' heut' für die Verwundeten.

MARIANNE Du sollst dich nicht immer so aufregen, Papa. – Denk an die Valerie!

ZAUBERKÖNIG Willst du damit behaupten, daß ich ein' Krebs hab'? *Zu Oskar:* Das eigene Kind. Herzig. *Zu Marianne:* Dann wärst du ja auch erblich belastet!

MARIANNE Kusch, Papa! *Zu Oskar:* Nachher geh' ich ins Dorotheum. Vielleicht find' ich was. – Ein Buffet braucherten wir.

OSKAR Warum sollen die lieben Gäste sehen, daß wir was zum Essen haben?

MARIANNE Jeder hat was.

Stille.

ZAUBERKÖNIG Manche Verwundeten haben nicht einmal mehr Arm' und Bein'. Mit denen kann man keine Kartenkunststücke machen. – Aber ich tu's ja umsonst. Der Führer opfert sich auch.

OSKAR Der war ja schon immer Vegetarier.

ZAUBERKÖNIG I glaub', den Franz Joseph hat das viele Rindfleisch verdorben. Drum haben wir den ersten Krieg verloren ...

MARIANNE Papa, du verkühlst dich!

ZAUBERKÖNIG Ich war nie im Krieg, aber jetzt tät's mich freu'n. *Ab.*

Stille.

OSKAR Hast schon vergessen?

MARIANNE Was?

OSKAR Das Mittagsbussi ...

MARIANNE *küßt ihn ausdauernd.*

OSKAR Au! Du tust mir weh!

MARIANNE *hält ihn am Revers:* Du weißt, was du dir vom Schlachthof besorgen sollst. – Eine Frau ist eine Frau ... *Lacht.* Soll ich die Fanni von dir grüßen? Servus, Alter! *Ab.*

OSKAR *vor sich hin:* Die Fanni is' a Flieger und hat sein Hangar im Hotel Orient. – Wenn die großen Zeiten vorbei sein, lassen wir uns scheiden. Gütertrennung! – Sie kriegt das G'schäft und i mach' a Wurstfabrik auf.

ALFRED *kommt mit Trauerschleife aus der Trafik. Er trägt eine dunkle Brille:* Bist du's, Oskar?

OSKAR Langsam müßtest mich kennen.

ALFRED Manchmal kenn' ich die Leut', manchmal net amal die Stimmen ...

Die Ziehharmonika versucht »Heimat deine Sterne« zu spielen.

ALFRED Das is' mein Lieblingslied ...

OSKAR Es geht ins Ohr ... Ich bin ja mehr für ernstere Sachen.

ALFRED Is' das net ernst genug?

OSKAR Weißt, Marschmusik ...

ALFRED Der Splitter tut mir heut' wieder weh ... Der Doktor sagt, im Frühjahr kann er erst operieren ...

OSKAR Dann ist der Krieg schon vorbei ...

ALFRED Und i kann immer noch nix sehen ...

OSKAR Für die Trafik is' das ganz gut ...

Stille.

OSKAR Warum hast dich denn freiwillig g'meld't?

ALFRED Ich hab' mir denkt, in Warschau sind gute Geschäfte zu machen. – Keiner hat wissen können, daß sie sich wehren. Schau die Franzosen an!

OSKAR I mag ka Parfum. – Mir is' a Selchkammer lieber. Als Geruch.

ALFRED Glaubst, werd' ich noch einmal die Wachau seh'n?

OSKAR Jetzt, wo deine lieben Verwandten das Zeitliche gesegnet haben, möcht' ich's dir gönnen ... Der Herr gibt und der Herr nimmt ... *Geht in sein Geschäft.*

ERICH *in der Uniform eines Obergefreiten, den rechten Arm in der Schlinge, tritt auf:* Mensch, Alfred! – Wo hat's dich erwischt?

ALFRED Bei Lodz ... Und dich ... ?

ERICH Weiß ich, wie das Scheißkaff heißt. – Ich kann doch nicht Französisch ...

ALFRED Hauptsach', es geht dir gut ...

ERICH Die Scheißfranzosen!

ALFRED Und ich hab' sie noch unterstützt ...

ERICH Wieso?

ALFRED Na, ich hab' doch immer in St. Cloud gesetzt ...

ERICH Die Sache mit Valerie damals liegt mir verdammt im Magen ...

ALFRED Sie war mit mir verheiratet ...

ERICH Gratuliere!
ALFRED Heute morgen war das Begräbnis ...
ERICH Du siehst gut aus ...
ALFRED Ich hab' dich sofort erkannt. An der Stimm'. – Bei uns wird jetzt viel so g'sprochen ...
ERICH *geht in der Gasse herum:* Die schönen Wiener Zeiten! – So wird's nicht mehr! – Ich hab' mal geschrieben. Von Berlin. Da war ich zur Olympiade ...
ALFRED Bei uns hat sich nur der Fußball entwickelt ...
ERICH Es ging alles so rasch ... *Musik aus.*
ALFRED Bist verheiratet?
ERICH Ich bin doch nich' bekloppt ... Wenn du so in Lazaretten herumkommst ... Die Schwestern sind nicht nur für die Stabsärzte da ... Erst Straßburg, jetzt Wien ... Was macht denn der Onkel? Neues Geschäft? Wahrscheinlich deckt ihn der Rasen. Muß ihn mal besuchen. Wo liegt er denn?
ZAUBERKÖNIG *erscheint:* Alfred, i brauch' a Schachtel Korso. Nur für meine Vorführung ... *Erblickt Erich.* Jessas, der verlorene Sohn aus ... aus ... wart', sag' mir's nicht ... aus dem Altreich. Bravo! Bravissimo! Das eiserne Kreuz ...
ERICH Das gerade nicht ... Oberarmdurchschuß!
ZAUBERKÖNIG Bis du heirat'st, is' alles vorbei. Na sowas. *Zu Alfred:* Nehmen S' Ihnen ein Beispiel, Herr Zentner! Net gleich nach an halben Jahr die Flinte ins Korn werfen ...
ALFRED Ich kann doch net wissen, daß es Heckenschützen gibt ...
ZAUBERKÖNIG Dann wären S' Flieger 'worden. – Schau den Erich an, der hat eine Ausbildung g'habt!
ERICH Dazu war keine Zeit mehr. Scheiß Krieg! Kurz vorm Staatsexamen ...
ZAUBERKÖNIG Sowas will ich nicht hören! Der Führer hat auch keinen Doktor.
ERICH Der kann mich schon lang', euer Wiener Blödmann!
ZAUBERKÖNIG Das will ich von einem deutschen Mann nicht hören. Wofür kämpfen wir denn? – Wozu bin ich mit meinen Zauberartikeln im Kriegseinsatz?

ERICH Was ist mit deinem Laden?
ZAUBERKÖNIG Geschäft, möcht' ich bitten. Das hat der Herr Hierlinger gekauft ... Aber er is' nie da ...
ALFRED Es gibt ja kaum was ...
ERICH Bei welchem Truppenteil is' er denn?
ZAUBERKÖNIG Er hat keine Uniform ... Mit der Polizei hat er zu tun, sagt er ... Er ist meist in den Filialen ... Er überwacht irgendwas ...
Stille.
ERICH Ich will mal 'ne richtige Wiener Operette seh'n ... Da gab's doch so schöne Melodien bei euch ...
Fliegeralarm. Alle erstarren.
ERICH Wollen wir nicht in den Keller geh'n?
ZAUBERKÖNIG Bei uns g'schiecht nix ...
Langsam dunkel.

Robinson im Wienerwald

EINE ALTE FRAU *im Schlafrock, vor einer Landkarte mit Lupe, gibt die Suche auf:* Vom Hermannskogel zum Dreimarkstein kann's doch nicht so weit sein ... Um zwei Uhr ist er weggegangen. Beim hellsten Sonnenlicht – und jetzt ist es zwölf ... Zehn vor zwölf, die Uhr geht ein bißl vor ... Er wollte sie persönlich richten, aber es ist eine Stehuhr und schon bei seinem ersten Versuch ist sie stehengeblieben ... Wenn er nicht wüßte, daß ich mich nicht gesund fühle ... Und es ist doch schon Herbst ... Ein halbes Leben bin ich hinter ihm hergetrottet ... Von Au am Kraking bis zur Baunzen ... Aber da hat's noch andere Wanderer gegeben ... Und Ameisen ... Ich bin oft hineingetreten, und er hat mir dann erklärt, daß die Ameisen im Grunde genommen gut sind ... Mir sind sie immer vorgekommen wie Massenmenschen ... *Greift zur Lupe.* Die Gsengerhütte ist um die Zeit zu ... Er braucht keine Markierungen, sagt er, und die Taschenlampe hat er vergessen ... Vielleicht erreicht er noch die letzte Straßenbahn, fürs Taxi hat er ja kein Geld ... Mit zwanzig Schilling komm' ich aus wie vor zwanzig Jahr', jubelt er ... Verpflegung hat er ja mit, aber das Mineralwasser ist so teuer geworden ... Die jugendlichen Verbrecher im Wald wissen ja nicht, daß er keine Beute hat ... Der Arzt hat ihm bestätigt, daß er für seine 75 kräftig ist und wandern soll ... Er neigt halt zum Absoluten ... Ich wollt' ja auch nicht heiraten, mit 50, und meine Pension hab' ich sicher g'habt ... »Stürzen wir uns in das Abenteuer!« ... Ich hör' ihn heute noch ... Jetzt könnt' er bei der Rohrerhütte sein, da sind wir oft gesessen, sogar im Winter, und haben Orangensaft getrunken ... Er war aus der Dose und aus Amerika, das ist ihm gleich aufgefallen und er hat den Ober darauf aufmerksam gemacht ... Der hat mit den Achseln gezuckt, und wir haben das Geld hingelegt ... Aber kein Trinkgeld ...

Es wird ihm doch nichts passiert sein, die Nibelungen mit dem Siegfried sind ja eine Sage. Oder eine Oper. Wir sind nicht abergläubisch, obwohl ich vor Schlangen und Spinnen eine furchtbare Angst habe ... Vielleicht ist ihm ein Wildschwein begegnet, aber mit denen kann man ja reden. – Ich glaub', das sagt der Konrad Lorenz auch, aber daß er für ein Gansl den Nobelpreis 'kriegt hat, macht ihn mir verdächtig. Warum er nie anruft? – Die anderen Männer gehen zum Heurigen oder zu den leichten Frauen, aber die haben wenigstens ein Telefon. – Wir besitzen immerhin ein Viertel-Telefon, aber das wird von den anderen Teilnehmern schamlos ausgenutzt. – Wir grüßen auch deswegen niemand im Haus! Wenn er mir das nicht schon öfter g'macht hätt', würd' ich ja die Polizei verständigen oder mich anziehen. – Die Donau kennt er, aber wenn sie im Nebel liegt? ... Vielleicht hat er nur den Haustürschlüssel vergessen und steht vor der Tür, er ist ja so rücksichtsvoll! ... Seinen Paß hat er immer bei sich und Toilettenpapier auch, wenn es zum

Äußersten kommt! – Das haben uns die schweren Zeiten im Krieg und nach dem Krieg gelehrt.
Wieso hab' ich immer a Angst? – Er ist so rasch und jetzt ist er schon zehn Stunden weg. Alle Pfadfinder und Wandervögel hat er überholt und g'sagt: »Da schauts mich an!« Einmal haben sie ihm Steine nachgeworfen, aber das waren wahrscheinlich die Roten Falken. *Sie studiert weiter.* Hinter Steinriegel und der Windischhütte gibt's zwei Wege, er sagt immer, durch die Hagenbachklamm ist's ein Abschneider, ich frag' wohin, er sagt, egal, es ist ein Abschneider ... Früher konnte man ja über Wolfsgraben nach Ranzenbach, aber da ... *Sie läßt die Lupe fallen.* Mein Gott! Da ist ja die Autobahn! Die fürchtet er wie die Pest! Wenn s' ihn da z'samm'g'schoben und für a Reh g'halten haben, dann bleibt er bis morgen früh liegen. – Aber er hat ja an Rucksack mit, denselben, mit dem wir geheiratet haben ... Also nach der Trauung, da ist noch der Pendelzug gefahren und wir: Ab nach Neulengbach! – Vielleicht ist er so g'scheit und baut sich ein Lager. – Seinen Überzieher hat er ja mit. – Einen Förster hab' ich noch nicht g'seh'n im Wienerwald, und an Gendarm auch noch nicht. – Die sind nie da, wenn man sie braucht. Und dafür bezahlt man Steuern! – Vor ihm würd' ich nie so reden ... *Sie vertieft sich erneut.* Ameisberg ... Ja, ja, lach du nur! ... Untermauerbach, Wilhelmshöhe, Jochgraben ... Ich kenn' das ja alles, aber, wenn ich jetzt weggeh', verirr' ich mich am End' auch ... Dann geht's zur Südbahngegend, die hat er nie mögen, weil s' zum Semmering führt, wo die reichen Leut' ihre Hotels haben ... Wir haben noch nie in einem Hotel übernachtet, auch wenn sich die Pensionen jetzt so tarnen ... Breitenfurt, Hundskehle, Sulz, daran darf ich gar nicht denken! Er wird von der Endstation nach Haus gegangen sein. Das dauert ja auch eineinhalb Stunden auf dem Pflaster. *Schrilles Läuten an der Wohnungstür.* Mein Gott, jetzt ist's passiert!

Dunkel.

Ortsübliche Ansprache

Zwei Tische in einem Kaffeehaus. An einem ein Mann, der Zeitung liest. Am Nebentisch ein zweiter Mann, der eifrig auf ihn einspricht.

DER ZWEITE MANN *fast nüchtern*: Sie entschuldigen schon, wenn ich Sie anspreche. – Es wird doch noch erlaubt sein. – Wenn Sie etwas dagegen haben, sagen Sie es ruhig. – Wir haben Zeit. – Es ist ja kein Verbrechen, wenn man mit jemandem reden will. – Manche Leut' haben das nämlich nicht gern. – Sind Sie mir bestimmt nicht böse? – Es könnt' ja sein, daß Sie was anderes im Kopf haben. – Ich finde, drum sitzt man ja im Kaffeehaus, daß man Kontakt hat. – Sonst könnt' man ja gleich in der Straßenbahn sitzen. – In der Straßenbahn würde ich Sie nie ansprechen. – Oder in der U-Bahn. In der U-Bahn schon gar nicht. – Also sehr freundlich sind Sie nicht! – Ich muß mich ja nicht mit Ihnen abgeben. Sie sind ja nicht der einzige Gast. – Es ist ja doch eigentlich selbstverständlich, wenn man schon im Kaffeehaus sitzt. – Wozu sitzt man denn in einem Kaffeehaus? – Vielleicht haben Sie einen anderen Grund und warten auf jemand? – Vielleicht ist es eine Sie? – Wenn die Dame kommt, werde ich sofort aufhören mit meiner uninteressanten Geschichte. – Es ist ja noch keine Beleidigung, wenn man mit jemandem in Kontakt kommen will. – So viele Menschen sind einsam und wären froh, wenn sich jemand mit ihnen beschäftigen möcht'. – Glauben Sie vielleicht, ich bin betrunken? – Wir können sofort zur Polizei geh'n und eine Blutprobe machen. – Ich hab' den Eindruck, Sie mögen mich nicht. Sie hören mir ja nicht einmal zu! – Sie lesen die ganze Zeit Ihre Zeitung. – Ich könnt' ja auch Zeitung lesen. *Zu den anderen unsichtbaren Gästen:* Er hört einfach nicht zu. Sie sind Zeugen! *Zum ersten Mann:* Habe ich Ihnen etwas getan? Ich habe Sie in meinem ganzen Leben noch nicht geseh'n. – Glauben Sie, ich habe meine Zeit gestohlen? – Ich habe mir eigens keine Zigarette angezündet, weil das manche stört. Wenn ich Ihnen lästig falle, dann sagen Sie es ruhig! – Aber reden Sie nicht herum! – Ich bin ein Staatsbürger genau wie Sie. Auch, wenn Sie Doktor sind oder Diplomingenieur. Wenn Sie müde sind, bleiben Sie zu Hause. – Ich weiß ja nicht, wo Sie wohnen. – Wenn Sie verheiratet sind, kann ich Ihre Frau nur bedauern. – Wenn Sie mich nicht mögen, dann sagen Sie es offen! – Also gut, ich hätte mich vorstellen müssen. – Aber ich will Sie nicht mit meinem Namen belästigen, Sie kennen sicher so viele Leute. – Ja, ja, ich bin kein berühmter Mann, mein Name wird Ihnen nichts sagen. – Keine Antwort ist auch eine Antwort! – Aber glauben Sie, Sie machen sich ein falsches Bild von mir, ich spreche nicht mit jedem. – Nein, wirklich, ich habe mich noch niemandem angebiedert. – Glauben Sie, das ist das einzige Kaffeehaus? – Wenn Sie mir nur einmal kurz zuhören, werden Sie mich verstehen. – Ja, wenn Sie überhaupt kein Interesse haben, verstehe ich nicht, was Sie hier zu tun haben. – Die Tische sind rar. – Viele Leute wären froh, so einen Tisch zu haben bei dieser Kälte. – Mit dem Blick auf den Eingang. – Wenn Sie schlecht hören, können Sie sich mir ruhig anvertrauen. – Hier kennt jeder jeden. – Niemand wird Sie verachten! – Das ist ja der Sinn dieses Lokals, daß jeder für sich allein ist. *Die Zeitung fällt dem ersten Mann langsam aus der Hand, er hat glasige Augen und fällt im Zeitlupentempo um.* Ah deswegen!

Dunkel.

Familie unterm Lichterbaum

Die Familie Pitsch unterm Weihnachtsbaum. Die Kerzen sind heruntergebrannt, die Geschenke ausgepackt. Das Essen ist vorüber. Man sitzt satt herum. Die Herren haben den Rock ausgezogen, den obersten Hosenknopf offen.
Ein Engel geht durchs Zimmer, wie man so sagt.

HERR PITSCH Gut, daß wir's hinter uns haben.
GUSTL War das früher schöner ...?
SCHWESTER »Stille Nacht« hätt' ma' singen soll'n.
PITSCH Wir sind doch erwachsen!
SCHWESTER Die Kinder sind ja nicht mehr da ...
GUSTL A Karten hab' i kriegt. Von einer Insel ...
PITSCH Dort san s' scho' wieder weg ...
SCHWESTER Ich hab' mir immer g'wünscht: Weihnachten im Wald.
PITSCH Dann geh in Stadtpark!
SCHWESTER Um die Zeit, in der Nacht ...
GUSTL Ich weiß, es stört die Stimmung, aber ich muß mich für einen Moment entschuldigen ... *Ab.*
PITSCH Die letzten Weihnachten waren ... i weiß net, warum ... festlicher ...
SCHWESTER Die Kinder waren da, die Mama und ... *Sie beginnt zu weinen.*
PITSCH Ich hab' ihn dir eh ausstopfen lassen. *Er entnimmt einer Tasche einen ausgestopften Hund.*
SCHWESTER Das is' a Freud' – So, wie wenn i dir die Deinige hätt' ausstopfen lassen!
PITSCH *lacht:* Du hast Ideen! – Die Meinige unterm Christbaum! *Er verkutzt sich.*
GUSTL *kommt zurück:* Der Karpfen ist heimtückisch. – Das vertragt man heute nimmer ...
SCHWESTER Ich hab' ihn nie mögen ... Schon bei die Eltern nicht ... Ich wollt' ihnen nur nicht das Fest verderben ...

GUSTL Am schönsten war die Kriegsweihnacht. – Da hat man sich besonnen ...

PITSCH Echten Cognac hat's geben.

SCHWESTER Ich hab' das ganze Jahr Eingemachtes gespart. – Aber die Männer waren nicht da ...

PITSCH Wie wir z'ruck'kommen san, haben wir dasselbe wie die andern fressen müssen ...

GUSTL Habt ihr das Gansl für morgen im Eisschrank?

SCHWESTER Ich hab's auf den Balkon 'geben. Dort kann's auslüften. Es schneit ja.

PITSCH I freu' mi auf das Gansl.

SCHWESTER Ich glaub', der Karpfen war wirklich komisch ... *Sie eilt weg.*

PITSCH So werden wir immer weniger.

GUSTL Von Jahr zu Jahr ...

PITSCH Erst glaubt man, es kommt was, dann wird's nix ...

GUSTL Wie mit der Liebe ...

PITSCH Wenn's mit dem Kindersegen einmal aus is'. – I bin eigentlich froh, daß sie heuer net da san ...

GUSTL Man merkt doch, daß alles teurer wird.

PITSCH Wir haben ja gar nix zum Trinken ...

GUSTL Deine Schwester wird schon was bringen. Sie ist ja rührend als Hausfrau. – Auch wenn man merkt, daß sie ihr ganzes Leben allein gelebt hat.

SCHWESTER *kommt mit Sekt und Gläsern:* Eigentlich war er ja für Silvester bestimmt, aber da bin ich schon im Spital ...

PITSCH Ich war schon oft im Spital und nie is' was g'wesen. – Du wirst sehen, es wird sehr nett sein. Man weiß eh nicht, wo man zu Silvester hingehen soll ...

GUSTL Ich geh' auf den Stephansplatz und schau' mir die Leut' an.

PITSCH Was machen die?

GUSTL Sie schauen mich an ...

PITSCH Warum?

GUSTL Weil i b'soffen bin.

PITSCH Die sind doch selber b'soffen ...

GUSTL Das is' ja eben das Lustige an Silvester.

SCHWESTER Es wart' so viel zum Lesen auf mich ... Ich hab's noch gar net aus'packt. Vielleicht is' ein Diätkochbuch dabei. Das soll so g'sund sein.

PITSCH Mir scheint, der Karpfen is' a Spätzünder. Sonst war ich doch der einzige, der ihn vertragen hat. *Ab.*

SCHWESTER Der Korken is' so zäh. Ich hab's schon vor dem Essen probiert ...

GUSTL Das is' eben der Unterschied zum Champagner. *Er hantiert mit Flasche und Korkenzieher.* Wie die das im Kino immer machen?

SCHWESTER Das lernen s' schon von der Wiege auf. *Der Korken knallt. Sonst geschieht nichts.*

GUSTL Jetzt müßt' er schäumen.

SCHWESTER Wie schmeckt er denn?

GUSTL *kostet:* Früher wären wir froh gewesen ...

SCHWESTER *kostet gleichfalls:* Zum Anstoßen reicht's ...

GUSTL Wir müssen Geduld haben mit dem Herrn Bruder. Die ersten Weihnachten ohne seine Gattin ...

SCHWESTER Und er hat sich so drauf g'freut. Seit Jahren schon –

GUSTL Manchmal macht man sich so Illusionen ...

SCHWESTER Das kann uns nicht passieren ...

GUSTL Waren Sie einmal verliebt?

SCHWESTER Einmal ...

GUSTL Und er hat nix davon g'merkt? Vielleicht ist es noch nicht zu spät ... *Er setzt zu einer Umarmung an.*

SCHWESTER O ja. Er is' ein amerikanischer Stummfilmstar und längst tot ...

GUSTL Da hat er ja noch Glück g'habt. Jetzt gibt's schon lang' Farbfilm ...

SCHWESTER *mit Tränen:* Warum laßt man die Kerzen so kurz brennen?

GUSTL Es gibt soviel Zimmerbrände.

SCHWESTER Die armen Kinder ...

GUSTL Ich hab' immer gleich nachher ins Bett müssen. *Er legt seinen Kopf schluchzend an ihre Schulter.*

SCHWESTER *schluchzt gleichfalls:* Ich hab' nie ein anständiges Bett g'habt ... *Ernüchtert:* Wir haben ja noch gar net getrunken.

GUSTL Mir ist es plötzlich zu Bewußtsein gekommen, daß ich nie ans Christkindl geglaubt hab'.

PITSCH *kommt zurück:* Überall brennen die Lichter. – Dabei sind nirgends Kinder da. Nur alte Weiber ...

SCHWESTER Du bist der einzige Mann im Haus!

PITSCH *lacht:* Der Weihnachtsmann.

Man hört die Feuerwehr.

SCHWESTER Die armen Kinder!

PITSCH Wieso?

SCHWESTER Die brennen als erste ...

Stille.

GUSTL Also, was g'schiecht jetzt?

SCHWESTER Uns're Geschenke können wir uns ja nicht anzieh'n ...

PITSCH Spielen wir was!

GUSTL Wann kommt man sonst dazu?

SCHWESTER *zieht unter dem Weihnachtsbaum ein Würfelspiel hervor:* Das is' ein ganzes Spielmagazin. Also was? Halma, Domino, Wettrennen, Mensch ärgere dich nicht?

PITSCH Das is' ja zu dumm! Von wem is' das überhaupt? *Er sieht nach.* Von einem Bürokollegen. – *Er sieht noch einmal hin.* Sein Sohn is' grad' in Frühpension 'gangen und hinterläßt keine Kinder.

GUSTL Probieren wir's!

SCHWESTER *legt das Spiel auf den Tisch und würfelt:* Ich hab' einen Sechser. *Würfelt noch einmal.* Vier.

PITSCH Blödsinn! *Würfelt gleichfalls.* Eins. – Das ist ein dummes Spiel!

GUSTL *würfelt:* Neun!

PITSCH Das heißt fünf. *Zur Schwester:* Also du fangst an ...

Alle trinken den Sekt.

PITSCH Was habts ihr mir da hineing'schütt'?

SCHWESTER Er is' vom vorigen Jahr. *Zu Gustl:* Wir haben keinen anständigen Keller! *Setzt eine Figur.* Eines machen wir gleich aus. Nicht schwindeln!

PITSCH *würfelt wieder:* Zwei. Das hat ja kan Sinn! Wir sind doch erwachsene Menschen! Von oben bis unten Schwindel! – Können wir sonst nix anfangen?

GUSTL Es ist erst halb acht ...

PITSCH *plötzlich wütend:* Heuer wird net g'feiert! – Meiner Gattin wär' das gar net recht!

SCHWESTER Heuer haben s' sogar im Fernen Osten Waffenstillstand!

GUSTL Laß wenigstens den Baum in Ruh'!

PITSCH Aha! Eigentlich möchst du ihn umwerfen! Du Eindringling!

GUSTL Sag das noch einmal!

PITSCH Anhängsel!

GUSTL Ich gehe nächstes Jahr in Pension.

PITSCH Anfressen hast dich wollen! – Und an meine Schwester anhängen! – An den Familienbesitz!

SCHWESTER *begütigend:* Er hat mehrere Einladungen ausg'schlagen.

PITSCH Im Kaffeehaus hat er erzählt, daß wir nur eine Dusche haben und sie nicht benützen!

GUSTL Manche Menschen lernt man erst nach Jahrzehnten kennen. Wir werden uns wohl so bald nicht mehr sehen. *Er will gehen, kehrt noch einmal zurück, nimmt ein kleines Paket.* Mein Geschenk an die Familie. Französische Seife. Sie riecht nach Rosmarin. Schade.

Ab.

Stille.

PITSCH *trinkt widerwillig den Sekt:* Warum haben wir so wenig Freud' an dem Fest?

SCHWESTER *schluchzend:* Ich kann doch nix dafür ...
PITSCH Ich glaub', ich weiß es ... Weil es die Juden erfunden haben ...
Man hört die Feuerwehr.
Dunkel.

Das nächste Kommissariat

Dienstzimmer. Hinter einer Barriere der Diensthabende. Davor ein junger Polizist.

DER DIENSTHABENDE *in einer Erzählung:* ... und wie ich da so lieg', und die Menge stürmt den Justizpalast, komm' ich drauf, ich kann mich nicht erheben. Schußverletzung! Ein Pferd scheut, der Huf mir direkt auf den Kopf. Seither ist er deformiert ...
POLIZIST Man sieht aber nichts.
DIENSTHABENDER Sie kennen mich noch nicht näher. – Wie ich im Spital zu mir komme, beugt sich der Polizeipräsident über mich und sagt: »Ihr Opfer wird nicht umsonst sein.«
POLIZIST Haben Sie einen Orden bekommen?
DIENSTHABENDER Nein, aber das Pferd ist erschossen worden. Es war durch die Schüsse irritiert.
POLIZIST Aber der Polizeipräsident hat doch den Schießbefehl gegeben. Und die Demonstranten waren nicht beritten ...
DIENSTHABENDER Es is' schon lang her. 1927. Es war schönes Wetter. An den Brand erinnere ich mich genau ...
POLIZIST Sie müssen viel erlebt haben.
DIENSTHABENDER Zweimal war ich verheiratet und drei Regierungswechsel hab' ich miterlebt ...
POLIZIST Das haben wir ja alle vier Jahr' ...
DIENSTHABENDER Jetzt achtet man nicht mehr darauf. Aber damals waren das geschichtliche Katastrophen ...
POLIZIST Heut' auch, nur merkt es niemand.

DIENSTHABENDER Ja, sicher, aber es ist schärfer zugegangen.

POLIZIST Jetzt haben wir nur noch den Kampf gegen die Autos. Aber der ist scharf!

DIENSTHABENDER Unsere Truppe war immer vorbildlich. Die Interpol ist hier gegründet worden.

POLIZIST Haben Sie noch manchmal Schmerzen?

DIENSTHABENDER Ich spür' mein' Kopf gar nimmer. Wenn man so lang dabei is' ...

POLIZIST Das is' ein ruhiges Kommissariat. Die Leichen find't man erst am nächsten Tag in die Autos oder in die Wohnungen ...

DIENSTHABENDER Nur, weil sie uns fürchten. Die machen an Bogen um unsere Dienststelle.

POLIZIST Ich glaub', die Verbrecher werden bequemer.

DIENSTHABENDER Ladendiebstahl ist immer noch sehr beliebt ... Und Kindermißhandlung ...

POLIZIST Rauschgifthandel geht auch in aller Stille vor sich ...

DIENSTHABENDER *haut auf den Schranken:* Führen S' endlich die Politischen vor!

POLIZIST Wir haben ja keine.

DIENSTHABENDER Seh'n S'! So plagt mich die Vergangenheit. – *Scharf:* Warum haben Sie lange Haare?

POLIZIST Es ist erlaubt.

DIENSTHABENDER Wie soll man da noch unterscheiden können?

EIN MANN *kommt aufgeregt:* Wir sind immerhin 20 Jahre verheiratet ...

DIENSTHABENDER Sind Sie vorbestraft?

MANN Es ist keine Zeit zu verlieren. *Zum Polizisten:* Kommen Sie mit!

DIENSTHABENDER Nehmen Sie den Hut ab!

MANN Warum?

DIENSTHABENDER Ich habe auch keinen auf.

MANN *nimmt Hut ab:* Mein Auto steht praktisch vor der Tür!

POLIZIST Im Halteverbot?

MANN Das weiß ich nicht. Jedenfalls vor dem Hotel.

DIENSTHABENDER *zum Polizisten:* Merken Sie was?

POLIZIST Nein, aber das werden wir gleich haben!

MANN Seit einer Stunde beobachte ich sie. Dabei ist sie bettlägerig ...

DIENSTHABENDER Im Hotel?

MANN Nein. Zu Hause. Wegen der Firma.

POLIZIST Sie haben eine Firma?

MANN Ich bin Arbeitnehmer.

DIENSTHABENDER Tun S' nicht hochstapeln! Sie sind Angestellter!

MANN Den Mann kenne ich nicht. Und sie will sich nicht scheiden lassen. – Mein Anwalt muß es sofort wissen!

DIENSTHABENDER Der wird von uns verständigt.

MANN *zum Polizisten:* Seit einer Stunde überwache ich die beiden. Im zweiten Stock sind sie.

POLIZIST Woher wissen Sie das?

DIENSTHABENDER *zum Polizisten anerkennend:* Sehr geschickt!

MANN Woher! – Das Licht ist angegangen.

POLIZIST Das tun Sie ohne polizeiliche Aufsicht?

DIENSTHABENDER Dann sind Sie ein Voyeur!

MANN Wir müssen sofort hin! Ich kenne meine Frau. Sie ist sehr kurzlebig. Außerdem wartet das Taxi ...

DIENSTHABENDER Sie haben doch angeblich einen Wagen?

POLIZIST Überlegen Sie genau, was Sie reden!

MANN Es ist ja nicht zum ersten Mal, aber jetzt habe ich den Beweis!

DIENSTHABENDER Beweise haben wir zu haben! Zunächst das Protokoll! Sind Sie geständig?

MANN Die beiden können jeden Moment das Hotel verlassen ...

DIENSTHABENDER Ist Ihre Frau geständig? Oder ihr Bekannter? *Zum Polizisten:* Ich habe etliche Phasen übersprungen ...

POLIZIST Ich kann ja inzwischen hingeh'n ... *Zum Mann:* Ist das Hotel sehr weit weg?

MANN Sehen Sie nicht, es ist meine einzige Chance!
DIENSTHABENDER Sind Sie alkoholisiert?
MANN Ich bin Nichtraucher.
DIENSTHABENDER Ich glaube, Sie beruhigen sich am besten ...
MANN Ich bin eiskalt.
POLIZIST Soll das eine Drohung sein?
MANN Sind Sie ein Kretin oder betrunken?
DIENSTHABENDER *zum Polizisten:* Jetzt haben wir ihn! *Zum Mann:* Gehen Sie ins Nebenzimmer!
MANN *wird vom Polizisten sanft ins Nebenzimmer gedrängt:* Wir haben keine Kinder, weil sie es so wollte. – Das Hotel ist sicher polizeibekannt. – Ich hatte die ganzen letzten Tage Überstunden. – Es ist meine zweite Ehe, aber ich bin schuldlos geschieden. Lassen Sie mich wenigstens den Sachverhalt erklären!
POLIZIST Später, später!
Der Mann ist weg.
DIENSTHABENDER Sie sehen, wie sich alles zusammenfügt. – Wenn irgendwann eine Beschwerde kommt, können wir immer sagen, im Osten geht's noch ganz anders zu.
POLIZIST Wer geht dort schon freiwillig zur Polizei?
DIENSTHABENDER Ich glaub', bei denen ist Ehebruch nicht einmal verboten. Die haben andere Probleme. *Er haut auf den Schranken.* Den Leuten hier geht es viel zu gut! *Er greift sich an die Schläfe.* Meine Kriegsverletzung!
POLIZIST Sie waren doch gar nicht im Krieg!
DIENSTHABENDER Weil ich zu rabiat war! – Die haben Angst gehabt, was ich an der Front anstellen könnte!
POLIZIST San ma froh, daß es so ruhig is' ...
Hinter der Bühne Maschinengewehrfeuer. Es wird von Schüssen erwidert.
Dann absolute Stille.
DIENSTHABENDER Da haben wir's! Er hat seine Frau und ihren Liebhaber erschossen.
POLIZIST Wir haben ihn doch in Schutzhaft.

DIENSTHABENDER Ah ja. – Sehen Sie, daß wir recht gehabt haben?

Ein Exote stürzt herein und versucht, sich in einem fernöstlichen Idiom verständlich zu machen.

POLIZIST Schon wieder ein Besoffener!

EXOTE *schildert einen dramatischen Vorgang.*

DIENSTHABENDER Sie sind auf der falschen Dienststelle! Ihre Botschaft ist woanders.

POLIZIST Woher wissen Sie, daß er zu seiner Botschaft will?

DIENSTHABENDER Immer, wann s' Schwierigkeiten haben, gehen s' zur Botschaft. – Er will sich nur nicht anstellen.

EXOTE *zeigt nach draußen, es ist ihm sehr wichtig.*

POLIZIST Ich kann etwas Englisch und in Griechenland war ich auf Urlaub.

DIENSTHABENDER Ist das Griechisch?

POLIZIST Ich war nur auf einer Insel, aber ich glaub' nicht ...

DIENSTHABENDER Ah was, hier wird deutsch g'red't. Was wird schon sein, eine kleine Meinungsverschiedenheit unter Bauarbeitern.

POLIZIST Aber es waren deutlich Schüsse zu vernehmen ...

DIENSTHABENDER Das läßt sich in einer Großstadt nicht vermeiden. – Außerdem ist jetzt die Ballsaison.

EXOTE *stößt eine Drohung aus, geht rasch ab.*

POLIZIST Ich glaub', jetzt hab' ich ihn verstanden ...

DIENSTHABENDER Wollen Sie ihn deswegen zurückholen? Das bedeutet in jeder Sprache dasselbe. Das hör' ich zwanzig Mal am Tag ... Sogar von Kameraden ...

Telefon.

DIENSTHABENDER *hebt ab:* ... Ja! ... Eine Fehde ... Ja, ich hab' in der Zeitung g'lesen! ... Soll ich jeden Politiker zwischen dem Nanga Parbat und dem Bosporus kennen? ... Internationale Ausmaße? ... Aber doch nicht bei uns ... Sowas macht man sich auf dem Flugplatz aus! ... Die Opposition war's? ... Dann werden sie sich schon verständigen ... Er is' schon wieder weg? Der Sohn vom ... Dann soll er sich bei seinem Vater entschuldigen ... Ja, gerne, ich gehe sowieso im Herbst in Pension. *Hängt ab. Zum Polizisten:* Na, sagen S' ehrlich, wen interessiert das?

Dunkel.

Die Urlauber

Zwei Herren liegen braungebrannt in Liegestühlen, bis zum Hals verhüllt.

ERSTER Heut' scheint doch offenbar die Sonn' ...

ZWEITER Eiskalt is's ...

ERSTER In einer Woch'n is' September.

ZWEITER Das Solarium soll sehr schädlich sein.

ERSTER Mich fragen s', ob ich in Madagaskar war.

ZWEITER Dort soll's zwei Tag' schön g'wesen sein.

ERSTER Im Krapfenwaldlbad war's eine Woche lang tropisch.

ZWEITER In der Sauna auch. Dann is' s' verbrannt.

ERSTER Möchst am Kilimandscharo?

ZWEITER Was mach' i dort? Die Glatz'n von die Neger von oben anschau'n?

ERSTER Es soll sehr billig sein.

ZWEITER Graz is' die billigste Stadt in Österreich.

ERSTER Da muß i mir wieder die Grazer anschau'n. – Was war im Waldl los? Gibt's neue Katz'n?

ZWEITER Die Alten san emanzipiert und die Neuen wollen uns sowieso net.

ERSTER Was gehst dann hin?

ZWEITER Weil Sommer is'.

ERSTER Was macht das G'schäft?

ZWEITER Wann ka Sommer is'? Net amal im Burgenland.

ERSTER Ihr habts doch euern Strand aus'baut.

ZWEITER Da sitzen die Burgenlandler, und die Deutschen dreh'n glei' um.

ERSTER Mit einem Wort keine Urlaubszeit!

ZWEITER Wer hat schon im Urlaub Zeit?

ERSTER Wie war das früher?

ZWEITER Früher ... Früher war Lignano noch ein Fischerdorf.

ERSTER I hab' dort noch nie an einzigen Fischer g'seh'n.

ZWEITER Fischen geht man auch nach Wieselburg.

ERSTER Genußspecht!

ZWEITER Was is' aus uns g'worden? Ehemänner!

ERSTER Das macht doch die Katz'n erst scharf.

ZWEITER Nein, ich meine, daß uns die Eden nicht mehr freut und die Pratersauna und ... halt das, was es ausmacht ...

ERSTER Der Strich is' auch nicht mehr lustig ... Am Messepalast a Tuttl! Bei an Zungenkuß denk' i immer an die Weinkost.

ZWEITER Es sind zuviel von uns g'storben.

ERSTER In der Zeitung steht auch nix mehr vom Gunther Sachs.

ZWEITER Du liest zu unaufmerksam.

ERSTER Soll man was lesen? Buddhismus und so?

ZWEITER Da schau' ich mir den bladen Berry vis-à-vis an und denk' auch an nix.

ERSTER Hast du eigentlich mit meiner Alten g'schlafen?

ZWEITER Versuchsweise. Einen Durst hab' ich ...

ERSTER Ich hab' manchmal in der Nacht an Ständer.

ZWEITER Kleine Nachtmusik!

ERSTER Hat die Vorige von dir meine Neue kennt?

ZWEITER Schau, die Gummifabrik is' eh abbrennt.

ERSTER I glaub', mir bleiben ewig.

ZWEITER Wann wir steh'n.

ERSTER Warum is's so kalt, und mir san so braun?

ZWEITER Wir sind eben Mönche ...

Sie schleichen wie Mönche ab.

Die Buam von Brasilien

Ein Schrebergarten bei glühender Hitze. Zwei ausgedörrte Palmen. Zwei achtzigjährige Männer in Hemd und kurzer Hose. Fast knielange Socken.

SCHNECKERL *mit Glatze, stopft sich mühsam eine Zigarette.*

LOISL *hantiert mit einem Gartenschlauch:* Das ist heut' schon deine Vierte ... Schneckerl.

SCHNECKERL Bei der Hitz', kein Wunder ...

LOISL Der Schlauch ist nicht mehr zum Reparieren.

SCHNECKERL Ich hätt' ihn schon längst wegg'schmissen, Loisl.

LOISL Es ist nicht die Hitz', sondern die Feuchtigkeit. An der alten Donau hab' ich jetzt noch einen und ich schwör' dir, der funktioniert. – Auch wenn ein Kommunist in meinem Garten sitzt ...

SCHNECKERL Technisch sind s' ja nicht ung'schickt, die Kommunisten ... *Zündet sich die Zigarette an.*

LOISL *blickt auf die Zündhölzer:* Die sind doch auch noch aus dem Krieg ...

SCHNECKERL Die haben's überstanden.

LOISL Wir werden's auch bald überstanden haben. Und wer red't dann noch von uns? Niemand ...

SCHNECKERL Die alten Kameraden werden immer weniger ...

LOISL Beim letzten Wikingertreffen hab' ich vorg'schlagen, einen Alpenverein zu gründen, aber die Kameraden sind alle bequem geworden ...

SCHNECKERL Die Anden sind nicht der Schöpfl ...

LOISL Für'n Wienerwald ist der Schöpfl ganz schön hoch.

SCHNECKERL *blickt in die Ferne:* Das sind hier keine Entfernungen. Alles zu weit ...

LOISL Weißt, was mir fehlt? Die Straßenbahn. Die letzte ...

SCHNECKERL *holt einen alten Fotoapparat aus der Hütte:* Würdest du mich fotografieren?

LOISL Bist du deppert?
SCHNECKERL Lach' mich nicht aus, das ist ein Andenken.
LOISL Für wen?
SCHNECKERL Man weiß das nie ...
LOISL *nimmt den Apparat, knipst widerwillig:* Jetzt, wo schon fast alle in der Zeitung sind ...
SCHNECKERL Und was waren sie gegen uns? Niemand!
LOISL Schau, sie haben auch ihre Funktion gehabt.
SCHNECKERL Aber, daß sie sich jetzt so wichtig machen ...
LOISL Möchst du nach Deutschland ausg'liefert werden?
SCHNECKERL Was ist der Unterschied zwischen Deutschland und Österreich?
LOISL I weiß net. Die meisten Kameraden sind eh Sozialisten worden ...
SCHNECKERL Was ist der Unterschied zwischen einem deutschen und einem österreichischen Sozialisten?
LOISL Was ist der Unterschied zwischen einem brasilianischen und einem argentinischen Schrebergarten?
SCHNECKERL Du red'st wie im Lager.
LOISL *wirft ihm den Fotoapparat hin:* Im Ami-Lager hast ganz anders g'red't als vorher.
SCHNECKERL Das war auch unser eigenes Lager!
LOISL Die Fußballer san auch in an Lager.
SCHNECKERL Warst du je ein Fußballer?
LOISL *bringt einen alten Fußball aus der Hütte:* Nach achtunddreißig nimmer ...
SCHNECKERL Du hängst zu sehr an der Vergangenheit –
LOISL Ob wir noch so einen Führergeburtstag erleben?
SCHNECKERL Das weiß nur die Vorsehung – Wie alt ist der Kaiser Franz Joseph worden?
LOISL Das war bei dem schon Wurst.
SCHNECKERL Den haben die Juden g'halten.
LOISL Hast du was von deinen Verwandten g'hört?
SCHNECKERL *mit dem Ball spielend:* Die werden die Goschn halten! – Das Kino im zwölften Bezirk!

LOISL Red dich in nix eine! – Das Fernsehen hätt's eh ruiniert …

SCHNECKERL Mit die Fußballer! *Beide spielen.*

LOISL Erinnerst dich an die Olympiade in Berlin?

SCHNECKERL Da hat man erst in zweiter Linie auf den Sport g'schaut. *Sie brechen abrupt ab.*

LOISL *holt ein Paket alter Zeitungen:* Da! Der Henker von Wittebsk! Wenn ich denk', daß ich damals noch nicht einmal vierzig war …

SCHNECKERL Das soll'n s' mir einmal nachmachen! Das rein Organisatorische …

LOISL Kurz nach dem Zusammenbruch hab' ich mit dem Gedanken gespielt, ein Reisebüro aufzumachen. Im großen Stil. Massentourismus …

SCHNECKERL Da waren doch schon die Juden drin.

LOISL In meinem Fall war's ein Sudetendeutscher. In Rio hat er einen Ratskeller …

SCHNECKERL An was?

LOISL Einen Kiosk am Strand mit einer deutschen Eiche aus Plastik.

SCHNECKERL Jetzt spielen sie sich auf, als ob jeder Verwalter von einer Kleiderkammer den direkten Draht zum SS-Reichsführer g'habt hätt'.

LOISL Badewaschel, mehr war er nicht, der Gustl …

SCHNECKERL Im Esterhazybad, vorm Juliputsch …

LOISL Für wen heb' ich die Zeitungen eigentlich auf? Mei Schwiegertochter interessiert sich nur für Gärtnerei …

SCHNECKERL Mein Sohn hat nicht einmal »Mein Kampf« gelesen. Nur Mickey-Mouse-Heft'ln.

LOISL Hast du s' g'lesen?

SCHNECKERL Ich mußte Referate drüber halten. Ganz genau hab' ich's auch nicht mehr im Gedächtnis – Was ist seither alles passiert!

LOISL Nix …

SCHNECKERL Die können nicht einmal die Zahlen auseinanderhalten … Einmal sind's 50.000 … dann 200.000 …

LOISL Aber die Zuschauer vom Match, die wissen's genau.

Er wirft den Ball in die Hütte.

SCHNECKERL Massen sind Massen ...

Man hört das Geräusch eines näherkommenden Autos.

LOISL Glaubst, kann sich der Gustl an uns erinnern?

SCHNECKERL Ich hab' jeden Kontakt mit ihm abgebrochen. Er wollt' mich hineinlegen. Mit einer Hazienda. Im Sumpfgebiet ...

LOISL Hat er deine Unterschrift?

SCHNECKERL Wen interessieren Unterschriften ...

LOISL Mir scheint, du liest nur deine alten Zeitungen. Wer weiß, was so ausg'sagt wird?

SCHNECKERL Was hast denn auf einmal?

LOISL Ich hab' doch im April noch die Abteilung D übernommen ...

SCHNECKERL Die war doch schon längst aufg'löst.

LOISL Du weißt gar nix. – Da war noch die ganze Partie aus Rumänien.

SCHNECKERL Das ist untergegangen zwischen den Fronten. Die Kameraden waren unterwegs zu den Amis, und den Russen war's recht, daß sie keine Verpflegungsprobleme g'habt haben.

Das Geräusch kommt näher.

LOISL Warum kann man nie a Ruh haben! Du mit deine alten Zeitungen!

SCHNECKERL Ich würde ihnen entgegentreten und sagen: Bitte, wollen S' noch einen Kaffee? ... Und dann ab in die Heimat! – Mit Pressekonferenz.

LOISL Gar nix wirst du! *Er holt eine Schrotflinte aus dem Schuppen und beginnt sie zu laden.*

SCHNECKERL Der Autobus ist es nicht.

LOISL Wir können genau einseh'n in die Kurve.

SCHNECKERL Du hast zu wenig 'gessen in letzter Zeit. Das rasche Abnehmen!

LOISL Du machst Rückendeckung!

SCHNECKERL Ich hab' ja nur einen Rasenmäher. Karl May spielen auf meine alten Tag' ...

Geräusch stärker.

LOISL Der Krieg ist noch lange nicht vorbei! *Er zielt. Es geschieht nichts.*

SCHNECKERL Jetzt hättst fast auf unsere Gattinnen g'schossen. *Er winkt.* Wir haben euch noch nicht erwartet, warts! Wir kommen hinunter! Wie wär's, wenn wir heut' einmal zur Abwechslung Bauernschnaps'n.

LOISL *wirft die Flinte weg:* Und was machst dann während der Regenzeit? – Das ist ein Leben, was wir führen ...

Stille.

SCHNECKERL Du sollst vielleicht doch Zigaretten rauchen!

Er nimmt einen kräftigen Zug.

Dunkel.

Die Damen vom alten Hochhaus

Wien, Kursalon, das Orchester spielt Lehár, die Damen, etwa sechzig, sitzen beim Kaffee.

AIMEE Jetzt trinken s' schon Bier beim Lehár.

SONJA Das haben die Amerikaner eing'führt ... Erinnerst dich?

AIMEE Ich hab' damals mein Kinderwagen gefahren. Und der kleine Bär mit großen Ohren war der Schlager.

SONJA Welcher Beer? Der Ami oder der schottische Beer?

AIMEE No, beide waren s' aus Döbling.

SONJA Das Intercontinental ist doch wirklich eine Schand'!

AIMEE Wir waren das einzige Hochhaus damals.

Stille.

SONJA Hilton hab' ich das erste g'sehn, da hab' ich noch an Hilton glaubt ...

AIMEE Ich hab' auch an den alten Pick geglaubt. Und der hat kein Hotel g'habt. Nur ein Badezimmer.

SONJA Es gibt keinen Flirt mehr …
AIMEE Wie hat der Russ' g'heißen, der sich damals runterg'stürzt hat bei dir …?
SONJA Tschechow …
AIMEE Geh!
SONJA Wirklich? So heißen Russen? Wirklich?
AIMEE War er verwandt?
SONJA Mit wem?
AIMEE Gedalje Tschechow hat er g'heißen. Aus Odessa.
SONJA Aus'm fünften Stock runter stürzen.
AIMEE Das Hochhaus hat nicht gelitten …
Stille.
SONJA Meinst, spielen die falsch?
AIMEE In Baden?
SONJA Geh! Ich denk' doch nur an Musik!
Das Orchester spielt falsch.
AIMEE Der Furtwängler war einmal bei mir zu Besuch …
SONJA Allein?
AIMEE Das war einfach damals so üblich. – Ich weiß nicht.
SONJA Sogar Diplomkaufleut' waren musisch.
AIMEE Wann bist du eingezogen …
SONJA Weiß ich? … Die schönsten Aussichtsplätze von Wien sind seither verfallen.
AIMEE Herr Ober!
SONJA Was hast 'n?
AIMEE Ich wollt' ja eh noch nicht zahlen, i wollt' nur sehen, ob's funktioniert …
SONJA Wie oft hat's bei dir funktioniert?
AIMEE Du, danach hat ein Kavalier net gefragt! Im Hochhaus nicht …
SONJA Ich weiß, den einen hast verwöhnt, der andere ist in die Fremdenlegion 'gangen.
AIMEE Glaubst, die Marlene hätt's anders g'macht?
SONJA Der Fratz! – Weißt, wie wir im Luftschutzkeller die Hosen ang'habt haben?

AIMEE Ein Filmstar g'hört in eine Garçonniere. Alle haben s' bei uns g'wohnt damals ...

SONJA Erinnerst dich an meinen Gspusius?

AIMEE Wieso? War der vielleicht bei der Gestapo?

SONJA Das waren doch so viele. – Ohne daß sie es g'wußt haben ... Eigentlich war er Musiker.

AIMEE Kaum sind wir ein'zogen, hat irgendwer seine Aufwartung g'macht ...

SONJA Aufwartung? – Seine Blumen abgeben ...

AIMEE *bestimmt:* Ob er bei der Oper oder in der Regierung war!

SONJA Die erste Zeit hab' ich die Mama bei mir g'habt.

AIMEE Meine hab' ich als Bedienerin aus'geben ...

SONJA Weil s' aus Niederösterreich war!

AIMEE *verklärt:* Aus dem Wienerwald.

SONJA Meine hat ihren Hausmeisterposten behalten. Das hat sie sich partout nicht nehmen lassen.

AIMEE Eine fesche Zeit war's ...

SONJA Ja, fesch ist es nicht mehr.

AIMEE Warum hat die Kapelle aufg'hört zum Spielen?

SONJA Ich glaub', es wird zum Regnen anfangen.

AIMEE Hat's früher auch so viel g'regnet?

SONJA Im ersten Bezirk nicht.

AIMEE Am Nachmittag hat man nie aufs Wetter g'schaut – l'heure bleue ...

SONJA Mein Doktor is' nach der Verhandlung kommen. Mit einer Bonbonniere, wenn er g'wonnen hat ...

AIMEE Hat er dir je von den Mördern erzählt?

SONJA Er war meist beim Handelsgericht.

AIMEE Meinen Professor hab' ich schon als Assistenzarzt kennt. Jetzt kommt er selten. Der Aufzug ist so oft gestört.

SONJA Auf meiner Stiege auch. – Und wenn einer grad' keinen Schilling parat hat, überlegt er sich's ... im sechsten Stock ...

AIMEE Komisch, in deinen Kaffee regnet's schon und in meinen nicht.

SONJA Das sind die örtlichen Niederschläge.

AIMEE Herr Ober!

SONJA Geh'n wir noch ein bißl durch die Stadt. G'schäft anschau'n.

AIMEE I weiß net. Seit keine Autos mehr fahren, interessieren mich die Auslagen nicht.

SONJA Ich muß noch eine Kleinigkeit besorgen.

AIMEE Kommt der Nucki?

SONJA Der is doch auf seiner Mühle an der tschechischen Grenz' ... Dort kriegst ihn nimmer so leicht weg.

AIMEE Ich hab' mir noch denkt, er geht so schlecht.

SONJA Was soll man um halb neun aufwarten? Eine blöde Zeit ...

AIMEE Gehts dann eh zum Heurigen.

SONJA Eben. Mit einem älteren Ehepaar aus New York.

AIMEE Mozartkugeln ...

SONJA Eigentlich mußt sie ja kennen, die beiden. – Vom Hietzinger Tennisclub ... Die Daisy Libeck.

AIMEE Zuletzt war s' in Gastein ... Mit einem Hotel verheiratet.

SONJA Und jetzt ... Wenn du dich noch erinnern kannst? – Als Käpt'n ist er auftaucht ... 46 ... Der Bubi Kolischer.

AIMEE So, der Bubi ... Na ja ... Hunger wird er keinen großen haben ...

SONJA Dann werd' ich ein paar Blumen aufstellen ...

AIMEE Aber keine Rosen ...

SONJA Ich versteh' dich nicht.

AIMEE Die stehen schon bei mir. Servus! Um dreiviertel sechs muß ich zu Haus' sein. Tust halt die Daisy trösten, wenn er sich verspät' ... Wir telefonieren morgen! *Ab.*

SONJA Herr Ober! – Herr Ober!

Dunkel.

Wienfilm

Ein Vorstadtkino. Das Foyer mit Süßwarenstand. Die Verkäuferin ordnet die Ware. Eine Besucherin sitzt davor.

DIE VERKÄUFERIN Gut, daß Schokolade net schlecht wird. – Meine Kinomischung hat den Errol Flynn, den Gary Cooper und den Humphrey Bogart überstanden.

DIE BESUCHERIN Wie die Bundeskanzler in der Wochenschau ... Am Anfang hab' ich mir noch die Namen g'merkt.

VERKÄUFERIN Es fehlt an Persönlichkeiten ... Da war ein Energieminister, da haben die Leute immer so g'lacht.

BESUCHERIN Wie hat er g'heißen?

VERKÄUFERIN Ich merk' mir doch keine Namen.

EIN JUGOSLAWE *kommt, stellt eine jugoslawische Frage.*

VERKÄUFERIN Vielleicht viertel Stunde ... halbe Stunde ... Dann Vorprogramm ...

JUGOSLAWE *zeigt ihr eine Salami, stellt Forderungen.*

BESUCHERIN Ich glaub', er kommt von der Donau. Von an Schiff ...

VERKÄUFERIN Hier Lichtspielpalast, Kultur!

JUGOSLAWE *flucht und geht ab.*

BESUCHERIN Früher war das a Rarität ...

VERKÄUFERIN Da hat's auch noch Filmstars gegeben ... Mit dem Popcorn hat's aufgehört.

BESUCHERIN Bei der Paula Wessely hab' ich Mannerschnitten 'gessen.

VERKÄUFERIN Warum grad' bei der?

BESUCHERIN Ich war überzeugt, wenn ich bei ihr eing'laden wär', hätt' s' mir das aufgewartet. Und a Schale Gold ...

VERKÄUFERIN Solche Leut' trinken doch Sekt.

BESUCHERIN Erst am Abend. Und auch dann nur am Hochzeitstag.

VERKÄUFERIN Glauben S', hat die Wessely an Swimmingpool?

BESUCHERIN Warum?

VERKÄUFERIN Weil's haaß is'.

BESUCHERIN Das paßt nicht zu ihr! – Aber ich glaub', sie macht gern Näharbeiten. Oder Erbsen auslösen. Am Vormittag ... Im Garten ...

VERKÄUFERIN Ich hab' mir schon oft überlegt, kann man im Gemeindebau Filmstar werden?

BESUCHERIN Höchstens beim Fernsehen. Das san so Leut ...

DER OPERATEUR *im dunklen Arbeitsmantel:* I laß den Kulturfilm heut' weg.

BESUCHERIN Was is' es denn?

OPERATEUR Poldi, der letzte Zeck von Podersdorf.

VERKÄUFERIN In Podersdorf gibt's doch nur Gelsen.

OPERATEUR Na, die haben ihn ja verjagt. Und die Piefke ...

BESUCHERIN Ich werd' in der Fußfreien sitzen.

OPERATEUR Sie haben das ganze Kino für sich.

BESUCHERIN I sitz' aber in der Fußfreien! – Der Johannes Heesters is' mein Liebling.

OPERATEUR Der muß a schon in der Rent' sein. Den kenn' i no', bevor der Hitler einmarschiert is' ...

VERKÄUFERIN Daß der nie g'sungen hat! Schad' eigentlich ...

BESUCHERIN Der Johannes Heesters, der Theo Lingen, der Heinz Rühmann und der Willi Forst, das sind meine Buam! Und der Hörbiger!

OPERATEUR Hörbiger!

BESUCHERIN Das is' der Bruder!

OPERATEUR Wenn ich ehrlich bin, i hab' mir die Film' nie richtig ang'schaut. Manchmal, wenn s' g'rissen san.

BESUCHERIN Was machen Sie so?

OPERATEUR I les' manchmal gern ...

VERKÄUFERIN Was lesen Sie?

OPERATEUR I weiß net. I bin bei einer Buchgemeinschaft.

VERKÄUFERIN Warum gibt es keine guten Filme? Es kann doch nicht so schwer sein ... Wir haben zum Beispiel ... *Langes Nachdenken.* ... die Praterhauptallee.

BESUCHERIN Diese Pornografien zerstören alles. – Die Marika Rökk hat sowas nie notwendig g'habt ...

VERKÄUFERIN Und kann sich immer noch sehen lassen.

OPERATEUR Ich bin neugierig, was nach der Renovierung kommt ...

BESUCHERIN Gibt's ein Programm?

OPERATEUR Vielleicht in der Zeitung ... *Laut:* Einlaß!

BESUCHERIN Ich möcht' nicht zu spät kommen. Gibt's eine Vorschau?

OPERATEUR I hab' Ihnen schon g'sagt, wir werden renoviert.

Hans Albers singt »La Paloma«, es wird langsam dunkel.

BESUCHERIN *im Abgehen:* Mein Gott, der Moser ...

Dunkel.

Der Verweser

In einem leeren Séparée eines Gürtelkaffees, im Gespräch mit unsichtbarer Begleiterin, eine Sektflasche mit zwei Gläsern, von denen er abwechselnd trinkt.

Warst du schon je am Vormittag in der Hofburg? – Net am Sonntagvormittag in einer Ausstellung! – Die Kühle inmitten des heißen Tages! – Das is' a spanisches G'fühl! Was kennst schon von Spanien außer die Fliegen und der Proletenküste? – Die Proleten sind rumg'standen vor der Ehrentafel und haben sie enthüllt! Posthum ist er eingezogen ... Ich bin auf der anderen Seite g'standen und hab' vor mich hin gelächelt. – A Fiaker is' steh'n'blieb'n und eine Amerikanerin wollt' mir ein Geld geben ... Ich hab' g'sagt »never mind« mit einem meiner Seitenblicke und der Fiaker is' davonprescht wie im Herbstmanöver ... Die drüben haben g'red't, und g'red't und dann ist noch eine Frau von der Stadt 'kommen und hat g'sagt, in seinem Lager war Österreich. *Höhnisch:* Die haben seine Villa am Wolfgangsee nicht gekannt ... Was hat das Salzkammergut mit

der sogenannten Republik zu tun? Ein Herr im hellen Anzug mit einem Spazierstock steht unterm Burgtor. Voilà! – Bist du eigentlich beim Hofopernballett oder tanzen dort nur mehr die Warmen? ... Die Puppenfee hab' ich g'sehn mit der Mama und ich hab' mich auf den Christbaum g'freut ... Auf die Toilette hab' ich die ganze Zeit müssen ... Burgtheater ... Die beiden Klingsberg ... Es muß wohl komisch g'wes'n sein, die Leut' haben g'lacht ... Ich hab' nie g'lacht im Theater, einmal beim Heurigen, aber da hab' ich mich vor meiner Begleiterin geniert ... Die Suite hat sich zerstreut. »Deppenschädeln« hab' ich vor mich hin gemurmelt, ein vorübergehender Polizist hat mich schief ang'schaut, wahrscheinlich hat er glaubt, ich bin ein Anarchist, nein bitte, solche Tendenzen hab' ich mit fünfzehn g'habt, und dann wollt' ich rüber, die Ehrentafel anschau'n wieder, ein Fiaker hätt' mich fast überfahren und ruft: »Alter Depp«. Ich überseh' das ironisch und geh' gleich zum »Prinz Eugen« Luft schnappen! Das hab' ich öfters im Krieg g'macht, da war ich bei der Widerstandsbewegung!
I hätt' ja mehr machen wollen, aber die haben g'sagt »Lieber net, das genügt«. – Was weißt du davon, ein Vorstadtkind? – Lieb!
Versucht aufzustehen.
Ich werd' ein Telegramm an Seine Majestät aufgeben. – Kann man in Österreich ein deutsches Telegramm aufgeben? ... Ganz kurz und witzig: »Servas Kaiser!« ...
Er sinkt zurück.
Etwas geht mir nicht ein: Is' er, wenn er als Deutscher nach Österreich kommt, ein Monarch oder ein Tourist? – War Hofmannsthal eigentlich ein Tal oder eine Furt ... Genug des Philosophischen, du willst ja unterhalten werden ... Das ist die höchste Kunst, das werd'ts ihr am Gürtel auch noch lernen müssen! – Auch bei die Sozialisten! ...
Lach! Net lächeln! Lächeln is' immer gemein! Im Grunde genommen falsch! ... Wien ist allen Leuten in Rücken g'fallen! ... Da werdets ihr auch noch draufkommen.

Auch wenn ihr die andere Seiten der Donau bebauts ... Trink noch was, Trottel! ... Kutscher! ... Fiaker.

Er versucht abermals aufzustehen.

Keine Schilling mehr! Keine Gulden! Im Europaparlament werdets was anfangen mit eure Netsch.

Langes Schweigen.

Die Aufteilung is' ja das Schwierigste! – Ottakring kriegst du! – Is' auch net mehr wert als Liechtenstein! ... Im Grunde! – Worum is' es Ihm sein Leben lang 'gangen? Kaiser darf man ja net sagen. Der Plattensee is' halt schöner als der Starnbergersee! – Ich hab' nur das G'fühl, auf die Ungarn is' kein Verlaß! – Wie alle Reitervölker ein aufsässiges G'sindel! ... Obwohl der Aufstand, ein erstklassiges Manöver! Aber nicht mehr! ... Die Böhm' hingegen san fantastische Schneider, aber wenn's drauf ankommt, halten s' die Goschen. Man muß alles von der europäischen Sicht betrachten! Das Reich, wo die Sonne nie untergeht ... Höchstens in Straßburg! Ab jetzt auch nicht mehr. – Die Russen und die Amerikaner, was waren s' bis jetzt? – Ein Bezirkshauptmann hat mehr Befugnisse g'habt ... Wart nur, bis ich mit ihm im Kreml einzieh', mit'm Papst als Kardinal ... Fronleichnamsprozession am Roten Platz ... *Weiterhin zur Unsichtbaren gewandt.* Willst Burgschauspielerin werden mit einer Villa in Schönbrunn? Was, Schönbrunn, Miramare kannst haben, die blöde Charlotte ist längst aus'zogen, oder Mayerling, aha, da is' a Kloster mit Telefon, das lassen wir ihnen ... Den Tito lassen wir auch, das war ein braver Feldwebel ... Drum is' er auch so alt worden und die Leut' sind nur auf die Gnädige sauer. Das ist unserm Franz Joseph erspart 'blieben, rechtzeitig war Ruh' ... Die Anarchistenbuben! Gestern bin ich um die Zeit auf'm Maria-Theresia-Denkmal g'sessen und hab' die Kaiserhymne g'sungen ... Wie mich die Polizei runterg'holt hat, waren die anwesenden deutschen Touristen beleidigt, weil sie mit Recht g'sagt haben, das is' jetzt alles eins und wir sind wieder vereinigt ... Es gibt nur a Kaiserstadt, ein Pöcking! ... Ja, Pöcking, die Hauptstadt von China! Das is' es!

Pause.
Na was sagst dazu? – Bist müd' von der vielen Politik? ... Schlaf' ruhig weiter ...
Er legt Geldscheine auf den Tisch.
Warst in einer großen Stunde bei mir! Werden's nicht vergessen! Ich hab' leider noch eine Verabredung ... In der Kapuzinergruft ... Mit dem Herzog von Reichstatt. *Es wird langsam dunkel.* Daß unser Frankreich net kommunistisch wird! Bevor Er nach Straßburg kommt!
Dunkel.

Die rot-weiß-rote Rasse

Garten eines Klubhauses in den Tropen. Grelle Sonne. Terrasse mit Pergola. Eine fahrbare Hausbar. Zwei Herren im Tropenanzug. Eine Tonanlage spielt Robert Stolz.

DER KONSUL Vor ein paar Jahren haben s' noch Trommeln g'habt im Urwald.

DER INGENIEUR Als Andenken sieht man s' überall. Sogar am Hafelekar ...

KONSUL *anbietend:* Wollen S' eine Kubanische?

INGENIEUR *nimmt:* In letzter Zeit gibt's a bißl viel von der Sorte. Ich merk's an den Tschicks im Bergwerk –

KONSUL Sind s' nicht etwas aufsässig in letzter Zeit?

INGENIEUR Auch nicht anders als die Jugoslawen.

KONSUL Die malen Ihnen aber keine Hammer und Sichel an die Wänd'.

INGENIEUR Einer von die Vorarbeiter hat ein' Lodenhut ... Ich hab' mir Afrika auch anders vorg'stellt.

KONSUL Expeditionen haben s' noch g'macht vor ein paar Jahren ...

INGENIEUR Und was haben s' g'funden? – Ein paar alte Volkswagen und ein Haufen Präservative ... *Musik aus.*

Die Frau Konsul erscheint. Die Herren stehen auf.

DIE FRAU Lassen Sie sich nicht stören. Der Auflauf wird gleich so weit sein ... Wollts ihr was anders hören? Den Rosenkavalier oder am End gar Summertime.

KONSUL *schenkt ein:* Gleich fangen s' im Urwald an, die Grillen und die Papageien ...

INGENIEUR Wie in Schönbrunn. Ich hab' in der Maxinggassen g'wohnt. Nicht zum Aushalten!

FRAU Sind Sie in Schwechat auch durchsucht worden? Mir war ganz unheimlich ...

KONSUL Weiß der Teufel, was da drüben los is'. – In Rom soll man ja nicht einmal mehr auf der Straß'n geh'n können.

Sie setzen sich.

FRAU Sie müßten einmal in der Regenzeit hier sein. Wie im Salzkammergut ...

INGENIEUR Wo gibt's denn noch so ein Paradies? Vor zehn Jahren das Burgenland vielleicht ...

FRAU Und was haben s' draus g'macht? Ich war auf einem Weinlesefest ... Wie die Hottentotten!

KONSUL Bitte nicht! Ich sag' meiner Frau, sie soll nicht so taktlose Bemerkungen machen. Auf Empfängen. Manche haben doch in Deutschland studiert ...

FRAU Wenn s' kein' Humor haben ... Ich bin ja auch a Gscherte ...

INGENIEUR Woher?

FRAU Aus Gstratzen an der Rosach. Jetzt geht die Autobahn drüber.

Entfernte Schüsse aus dem Urwald.

INGENIEUR Mir scheint, einer von unsern LKWs.

KONSUL Nein, nein, da schießen s' irgendwo.

FRAU Die Safaris haben doch aufg'hört ...

INGENIEUR Es gibt kaum noch richtige Viecher.

FRAU Wo keine Jäger sind, sind keine Viecher.

KONSUL Der kommunistische Einfluß wird immer stärker.

INGENIEUR Pardon, was hat das mit der Jagd zu tun ...?

Die Schüsse werden immer lauter.

FRAU Es ist dasselbe wie mit den Dienstboten.

INGENIEUR Bei uns wird's auch bald so weit sein. Meine Frau macht fast schon alles selber ...

FRAU Wo ist sie denn jetzt?

INGENIEUR In Loisach. Das werden Sie gar nicht kennen. Aber für die Kinder is's gut ... Ein Seitental. Dagegen ist das hier a Großstadt.

KONSUL Drei Kirchen haben wir immerhin ... *Stille.*

INGENIEUR Is' Ihnen je aufg'fall'n, daß es am Semmering keine Kirchen gibt?

FRAU Eine Moschee haben wir auch.

KONSUL Aber sonst? So an einem Sonntag ... Kein Mensch auf der Straß'n. – Die Einsamkeit. Wo find't man die denn heut' noch ...?

Kampfeslärm. Maschinengewehre. Lautes Geschrei in einem afrikanischen Dialekt.

FRAU Ich muß nach dem Auflauf schau'n. Entschuldigts mich ...

KONSUL Sag einmal, die sollen da Ruh' geben! Wir haben nämlich auch ein Kino! – Und da saufen sie sich meistens nachher an ...

INGENIEUR Bei uns drüben im Bergwerk genauso. – Erstaunlich viel Rum. – Echt aus Kuba.

Der Lärm verebbt.

FRAU Blumen hab' ich vergessen – *huscht ab.*

Die Herren trinken.

KONSUL Ohne Biedermeiersträußl gibt's bei uns kein Abendessen ...

INGENIEUR Ich wollt' was aus dem Urwald mitbringen. Aber das ist alles so verstaubt, vom Bergwerk.

KONSUL In Südafrika is's sauberer. Diamanten können nie so an Mist machen.

INGENIEUR Merkt's ihr was von den Spannungen? Bei meinem Juwelier am Neuen Markt is' noch nix teurer 'worden.

Eine afrikanische Stimme hält eine Ansprache.

KONSUL Ja, übrigens, ich hätt' fast vergessen. Mein belgischer Kollege hat heut' ang'rufen. Man soll lieber nicht auf die Straß'n geh'n. Wenn Sie bei uns übernachten wollen?

INGENIEUR Reizend. – Aber ich erwart' noch einen Anruf aus Loisach ...

KONSUL Kann man ja umleiten.

INGENIEUR Bei den Postverhältnissen?

KONSUL Na ja, vor fünf Jahren haben s' noch die Trommeln g'habt.

INGENIEUR Nein, ich mein, das Postamt in Loisach sperrt um fünf Uhr ...

Ende der Ansprache.

KONSUL Versteh'n Sie, was der da g'red't hat?

INGENIEUR Nein, ich komm' auch so mit den Leuten aus ...

Es wird Sturm geläutet.

INGENIEUR Diese komische Eifersucht. – Jetzt sind wir fünfzehn Jahr' verheiratet.

KONSUL *lachend:* Unsere Damen seh'n zuviel schwarze Fräuleins in den Illustrierten.

INGENIEUR *lacht mit:* Wenn die wüßten, wie s' da bei uns ausschau'n ...

Läuten aus. Stille. Die Herren trinken.

INGENIEUR Ich hoff', ich hab' Ihre Frau Gemahlin nicht beleidigt.

KONSUL Nein, nein, der Auflauf ist ihr heilig. – Wieso eigentlich?

INGENIEUR Daß ich ohne Krawatte erschienen bin.

KONSUL Wir waren lang in Belgrad. Dort ist das auch nicht unbedingt üblich.

INGENIEUR Aber der Tito hält sehr auf Formen. Oder ist das der Einfluß seiner Frau?

KONSUL Früher oder später wird auch der Vatikan die Etikette lockern ...

INGENIEUR Glauben S', wird der Papst je ins Sacher kommen?

Beide lachen. Stille. Die Herren sind noch nicht betrunken.
KONSUL Seh'n S', sind schon wieder ruhig ...
INGENIEUR Ich glaub', es spielt sich alles in den Dörfern ab.
KONSUL Wie in Vietnam.
INGENIEUR Waren Sie schon dort?
KONSUL Ich wollt' immer hin. Aber dann war's zu spät.
INGENIEUR Mir tut's nur leid wegen der Mädeln, ich hab' da Delikates g'hört.
KONSUL Wenn man verheirat' is', sieht man nur die halbe Welt. Aber was wär' ich ohne die Familie meiner Gemahlin!
INGENIEUR Bei der Ennser Zuckerfabrik?
KONSUL Vielleicht Richter in Drosendorf ...
INGENIEUR So verschieden sind die Leut' hier auch nicht.
KONSUL Aber man hat kaum mit ihnen zu tun –
Die Frau Konsul tritt mit allen Anzeichen einer Vergewaltigung auf. Die Herren erheben sich.
Pause.
KONSUL *erbittert:* Wieviel waren's?
FRAU *zuckt die Achseln.*
INGENIEUR So nehmen Sie doch bitte Platz.
FRAU *setzt sich.*
KONSUL Hast du die Fahne gehißt heute in der Früh?
FRAU *nickt.*
INGENIEUR Haben Sie Waffen im Haus?
KONSUL Nur Jagdgewehre! – War es auf österreichischem Boden oder auf der Straße?
FRAU *zeigt nach draußen.*
KONSUL *zum Ingenieur:* Das kommt hier zum ersten Mal vor.
INGENIEUR Waren Weiße dabei?
FRAU *nickt.*
KONSUL Man muß immer mit sowas rechnen. – Brauchst einen Arzt?
FRAU *schüttelt den Kopf.*
KONSUL Verbandszeug hab' ich im Haus.
INGENIEUR *zur Frau:* Ist mein Auto noch da?

FRAU *schüttelt den Kopf.*

KONSUL Haben S' den Auflauf geplündert?

FRAU *nickt.*

INGENIEUR In meinem Auto hätt' ich Konserven g'habt.

KONSUL Es kann ja nicht lang dauern. *Triumphierend:* Morgen brennen die Dörfer!

INGENIEUR Das Bergwerk wird als erstes zug'sperrt ... *Sucht:* Ich hab' ja meine Schlüssel im Auto.

KONSUL *zur Frau:* Hat man dich persönlich beleidigt?

INGENIEUR Ich glaube, wir sollten sie beruhigen. Vielleicht einen starken Kaffee.

KONSUL Bisher waren s' so freundlich.

INGENIEUR Besonders die Kinder.

KONSUL Waren Kinder dabei?

FRAU *nickt.*

INGENIEUR Sicher aus dem Bergwerk ...

Einzelne Schüsse.

KONSUL Wenn wir nicht so beliebt wären ... auf der ganzen Welt ...

INGENIEUR Bei den Amerikanern hätt' ich's verstanden. – Gibt's viel Tote?

FRAU *nickt.*

KONSUL Auch Schwarze?

FRAU *nickt.*

KONSUL *automatisch:* In Vietnam haben sie sich die G'sichter schwarz g'färbt. Da hat man sie wenigstens auseinanderkennt, die Gelben ...

INGENIEUR Das wird ein' G'stank geben ...

KONSUL International!

INGENIEUR Nein, auf der Straß'n.

Stille.

KONSUL Um ein Haar hätt' ich die Anthroposophen für heut' eing'laden ...

INGENIEUR Wo sind s' denn jetzt?

KONSUL In Äthiopien. Grillparzer lesen s' ...

Anhaltendes Läuten.

INGENIEUR Jetzt nehm' ich die Sache persönlich in die Hand. Aus unserer Alpenrepublik werden die kan Unruheherd machen!

INGENIEUR Sie sind mit Recht verwirrt. Wir sind in Afrika!

KONSUL Aber in die Berg'! – Südtirol war auch kein leichtes Pflaster! *In höchster Wut ab.*

INGENIEUR Man merkt, daß er in Innsbruck studiert hat ...

Stille.

INGENIEUR Liebste, kann ich irgendwas für dich tun?

FRAU Du weißt schon ...

INGENIEUR Is' es dir nicht unangenehm?

FRAU *steht langsam auf:* Wenn's dich nicht stört ...

INGENIEUR Ich hab' mir gedacht, daß du dich herrichten willst.

FRAU Geh ... Tschapperl ...

Sie küssen sich.

INGENIEUR So in der Fremde is' man immer allein ... Jeder red't ... Sogar die Schwarzen.

FRAU Farbigen, würde mein Mann sagen ... Er ist Diplomat.

INGENIEUR Im Jänner fahr'n wir wieder Schi. Denselben Abhang in Lech.

Ein einzelner Schuß.

FRAU Ich fürcht', das war mein Mann ... Er regt sich immer so auf ...

INGENIEUR Bald kommen die Fallschirmtruppen. Da sind auch Landsleut' dabei ... Da wirst dich beruhigen ...

FRAU Erst amal trinken wir einen Kaffee ...

Sie setzen sich. Sie schenkt ein. Sie trinken Kaffee.

INGENIEUR Heut' wird nicht mehr viel los sein.

FRAU Ich kümmer' mich dann schon um ihn ... Zufälle gibt's ...

Stille.

INGENIEUR Ich habe' dir g'sagt, wir kommen noch einmal z'samm'.

FRAU Damals in der Meierei im Stadtpark ... Sommer war's ...

INGENIEUR Aber nicht so heiß ...
Sie lächeln.
FRAU Blöde Schwarze!
INGENIEUR Die werden's auch noch lernen ...
Langsam dunkel.

Noch ein Viertel g'spritzt?

Der Vorgarten eines Wirtshauses. Leer. An einem Tisch sitzt vor einem leeren Weinglas die Frau. Blond gefärbt, die Beine gespreizt, etwa fünfzig, viel zu jung angezogen. Vor ihr steht der Kellner.

KELLNER Das ist aber das letzte Viertel!
FRAU *spricht frisiert:* Wenn es nicht so heiß wär'.
KELLNER Dann geh'n S' halt ins Eisg'schäft.
FRAU Wenn ich mir nicht meine Linie bewahrt hätt' ... Direkt tropisch. In Italien kann's gar nicht so heiß sein!
KELLNER Am Sonntag sperren wir zu.
FRAU Fahren Sie auf Urlaub?
KELLNER Ich bin froh, wenn ich einmal keine Leut' seh' ...
FRAU Da bleiben S' in der Wohnung?
KELLNER Wir haben ein kleines Haus in St. Margareten.
FRAU Wo ist das?
KELLNER Es gibt so viele St. Margareten. Da kommen Sie eh nie hin.
FRAU Gibt's dort ein Wein?
KELLNER Naa, a Zementfabrik.
FRAU Hab' ich das Viertel jetzt schon 'trunken?
KELLNER I weiß net, welches Sie meinen.
FRAU Ein roter war's. – Mit einem besonderen Bouquet.
KELLNER Mir haben nur aan. *Will ab.*
FRAU He! Und dazu einen Brandy Soda!
KELLNER Ich weiß net, ob das Ihrem Herrn Gemahl recht wär' ...

FRAU Herr Ober!

KELLNER Gnä' Frau?

FRAU Ich habe eine Bestellung aufgegeben.

KELLNER Sie sitzen seit zwei Stunden da. Woll'n S' net ins Kino geh'n?

FRAU Soll i mi mit Salzmandeln zu die alten Weiber setzen? – Ihr Ton paßt mir nicht. Holen Sie Ihren Chef.

KELLNER Wegen Ihnen wird er am Nachmittag im G'schäft sein. *Halblaut:* I bring dir scho' dein Öl, alte Hutblumen ...

FRAU Herr Ober!

KELLNER Gnädige Frau?

FRAU Den Wein gut gekühlt, den Brandy mit Eis!

KELLNER Selbstverständlich, gnädige Frau! *Ab.*

FRAU *setzt sich dunkle Sonnenbrille auf, beginnt zu singen:* Joi, joi, Maman. Joi, joi, Maman. Joi, joi, Maman.

Zu jemand unsichtbar Vorübergehendem: Schau'n S' mich nicht so an! Verlassen Sie augenblicklich meinen Tisch! – Am Wörthersee würden Sie sich das nicht trau'n. Im Strandcafé ist Krawattenzwang! – Prolet!

KELLNER *kommt mit dem Bestellten:* Gnädigste haben gerufen?

FRAU Wie halten Sie's in dem Bezirk aus?

KELLNER Wie halten Sie's aus?

FRAU Unser Geschäft liegt günstig. Das kann man sich nicht aussuchen.

KELLNER Na, glauben S', auf mich haben s' im Sacher g'wart'?

FRAU Warum? Sie schau'n blendend aus ...

KELLNER Nächstes Jahr geh' ich in Pension.

FRAU Wollen wir anstoßen, Herr Rudi?

KELLNER Ich bin der Herr Bernard. Der Rudi ist schon in Pension.

FRAU Also, Monsieur Bernard, stoßen wir an.

KELLNER Auf was?

FRAU *verwirrt:* Auf das Wetter. Daß's so schön bleibt.

KELLNER Trinken S' aus, bevor Ihr Alter kommt. Ich will keine Schwierigkeiten haben.

FRAU Ihr Ton gefällt mir nicht. *Trinkt.* Wir sind nicht beim Heurigen ...

KELLNER Es geht mich nix an, aber ich versteh' net, wie man sich so aufführen kann.

FRAU Wir vom Theater haben eine andere Lebensart ...

KELLNER Ich war nie im Theater.

FRAU Sie sind ein Spießer. Drum werden Sie nie ins Sacher kommen.

KELLNER I mach' derweil die Rechnung. – Gebäck haben S' eh keins g'habt. *Ab.*

FRAU *trinkt ex:* Der Rest ist für Sie. *Sucht herum.* Wo ist mein Tascherl? Hab' ich's beim Friseur vergessen? – Es ist ja nicht wegen dem Geld, das is' eh nix wert, aber meine Dokumente sind drinnen. *Sie sucht unter dem Tisch.*

Der Installateur tritt langsam auf, Kummer gewohnt.

INSTALLATEUR Was suchst denn?

FRAU Meinen Führerschein.

INSTALLATEUR Du brauchst ihn heut' eh nicht mehr. – Bist schon lang da?

FRAU Ich hab' mir eine Siesta gegönnt. Das ist im Süden so üblich ...

INSTALLATEUR Wir sind aber nicht im Süden. Außerdem kommt ein Gewitter.

FRAU Dann geh' ich hinein, dort ist es ohnehin gemütlicher. *Steht auf.*

INSTALLATEUR Willst nicht nach Haus' kommen? Ich hab 's Fernsehen schon aufgedreht.

FRAU *setzt sich nieder:* Du weißt doch, daß ich noch eine Besprechung hab'.

INSTALLATEUR Kannst das nicht auf morgen verschieben?

FRAU Die Leut' kommen eigens her. Aus München ...

INSTALLATEUR Wann woll'n s' denn da sein?

FRAU Das weiß man bei Fernsehleuten nie.

INSTALLATEUR Drum hab' ich mir ja gedacht ... Wegen unserm Fernseh'n ... Es ist jetzt repariert.

FRAU Laß mich in Ruh'!

INSTALLATEUR Ich hab' eh noch einen Wasserrohrbruch ... Vielleicht willst mitkommen ... Es ist fast eine Katastrophe ... Vielleicht kommt das Fernsehen ...

FRAU Am hellichten Tag muß man sich beleidigen lassen! – Jetzt zeigst du dein wahres Gesicht! – Ein de Sade bist du, aber kein Marquis ...

INSTALLATEUR Ich kenn' den Herrn gar nicht.

FRAU Wenn du mir noch einmal drohst. *Der Kellner kommt mit der Rechnung.* Sie sind Zeuge!

KELLNER Wer zahlt jetzt die Rechnung?

FRAU Nehmen Sie Eurochecks?

KELLNER Gnä' Frau, wann kommt einer von uns schon auf die Bank?

FRAU Das nennt sich Europa.

KELLNER Aber doch nicht unser Bezirk.

FRAU Es kommt die blaue Stunde. Ich möchte eine Bowle!

KELLNER Wir haben s' noch nicht ang'setzt.

FRAU Dann ... Wissen S' was? ... Bringen S' mir noch ein Viertel.

KELLNER Vielleicht will Sie der Herr Gemahl mitnehmen?

FRAU Der ist nur zufällig vorbeigekommen.

INSTALLATEUR Ich möcht' nicht weiter stören. Ich komm' bald wieder. Meine Frau ist manchmal so komisch. Wir haben heuer keinen Urlaub. Sie sind doch ein Weltmann. Geben S' ein bißl acht auf sie. Mein Wasserrohrbruch wartet. Sie werden's vielleicht morgen in der Zeitung lesen.

Eilig ab.

FRAU Ich hör' gar keine Musik.

KELLNER Was für a Musik?

FRAU Ich möchte Musik hören ...

KELLNER Im Espresso vis-à-vis gibt's a Jukebox. Dort gibt's auch eine Bowle ...

FRAU Sie haben mir schon wieder meinen Wein ausgetrunken. Das ist aber nicht fair von Ihnen.

KELLNER Fair is' gar nix.

FRAU Herr Ober, ich möchte einen Sekt ... Kennen Sie das Lied: »Reich mir zum Abschied noch einmal die Hände«?

KELLNER Dann singen Sie's im Duett.

FRAU Zweistimmig?

KELLNER Das ist mir Wurst, gnädige Frau. *Sie singt: »Reich mir zum Abschied ...«, er singt »Bel Ami«.*

INSTALLATEUR *tritt auf, er hat etwas getrunken:* Entschuldigung. Aus mein' Wasserrohrbruch is' nix 'worden.

FRAU *spontan:* Warum?

INSTALLATEUR Die Feuerwehr war schon da.

KELLNER Also wer zahlt jetzt?

INSTALLATEUR Das wird sich noch herausstellen. Wir sind ja im selben Bezirk.

FRAU Warum?

INSTALLATEUR Du weißt es eh.

FRAU Net scho' wieder die alte Tour.

INSTALLATEUR Du kennst mei' Tour ja no' gar net. Aber bitte! – Sing weiter! *Ab. Stille.*

KELLNER Was kannst wirklich singen?

FRAU Nix. *Singt: »Ich brauche keine Millionen ...«*

KELLNER Aha, Tonfilm! – Gnädigste haben doch etwas bestellt.

FRAU Ja, ein Lied.

KELLNER Noch ein Viertel?

FRAU Wenn wir eine Party geben, werden wir Sie einladen.

KELLNER Ich verstehe den Herrn Gemahl nicht. So ein anständiger Mensch ...

FRAU Schlafen *Sie* mit ihm?

KELLNER Sie sind einfach ordinär. – Also wollen S' noch a Viertel zum Drüberstreu'n?

FRAU Haben Sie schon etwas von einem Irish coffee gehört?

KELLNER I war zehn Jahr in an Kaffeehaus, i kann Ihnen alle Mokkasorten aufzählen.

FRAU In der Schleichhandelszeit vielleicht, wo die anständigen Menschen in Kriegsgefangenschaft waren.

KELLNER Sie sind eine Tschecherantin, gnä' Frau! Und ein Nazi!

INSTALLATEUR *tritt auf:* Ihr seids schon wieder sehr lustig.

Man merkt, daß er inzwischen noch mehr getrunken hat.

FRAU *zum Mann:* Sag ihm, wo wir uns kennengelernt haben.

INSTALLATEUR Das interessiert doch den Herrn nicht.

FRAU Sag's ihm.

INSTALLATEUR Das geht doch den Herrn nix an.

FRAU An Freund hast braucht zum Ansprechen, selber hast di net 'traut. *Zum Kellner:* Weil damals war der Wörthersee eine Filmlandschaft, kein Campingplatz! – Was hat unseren Fremdenverkehr ruiniert? Reden S' schon endlich, Sie Gastronom!

KELLNER Ich werd' gleich abgelöst.

FRAU Zuerst bekomm' ich meinen Curaçao oder Crème du Menthe.

KELLNER Net amal an Apfelsaft. Net amal an g'spritzten Apfelsaft! *Zum Installateur:* Sie entschuldigen.

INSTALLATEUR *reißt seine Frau plötzlich hoch, gibt ihr eine Ohrfeige:* Du kannst ja net amal a Leitung dichten! Net amal den Boden aufwaschen, wennst g'spieben hast.

KELLNER Machen S' das mit Ihrer Frau Gemahlin in Ihrer Wohnung aus, sonst hol' i die Funkstreif'! Die Rechnung schick' i ins G'schäft. *Ab.*

FRAU *sinkt auf ihren Sessel:* I wollt' ja nur an schönen Nachmittag haben.

INSTALLATEUR *hilft ihr auf:* Komm nach Haus, das Fernseh'n wart'.

FRAU *langsam singend, von ihrem Mann gestützt ab:* Volare oho. Cantare ohoho ...

Langsam dunkel.

Akademisches Begräbnis

Vier relativ junge Akademiker schreiten hinter einem imaginären Sarg her. In der Ferne ein Männerquartett.
Schweigen.

DER ERSTE Gut, daß er das nicht mehr hört. Er war so musikalisch.

DER ZWEITE Dabei hat er gar kein Instrument gespielt.

DER DRITTE Er hätt' ja keine Zeit g'habt dazu. Nach den Amtsstunden. Das bißl Freud' beim Heurigen ...

DER VIERTE Und die hat ihm der Doktor auch noch genommen. Wär' er halt nur vierzig g'worden. Ein rundes Alter ...

ERSTER Was weißt denn du von seinen letzten Tagen?

VIERTER Was ich von der Irene weiß ...

ERSTER Was weiß schon die Irene?

DRITTER G'haut hat er s' spitalsreif.

ZWEITER Red'ts doch nicht so laut!

Schweigen.

DRITTER *zum Ersten:* Gehst du nachher noch in die Kanzlei?

ERSTER Ich weiß nicht. Er hat noch seine ganzen Sachen dort ...

ZWEITER Die Akten?

ERSTER Komischerweise an Schlafsack.

VIERTER Man soll nie zwei Frauen haben.

DRITTER Wenn man eh weiß, daß man Krebs hat ...

ZWEITER Da kann man wenigstens nur einen haben.

VIERTER Glaubst, hat er's g'wußt?

DRITTER Irgendwas muß er geahnt haben. Das letzte Mal im Espresso »Siehgst es« hat er a paar Gläser zerbissen.

ZWEITER Das hat er doch öfter g'macht, wenn er bei Laune war ...

DRITTER Aber diesmal waren's Augengläser. Und dann hat er g'sagt: »Jetzt sieht man's wieder«.

Der Gesang verebbt.

ERSTER Wann hast du ihn zuletzt besucht?

DRITTER Ich geh' doch nie in ein Spital ... Begräbnisse sind was anderes. Da weiß man wenigstens, wie's ausgeht.

ERSTER Ich hab' Verbindungen zur Intensivstation. Wenn einer von euch je ...

ZWEITER Ich möcht' nicht in Wien sterben.

VIERTER Im Flugzeug ist's auch blöd. Stell dir vor, du bist grad' über Ostdeutschland.

ZWEITER Man kann auch über Wiener Neustadt abstürzen.

ERSTER *nachdenklich:* Bis dorthin geht die Autobahn.

DRITTER Er hat immer Sicherheitsgurten g'habt. Und was hat's ihm g'nützt?

ZWEITER Das letzte Mal, wie ich ihn besucht hab' im Spital – wir haben grad' über die Sommernachtsfeste im Rodauner Strandbad g'red't – stellt er plötzlich an Strafantrag ... mitten in die Erinnerungen hinein ... Dann sagt er: »Hohes Gericht, meine Herren Geschworenen!«

DRITTER Und weiter?

ZWEITER Nix. Vor sich hing'lacht hat er.

Der Zug ist zum Stillstand gekommen.

VIERTER Wird's lang dauern?

Stille.

DRITTER Rasch is' 'gangen. Vor drei Wochen hat er noch Tennis g'spielt ...

ERSTER Ich hab' an kennt, der is' an seinem Todestag noch segeln g'wesen.

ZWEITER Was hat er g'habt?

ERSTER Ertrunken is' er. – Au weh!

VIERTER Ich hab' immer g'wußt, deine Witz' g'hören zwischen die Grabstein'.

DRITTER Beim Billardspielen kann einen auch der Schlag treffen. Ohne Witz.

Stille.

ERSTER Na Servas! Jetzt is's so weit!

ZWEITER Du sprichst in Rätseln. Ich seh' nicht bis hin ...

ERSTER Die Irene is' weg'gangen.

DRITTER Das war ja zu erwarten. Die ganze letzte Woch'n haben s' g'stritten, wer die erste am Grab sein darf.

ZWEITER Na schön. Aber verheirat' war er immerhin mit der Maria ... Weint s' wenigstens?

ERSTER So genau kann ich's auch nicht seh'n. Die Irene lacht. *Er winkt.* Sie winkt herüber.

Alle winken.

ZWEITER Sie hätten's sich vorher ausmachen sollen. An seinem Sterbebett ...

ERSTER Da is's um die Wohnung 'gangen. Und um das Landhaus am Attersee ...

DRITTER Er hätt' ein Machtwort sprechen müssen.

VIERTER Wannst an Schlauch in der Pappen hast.

ZWEITER Die berühmten Diagnosen vom Bertl! Heut' könnt' er noch Tennis spielen!

DRITTER Tontaubenschießen is' g'sünder.

ZWEITER Sag' ihm das.

ERSTER Ich hab' das alles vorausg'seh'n. Wie er damals bei der Gardenparty von der Iren' plötzlich umg'fall'n is', hab' ich g'sagt: »Laß dich untersuchen. Auch wenn's nur von einem Dentisten is'!« Man weiß nie, was in so einem Zahn alles steckt!

VIERTER Er war ja schon halbert verfault damals. – Das is' im Körper drin. Praktisch von Geburt an ...

ZWEITER Auch seelisch. Er war ein uneheliches Kind!

DRITTER Ich könnt' euch Details erzählen, wie s' ihn aufg'macht haben.

ERSTER Blödsinn! Die Irene hat ihn in und auswendig gekannt.

VIERTER Keinen Urlaub im Reizklima hätt' er machen sollen. Das ewige Ibiza!

ZWEITER Am Wechsel wär' er krepiert wie ein Hund.

DRITTER Ein Landarzt hätt' ihm wenigstens die Wahrheit g'sagt. Weg mit die Glimmstengel, auf seine bäuerliche Art ...

ERSTER Es sind schon Abstinenzler an Krebs gestorben.

DRITTER Das sagst du Kettenraucher mir im Angesicht des Todes? *Er ohrfeigt ihn.*

ERSTER Aus solchem Holz waren die Eichmanns geschnitzt. *Beleidigt ab.*

DRITTER *ruft ihm nach:* Eichmann war kein Doktor!

ZWEITER Du bist zwar einer, aber ein Trottel. Wenn ich nicht erschüttert wäre, würde ich dir eine schmieren.

DRITTER So tu's doch!

ZWEITER Du hast den Ernst der Situation nicht erfaßt. Ich hab' den gelben Gürtel, aber eine lebenslange Freundschaft kann nicht mit ein paar Worten ... Über kurz oder lang, leck mich am Arsch! *Ab.*

DRITTER *ihm nachrufend:* Das wollte ich dir schon vor einer Woche im Spital sagen, wenn die Situation nicht so ernst gewesen wär'. *Zum Vierten:* Was schaust denn so blöd? Euthanasie hat er vorgeschlagen. Allen Ernstes ...

VIERTER Ich hab' immer geglaubt, wir sind Akademiker, eine herbe Enttäuschung! – Ich möcht' nicht mehr, daß du mich anrufst. *Ab.*

Stille.

ERSTER Die Pülcher wollen ja nur als Erste bei der Irene ankommen. Mir kann's egal sein, i kenn' s' am längsten. – So, jetzt sind wir wieder unter uns ...

Langsam in Richtung des Grabes ab.

Der Alleinherrscher

EIN HAUSMEISTER *auf dem Fensterpolster, in die Gasse blikkend:* 65 Jahr' bin i jetzt worden und i hab' von Kind auf nur einen Wunsch g'habt: Hausmeister zu werden. Die Gass'n g'hört mir. – Als Kind – mei Großmutter hat leider im dritten Stock gewohnt, bin ich ganz unruhig g'worden, wenn's g'regnet hat. – Da hab' ich nicht hinausschau'n dürfen und man hat g'sagt: geh schön aufs Topferl! – Niemand hat mich verstanden ... Wie ich sie beneidet hab', die Erwachsenen, die den ganzen Tag am Fenster g'legen san und ausseg'stiert haben. – Sie haben eh nur meist die anderen G'sichter vis-à-vis g'sehn, die dasselbe g'macht haben, so leer war die Gass'n damals. – Man hat sich gegrüßt, manchmal gelächelt, manche haben »Servas Franzl« oder »Jö der Toni« g'sagt und dann war alles still. Das ist meine Auffassung von Demokratie: Pappen halten und grinsen! Alle haben immer dieselben Fahnen heraußen stecken g'habt, jeden andern hätt' ma derschlagen. Wenn gar nix los war an einem Sommersonntag, haben manche die Zeitung g'lesen, aber das waren Außenseiter. Die Weiber haben das gleiche Recht g'habt wie die Männer, und wie i das G'sicht vom Herrn Vremsenecker hinter der Haub'n von der Frau Vremsenecker auftauchen hab' g'seh'n, war ich aufgeklärt. »Dank schön, gnä' Herr« hat s' g'sagt, und die ganze Gass'n hat g'lacht. – Man hat sich nicht genieren brauchen, und wann's dunkel worden is', da haben s' nix kennt in die Haustor. – Is' ja viel schöner als in an schmutzigen Hotelzimmer, und meistens haben s' dann eh heiraten müssen, weil s' niemanden woanders kennt haben, und mit Wohnungen war's immer schwer. – Nach der letzten Vorstellung im Ganghoferkino ist der meiste Nachwuchs in unserer Gass'n entstanden. – Aber nur wenige von den vertrauten lieben G'sichtern von damals haben diese schweren Jahre überlebt. – Der Herr Fünzl im Rollstuhl wird auch noch manchmal in die Sonn g'schoben, und die Frau Lebenberger mit der halben Gesichtslähmung scheangelt an schönen Maitagen auf die Tauben. Und immer hat s' a freundliches G'sicht für an jeden. Das hat s' auch an dem Tag g'habt, wo s' erfahren hat, daß ihr Sohn g'fallen is', weil sie war ja net dabei. – Die Jungen waren überhaupt immer unfreundlich. Gassenbuben haben in den Park um die Ecken müssen. – Ich bin nie hin'gangen, ich hab' a Angst g'habt im Freien

und, auch wenn a G'witter war, in der Wohnung hat's immer nach dem Essen g'rochen. – Jetzt hab' ich mir ang'wöhnt, mich zu entschuldigen, wenn i mi umdreh' und mei Augsburger mit G'röste eß, weil es san, wie gesagt, weniger g'worden in unserm kleinen Paradies.
Die Zeiten san 'kommen und 'gangen, wir haben wenig bemerkt davon, ein'zogen is' kaum jemand, die Rettung war manchmal da, dann hat man an Partezettel kriegt.
Man denkt sich, man ist auch nicht mehr der Jüngste und hängt die neue Hausordnung auf. Es is' eh immer dieselbe. Drum wird sich bei uns die Politik nie ändern, weil wir sind keine Chinesen und schon gar keine Neger. Obwohl die Chinesen schon eher ein Kulturvolk san. Das hab' i beobachtet. – Den Neger hat man nie g'seh'n, vielleicht weil's so dunkel is' in die Wohnungen, aber der Chines' is' nach einer Woch'n auch am Fenster g'lahnt und hat grinst. Jetzt hat er das Beisel an der Eck'n übernommen, aber es geht eh niemand hin. – Dafür grinst a anderer Chines' am Fenster, veilleicht sei Bruder oder sie wechseln sich ab. – Sie sollen ja a Gefahr sein, aber i glaub', für unsere Gass'n net. Dann schon eher die Autos, aber es is' ja a Einbahn und wenn einer verkehrt einefahrt, schreib ma uns die Nummer auf und aner, der grad' weg muß, geht zum Kommissariat.
An Vorteil hat der Chines', es gibt kane B'soffenen, kan Lärm in der Nacht. Beim Opiumrausch singen s' wenigstens net.
Zwei Häuser haben s' abg'rissen, weil sie den sanitären Anforderungen nicht entsprochen haben. A Blödsinn! G'stunken hat's bei uns immer, das hat jeder von Kind auf kennt. Aber i hab' a furchtbare Angst ...
Atombomben soll'n s' werfen bis zur Vergasung und was a verschmutzte Umwelt is', damit kann man sehr gut und gemütlich leben. Das haben wir ihnen in unserm Bezirk zeigt, no' lang, bevor sie sich damit wichtig g'macht haben. Aber ans hab i g'hört von an, der an kennt, der's aa g'hört hat.

Die wollen, i weiß ja net wer, die Kommunisten oder die neuchen Architekten, die ganze Gass'n abreißen. – Seit die aus der St.-Krösus-Kirch'n an Gemeindebau g'macht haben, geht keiner von uns mehr in die Mess'. – Es ist ja eh no' a Kirch'n, aber es schaut aus wie der Karl-Marx-Hof in an Schrebergarten. Net amal zu Weihnachten kann man sich da die paar Sachen vom lieben Gott wünschen. – Es is' ja eh net viel und man sieht ihn eh kaum. – Allerweil hat Er was zu tun. – I glaub', Er kommt net amal zum Beten.
Na, wenn s' das abreißen, was wir ein Leben lang erarbeitet haben, und es steht dann a Hochhaus – damit hab' ich ihm gedroht, dem Lieben Gott, – und i bin dann Hausmeister im zwölften Stock und schau oba und i hab nix mehr zum schau'n außer 'n Himmel, da stürz' i mi glei hinunter aufs Pflaster und mach a Loch bis in Kanal eine, weil der wird immer no' derselbe sein in unserm alten Wien ...
Dunkel.

Checkpoint Burli

Am Donaukanal schleichen an einer rotweißroten Mauer Figuren herum. Plötzlich ein harter Scheinwerfer mit der Stimme: Scheißmian! Von der anderen Seite präzis: *Scheißmian! Die Gestalten schleichen weiter. Der eine hat eine rote, der andere eine weiße Uniform an.*

DER WEISSE Woher kommst du?
DER ROTE Aus Illmitz.
WEISSER Deswegen bist du rot?
ROTER Das hab' ich mir noch nie überlegt.
Langes Gehen.
WEISSER Hast du an Flüchtling g'habt?
ROTER Woher?
WEISSER Vielleicht aus dem Kanal. – Mit die Ratz'n ...

ROTER Ratz'n kommen keine.
WEISSER Die wollen uns nimmer.
ROTER Wer will uns schon?
WEISSER Der Hess sitzt noch immer in Stein ...
ROTER Status quo haaßt das.
WEISSER Entschuldige die Frage: Warum habts ihr als Befreite a Mauer 'baut?
ROTER Weil wir Burgenländer san.
WEISSER Da hast aa wieder recht.
ROTER Übrigens sind wir per Sie, Genosse. Woher kommen Sie ... Sie ...
WEISSER Aus Hietzing.
ROTER Das klingt so chinesisch.
WEISSER Was wißts denn ihr vom Westen.
ROTER Der Papst is' wieder amal g'storben.
WEISSER Das is' uns Wurst. – Ihr seids viel unruhiger, wenn der Georgescu angegriffen wird. Von die eigenen Leut' ...
Sie machen weiter ihren Gang.
ROTER Die müssen Trotteln g'wesen sein ...
WEISSER Wer?
ROTER Die den Staatsvertrag g'macht haben. Im Staatsvertrag war von der Mauer keine Rede.
WEISSER Wissen Sie, was die in Moskau alles ausg'macht haben im Suff? Unser damaliger Bundeskanzler hat nie aufhören können.
ROTER Das hätten wir doch erfahren.
WEISSER Damals hat's noch kein Fernseh'n geben.
ROTER Es flieh'n erstaunlich wenige in letzter Zeit ...
WEISSER Das liegt vielleicht an unserm Finanzminister.
ROTER Wie schaut's auf der Kärntnerstraß'n aus?
WEISSER Seit wir die Zone haben, is's auch nicht mehr so weltstädtisch ...
ROTER Eine Zone habt's ihr uns genannt.
WEISSER Man kann doch nicht aus dem Prater die Hauptstadt der ÖDR machen.

ROTER Na glaubst, ORF klingt besser?

WEISSER Auf den is' aa niemand stolz.

Man hört ein Auto kommen. Es bleibt stehen. Ein Deutscher betritt die Bühne.

WEISSER Wenn S' das Auto eh steh'n lassen, hätten S' auch gleich mit der Stadtbahn fahren können.

DEUTSCHER Ach wissen Sie, ich find's schön zu Fuß zum Praterstern. Der Funkturm ist riesig ...

WEISSER Sie brauchen mir kan Ausweis zeigen, aber woher kommen Sie?

DEUTSCHER Aus Bebra.

WEISSER Was is' des?

DEUTSCHER Ein Knotenpunkt.

WEISSER Was machen Sie drüben? Wie gesagt, ich frag' Sie inoffiziell.

DEUTSCHER Da gab's vor dem Mauerbau so 'ne Kneipe. Café Renz.

WEISSER Das heißt jetzt: Haus der Begegnung. Das ist immer leer.

DEUTSCHER Kann ich mir gar nicht vorstellen.

WEISSER Reserviert für die Bonzen. Aus Kaisermühlen. Aber die geh'n lieber schlafen.

DEUTSCHER Und euer Prater? Das Riesenrad?

WEISSER Das is' a Mausoleum für alle Funktionäre, die inzwischen geh'n haben müssen ... Die ganze Geschichte der KPÖ ...

DEUTSCHER Da hat sich doch nichts geändert.

WEISSER Darum dreht sich das Riesenrad auch nicht. *Gibt ihm seinen Paß zurück.* Wie sagt man bei euch: Schönen Abend noch!

DEUTSCHER Wir meinen das nicht so.

Er geht zum roten Posten, gibt ihm seinen Paß.

DEUTSCHER Ich bin aus Nordrhein-Westfalen, aber links.

ROTER Sie werden merken, wie demokratisch wir sind! Bei uns ist das Wurst!

DEUTSCHER Aber ihr seid doch ein Arbeiter- und Bauern-Volk.

ROTER Arbeiten tan ma net und g'schert waren wir immer ... Lassen S' Ihnen näher anschau'n. I kenn' die Deutschen nie auseinander.

DEUTSCHER Ich versteh' Sie nicht.

ROTER Na, ob s' aus Schleswig-Holstein oder aus Nordrhein-Westfalen kommen ... Warum fahrts ihr aus dem Westen nie in unsere Universitätsstädte? – Der Humanismus von Zwettl. Die medizinische Schule von Wulkaprodersdorf, die Weltraumforschung von Hadersdorf-Weidlingau sind bis nach China gedrungen.

DEUTSCHER Und was fangen die damit an?

ROTER Das weiß man bei denen nie, weil s' immer grinsen. – Aber irgendwas werden s' schon damit anfangen. *Er gibt ihm den Paß zurück.* Wie man bei uns sagt: »Schönen Abend noch!«

DEUTSCHER Schon wieder! Ich will doch kein Piefke sein! Darum bin ich hier! Völker, hört die Signale! *Ab.*

ROTER Bei uns hört man schon lang nichts mehr. Vielleicht liegt's an der Mauer. Oder am Donaukanal. – *Hinüberrufend:* Genosse!

WEISSER I bin net amal bei der sozialistischen Partei, du Kremlwanzen!

ROTER Gibt's die denn überhaupt noch, die SPÖ?

WEISSER Manchmal red't man noch von ihnen. – Wie schön verschlafen die Zeiten waren ...

ROTER I wunder' mich, warum in letzter Zeit so wenig flieh'n. I komm' net drüber hinweg.

WEISSER Die flieh'n in die Tschechei oder vor allem nach Ungarn. Möcht'st du dein ganzes Leben in Niederösterreich oder im Burgenland verbringen?

ROTER I kann ja nach Sibirien auf Urlaub fahr'n. – Du bist mir zu frech, du Filzlaus aus Penzing!

WEISSER Hietzing!

ROTER Was gibt's dort außer alten Weibern? – Wir haben wenigstens an Nachwuchs ...

WEISSER Den haben die Burgenländler immer g'habt, wenn s' b'soffen waren.

ROTER Was red' i überhaupt noch mit dir?

WEISSER Weil's kalt ist, du ... du ... Österreicher!

ROTER Ich hoff', daß ich nie dein blödes Gesicht seh'n muß, du ... du ... Österreicher!

WEISSER Selber Österreicher!

Sie setzen ihren Patrouillengang fort.
Dunkel.

Wiener Seefahrt

Eine Fähre, die den Donaukanal überquert. Am Steuer eine alte Dame. Drei alte Damen als Passagiere, eine davon abseits.

DIE FRAU AM STEUER In drei Minuten legen wir im Prater an. – Die Temperatur im zweiten Bezirk ist 15 Grad plus, der Westwind ist etwas heftig, auf die Luftfeuchtigkeit wird g'schissen.

DIE ERSTE DAME Gestern war's lieblicher ...

DIE ZWEITE DAME Den letzten Sonntag werd' ich nie vergessen. Wie in Hawaii ...

DIE ERSTE Waren Sie schon in Hawaii?

DIE ZWEITE Na, ich möcht' auch nicht hin. Jetzt, wo die Schwarzen so wild san ...

DIE ERSTE Im dritten Bezirk ist's auch nicht mehr sicher. – Gestern in der Nacht hat mir ein Bursch mit einer Taschenlampen ins G'sicht g'leucht'.

FRAU AM STEUER Was hat er g'sagt?

ERSTE Ich hab' ihn nicht verstanden. Es war ein Ausländer. – Aber freundlich war's bestimmt nicht.

FRAU AM STEUER Bei mir verrichten s' immer ihre Notdurft

in der Nacht. Und dann schreiben s' noch dazu: »Warum hast ka Papier, blöde Alte?«

ZWEITE Es gibt ja genug Klos in unserem Bezirk, aber es laßt s' niemand richten ...

ERSTE Das is' ja auch das Hauptproblem mit die Neger in Amerika ...

ZWEITE Die Menschen können nicht mehr friedlich miteinander leben ...

FRAU AM STEUER Net amal im Gemeindebau. Am Freitag nach'm Ersten ist das ein entfesselter Kontinent. Ich hab' einmal dem Grzimek g'schrieben.

ERSTE Was hat er geantwortet?

FRAU AM STEUER Er kennt die österreichischen Viecher nicht. – So, da wären wir!

Schweigen.

ZWEITE Ich glaub', wir bleib'n. Es is' so gemütlich.

ERSTE Hoffentlich kommen keine neuen Fahrgäste ...

FRAU AM STEUER Um die Zeit is's meist ruhig ... Darf ich um drei Schilling bitten?

Die Damen zahlen.

FRAU AM STEUER *geht ans Steuer, singt:* Auf der Reeperbahn nachts um halb eins ... Am andern Ufer steht auch niemand. Wir werden eine ruhige Überfahrt haben.

ZWEITE Voriges Jahr bin ich noch mit meinem Mann gefahr'n ...

ERSTE Meiner war um die Zeit immer schon b'soffen. Jetzt kann er sich sein Rausch ausschlafen. Seit November ...

ZWEITE Ich glaub', er war keine Seefahrernatur.

ERSTE Einmal war er in Hamburg. Als Soldat. Das hat er dem Hitler nie verzieh'n.

FRAU AM STEUER In seiner Jugend soll er oft mit der Überfuhr g'fahren sein, der Führer. Ich glaub', drum hat er den Dönitz zu seinem Nachfolger bestimmt. Den Admiral.

ZWEITE Das Schöne ist, man is' am Wasser und hat doch die Kontrolle über die Wohnung ...

ERSTE Wenn man auf der Lände wohnt ...

ZWEITE Das ist natürlich ein Segen. Auch wenn die Wasserleitung am Gang ist.

ERSTE Dafür hat man das Wasser ständig vor Augen ...

ZWEITE Heute stinkt's gar nicht. Was ist los?

FRAU AM STEUER Ab morgen wird's regnen! – Jetzt wären wir wieder am Festland. –

ERSTE Man hört die Musik vom Prater ... Mich zieht's hinüber ...

ZWEITE Ich bleib' sitzen, damit ich nicht aus der Übung komm'.

ERSTE Ich lad' Sie ein ...

ZWEITE Das nächste Mal bin ich dran. Es ist ja noch so früh ...

ERSTE Ich stell' mir immer vor, wenn die Brücken einstürzet. Das wär' ein Leben!

FRAU AM STEUER *kassiert:* Verschrei'n S' es nur nicht. – Einen Fischer hat amal der Herzschlag getroffen.

Sie geht zum Steuer.

ERSTE Was haben S' g'macht?

FRAU AM STEUER Ich war am andern Ufer. »Kopf hoch!« hab' ich g'rufen. Aber die Leut' wollen einen ja nicht hören.

ZWEITE Ich hab' einen Schwager auf der alten Donau – mit einem Garten.

ERSTE Warum fahren S' nicht dorthin?

ZWEITE Man muß immer was mitbringen ...

ERSTE *zur Dritten:* Sind Sie zum ersten Mal hier?

DRITTE Ich war emigriert ...

ZWEITE Ist das sehr unangenehm?

DRITTE Mein Mann ist so gern hier gefahren. Zum Ländermatch ...

ERSTE Hat er geschäftlich zu tun?

DRITTE Er ist gestorben. – Das Baseball hat er nicht wollen ...

ZWEITE Jetzt, wo wir auf der Mitten vom Kanal sind, kommen auf der anderen Seite zwei Leut' ...

ERSTE Geh'n schon wieder weg. Ich bin eh lieber unter uns ...

FRAU AM STEUER Mir sind die Stammgäst' noch am liebsten. Da muß man sich nicht so beeilen.

ZWEITE *zur Dritten:* Wie g'fallt Ihnen Wien nach so langer Zeit?

DRITTE Man gewöhnt sich. – Früher um die Zeit bin ich am Sonntag immer im Kaffeehaus gesessen ...

ERSTE In welchem, wenn ich fragen darf?

DRITTE Ich weiß nicht mehr. Im zweiten Bezirk war's. – Viele Leute haben vom Rennen gesprochen ...

FRAU AM STEUER Der zweite Bezirk hat sich sehr verändert ...

ZWEITE Mehr als alle anderen.

ERSTE Seit so viele Leut' von dort weg sind.

DRITTE Hören Sie auf zu politisieren. Ich will in der Sonn' sitzen und keine Wolkenkratzer seh'n ... *Stille.*

ERSTE Eigentlich wollt' ich fernseh'n.

ZWEITE Ich bleib' da. Ich hab' noch Kleingeld ...

ERSTE Sie sind eine richtige Verführerin.

FRAU AM STEUER Is' Ihnen lieber, wenn ich steh'n bleib'?

BEIDE Na, na, fahren S' weiter.

FRAU AM STEUER *kassiert:* I mach' das schon 15 Jahr' ...

ZWEITE Wir waren halt nie berufstätig ...

ERSTE Und selten auf Urlaub. Alles Geld zum Heurigen.

ZWEITE Als Witwe fangt für eine resche Frau das Leben an ...

ERSTE Manchmal glaub' ich sogar, ich seh' ein Fisch ...

FRAU AM STEUER Dieser Täuschung sind schon manche zum Opfer gefallen, das ist die Sonne ...

ZWEITE Was Sie allweil sehen. – Wer weiß überhaupt, wohin wir fahren?

ERSTE Hauptsach', wir merken nix davon ...

Langsam dunkel.

Lodenterror

Eine Wiener Gemeindewohnung. Zwei Maskierte beim Kartenspiel.

DER ERSTE Spiel nicht mit mir, ich seh' alles!

DER ZWEITE Du mußt immer übertreiben! Der Alte is' eh kurzsichtig! A Glück haben wir g'habt, daß der Postler im Stiegenhaus g'lacht hat.

ERSTER Es is' Fasching ...

ZWEITER Und wir waren raffiniert, daß wir dem Alten die Zähn' wegg'nommen haben ...

ERSTER Auch sonst hätt er nix zum Sagen g'habt. Wie in seiner Firma!

ZWEITER Immerhin ein Millionenunternehmen ...

ERSTER Da halt' jeder die Gosch'n.

ZWEITER A Wahnsinn!

ERSTER Gar net erschrocken is' er: »Ich bin froh, wenn ich die blöden G'sichter in meiner Firma nicht mehr seh'.«

ZWEITER A Wahnsinn! – Außerdem: Dei G'sicht kennt er ja no' net.

ERSTER Du red was! Du hast a ausgesprochenes Kapznponem! – Und da bin ich noch vornehm ...

Kläffen eines überzüchteten Hundes.

ZWEITER Ohne sein Affi wär er nicht mitgegangen ...

ERSTER Wie man an Hund Affi nennen kann!

ZWEITER Das ist dem Hund Wurst.

ERSTER Seine Zähne und der Hund, die waren ihm das Wichtigste! Ein Millionär! ...

ZWEITER A Wahnsinn!

ERSTER Du machst mich wahnsinnig! *Nimmt die Maske ab.* Du und die Hitz'!

ZWEITER Warum san Masken immer schwarz? Ein Muster wär' vielleicht unauffälliger ...

ERSTER Nimm den Blödsinn herunter! Man könnt' direkt Angst kriegen ...

ZWEITER *nimmt gleichfalls die Maske ab:* Schau, es geht immerhin um eine Million. Da kann man sich schon ein bißl herrichten.

ERSTER Wie waren s' am Telefon?

ZWEITER Freundlich.

ERSTER Das mit der Polizei hast du ihnen klar gemacht?

ZWEITER Sie wüßten die Nummer schon, haben sie gesagt.

ERSTER Die tun nur so überlegen ...

ZWEITER Vielleicht war's a Fehlverbindung.

Neuerliches Kläffen.

ERSTER Vielleicht sollten wir ihn äußerln führen!

ZWEITER Den Hund oder den Alten?

ERSTER Vielleicht hat er Hunger.

ZWEITER Wir hätten ihm die Zähn' nicht zurückgeben sollen! – Wenn er zum Schreien anfangt ...

ERSTER Im Gemeindebau sind das die Leut' g'wohnt.

ZWEITER A Wahnsinn!

ERSTER Von wem hast du diesen Schmäh g'lernt?

ZWEITER Von meiner Alten. Sie ist sehr wortkarg.

ERSTER Halt die Gosch'n und sperr auf!

ZWEITER *sperrt die hintere Tür auf:* Die Toilett' is' links, Herr Chef!

DER CHEF *etwa 75, erscheint in Hut und Mantel:* Bestellen Sie für die Australier ein Appartement im Hotel Imperial!

ERSTER Woll'n S' an Tee oder an Kaffee?

CHEF Mit Balkon.

ZWEITER Seife und Zahnbürstel sind auch drin.

CHEF Warum meldet sich Düsseldorf nicht? – Urgieren Sie das Gespräch! – Und mein Chauffeur soll noch ein bißl warten. *Ab.*

Schweigen.

ZWEITER Er hat sich von ganz unten hinaufgearbeitet.

Der Hund kläfft.

ERSTER Wenn das Geld nur schon auf der Bank wär'! – Mir is' er direkt unheimlich ...

CHEF *erscheint a tempo:* Wie können Sie das Fenster offen lassen?! Eigenhändig hab' ich's zumachen müssen, weil die Passanten immer hereinschau'n, und ich bin das nicht g'wohnt. *Ab.*

Schweigen.

ERSTER *drohend:* Wer hat das Fenster offen gelassen?

ZWEITER Er hat ja den Mantel an.

ERSTER Hast du der Familie den Ernst der Situation klar gemacht?

ZWEITER Ich weiß net. Ich war in einem Telefonhäusl. Sie haben mich, glaub' ich, schlecht verstanden.

ERSTER Und das mit der Polizei?

CHEF *erscheint:* Es geht mich nix an, aber ich glaube, Sie haben falsch geparkt. – Ein Polizist schreibt Sie grad' auf. – Aber solang' nicht die Funkstreife kommt ... Ja, bereiten Sie die Firmengeschenke für Weihnachten vor!

ZWEITER Es ist doch erst August ...

CHEF Eben! Ich will doch nicht in den Weihnachtstrubel hineinkommen. – G'schwind, g'schwind! Am besten Bonbonnieren mit dem Schubert drauf. Den kennen s' auch im Ausland! Sonst ist mir der Lehár zwar lieber, aber i weiß net, der hat kan Kopf für Zuckerln ... *Er geht ab und singt »Lippen schweigen«.*

Schweigen.

ERSTER Der glaubt, wir sind seine Angestellten! – Mir geht er schon auf die Nerven ...

ZWEITER Seine Opfer kann man sich nicht aussuchen.

ERSTER Lang kann er das mit mir net machen! Ich bin ja ein Mensch!

ZWEITER Schau, das gibt sich. Denk an die Million ... Wenn die das nur richtig verstanden haben. Ich hoff', ich hab' mich klar genug ausgedrückt ...

Kläffen.

ZWEITER Glaubst, kann man für den Hund extra was verlangen?

ERSTER Schau, das Ganze ist ein Koppelgeschäft.

ZWEITER Du sprichst in Rätseln.
ERSTER Der Hund is' herzig und hat ka Geld, und der Alte ...
ZWEITER Wenn er keine Anteile hat.
ERSTER Dann bringen wir ihn um und behalten den Hund.
ZWEITER Du bist eine Bestie. Im Kaffeehaus sieht man dir das gar net an.
CHEF *erscheint mit einem Zettel:* Bitte, mir das sofort zu besorgen!
ERSTER *schaut:* Das kann ich nicht lesen.
CHEF *empört:* Ich auch nicht?!
ZWEITER Zeitschriften haben wir Ihnen genug hingelegt ...
CHEF Es handelt sich um die Diätkost ...
ZWEITER Die Jausenpakete reichen für zwei Tage ...
CHEF Ich bin nicht anspruchsvoll, aber mein Hund. *Gibt dem Ersten den Zettel, rasch:* Aber nicht die hiesigen, die sind zwar billiger, aber in Lizenz hergestellt, es müssen die aus Deutschland sein! Die gibt's nur in der Stadt. *Ab.*
Schweigen.
ZWEITER Er is' es gewohnt, daß man ihm gehorcht.
ERSTER Ich glaub', wir behandeln ihn falsch. *Wirft den Zettel wütend weg.*
ZWEITER Heb ihn auf! Vielleicht brauchst du ihn noch einmal.
ERSTER Bis jetzt ist alles gut gegangen, niemand hat uns gestört. Du, i hab an Hunger.
ZWEITER Wir haben nix zu essen.
ERSTER Und weg können wir nicht ...
ZWEITER Sollen wir ihn schicken?
ERSTER Weit und breit ka G'schäft. Er wird uns ja überfahren.
ZWEITER Außerdem kann er nur bellen.
ERSTER Ich sprech' ja vom Chef.
CHEF *erscheint a tempo:* Der Fernsehapparat hat ja keine Farben! Außerdem ist er zu leise. Grad', wo in den Nachrichten eine so interessante Meldung is' von einer Entführung.
ERSTER *brüllt:* Wissen Sie nicht, in welcher Situation Sie sich befinden?

CHEF Beruhigen Sie sich, es arbeiten ja auch noch andere Menschen hier. Außerdem, wir haben uns noch immer geeinigt.

ERSTER Wofür halten Sie mich?

CHEF Für den Betriebsrat! *Ab.*

Schweigen.

ZWEITER Wenn der Hund net wär', i hätt' ihn schon längst ausseg'schmissen ...

ERSTER Du! Und wo bleibt dann deine Superjacht am Neusiedlersee? Dein Traumhaus in Kritzendorf? Dein Privatflugzeug in Trausdorf an der Wulka?

ZWEITER Vielleicht kann man sich das erarbeiten. Ich komm' auch von ganz unten.

ERSTER Weißt du, wen wir in der Hand haben? Sicher stehen wir schon in der Zeitung.

ZWEITER Ich hab' heut' noch keine g'lesen. – Betriebsrat wär' gar net so schlecht. Unkündbar ...

Kläffen.

ERSTER Ich hab' selber an Hund, aber der is' besser erzogen.

ZWEITER Es kann noch Tage dauern. – Die Polizei ist überfordert.

ERSTER Wie kommt man dazu, in so einer scheußlichen Wohnung zu sitzen?

ZWEITER Nicht amal ein Bad is' da.

ERSTER Was das für Leut' sind, die hier wohnen. – Aber Urlaub machen s'. Wahrscheinlich auf den Bermudas ...

ZWEITER Immerhin haben wir hinein können.

ERSTER Ich möcht' auch lieber auf den Bermudas sitzen.

Schweigen.

ZWEITER Gib zu, du hast keine Lust mehr!

CHEF *erscheint:* So geht das nicht weiter! – Heut' ist Kammermusik im Finanzministerium. Barock. Wo haben Sie meinen Smoking hin? Und die Orden sind auch nicht dort, wo sie sein sollen. Oder hab' ich's vielleicht an? *Er tastet an die Brusttasche.*

ERSTER *zieht einen Revolver:* Jetzt wird's ernst, Großvater!

CHEF *nimmt ihm den Revolver weg:* Es tut mir schon niemand was.

ZWEITER Geben S' acht! Er ist geladen!

CHEF Ich bin ein alter Jäger.

ERSTER Du spielst mit deinem Leben, Nimrod!

CHEF Ich war im Ersten Weltkrieg Freiwilliger. Ich kann mich schon verteidigen! *Wütend:* Wo bleibt die Post? Ich wart' auf eine Überweisung aus der Schweiz.

ZWEITER Wir werden s' übernehmen.

ERSTER Bist du auch schon deppert?

ZWEITER Red net so mit mir!

CHEF Machen Sie sich das untereinander aus. Ich geh' jetzt wieder fernsehen. – Die Entführer haben s' noch immer nicht. Spannend! – Ich hab' einen Haß auf die Polizei. Vorige Woche haben s' mich aufg'schrieben, aber ich hab' Verbindungen. – Ich möcht' frische Erdbeeren haben, Walderdbeeren. *Er zieht seine Brieftasche heraus.* Oder eine Maibowle. – Ich hab' leider nur tausend Schilling. Lassen S' das wechseln! *Er gibt dem Ersten einen Schein.* Wir haben heute noch viel vor! Machen Sie sich auf Überstunden gefaßt! *Rasch ab. Er schlägt die Türe zu. Schweigen.*

ERSTER *sieht auf den Schein:* I glaub', wir lassen ihn da.

ZWEITER Die Polizei wird ihn nie finden.

ERSTER Die Verwandten haben sicher a Familiengruft ...

ZWEITER Der Affi tut mir leid.

ERSTER Er wird's überleben. Hunde sind zum Teil sehr intelligent. Komm gemma!

ZWEITER Sollen wir uns nicht von ihm verabschieden? – Es g'höret sich eigentlich ...

ERSTER Dann fangt er wieder zum Reden an ...

ZWEITER Hast auch wieder recht. Das Haustor wird ja noch offen sein ...

ERSTER Schad' um mein Revolver.

ZWEITER Du hast g'sagt, ich soll meinen zu Haus' lassen. Du bist Herr der Lage!

ERSTER Die Lage von der Wohnung is' ja net schlecht.
ZWEITER Komm, bevor's dunkel wird!
ERSTER Die Masken lassen wir da. – Das wird ihm zum Nachdenken geben ...
ZWEITER Er wird uns für Terroristen halten ...
ERSTER Ich hab' mich nie um Politik gekümmert. Lauter Mißverständnisse ...

Sie gehen leise ab, sperren von außen die Wohnungstür zu. Der Hund beginnt wieder zu kläffen.
Dunkel.

Is everybody happy?

Andeutung eines Raumes im skandinavischen Stil. Eine Anrichte. Zwei Sitzgelegenheiten. Der Hausherr, die Hausfrau, ein Gast.

HAUSFRAU Zunächst ein Drink ...?
GAST Ich trinke nicht.
HAUSHERR *immer fröhlich:* Wir auch nicht.
HAUSFRAU Einen Happen?
GAST Wollen wir nicht auf die anderen warten?
HAUSHERR Sie können sich auch auf den Polster setzen.
GAST Wenn es Sie nicht stört, bleib' ich stehen.
HAUSFRAU In New York sitzt man jetzt.
HAUSHERR In Japan auch.
GAST Das war dort schon immer so üblich ...
HAUSHERR Jetzt machen sie das auch noch den Amerikanern nach.
HAUSFRAU Das alte Sitzen haben sie sich schon längst abgewöhnt.
HAUSHERR Wollen Sie eine Zigarre? Aus Guatemala ...?
GAST Ich bin Nichtraucher.
HAUSFRAU Hasch haben wir leider nicht im Haus. Sie wissen, wegen der Kinder ...

GAST Warum sind sie so ruhig?
HAUSFRAU Sie sind schon über zwanzig.
GAST Hübsch schau'n Sie aus ...
HAUSHERR Kennen Sie die beiden?
GAST Nein. Ich kann mir s' aber vorstellen. – Prächtige Burschen ...
HAUSFRAU Wir haben zwei Töchter.
GAST Die sind natürlich gefährdet ...
HAUSFRAU Sie sind meist zu Haus.
GAST Dann nicht.
HAUSFRAU Wir haben einen Swimmingpool. Wollen Sie ein paar Längen ...?
GAST Ich habe keine Badehose.
HAUSHERR Wir sind nicht prüde.
HAUSFRAU *zum Gatten:* Laß ihn doch! Es regnet.
GAST Auf die Idee wär' ich nie gekommen.
HAUSFRAU Wie bitte?
GAST Daß es bei Ihnen regnet.
HAUSFRAU Es kommt auch ganz selten vor. – Wir sind viel auf Reisen.
GAST Ich auch. Auf die Art lernt man nie das Wetter kennen ...
HAUSHERR In Lima mußte ich einmal notlanden. – Sonst stören mich Gewitter überhaupt nicht ...
HAUSFRAU Nicht einmal am Dachstein. Wir sind dort halb zu Hause ...
HAUSHERR Wann hat man schon Ferien?
GAST Wie die Feste fallen ...
Stille.
HAUSHERR Also, ich setz' mich jetzt nieder und möchte ein Schinkenbrot. *Er tut es und bekommt das Verlangte.* Bauernbrot aus einer kleinen Bäckerei.
HAUSFRAU Eine der wenigen Familienbetriebe. Man kann dort so schlecht parken.
GAST Ich habe hier keinen Wagen. Ich bin meist mit dem Flugzeug unterwegs ...

HAUSHERR Können wir Ihnen eine Platte vorspielen?

GAST Ich bin unmusikalisch.

HAUSHERR *fast drohend:* Wir haben alles! Unsere Töchter kennen sich aus ...

HAUSFRAU Die geben oft Parties ...

HAUSHERR Ein Neffe vom Bundeskanzler ist auch dabei. – Ein ganz einfacher Bursch.

HAUSFRAU Großneffe ...

HAUSHERR Bei uns spielt das keine Rolle. Wir sind ein offenes Haus ...

HAUSFRAU Viele Politiker sind Schifahrer. So wie wir.

HAUSHERR Waldlauf ist auch gut ...

GAST Ich habe eine Kriegsverletzung.

Stille.

HAUSFRAU Haben Sie wirklich alles?

GAST Vielleicht ein Glas Wasser ...

HAUSFRAU Das muß ich erst holen.

Ab.

HAUSHERR Wollen Sie sich nicht doch setzen? Es gibt natürlich auch einen Tee ...

GAST Es ist doch sehr heiß ...

HAUSHERR Die Chinesen trinken ihn grad' deswegen ...

GAST Ich weiß. –

HAUSHERR Einen wunderbaren Kaffee hab' ich mitgebracht. Aus São Paulo ...

GAST Ich vertrag' keinen Kaffee.

HAUSHERR Das geht vielen so. – Bei uns gibt's kein Genieren. – Dazu kommen viel zu viel Leute zu uns. – Jeder soll das machen, was er will.

GAST Ich fühl' mich sehr wohl so ...

HAUSHERR Haben Sie die Aussicht schon gesehen?

GAST Ich bin mit dem Taxi hergekommen.

HAUSHERR *in Richtung Zuschauerraum:* Auf dieser Seite ist sie viel schöner.

GAST *geht nach vorne:* Der herrliche Wienerwald ...

HAUSHERR Das wird nicht lange so bleiben. Das Gelände wird verbaut ...

GAST Eine Schande!

HAUSHERR Ich baue es selbst.

GAST Entschuldigen Sie ...

HAUSHERR Bevor ein anderer die Gegend verschandelt ...

GAST Wenn man an Chicago denkt ...

HAUSHERR Sie kennen Chicago? Da gibt es ein chinesisches Lokal ...

GAST Ich eß nicht gern chinesisch.

HAUSFRAU *tritt auf, gibt dem Gast das Glas:* Es hat so lange gedauert, weil ich die Leitung hab' rinnen lassen ...

HAUSHERR In den Oststaaten bekommen Sie kein solches Wasser. Außer bei Staatsempfängen.

HAUSFRAU In Leningrad waren sie direkt beleidigt. – Die mögen das nicht gern, wenn man keinen Wodka trinkt ...

GAST Im Wodka ist auch Wasser.

HAUSFRAU Das merken die Russen nicht.

Stille.

GAST Ich habe noch eine Verabredung. Das Taxi kommt doch gleich?

HAUSHERR *schaut auf die Uhr:* Ich weiß nicht, wo die anderen Gäste bleiben ...

HAUSFRAU Bei uns ist alles so zwanglos ...

HAUSHERR Manchmal dauert es bis halb zwölf.

HAUSFRAU Man kann auch fernsehen bei uns ...

GAST Der Regen hat aufgehört.

HAUSFRAU Dann können wir auf der Terrasse feiern.

GAST Was feiern Sie eigentlich?

HAUSHERR Daß wir wieder einmal in Wien sind. – Wir brauchen keinen Anlaß ...

HAUSFRAU Es kommen wahrscheinlich ein paar Maler.

GAST Ich verstehe nichts von Kunst ...

HAUSHERR Sie bringen einen Franzosen mit ...

HAUSFRAU Vielleicht kann unser Freund nicht Französisch.

GAST Perfekt.
HAUSHERR Ich bin oft in Kanada. – Da muß man sich umstellen ...
HAUSFRAU Jetzt bin ich plötzlich müde. *Sie setzt sich.* Die vielen Vorbereitungen.
HAUSHERR Open house ...
HAUSFRAU Wenn wir da sind.
HAUSHERR Manchmal gehen wir in Konzerte ...
GAST Man müßte mehr Zeit haben.
HAUSHERR In Toronto gibt es ein hervorragendes Orchester ...
HAUSFRAU Einen Philharmonikerball gibt's dort nicht.
GAST Ich habe einmal in Rio den Karneval erlebt.
HAUSHERR *entzückt:* Und in Bahia erst! – Da sind die Menschen noch unverdorben ...
HAUSFRAU In San Remo auch. Aber das ist schon lange her.
GAST Was war früher hier?
HAUSHERR Pardon, ich versteh' Sie nicht.
GAST Wo Sie gebaut haben ...
HAUSHERR Ich kann mich gar nicht erinnern. Komisch.
HAUSFRAU Gar nichts ...
HAUSHERR Die Umleitungen werden von Woche zu Woche schlimmer. Bis man zu uns heraus findet ...
HAUSFRAU Wir haben ja nur kaltes Buffet. Jeder kann sich nehmen, was er will. – Ich hab' doch Lust auf was zu trinken. *Zum Gast:* Sie haben mir Appetit gemacht.
GAST Entschuldigen Sie bitte!
HAUSHERR Was willst denn?
HAUSFRAU Egal.
Der Hausherr steht auf, mixt etwas mit Sodawasser.
HAUSHERR Jetzt hab' ich zu stark gespritzt. *Zum Gast:* Entschuldigen Sie. *Er wischt die Anrichte ab, reicht seiner Frau ihr Glas.*
HAUSFRAU *träumerisch:* Einmal waren wir in Casablanca eingeladen. In einem Haus, das war so ähnlich ...
HAUSHERR Spätestens an den Bildern hätten wir's bemerkt ...

GAST Ich bin fast immer unterwegs, aber Ihres ist eines der schönsten. Man käm gar nicht auf die Idee, daß man zu Hause ist.

HAUSHERR Das war unsere Absicht.

HAUSFRAU Wir hören das sehr oft ...

GAST Ich bin nächste Woche in Hongkong. Kann ich Ihnen was mitbringen?

HAUSHERR Wir sind übernächste Woche dort. Schade, daß wir uns nicht treffen. Ich weiß ein russisches Lokal ...

GAST Ich fahr' dann ohnehin nach Nordchina weiter ...

HAUSHERR Dort gibt's das nicht. Auch, wenn man Ihnen das Gegenteil sagt ...

HAUSFRAU *zum Gatten:* Das weißt du doch nicht. Wir waren ja nur kurz in Peking und das zur Messezeit. Da wollen sie natürlich, daß die Ausländer chinesisch essen ...

HAUSHERR *hebt sein Glas:* Ja, wenn sich alle verspäten, sind sie selber schuld.

Die drei prosten sich zu, trinken.

HAUSFRAU Tun Sie ganz, als ob Sie zu Hause wären.

GAST Herzlichen Dank. Ich muß jetzt leider gehen.

Das Ehepaar steht auf.

HAUSHERR Ich hoffe, Sie haben sich wohlgefühlt.

HAUSFRAU Sie können immer kommen. Auch ohne Anmeldung.

GAST Hoffentlich bin ich bald wieder hier.

HAUSHERR Ich kenn' das. – Auch im Winter sind Sie willkommen. Hier oben ist eine Schiwiese ...

GAST Verschneit muß es noch viel schöner sein.

HAUSFRAU Hinter dem Swimming-pool, die Tanne ist dann im Lichterschmuck.

GAST Fast so hoch wie die vom Rathaus. Also wirklich ...

HAUSHERR Das Taxi?

GAST Ich geh' zu Fuß zum Standplatz, das ist gesund.

HAUSFRAU Gesundheit ist das Wichtigste. Also alles Gute ...

GAST Warum?

HAUSFRAU Fürs neue Jahr.
HAUSHERR Das hat ja noch Zeit ...
HAUSFRAU Falls wir uns bis dahin nicht sehen ...
GAST Ja, man weiß nie ... *Mit Verbeugung ab.*
Die beiden lassen sich in ihre Sessel fallen. Stille.
HAUSHERR Vielleicht holst du die Kinder herein ...
HAUSFRAU Sie tun doch fernsehen.
HAUSHERR Ah so. Na, dann wart ma halt ...
Er dreht die Stereoanlage auf, laute Rockmusik ertönt. Er setzt sich wieder.
Dunkel.

Der Sitzengebliebene

Ein Stammlokal. Ein Mann mit bunter Krawatte, in einem amerikanischen Anzug der späten vierziger Jahre, sitzt an einer Theke und trinkt. Aus einem Hinterzimmer hört man den animierten Lärm von Kartenspielern. Er spricht zu unsichtbaren Anwesenden.

MANN ... Please, ich geh'. Aber mit mir geht der Colonel und der General ... Die ganze U.S.Army. Dann habts euer Vietnam beinand'. Übermorgen kassieren euch die Ungarn oder die Tschechen ... Euer Tschecherl – ohne Paß und Visum ... Wir halten uns da raus ... Bye, bye, baby ... *Er geht und kommt sofort wieder, setzt sich:* Ihr wißts ja gar nicht, was ein Ami war ... Ein King! Der Bundeskanzler hat mir zugeprostet am Thanksgivingday ... Der Bundespräsident hingegen war nüchtern, er war ja verantwortlich. Man, this is live ... So an Sir wie mich hab'n net amal die Engländer g'habt. Der Amerikanerpeppi hab' ich in ganz Wien g'heißen ... Happy Jeff vom achtzehnten Bezirk ... Bei der Sternwartestraßen war die C.I.A. ... Zigaretten und Informationen. Außen a hinige Villa, aber innen ... A Aufzug vom Parterr zum ersten Stock und in den Keller ... Lügendetektor ... Lügendoktor ... Doc Holiday ... Holiday on ice. Eiskalt. Direkter Draht nach Washington ... Entscheidungen haben wir gefällt ... Die Welt ist von Währing aus regiert worden ... Da war der Dollar noch ein Dollar wert und keinen Präsidenten haben s' uns umbracht. *Er markiert Schießen und wirft ein Glas um.* Okydoc, stranger, I go. *Er macht seinen Rundgang, rückt seinen Mantel zurecht, geht zur Türe, torkelt zurück, läßt sich auf den Hocker fallen.* Derweil kann i net amal Englisch ... I'm a selfmademan ... American slang I talk perfectly, you motherfucking son of a bitch ... You know, what a blow-job is? *Er lacht unendlich, dann todernst.* Glauben S', die Welt möcht' so ausschau'n, wann i heut' noch dabei wär'? An Prestige haben wir verloren ... wie der Colonel und mit ihm die ganze Army weg ist, hat sich der Colonel mit aner Flasch'n Whisky von mir verabschiedet und g'sagt »Bye, bye, Peppi ... It will never be the same«. Mit Tränen. I hab' ja Whisky in Hülle und Fülle zu Haus' g'habt, aber ich wollt' ihm die Freud' net verderben. Gottseidank hab' i mir noch an Jeep organisiert, bei der Verhandlung hab' i g'sagt: »Es war der Sergeant.« Der is' eh schon in Oregon g'wesen. Warum kann's nie mehr so a Zeit geben, damals hast no' was kriegt for a Information. Damals hat's noch ka Telefon geben ... In Amerika schon, aber die haben ja nix erfahren. Top secret. – Mit die Neger war's einfach, die haben jazzen können, in die Clubs bist mitg'nommen worden. Girls haben s' immer wollen ... Aber im Grunde muß man Distanz halten. Der Schwarze will den Herrn seh'n. Wieviel Ehen habe ich gestiftet, Mischehen, aber in der Kirch'n. Die Ami haben ja einen eigenen Gott, er schaut unserm schon sehr ähnlich, aber er muß an größeren Überblick haben. Jetzt wundern sie sich, daß ihre Weiber net amal in Denver oder Seattle auf'n Strich geh'n woll'n. Die san aa schon zu alt dazu. Den John Wayne hab' i schon g'seh'n, da hat ihn die Zivilbevölkerung noch gar net seh'n dürfen. Off limits. Die Kinos ... I kenn' mi jetzt nimmer aus, i bin Bundesbahnbeamter. Ich darf die Notbremse ziehen. Das mach' i manchmal aus Hetz' und die Leut' wundern sich, was los is' ... *Aus dem Hinterzimmer lachen.* Shut up ... ja, i weiß, an alten C.I.A.-Veteranen sieht man das net an ... Supermanheft'ln hab' i g'habt, da hat noch keiner von euch Trotteln g'wußt, wer das is'. Superman is' nämlich die C.I.A., und wann irgendwo auf der Welt was passiert, wird's schon gestoppt. Was glauben S', warum ich so ein guter Beamter bin. Gehaltsklasse zwei. *Singt.* »I know, where the sun is, when it's raining ...« Ich hab' im Club oft g'sungen ... wenn s' drunk waren: »Chattanooga chou chou ... chou chou ...« Nie was g'hört ...? An James Bond haben s' braucht, um die Welt zu retten. An blöden Engländer ... Einen einzigen Kennedy, den haben s' noch. Der hat auf unsern Rat gehört. Drum is' er auch nix worden. Direkter Draht nach Wien achtzehn ... Gleich hinterm Gürtel ... If you want Jeff, Jeff is your man ... Vom Carwash bis zum Discjockey ... *Das Lachen wiederholt sich.*

Ernüchtert, mit amerikanischem Akzent: Kann ich bitte noch einen doppelten Whisky haben, mein Herr? *Es geschieht nichts.* Thank you, that's enough ... Meine Herren Gentlemen, was in den nächsten Monaten in der Welt vorgeht, das wird hier beschlossen. *Er klopft sich aufs Hirn.* Mei Alte is' mir durchgangen, die Sau, und jetzt ruft s' mi aus San Diego an ... »Mir haben Sonn' zu Weihnachten und i möcht' ein Christbaum seh'n ... Und die Pummerin hören« ... »Den Christbaum kannst dir zwischen die Haxen stecken und mit der Pummerin g'hörst derschlagen!« ... Sie ist sehr gut verheiratet. Yes Sir, aber hier war er Captain und drüben Metallarbeiter ... Und die streiken ... Aber net so wie bei uns. Wo sie's nur für die Zeitungen machen, damit die Genossen wieder an die Wahl erinnert werden, sondern echt ... It's a hard country ... Durch die Wüste ... *Jemand fixierend.* Würstl, was schaust denn so blöd? This is your Sheriff! ... Abselasnerschonamisten wemmire ernstmachn wirstverestnet wisnempf ...

Er lallt unverständlich.

Zäsur.

Er antwortet befriedigt: Allessowisnochamalwedelnixwerschoimmeresisalsnixzusagn ... Thank you ... I muß in Dienst! Im Nahen Osten is' immer was los ... Können die Herren mir sagen, das wißts ös Trotteln eh net, des is' mein einziger Kummer: Wie Amerika wirklich is'!

Keine Antwort. Na bitte!

Rasch ab.

Dunkel.

Zaungäste

Abgelegene Nische eines Ballsaales. Sehr entfernt Musik. Überladene Faschingsdekoration: Girlanden, Konfetti. Ein Tisch mit zwei Sesseln. Da sitzen eine ältere Dame und ein älterer Herr, abgetragenes Abendkleid, abgetragener Smoking. Sie sind schon sehr müde. Beide haben kleine Hütchen auf.

ER *wutzelt sich eine Zigarette:* Stört Sie das?

SIE Mein Mann hat das auch immer gemacht. – Einmal waren wir beim Opernball ...

ER Ich will seit meiner Jugend hin ... Aber die Zeit vergeht ... Und wie ich dann richtig wollte, haben s' mir g'sagt, die Oper ist zerstört ...

SIE Wir waren auf der Galerie, wir haben nichts bemerkt.

ER Ich war einmal im Kasino Zögernitz, aber da war kein Ball. Nur ein Kaffeehaus.

SIE Sie hätten wahrscheinlich ins Baumgartner-Kasino geh'n müssen ...

ER Ich hab's mir dann überlegt und eine Zeitung g'lesen ...

SIE Ich freu' mich immer auf den Fasching. Schon als Kind ...

ER Hat's damals schon an Fasching geben? – Ich erinner' mich nicht ...

SIE In Deutschland marschieren s' sogar ...

ER Das is' ja wie im Krieg.

SIE Nein, das trau'n sie sich nicht ...

ER *nimmt seine Einladung heraus, liest sie nachdenklich:* Kleiner Philharmonikerball ... Warum eigentlich? Weil die Philharmoniker so berühmt sind?

SIE Aber das sind doch nur Schallplatten. Der Herr Bezirksvorsteher meint's gut mit uns. – Sonst sind s' ja zu laut ...

Gedankenpause.

ER Wählen Sie auch manchmal?

SIE Wenn ich grad' Zeit hab'.

ER Wer kümmert sich sonst noch um die alten Leut'?

SIE Im Fernsehen und im Radio ein paar lustige Herren mit Bubengesichtern.

ER Für mich sind die zu kindisch.

SIE Aber meine Enkerln mögen sie auch nicht. Das eine schreit sogar.

ER Ich wollt' immer telefonieren ... Aber mein Telefon is' g'stört. Ich brauch's auch nimmer ...

SIE Haben Sie ein Vierteltelefon?

ER Ich hab' nie nachg'schaut. Das hat immer meine Frau g'macht ... Es ruft eh niemand an ...

SIE Ich hab' ein ganzes Telefon mit zwei Anschlüssen. Da gibt's oft lustige Fehlverbindungen.

ER Ich glaub', hier ist Sektzwang. – Na, ich hab' Magenweh! *Er nimmt ein Fläschchen aus der Tasche, trinkt es mit einem Schluck aus.* Underberg.

SIE *nimmt ein etwas größeres Fläschchen aus ihrem Pompadour:* Kellerknirps. *Sie trinkt gleichfalls.*

Beide kichern.

ER Wir sind doch eing'laden ...

SIE Ich wohn' seit fünfzig Jahren in diesem Bezirk. – Wo verbringen Sie Ihren Urlaub?

ER Bei meiner Schwester. Im fünfzehnten Bezirk. Es ist schon fast wie am Land ... Nur nicht so überlaufen.

SIE Ich bin so an zu Hause gebunden. Den Hannes kann man nicht überall herzeigen.

ER Den Herrn Gemahl?

SIE Mein Mann ist gestorben ...

ER Furchtbar!

SIE Für ihn war's ein Glück. Er war Leser vom kleinen Volksblatt.

ER Entsetzlich ...

SIE Wie sie das eingestellt haben, war's kein Leben mehr für ihn.

ER Es gibt doch noch andere Zeitungen ...

SIE Keine hat er so verstanden ... Der Hannes ist eine Schildkröte. Er ist faul, empfindlich und jeder tritt auf ihn drauf ... Man darf ihn nicht zu lang allein lassen, er kommt auf die blödesten Gedanken.

ER Aber diese ... diese ... Geschöpfe sind doch sehr langsam.

SIE Entweder er versteckt sich oder er steht plötzlich, wenn man z' Haus kommt, mitt'n in der Wohnungstür.

ER Ich hab' einen Papagei. Der kann kaum reden ... Aber, wenn ich spät z' Haus komm, gibt's ein' Krach ...

SIE Was soll man mit ihnen machen. Die werden ja so alt.

ER Daran hab' ich nicht gedacht. Außerdem is' er ein Geschenk. Von einer Nichte, Krankenschwester von Beruf. »Stirb scho', alter Trottel.« Das ist das einzige, was er sagen kann ...

SIE Ich beneid' die Leut' mit ein' Aquarium. Fische sind anspruchsloser.

ER Aber sie sind arrogant und haben im Grunde genommen einen kleinen Horizont.

SIE Elefanten sind nachtragend ...

Pause.

ER Darf ich Sie zu einem kleinen Walzer ...

Er verneigt sich formvollendet.

SIE *tanzt mit ihm, nach einigen Schritten:* Das ist doch ein Tango ...

ER *mit Blick aufs Programm:* Den spielen doch die Philharmoniker nicht ...

SIE *zwingt ihn zum Tangoschritt:* Jetzt sind die tollen Tage, wie die Deutschen sagen.

ER Bei denen muß es fabelhaft zugeh'n, ich war einmal in Reichenhall auf Kur, aber da hab' ich schon allerhand von ihnen g'seh'n.

SIE Sie sind halt führend.

ER Wir sind sensibler und liebenswerter. *Er tritt ihr auf den Fuß.* Pardon!

SIE Macht nix.

Beide sind erschöpft. Sie setzen sich wieder.

SIE Wie man so rasen kann. Man merkt Ihnen an, daß Sie Ihr Leben lang Sport getrieben haben ...

ER Ich hab' einmal beim Ländermatch zug'schaut. Aber da war's kalt ...

SIE Man kann sich doch ausrüsten.

ER Ich hab's nur im Fernseh'n g'seh'n, aber die Heizung war nicht in Ordnung, obwohl's erst Anfang Oktober war ... *Er nimmt einen zweiten Underberg.* Das ist ein feuriges Getränk!

SIE *trinkt gleichfalls:* Ich hab' mir das Flascherl aufg'hoben seit meinem Geburtstag. Jetzt weiß ich, warum ...

ER Bacchus soll leben!

SIE Heißt so Ihr Papagei?

ER *zischend:* Der Ober ist in der Nähe!

Sie verstecken ihre Fläschchen.

SIE Ihre Frau Gemahlin ist im Krankenhaus?

ER Wieso?

SIE Man denkt immer dran.

ER Die wär' nix für uns. Eine verschlossene Natur.

SIE Hat sie andere Interessen?

ER Ich weiß nicht. Sie wollte ein Einzelgrab. Auf einem Bergsteigerfriedhof ...

SIE In Tirol?

ER Am Fuße des Ötschers. Sie war nie anspruchsvoll …

SIE Es gibt so viele wertvolle Menschen, die man nicht kennenlernt.

ER Arrogant war sie nie … Jetzt schon gar nicht.

SIE Welche Blumen hat sie mögen?

ER Die der Luis Trenker im Kino gepflückt hat.

SIE Ich hab' mich immer g'fürcht, daß er einmal runterfallt. Drum bin ich nie in seine Filme 'gangen …

ER Es ist ihm auch im Aufzug nix passiert.

SIE Solche Menschen haben schon ein Leben hinter sich …

Ein Ober erscheint unvermutet.

OBER Die Herrschaften haben gewünscht?

Die beiden erstarren.

OBER *erschrocken:* Ist Ihnen nicht gut?

ER *bietet ihr den Arm:* Die Kinder haben grad' ang'rufen …

SIE *hängt sich ein:* Sie können nicht schlafen … Sie fürchten sich.

ER Sie sind so abergläubisch …

SIE Nie kann man eine Hetz' haben …

Sie gehen langsam und verlegen ab.

Dunkel.

Wir trauern um Traugott Krischke, der kurz vor Drucklegung dieses Bandes verstorben ist.
Er hat diesen Band, der Qualtingers Bühnentexte vorwiegend aus den Jahren 1973 bis 1979 versammelt, bis zuletzt betreut. Der für Band 3 vorgesehene Anhang mit Kommentaren zur Entstehung der Arbeiten und mit Erläuterungen wird dem Band 4 beigegeben.

Die Werkausgabe wird nach dem von Traugott Krischke erarbeiteten Konzept fortgesetzt.

Anmerkung

Entstehungsjahre der in diesem Band versammelten Texte:

Travniceks gesammelte Werke
1958 bis 1975

Schwarze Wiener Messe
1973

Der Mörder und andere Leut'
1975

Das letzte Lokal
1978

Die rot-weiß-rote Rasse
1979